水利粮丰
灌区精神
优秀作品集

中国水利文学艺术协会 编

长江出版社
CHANGJIANG PRESS

水利粮丰 灌区精神
优秀作品集

编 委 会

　　粮食生产根本在耕地，命脉在水利。改革开放以来，尤其是党的十八大以来，在习近平总书记"节水优先、空间均衡、系统治理、两手发力"治水思路引领下，先后实施东北节水增粮、华北节水压采、西北节水增效、南方节水减排等区域规模化节水灌溉行动，以及大中型灌区现代化建设和改造等工作，推动我国灌溉事业取得历史性成就。截至目前，已建成7300余处大中型灌区，耕地灌溉面积发展到10.75亿亩。在占全国耕地面积56%的灌溉面积上，生产了全国77%的粮食和90%以上的经济作物，为保障国家粮食安全和重要农产品供给发挥了不可替代的作用。我国以占世界9%的耕地、6%的淡水资源，养育了世界近20%的人口。

　　2024年是中华人民共和国成立75周年，是习近平总书记"3·14"重要讲话10周年。为深入学习贯彻习近平文化思想、习近平总书记关于"三农"工作和治水重要论述精神，以文字为载体，记录新时代灌区发展，展现我国灌区建设、改造、管理方面取得的突出成就，以及灌区从业人员良好的精神风貌，反映灌区现代化建设改造成果和保障国家粮食安全的水利基础作用，体现粮食丰收背后的"水力量"，讲好水利粮丰故事，在中国灌溉排水发展中心的指导下，在中国水务投资集团有限公司的支持下，中国水利文协开展了"中国水务杯——水利粮丰·灌区精神"征文活动。

　　本次活动通过讲述新中国成立以来，特别是党的十八大以来，地方灌区新发展的成功案例、典型经验、故事或事迹，弘扬传承灌区精神，共襄水利文化盛举，凝聚起推动水利高质量发展的强大合力。

前言

　　这次征文活动得到各大灌区的积极响应，共收到 240 篇来稿。作品体裁为报告文学、通讯、散文、诗歌等。作者大多是奋战在灌区一线的职工，还有一批关注水利发展的文学创作者，他们正是灌区发展的建设者和见证人。

　　本次征文内容极为丰富，既有对历史悠久的灌区新发展的描述，又有新时期民生水利、智慧水利成就的展示，也有对我国世界灌溉工程遗产保护利用和传播传承的赞扬，还有对一批奋力拼搏典型人物形象的刻画。事迹感人，叙述生动，饱含真情，各具特色。作品体现出作者热爱灌区的拳拳之心，深入调查、收集资料、生动叙述的扎实功底，以及传承中华民族治水精髓和文化瑰宝的志向。

　　2024 年，恰逢世界灌溉工程遗产评选十年，深入挖掘和宣传灌溉文化，对坚定文化自信、赓续历史文脉具有重要的历史和现实意义。为此，水利文协组织专家评议，选取了一批颇具代表性的优秀作品结集出版，广泛交流。今后，仍要加强对灌溉工程发展成就的总结和宣传工作，让灌溉工程成为具有社会影响力的文化标识，持续讲好中国灌溉故事，提炼和充实灌区精神，激励灌区工作者爱岗敬业，为构建国家水网和推进灌区新发展勇毅前行。

编　者

2024 年 12 月

新疆叶尔羌河灌区喀群俯瞰

西藏扎西顿珠萨迦古代灌溉系统遗址

内蒙古河套灌区总干渠第二枢纽

亚洲最大轴流泵站"红圪卜"排水站

青铜峡灌区军齐干渠东堤北枢纽

鸟瞰河南陆浑灌区

南水北调中线石津干渠进水口

安徽六安淠史杭灌区淠河灌区的渠首

湖南韶山灌区

湖南欧阳海灌区倒虹吸工程

山东位山灌区总干渠

序

　　"长渠活活泻苍波，塞北风光果若何。畎浍自分星汉水，人家齐饭玉山禾。"孕育了中华文明的黄河流域，一条条汉唐长渠构成了世界上最为古老的农业灌溉系统，见证着中国古代农耕文明的发展成就，治水、用水、惜水，成为中华民族千古不变的课题。战国以前，治水以排涝为主，传说中的大禹治水变堵为疏、排洪入河，为此三过家门而不入，已经成为千古佳话；协助大禹治水的后稷则"始畎田"、一亩三畎，成为农业水利灌溉事业的鼻祖。伟大的事业需要代代传承，后稷的曾孙公刘继承了治水事业，引泉灌田，将水利灌溉日渐推广开来，为中国农耕文明奠定了水利基础。及至战国时期，由于铁器的广泛使用、水利知识的积累和水工技术的提高，大型水利工程开始出现，水利和农业从此变得密不可分。纵览上下五千年，中国的灌排史就是一部农业发展史。芍陂，灵渠、都江堰、郑国渠，古代的四大水利工程至今还在诠释着古人"水无一点不为利"的理念，这些举世闻名的水利工程，体现了先人驭水之道、用水之利的聪明才智，促进了农业经济的不断发展，成为泽被千秋的珍贵文化遗产。难能可贵的是，时至今日，这些古老的灌溉工程不仅仍润泽千里沃野、发挥着灌溉功能，而且以其丰富的文化底蕴、独特的地域风情、庞大而精密的灌排控制系统，吸引着国内外专家及游人参观游览，成为中华灿烂文明的鲜活载体。

　　水利，从来都不是单纯的技术问题和地理环境问题，也不仅仅是农业问题，它是政治、经济、社会、文化、军事等诸要素集于一身的综合体，是时代进步的重要表征。我国幅员辽阔，地势复杂，水资源时空分布不均，这对人工治水有着必然的需求。一个时期灌溉活跃程度与当时的社会经济发展有着直接关联，历史上出现的盛世局面，无不得力于统治者对水利的重视，得力于水利建设及其成就。周秦汉唐是中国封建社会的鼎盛时期，也是中国水利建设的活跃阶段，其治水成效推动了当时政治、经济、文化的繁荣。汉唐时期修建的永济渠、引黄灌溉系统、大运河、白公渠、郑白渠，成为史册上耀眼的亮点；民国时期李仪祉先生所修建的"关中八惠"，改写了关中地区因旱而贫的状况。如此事例，不胜枚举，这些中国水利史上熠熠生辉的范例，彰显出中华民族重水德、尚水善，以及尊重自然、顺应自然，与自然和谐共生的发展理念。

1934年，毛泽东同志在江西瑞金提出了"水利是农业的命脉"的著名论断。新中国成立后，党和国家加大灌溉工程的建设力度，20世纪50—70年代水利工程建设如火如荼，闻名于世的红旗渠、人民胜利渠、韶山灌区、淠史杭灌区、东雷抽黄电力提灌工程等众多大型灌溉工程都是这一时期修建的。它们的建设依靠了党的领导力量和人民群众渴望战胜贫穷的热情，走过了十分艰难的历程。工程的投入使用，极大地缓解了粮食短缺问题，为新中国的经济发展提供了最基本、最扎实的保障。粮食安全是"国之大者"。随着灌区现代化建设改造的持续推进，这些散落在华夏大地的灌溉工程，像一条条蓝色的玉带，一如既往地发挥着重要支撑保障作用，为全国粮食总产量首次突破1.4万亿斤贡献了水利力量。

习近平总书记指出，"推进中国式现代化，要把水资源问题考虑进去"。

序

　　水利是实现高质量发展的基础性支撑和重要带动力量。党的十八大以来，习近平总书记站在实现中华民族永续发展的战略高度，明确了"节水优先、空间均衡、系统治理、两手发力"治水思路，确立了国家"江河战略"，谋划了国家水网宏伟蓝图。实现总书记擘画的宏伟蓝图，需要我们从历史宝库中汲取智慧和力量，需要回首走过的艰辛之路，需要梳理和总结正反两方面的经验和教训。

　　回望，是为了更好地前行。一批有着灌排情怀的作家、水利工作者深入灌溉工程现场，用充满深情的笔触，钩沉抉隐，记录时代，写下了一篇篇动人的文字，真正担负起了为水利事业画像、立传、明德的责任与使命。希望这部沉甸甸的作品，能像涓涓渠水一样流进更多读者的心田，让更多的人关心水利、爱上水利。

十四届全国政协委员，中国作家协会主席团委员

2024 年 12 月

目 录

CONTENTS

抽 黄 赋

李高艳

水素无形，存万物间，荡漾空沙际，虚明入远天，孕育生命，灵性彰显。

渭北平原，十载九旱，春耕秋播辛苦，缺衣少食心酸。三月乍寒，四野浮旱，破晓河沟汲水，半晌始一返焉，淘米浣衣，湿帕擦脸，水色如墨，屡屡淀之，后倾于牲畜槽间，终不忍铺洒半点。夏日烈阳骄，百里青苗干，土地皴裂，举乡炊烟断，携家小异乡逃荒，叩龙王祈雨台前，形容枯槁，衣衫褴褛，倘若苍天有情，岂忍生灵涂炭！

若风卷云涌时，户户急扫庭院，白雨似箭，窖可蓄满，缓一时用水艰辛，喜一季丰收在盼。金水西畔，有民谣念："秦城和家庄（zhuó），马尿泡馍馍。""宁给半个馍，不给一口水。"

乙卯誓师，太里河岸，风萧萧兮易水寒，壮士一去十三年，旦辞爷娘去，暮宿黄河边，筑屋修桥，车马鼎喧，数里旌旗猎猎，挑灯夜战正酣。夏饮黄河水，冬啃冰碴饭，肩挑背负，千难万险，五十八壮汉眠此间，触目恸心众扶棺，寒暑易节，星移斗转，众志成城，人定胜天！

东雷精神，此时已见，艰苦创业，求实奉献，守寂寞，耐贫寒。

阡陌纵横，水声潺潺，黄河远上西塬，水润沃土，浩浩汤汤，百里籽粒丰满。老妪奔走相告，老翁颔首笑颜，昔日僻壤，叶茂枝繁，饥寒交迫渐行渐远，丰衣足食仓廪冒尖。

院锁春秋，水写华年，观长河落日寂寥，叹无情华发鬓间。荒郊蛇鼠多，女孩初惊喊，机械轰鸣，分水到田，弹指间，一晃数十年。

岁月荏苒，矛盾凸显，工酬低，管理难，村村青壮务工远，粮价日贱，果蔬盈满，千里良田疏管，荒草葳蕤成片。水价倒挂，连年亏欠，重重困难层出不穷，水利运营举步维艰。同仇敌忾，谋出路求发展；奔波四方，只为灌区换新颜；笃行务实，履践致远，自主创新，埋头苦干，节改泵改扩灌，东雷再续新篇。

河图洛书，东雷展馆，信息中心创先河，灌区动态在指尖。节水生态，清水上塬，四个灌区创新理念，数字孪生先行起点。潮平岸阔帆正劲，乘势破浪拓新篇。

泱泱大国，农业大观，水利命脉，水为源泉，以粮为纲，亘古不变，富水资源当充分利用，灌区经济可持续发展，灌溉单位，任重道远！

岁月时序更迭，沧海桑田变幻，俱往矣，唯东雷精神，日月可鉴，世代相传！

（作者单位：陕西省渭南市东雷抽黄工程管理中心）

引岗前夜

田书申　沈秀辰

　　引岗渠修建于 1969 年 11 月至 1974 年 11 月，历时五年整。总干渠自平山县岗南水库出口，流经平山县、鹿泉区，至元氏县八一水库，总长一百余千米。时任河北省获鹿县县委书记缑增福倡议并亲自参与修建，平山、获鹿、元氏三县累计数十万民工参加了战斗。引岗渠打通大型隧洞七个，其中常峪岭军民团结隧洞长达 2700 米；修建大型渡槽七个，其中冶河枢纽渡槽长 1170 米，高 26.3 米。引岗渠的通水，不仅仅实现了"引来一渠水，换来万担粮"的最初愿望，更为珍贵的是凝聚起来的"引岗精神"——群众路线、自力更生、艰苦奋斗、团结治水。为了修建引岗渠，平山、鹿泉、元氏三县人民不等不靠、自力更生，浩浩荡荡千军万马苦战太行；为了修建引岗渠，三县人民敢为人先、百折不挠，以血肉之躯艰苦创业，谱写时代壮歌；为了修建引岗渠，三县人民众志成城、互相支援，与沿线群众紧密团结、精诚协作；为了修建引岗渠，三县人民冲锋在前，一心为公，临危不惧、舍己救人，其无私奉献精神感召着我们永远前行。

　　谨以此文献给修建引岗渠牺牲的先烈，献给当年修建引岗渠的"引岗人"，献给关注引岗渠的"引岗人"，向引岗渠通水五十周年献礼，向建设英雄们致敬！

——题记

　　一九六九年，深秋。

　　"缑书记，电影快开始放了，赶紧去看吧！"秘书小张第三次在门口催开了，说完还等着书记起身，一块儿去看电影。

　　"放什么片子？"缑书记头也没抬，问道。

　　"《地道战》。"小张回话。

　　"又是《地道战》？你去吧，我都看过四五次了……"

　　"加片是纪录片《红旗渠》。"

　　"什么片？"缑书记猛地站起来，离开办公桌，往门口走了几步，"你再说一遍，放什么加片？"

猴书记的声音把小张震蒙了，猴书记一向稳重，从未见过他如此急促地说话。小张突然结巴起来："是……是《地道战》，不，不是，没，没看过……是《红旗渠》。"

"走，看电影去！"猴书记快步向前，没了领导的沉稳斯文相，一把拉住小张的胳膊就往外跑。

纪录片《红旗渠》还未在全国公开放映，是猴书记特地托人要来的。要不是张秘书提醒，猴书记差点儿把此事忘了。

县委大院篮球场站满了人，猴书记刚调来不久，没几个熟悉的面孔。他也知道，大部分来看电影的是四邻的百姓。加片已经开演，猴书记急忙对小张说："你去告诉放映员，把加片倒回去，从头开始放！"

"这，这，怕不好吧，还得跑片呢，加片放完得拿走，部队还等着看呢！"小张站在原地，没动身。

"去吧，就说是我说的！"猴书记说完，在人群中找了个空隙，往前挤了挤。

银幕突然一黑，放映机停了，人们议论纷纷……

放映机"哒哒"声又响起来，《红旗渠》再次从头开演，看电影的人们没心思探问缘由，依然全神贯注地盯着银幕。人们劳累了一天，本该好好歇息，可一听说放电影，一个个都像着了魔似的蜂拥到放映的场地。晚上没事干，到戏院看戏还得花钱买票，哪如看电影，站在场地就行了。老年人自带马扎子，年轻人还嫌拿个东西麻烦，站上两个钟头，小意思。那时候，没多少可玩的，十天半月能看上一场电影就不错了，至于站着累不累，人们也不当回事。

人们过完秋收，忙完了农活，大多闲散起来。生产队组织平整土地，开发黄土坡，尽量增加耕地面积。而晚上能看一场电影，比多吃一顿白面馒头还让人高兴。顺应形势所需，《地道战》电影放了一遍又一遍。时至初冬，虽然紧急叫停了全民挖地道，但人们依然喜欢观看《地道战》，有的人看了十多遍，兴致不减。猴书记在栾城县就看过《地道战》，来获鹿后又看过多次。今晚又是《地道战》，他不是不想看，而是正拿着获鹿县秋收生产总结材料发愁。获鹿县地处太行山东麓，山区村庄较少，大部分村庄在丘陵和平原地带，平原地带的农田都配套了机井，基本上成了水浇地。滹沱河流域更是稻田，一年四季不缺水。而山区和丘陵地带只能靠天吃饭，整个县水土差异极大，粮食产量极不均衡。高者亩产已跨过"黄河"，达到双八百斤，低者两季亩产仅仅五六百斤，不少村庄还需要吃返销粮。猴书记看着手中的材料，陷入沉思，如何解决占全县耕地半数还多的旱地灌溉问题，是他来获鹿后的当务之急。如此广大的区域实现水浇地，猴书记正在绞尽脑汁，张秘书忽然说放《红旗渠》电影，真是有人指点迷津，心中豁然开朗，先看看人家红旗渠是如何修建的。

《红旗渠》一开头，缑书记便在人群中叫好，还举起右拳挥舞，全然没注意周围还有众多观众。"你嚷什么嚷，差点儿划拉着我的鼻子，又不是获鹿人还挺咋呼！"右边一个看电影的年轻人喝道。

"对不起，对不起，打扰了！"缑书记侧脸小声说。

"明天赶完集，赶紧回你老家吧，别在获鹿城里亮你那硬邦邦的平山话了！"小伙子还挺歧视外乡人。

"是，是！"缑书记点着头，目不转睛地盯着银幕。

张秘书轻轻碰了碰那小伙子，想说话。缑书记余光瞥见，摇头示意，张秘书张开的嘴合上了。

"这放电影的，咋又倒回去放了！"小伙子以为人多，有胳膊肘蹭到了自己的腰肋，并没在意，还在嘟囔，不一会儿他却惊叫起来，"好家伙，这渠道，这阵势，要是通到获鹿城就好了，麦子大丰收，就能吃饱白面馍馍了！"

"做梦去吧，你这吃货，能吃饱黄饼子就烧高香了！"一个大姑娘抢白了小伙子一句。

"你要是嫁进了俺家，粮食更不够吃了！"小伙子反唇相讥。

"够了，够了，别吵闹了，还让不让人看了！"一个老汉不耐烦了，"看人家那精神，你们留着后劲去开山吧！"

缑书记听着人们的议论，看着银幕上惊天动地的开山炮，看着社员们热火朝天的劲头，心潮澎湃，刹那，滚滚水流从引岗渠涌到了获鹿山区，绕王屋山，顺九里山，过横山岭，流遍获鹿南北，水流又变作无数细流，灌溉了一块又一块农田，他的呼吸也急促起来……

"看你这半老四十的汉子，还如此激动！"旁边的小伙子又调侃起缑书记来。

"看人家战天斗地的干劲，你不激动？！"缑书记声音高了点儿。

小伙子"嘘"了一声："小声点儿！"

缑书记忙点头，禁不住又说道："咱们也要修渠，大干一场！"

"咱们？你一边凉快凉快吧，说话也不怕闪了舌头！"小伙子说话毫不客气。

张秘书刚说了声"你……"，"轰——，轰——，……"银幕上又是炮烟滚滚，飞石满天。

林县人民历尽艰辛，苦战六年，建成了总干渠与三条干渠，又奋战三年多，修建众多支渠和小型水库，解决了全县农田浇地和家庭生活用水老大难问题，林县人民真了不起。

"劈开太行山，漳河穿山来，三县人民多壮志，誓把河山重安排，千军万马战太行，定叫山河换新装！"激昂亢奋的歌声，把缑书记的心潮推向了高潮，他不知何时离开了篮球场，后面的《地道战》电影，也记不清到底看了没有。

站在缑书记旁边的那个小青年，也被《红旗渠》高亢的歌声吸引住了，他不承想旁边的那个外县人比自己还激动，只见那人双手举着拳头，不停地挥动，还使劲地往银幕前挤动，而后却退出了人群，不见了人影。这人好奇怪，看加片着了魔，正片反倒不看了。"神经病！"小青年嘟囔了一句，声音被八一电影制片厂的开场音乐淹没了，随后"地道战"三字醒目地显示在银幕上，正片开演了。虽然小青年只是轻轻地嘟囔了一句，但还是被张秘书听见了。张秘书凑到小青年耳边，悄声说道："那是县委书记，你可别乱说！"

"什么，什么？你大声点儿！"小青年心里一怔。

"那是咱们获鹿的县委书记！"张秘书声音大了些。

"哎呀，看我这破嘴……"小青年懊悔不已。

"谁是县委书记？"有人接上了话茬。

"你咋不早说呢！"小青年埋怨张秘书。

"让书记领着咱们也开一条引岗渠！"有人提建议。

……

人声有些杂乱，有人不看电影了，围住了张秘书。不能影响人们看电影，张秘书没法回答，抽了个空子溜走了……

"看电影，看电影，都别说废话了！"有人不耐烦了。

银幕上，鬼子进村了……

却说缑书记离开人群，四处溜达起来，他向西走去。脚下已踩上光溜溜的青石，一个不注意，他滑了一跤。站在阴森森的西门洞内，缑书记沉思起来，这古城门历经千秋风雨，无声无息地依然巍峨，任朝代更迭，城门总是远视太行。西北风吹来，只不过是穿洞门进出而已，而这寒流吹在缑书记身上，像是太行山被凿穿了，涌过来一股清流渠水，推着他前行！缑书记逆流往前走去，只可惜洞门太浅，没几步便走到了太平河边。渠水成了梦幻，太平河又成了宽阔的渠道，时明时暗的月光洒在河里，隐隐约约变成了渠水，向东奔去，只是这渠水咋就没声音呢？缑书记搓了几把脸，扒拉了几下耳朵，定神看时，自己"扑哧"乐了，西北风所向披靡，把河床的枯草吹得一边倒，枯草倒也顽强，时而倒下，时而挺起，还真如滚滚流动的水浪。缑书记自言自语："我一定要修第二条红旗渠，获鹿县要变成河北的林县！"

话虽这么说，真要做起来，并非易事。不过，既然自己下了决心，就算是架梯子登天，也要把事做成。缑书记就是这驴脾气，认准了死理儿，甭想回头了！

这位缑书记是老平山人，早在抗战时期就参加了平山团，因作战勇猛，战功赫赫，不到二十岁便当上了连长。后来平山团转战到了外地，缑增福被建屏县委选中，留在了地方担任游击队长。抗战时期，获鹿县的路北区属于抗日政府建屏县管辖，故而，缑增福经常在获鹿这一带打游击，村村寨寨几乎跑了个遍。在山区，他饱尝了缺水的滋味，口渴了，凉水喝个够，也能知足。他曾立志，打跑日本鬼子后，要打井修渠，让乡亲们吃上水，浇上地，过上好日子。如今，打跑日本鬼子已经二十多年了，可山庄的村民还是老样子，靠天吃饭、等雨饮水，这种现象不能再等了。林县人能劈开太行山修渠，获鹿人为什么不能？林县人能从山西引水，获鹿人只需要从自己家乡平山县引水，借助岗南水库之资源，事情要好办多了。想到此，缑书记心里轻松了许多，不由得脚步轻盈，沿着河岸向东走到了向阳大街，再向北拐回去，去办公室斟酌斟酌，明天开常委会定夺！

县委大院门口，人群如潮流涌出，电影散场了。缑书记没法与这洪流抗衡，只能站在一边等待。看来自己的力量是多么弱小，人民群众才能汇聚成一股洪流，对，发动全县人民，打一场劈山引水战斗，完成多年来的夙愿。为官一任，造福一方，这把火要烧起来，不需要三把火，一把火足矣！

"缑书记，你还没休息？"张秘书在大院里又遇见缑书记。

"走，走，走，到我办公室合计合计，准备开挖！"缑书记一把拉住张秘书的胳膊，就往楼里走。

"还要挖地道？"张秘书急急地问道。

"不是挖地道，是挖渠道！"缑书记大声说。

"这，这，这……"

"这，这，这什么这，这就研究！"

会议室烟雾缭绕，争吵声不断，出席会议的不只有常委，还有相关的局长、主任等。缑书记再次强调："水利是农业的命脉，平原地带，原有的计三渠，也让黄壁庄水库给截流了。当然，许多村子都打了机井，基本保证了农田灌溉，粮食产量逐年提高，人民的生活越来越好。但是，山区和丘陵的状况丝毫未改变，依然是等雨下种，靠天吃饭，别说农田灌溉几乎等于零，就连生活用水也是靠旱窖存雨水，千百年来的状况根本没改变，因此，我们必须学习林县人民，劈山引水，彻底改变山区的面貌，把梯田变成米粮川！"

"林县修红旗渠，用了十年的时间，那财力投入，多少年才能换回来啊！"有人算经济账。

"就是，咱们哪来的资金投入，别是一哄而起，一哄而散！"

"听说，林县为修红旗渠，死了不少民工！"

……

"张秘书，把窗户打开，让大家呼吸呼吸新鲜空气！"缑书记站起来，摆了摆手，驱了驱眼前的烟雾，而后说道，"我们是在干事业，不能只看眼前的利益，当然了，账不能不算，但要看如何算。试想，我们这一代付出了人力财力，却是千秋受益，我们搞社会主义，不就是为了造福子孙后代，若是只看到当前利益，那是典型的狭隘思想。同志们，这种思想要不得！"

缑书记停顿了一下，环视周围，又说道："我们就是要一哄而起，但是，决不能一哄而散，要一鼓作气，狭路相逢勇者胜！这是战场，不是游乐场，不达目的，绝不罢休！当然了，要奋斗，就会有牺牲，死人的事难免会发生，不过，我们要敢于面对，要有防范措施，将牺牲控制在最小的范围。战略上，我们要藐视一切；战术上，我们要重视一切，凡事万万不可大意！"

"缑书记，我来谈谈想法。"水利局林局长说。

"好，林局长请讲！"缑书记抬手示意。

"我们修渠引水的目的主要是山地灌溉，我们可以设想一下，如果不搞长距离引水，而改为近距离送水，不是更适宜吗？"林局长说到此停顿了下来，吊大家的胃口。

"你说下去！"缑书记和蔼地说。

林局长接着说："山区的耕地只占全县耕地的少部分，我们可以引水上山，用高扬程水泵把水送到山上，以此来解决灌溉问题。至于水源嘛，可以用石津渠之水，也可以在山底打井，用高压泵形成灌溉网。我想比长距离输水要容易些。再说了，遇上雨水多时，也就省事了。"

电力局王局长忽地站起来："你这想法不现实，干旱时，需要几十台高压泵同时运行，电力没法保障，平原的众多机井用电还紧张，哪有多余的电力指标，你水利局长的建议不行，绝对不行！"

林局长却继续发言："山后张庄不就是从山外的源泉渠引水，利用两级高压泵，将水头提高了一百一十多米，灌溉了梯田。还有，北寨村打了二十八眼大口井，使得全村三千七百多亩山坡地变成了水浇地。"

"我还是那个意思，电力保证不了！"王局长斩钉截铁地说。

"我们可以自己建造发电厂，专门用于农业用电！"林局长提议。

"说得轻巧,发电厂需要国家审批,地方部门别想!"王局长说话直怼林局长。

"我看你这电力局局长不作为!"林局长毫不示弱。

"那你来当电力局局长!"王局长较真了。

"好了,好了!都别较真了,林局长用了心思,有一定的道理,不过,你的方案看来走不通!山区和丘陵地带的耕地都用高压泵引水,确实不现实。大家还是具体研究研究如何开山引水的预案,引岗南水库的水,一旦建成,千秋受益!"缑书记表了态。

"要我说,财力是最大的问题!"财政局李局长直摇头,细细说来,"劈山引水,要开凿许多山洞,光炸药就不是小数目。要跨河修桥,不知要消耗多少钢筋水泥,上百里渠道,要用多少石料,多少木料,都不是小数目啊,其他杂七杂八的材料、工具等,更是数以万计,花费少不了!"

"事情要是好办,谁都能当财政局局长!"缑书记话里有话,那意思就是,要不你把财政局局长位子腾出来。

"我一定认真核算核算!"李局长赶紧表态。

"我看你是思想有问题,我们就算砸锅卖铁,也要硬着头皮上,我看就来个响当当的口号,'砸锅卖铁战引岗,牵着水头回家乡',不达目的,决不收兵!"缑书记又补充说,"你这铁算盘,回头给我做个预算,不过,要打紧些,我们的财力毕竟有限!"

"这,这,预算归预算,如此浩大的工程,需要请水利部门勘察设计后才能预算。"李局长实话实说。

"对,李局长说得没错,应该抓紧工程勘测,我们不能只是纸上谈兵,应该将计划落到实处!"县委杜英杰副书记表态,虽然为李局长开脱,实际上还是支持项目上马。

"我看李局长虽然有苦衷,态度还是很坚定,提出了具体建议,很好,大家若没有意见,我们举手表决!在座的各位都有表决权,就算是县委常委扩大会吧!"缑书记带头举手。

会议室内所有的人齐刷刷举起了手!

缑书记站起身来,铿锵地说:"我宣布,获鹿县进入临战状态,大家各自备战,今冬准备大战引岗,让春潮把寒潮压下去吧!"

"缑书记,我起草申请吧,给地委打报告!"张秘书请示缑书记。

"你先准备草稿,我下午先去地委口头请示,杜书记陪我一块去吧!"缑书记已然急不可待。

"好，咱们一块去请命，给地委立军令状！"杜书记毫不含糊。

从此，以县委书记缑增福为首的引岗渠修建大军，在当时没有大型施工机械的情况下，敢想敢干，土法上马，创造出了惊天的奇迹。他们中间有领导干部，有普通的民工，有老石匠、木匠、铁匠，有知识青年，有铁姑娘，有土"工程师"和扎根沃土的技术人员。这种无私无畏的战斗精神成了鹿泉人民的精神支柱，引岗红旗飘扬在鹿泉大地上！

（作者单位：河北省石家庄市冶河灌区引岗服务中心）

誓牵蛟龙上旱塬

李剑锋

　　沧海桑田，白云苍狗。这里是澄白大地，影响农业生产的诸多灾害首推旱灾，雨水稀缺，千百年来在这片大地上不停上演着抬龙王、跪求雨的场面，这群渭北汉子手捧黄土，掬一把烛泪洒其间，一片片古铜色皮肤、一阵阵悠长的鼓声、头顶绿色枝环、肩扛着威武的龙王像，脚下溅起的黄土无不诉说着一个呐喊——"水啊！你在哪里？"

　　农业要发展，水利是命脉。石堡川河发源于黄龙山冢字梁，那时常流量在2立方米每秒以上，如何将这一汪清水引上旱塬，成为备受旱魔折磨的渭北人民的心愿。1958年10月，白水县邀请黄龙县和洛川县召开"石堡川河水源开发利用问题"会议，就水库坝址、移民安置、土地征用、受益面积分配和任务分担进行初步协商，后因县制变更未能实现梦想。

　　1960年前后，时任水利部副部长钱正英为解决渭北旱塬缺水问题，来到石堡川河进行考察，将开发石堡川河水源提上了议事日程，1966年陕西省水电勘测设计院对石堡川河进行勘测；1967年渭南地区水电局设计了《石堡川盘曲河水库灌溉规划意见》，经过分析论证，编制《石堡川友谊水库工程设计任务书》；1969年7月陕西省革委会批准修建石堡川友谊水库灌溉工程。

　　1969年10月，史家河一声炮响，石堡川水库开始动工建设，祖祖辈辈因干旱缺水而备受煎熬的澄城白水两县人民无不欢欣鼓舞。他们摩拳擦掌，再也不愿意苦熬下去，把潜伏于内心深处渴望改变旱境的梦想化成修建石堡川水库的伟大行动，在他们骨子里透着一股朴实信仰和顶礼膜拜式信赖，一声令下，盼水心切的两县农民热血沸腾，万众响应，在几乎没有任何劳动报酬的情况下，纷纷从受益区公社百十来个村落奔涌而出。

　　当年11月渭南地区水电局组织技术人员对水库和渠道布线进行施工勘测，白水县指挥部接到命令：对大坝进行基础处理，车辚辚，马萧萧，白水县五六个公社数千民工奔赴黄龙深处，他们多数背着一个破布包，装上两个红薯馍或者玉米馍，穿着破旧棉衣烂布鞋，赶着牛车、马车，推着小推车，拉着锹镢和铁锤、钢钎等劳动工具，翻梁过峁，风尘仆仆奔赴石堡川工地，立下了誓牵蛟龙到旱塬的决心。

水库选址在石堡川河下游洛川县界头庙盘曲河村，这一带村落疏散人烟稀少。困难没有吓倒这群渭北汉子，进驻大坝的数千民工，抽出一部分人一镐一掀在山前山后借势山崖沟坡凿洞挖窑，解决住宿问题，他们打出的这些土窑洞没有门窗，出入口仅容一人猫腰而进，门口用破草席或牛毛毡遮风挡雨，走进窑洞里面渐渐宽了起来，当时每个窑洞住十来个人，最多时有二十来人，把窑洞挤得满满的。

他们在地下铺层麦秸，四周用砖头围成地铺，晚上下工后他们脱掉外衣戴着棉帽钻进单薄的铺盖卷儿，相互挤靠取暖休息，有的窑洞没有挡风的草席，睡在地铺最靠边得紧挨窑门，如果没有抵御风寒的门脸，黄龙山风利，靠边的人睡时更是艰辛。天亮后他们十几个人共用一盆水洗脸，擦把脸吃口干粮就上工地，这样的土窑洞就有四千多个，密密麻麻布满了大坝周边的沟沟峁峁。尽管这些窑洞夏天闷热、冬天寒冷，甚至睡在窑口的人常常被雨雪淋湿被褥，人们还乐观称之为"延安窑"。

沉寂的黄龙山热闹了，一千多名白水人民分散在石堡川河畔，投入大坝清基工作中，此后一年多时间，他们用铁锹铲除杂草、荆棘和灌木，用手推车清理、运走积土和碎石14万多立方米。1970年农村秋收后，石堡川指挥部召开动员大会，要求澄白两县动员劳力，大规模投工上劳，力争在1972年12月26日完成水库枢纽工程建设。随后工地实行军事化管理，石堡川工程建设指挥部下设澄城和白水两个指挥部，公社为营，大队为连，生产队为排，军事编制让石堡川工地分工明确，精简高效，让数以万计的民工劳动起来井然有序。

当年白水县跃进渠和西韩线建设如火如荼，白水县克服劳力短缺的困难，组织上万名劳力投入水库枢纽工程建设，劳力最多时达到一万六千名。1971年9月导流工程完工。

由于水流湍急，且缺乏抛投的巨型钢筋混凝土块，围堰第一次合龙失败了。9月18日大坝围堰进行第二次合龙，他们用铁丝把树枝扎成捆，做成大量梢料堆放两边，准备好块石和黄土静待合龙命令。"合龙开始"一声令下，两边民工往河道抛放梢料，由于河道水流湍急，多数梢料被河水冲走，此时石堡川指挥部副指挥齐国庆和白水县指挥部副指挥王录元、技术员王新仓率先跳进"龙口"，40多名由普普通通白水民工组成的突击队纷纷跟进下水组成人墙缓解水流冲力，岸上民工继续向人墙后的河道抛梢料，向河里人递石头，河里人用石头压住梢料，随后推土机向石头压土，经过多个小时回填，长300多米、宽近70米的龙口顺利合龙。在坝体修筑中，白水人民对导流洞进行衬砌灌浆，而今导流洞成为石堡川水库防洪底洞，起到了上防空、下防震、中拉泥沙的作用。

1972 年初大坝枢纽工程拉开帷幕，大坝主体由黄土填筑夯实而成，大坝高程 930 米以下由白水县组织劳力拉土填压，以上由澄城县负责完成，指挥部机械队用水泥制作出七八吨水泥碌碡，用拖拉机拖着进行碾压。

为了向毛主席的生日献礼，澄白两县人民三伏天再热也不停工，三九天再寒也不歇着，就连一年一度阖家团圆的春节，上劳民工在工地过革命化春节，掀起了轰轰烈烈的群众运动。那时大坝日均上劳一万五六，最多的是 1972 年春节，澄城上劳超过两万人。当时大坝施工场地狭小，为了提高劳动效率，他们将民工分成四班倒，六小时一拨人，取土、拉土、铺土、碾压井然有序。当时填筑黄土来自大坝两边山体，土场与大坝施工现场相对高差近百米，直线距离三里多，一年多时间上万民工用近万辆架子车拉运黄土 337 万立方米。架子车穿梭如飞，挖土装土的挥汗如雨，重车下坡时踩着车尾护送，空车上坡时前拉后掀，车来车往，络绎不绝。大坝西坡拉土道路宽八九米，远看大坝西坡，架子车密密麻麻，像流水一般。

那年黄龙山里气候寒冷，最冷时达到零下十七摄氏度，如何顶住数九寒天，继续施工不耽搁工期？人民的智慧是无穷的，他们研究出"四快"夯坝法，在挖土运土铺土碾坝四个环节，组织青壮劳力，快挖快运快铺快碾，争分夺秒，与寒冷赛跑，不等土冻结就碾压过来。那时空气因寒冷而凝滞，工地却在你追我赶中热火朝天，挖好土正在冒气，架子车拉的土还冒着气，铺土时一组占一绺，不等气散尽，碌碡就碾压过来。为了碾压均匀，他们在碌碡上制作刮板，滚上沾的土到了一定厚度就铲掉，碌碡始终是平的。后面技术人员立即进行干容重施测，检测大坝填夯质量，抓进度同时还要保证工程质量。

在以红薯馒头、玉米面饸饹和红薯麦饭为主食的年代，能吃上杠子馍，成为多数民工自发来到石堡川工地的一个因素，当时工地人来人往，上工地习以为常，多数人上劳时把驴套在架子车上，人往车上一睡，驴拉上架子车轻车熟路就来到了石堡川工地，那时上工的人打趣说：去的次数多，驴都认识了路。

那时石堡川工地给受益区每位民工一个工日补贴四毛钱，非受益区每位民工一个工日补贴八毛钱，各连队根据自身条件再进行补贴，一天上劳民工基本能吃到一条杠子馍，其他食物用杂粮补齐。在工地，吃白蒸馍，喝白开水，蘸白盐就着吃，人们有趣地喊"三白"。休憩之余，大家坐在一起，多谈的是什么时候能过上"三高（糕）"的日子：咥油糕，尝晋糕，日头睡到一杆杆高。在他们心中有个梦想，不仅仅是满足手中能有麦面杠子馍，大家还能窝在家里热炕上，睡个踏踏实实的好觉。

澄白两县民工白天上工下工，拉土挑土，腿跌伤了，仍然坚持在工地；腿跑肿了，肩膀脊梁压肿了，磨烂了，流出脓血，轻伤也不下火线。民工打趣说"架得辕辕（拉得架子车），吃得椽椽（杠子馍），睡得秸秸（小麦秸秆），枕得砖砖（半截砖头或瓦片）"。等到晚上下工，大坝工地搭戏台，台上有省地县各级秦腔剧团名家演唱拿手的折子戏，有放映队隔三岔五来工地放映电影，还有活跃在工地的文艺宣传兵，自编自演，剧目多是反映工地上的劳动英雄，台下掌声起欢声呼，斗志一波高过一波，明天又是一场对抗赛。

在工地，参加建设的民工有老有少，六旬老人比比皆是，他们忆苦思甜，感恩新中国，老骥伏枥，志在千里，虽已暮年，壮心不已。在工地，劳动女英雄比比皆是，她们是铁姑娘排和铁梅班的骨干力量，年龄基本在十七八岁，她们个性顽强，不爱红妆爱武装，越是艰险越向前，甚至干得更为出色，白天她们在工地上与青年突击队开展对抗赛，较量中她们一次次领先，晚上她们是大坝戏台演出剧目中的主人公，她们用勤劳与汗水让青春飞扬，在石堡川工地谱写出巾帼不让须眉的战斗凯歌。

头雁高飞群雁起，一马当先万马奔。在工地，凡是民工干劲大、工程进展快的营连，一般都有一个作风过硬的带头人。多数营营长将思想政治工作做在第一线，在第一线指挥战斗，在第一线带头大干，在第一线解决问题；他们是一般活经常干，重活脏活主动干，困难危险冲在前，关键时刻连轴转；他们平均每年劳动都在二百天以上，经常满脸汗水满身泥，大家称他们不像办公室司令，是和大家同壕作战的一员兵。

在他们的带领下，工地上有门户上锁，全家上阵的；有夫妻争上游，父子比干劲的；有青年突击队和铁姑娘战斗组对阵的；有不服老的"高龄老将"；有志比山高的英雄少年；还有刚结婚就奔上工地的新婚夫妇。他们两头摸黑无怨言，饥了啃口干馍馍，渴了饮口山泉水，要问为啥要受这样的苦，他们齐声答道：要引河水浇旱塬。

水库要建成，顺利移民就是对水库建设的最大支援。水库设计蓄水位936米，对水库淹没区群众搬迁，是确保水库正常蓄水的关键，移民涉及黄龙和洛川境内两个公社、三个大队和十一个生产队，搬迁人口165户775人，这些移民先后搬迁到白水县史官镇和澄城县冯原镇等地，随后白水组织人力炸掉窑洞和房屋，清理建筑垃圾，消除库区内树木杂物，为水库蓄水做好了准备。

瀚海阑干百丈冰，风掣红旗冻不翻。1973年2月，一座坝高58.9米、坝顶长380米、坝顶宽8米的拦水大坝展现在渭北旱塬。同年5月截流蓄水，白水县指挥部千余名劳力组成两个突击队，经过五个昼夜苦战，截断流入洞内的水流，进行洞内排水清渣，6月8日石堡川水库正式蓄水，投入运用。大坝下游坝坡用600多方片石砌成了"石堡川友谊水库大坝"字样，每个字宽高各五米，站在山顶远望石字熠熠闪光，眼前满库清水，在阳光下碧绿如镜，在黄土高原，在黄龙山深处，宛如一颗明珠。

樊焕芳父亲去世，家里七口人，在家里她是长女，在工地她是爆破行家里手。1972年春节，组织照顾她三十元，她把钱退了回去；组织照顾她家一台缝纫机，她推辞了；山岭隧洞完工后，组织让她到公社煤矿当工人，挣工资弥补家中不足，她知道后毅然说："我还没有完成父亲未完成的任务，不能半途而废，不能当水利逃兵。"随后又投身到石堡川建设中；在一次帮风钻组接风管时，风管突然爆炸，樊焕芳被炸得失去知觉，之后指挥部给她评定伤残等级，她也拒绝了。

樊焕芳和"铁梅班"成了水库工程建设的杰出代表，她们的事迹被排演成戏剧《战地红花》，一时间传遍了工地，为水库建设者增添了强大的精神力量，樊焕芳在战天斗地的石堡川工地加入了共产党，当选为中国妇女第四次全国代表大会代表，1974年的《人民日报》对樊焕芳的事迹作了专题报道。

时过境迁，20世纪末，一次偶然机会，我有幸见到了心中敬仰的"铁姑娘"樊焕芳，她只有1米55的个头，微胖稍黑，完全一副普通的农村妇女形象，在这个省级小康示范村，大多数人已经住上了二层小楼，她仍住在两孔窑洞里，没有一件像样的家具。然而她同许多朴实的澄城人一样，把青春奉献给石堡川建设，仿佛早已忘记了在石堡川工地奋斗的岁月，无怨无悔地生活着，她和那些铁姑娘是值得我们尊敬的人。

（作者单位：陕西省渭南市石堡川水库管理中心）

灌溉之魂，新时代的水利粮丰

赵国栋

水，生命之泉，滋养着万物生长；
灌区，农耕之根，承载着丰收的希望。

节水优先，智慧的种子在心田播撒；
空间均衡，生态的画卷在大地铺展。
系统治理，科学的双手细心呵护；
两手发力，创新的翅膀在蓝天翱翔。

从古渠的涓涓细流，到现代水利的宏伟蓝图，
从泥泞的田埂，到绿色的希望田野，
灌区的变迁，映照着时代的印记，
灌溉的智慧，书写着历史的新篇。

党的十八大，春风化雨，润泽心田，
灌区现代化，科技之翼，展翅高飞。
粮食安全，水利之基，稳如磐石，
灌区精神，民族之力，永续传承。

灌溉工程，历史的见证，文化的传承，
世界遗产，智慧的结晶，精神的火炬。
保护利用，传承创新，生生不息，
灌溉之魂，民族的骄傲，世代兴旺。

灌区人民，勤劳与智慧的典范，

在这片土地上，播种希望，收获梦想。

他们的故事，是灌区精神的颂歌，

他们的成就，是水利粮丰的辉煌。

啊，灌溉之魂，新时代的水利粮丰，

是改革的号角，是未来的召唤。

让我们以水为媒，以灌为笔，

共同绘就这绚丽的华章。

（作者单位：中国水务投资集团有限公司山东区域总部滨州水务集团有限公司）

灌溉之利，长江之水润沃野

陈松平

薄雾轻绕，青山吐翠。

曙光微露之际，湖南省新化县水车镇紫鹊界村的村民们就在田间忙活开了。正值夏种时节，层层叠叠的梯田浸满了水，似一块块明晃晃的镜子，倒映着人们赤脚下田、弯腰插秧的身影。

这片分布在海拔 500 ～ 1200 米的山麓间，共有 500 多级的梯田，就是 2014 年首批被列入世界灌溉工程遗产名录的紫鹊界梯田。据考证，紫鹊界梯田起源于先秦，至宋元明时期进一步扩大完善。算起来，这梯田里的水，已连绵不绝地流淌了 2000 多年。

梯田是在丘陵山坡地上沿等高线方向修筑的条状阶台式或波浪式断面农田，对灌溉水源依赖度极高。千层叠翠的紫鹊界梯田却没有任何山塘、水坝等蓄水系统，但水源又似乎无处不在，从石头缝里迸出、从土壤中渗出，水量虽不大，却布满山坡。凭借巧夺天工的设计，依托山中基岩裂隙孔隙水水源，紫鹊界梯田构筑起纯天然的自流灌溉系统，实现了"山有多高，水有多高，田就有多高"，堪称世界灌溉工程的奇迹。这里潺潺流水四季不绝，浇灌着依山势而建的数万亩梯田，旱涝保收，至今仍养育着 16 个村庄、1 万多村民。

水绕着田，田依着寨，人居与农耕和谐交融。紫鹊界梯田，是我国古代劳动人民面对水利难题，用智慧做出的惊艳世界的答卷。

水畅其流，润泽沃野。像紫鹊界梯田这样历经岁月风霜而不朽，流淌着千年治水智慧的古代灌溉体系或工程，在长江流域还有不少，都江堰、灵渠、长渠、娄港、槎滩陂……随手就可以列出一长串名字。这些历代开发建造的水利瑰宝，经久不衰，尽显灌溉之利，让流域上下田园牧歌更嘹亮、大江南北家家粮仓更殷实。

江南多水泽。

长江流域的灌溉设施起源于水稻等亲水作物的种植。考古发掘证明，长江中游地区是世界稻作文明的发祥地，在江西万年仙人洞、湖南道县玉蟾岩等遗址中先后发现了距今 10000 年到 12000 年的稻作遗存，表明当时逐步形成了最初的水稻农业。随着水稻种植面积增长，农业灌溉应运而生。到了距今 5000 多年前的良渚文化时期，已经出现了连续成片的大面积稻田，并有与之配套的蓄水池、放水沟等灌溉系统，大幅提升了稻作农业规模化生产水平。

不过，在春秋战国以前，长江沿岸人口、土地等方面的矛盾并不突出，如果一块土地经常出现水旱灾害，人们可易地而居，另觅土地耕作，加之社会生产力水平低下，因此人们兴修较大规模水利灌溉工程的意愿并不强烈，条件也不成熟。

及至春秋战国时期，生产力的发展尤其是铁制工具的普遍使用，为兴修水利创造了有利的物质条件。又由于诸侯割据，互相攻伐称霸，出于对粮食征集等方面的需要，大规模垦殖荒地，农田灌溉工程因此有了较大规模的发展。后世的各类灌溉工程，几乎都可以在这些工程里找到模板和影子。

都江堰位于成都平原西部的岷江上，是我国古代最大的水利工程。古时，岷江穿过上游水流湍急的峡谷后，犹如离群的野马般四处奔窜，致使成都平原水道紊乱，西部洪涝、东部干旱，交替为患。到战国时期，秦国吞并蜀地后，欲将这块膏腴之地打造为支撑其统一天下的后方大粮仓，治理岷江水患发展农业生产就成了当务之急。公元前 256 年至前 251 年，蜀郡郡守李冰在吸收前人治理岷江经验的基础上，充分利用当地西北高、东南低的地理条件，根据岷江出山口特殊的地形、水脉、水势，因势利导，率众凿离堆、穿二江，以石头、木桩、竹笼为主要材料，建成了都江堰。岷江自此被分为内外两股，外江仍循原流，内江经人工渠道流入成都平原，灌溉农田，把水害变为水利，使四川盆地成了"水旱从人，不知饥馑，时无荒年"的"天府之国"。

著名社会活动家赵朴初先生曾在参观都江堰后赋诗曰："长城久失用，徒留古迹在；不如都江堰，万世资灌溉。"这一赞誉，都江堰完全担当得起。这座世界上唯一存留至今的大型无坝引水工程，以最小的工程量，成功解决了引水、泄洪、排沙等一系列技术难题，在两千多年的漫长岁月中，始终运行不辍、造福一方，是中华民族科学治水的光辉典范。

与都江堰兴建时间大致相同的古巴比伦纳尔—汉谟拉比灌溉渠系、古罗马远距离输水道，都因沧海变迁和时间的推移，或湮没或失效。只有我国的都江堰，虽安处一隅，却泽被后世、造福千年，且至今运行不辍，发挥着越来越大的灌溉等综合效益，成为一个属于中国、也属于世界的数千年奇迹。2000 年，都江堰被列入世界文化遗产名录；2018 年，被列入世界灌溉工程遗产名录。

到了汉代，国家政权相对稳定，在长达 400 多年的历史中，除对原有水利工程进行维修取得效益外，在今陕西汉中、河南南阳、四川成都、安徽舒城、江苏扬州等地区和浙江长兴一带，都新建有相当多的塘堰灌溉工程。在汉江上游大大小小的支流上，西汉立国之初就开始修建引水堰坝，数百年来一共建了100多处，构成了发达的农田灌溉体系，其中最具代表性、发挥灌溉效益最大、使用时间最长的是有"汉中三堰"之称的山河堰、五门堰、杨填堰。东汉初年，南阳太守杜诗在当地"修治陂池，广拓土田"，并利用水力鼓风，发明"水排"。在江汉支流蛮河上扩建了木里渠，灌溉农田700顷。三国时，吴将周泰引涔水灌田数十万亩，该工程为湖南最早的大型引水工程；同时期的蜀汉则经营都江堰和汉中灌区。

西晋永嘉之乱后，北方人口大规模南渡，也在长江流域垦殖了更多的农田，兴建了大量灌溉工程。中下游地区主要是依托比较大的湖泊水系，按照灌溉需要进行人工改造，如位于今江苏句容的赤山湖、位于今江苏丹阳的练湖等，都产生了很大的灌溉效益。上游则是根据地理条件开发小型蓄水工程，有的利用积水洼地修陂池，有的则利用取土坑积水，如成都千秋池、万岁池，就是秦国筑城墙时留下的取土坑。而在今湖南郴州一带，当年还曾利用温泉灌溉，取得了一年三熟的记录，灌溉面积有几千亩之多。

隋唐大一统，我国进入古代极盛时期，社会经济有了很大发展。对漕粮的需求，使得朝廷更加重视农田水利建设，唐代尚书省工部下设有水部郎中和员外郎，"掌天下川渎陂池之政令"，凡堤防、塘堰、舟楫、灌溉等，一并管理。一方面对历代一些大型水利工程如都江堰、灵渠等进行维修以充分发挥其灌溉效益；另一方面则在长江流域新建了相当多的灌溉工程，大小陂塘遍布大江南北。据《新唐书·地理志》记载，唐代水利工程共有236处，其中灌溉排水工程有165处。如果以公元755年安史之乱为唐代由盛而衰的转折点，以秦岭、淮河一线为南北地理分界线，则唐代前期的灌排水利工程有107处，其中北方为67处，南方为40处；唐代后期的灌排水利工程有58处，其中北方仅10处，南方48处。长江流域各州府县志中有不少关于唐代兴修堰塘的记载，如元和年间（806—820年），江南西道观察使韦丹发动群众在南昌（今江西南昌县附近）"筑堤扞江，长二十里，疏为斗门，以走潦水"，修建灌溉陂塘598处，受益农田达120万亩，这就是列入世界灌溉工程遗产的潦河灌区之肇始；大和年间（827—835年），四川青神县修成灌田200余顷的引水工程，即鸿化堰前身。

我国古代以农业立国，对水利建设尤其重视，在几千年的农耕岁月中，兴建过数以万计的水利设施，即使在唐末五代乱世中，江南的水利兴修依然在士绅等民间力量的组织下继续开展。例如有"江南都江堰"之称的槎滩陂。公元937年，躲避战乱寓居乡村的南唐金陵监察御史周矩，在赣江水系禾水支流的牛吼江上游槎滩村畔，组织当地民众将木桩打入河床，再编上长竹条，遏挡水流，然后填筑黏土夯实，最后在主坝上层垒叠坚固的红条石，形成陂坝，名为槎滩陂。陂成后，周矩父子相继率众陆续开挖了36条灌溉渠道，使得当地9000多亩因旱歉收的薄田变成了旱涝保收的良田。千年以来，槎滩陂经过多次维修改造，灌区不断扩展，灌溉面积现达6万余亩，滋润着亿万庄稼。

槎滩陂千年来活水长流，还在于实施了"陂长制"这一先进的水利工程管理与运行制度。元代至正元年（1341年），周、蒋、胡、李、萧五姓宗族在官方的支持下制定了《五彩文约》，由五姓宗族轮流担任陂长，实行陂长负责制，维修和管理槎滩陂，形成了官府与宗族、官与民结合的管理体系，从根本上保障了工程修缮维护所需人力和资金的来源，也减少了用水纠纷。

长江流域的经济发展在宋代走向了一个新的高潮，形成"国家根本，仰给东南"的局面。农田水利建设是农业的基础工程，两宋君臣对此一直十分重视，宋神宗说"灌溉之利，农事大本"，这是宋朝历任皇帝对农田水利建设重要性的普遍认识。朝廷经常发布有关农田水利建设的诏令，将此项工作作为考核地方官员政绩的重要指标。终北宋一代，太湖地区兴修水利的记载不绝于史书，主要是在苏州、松江、昆山、宜兴一带筑堤、建桥、开塘、置闸，重点解决农田的排灌问题。宋室南迁后，南方人口剧增，沿江地区垦田面积迅猛增加，与之相配套的是大举兴修陂塘灌溉工程。据《宋史》载，宋孝宗淳熙元年（1174年），提举江东常平茶盐公事上奏，江东共修治陂塘、沟堰22451处，可灌溉田亩4.4万顷。这是南宋重视农田灌溉的一个写照，当时小型农田水利工程形式多样，数量极多，几乎每个县都有，不少工程持续到明清以后，至今仍在使用。

元明清是中国人口增长较快的时期，其中清代的265年间全国人口总数由1亿左右增至4亿多，促使耕地增加和单产提高，同时也促进了灌溉的发展。以灌溉为主的农田水利工程在各地普遍兴修，江南地区较为突出，但大型工程较少。元代学者王祯在《农书》中所记述，"惟南方熟于水利，官陂官塘，处处有之，民间所自为溪塌水荡，难以数计，大可溉田数百顷，小可溉田数十亩。"清代光绪年间编著的《湖南通志》记载，全省有陂塘8700多处，其中建于清代或始于清代灌田千亩以上的有120多处，灌田10万亩以上的10处。

灌溉是农业发展的基础支撑，中国古代以农立国，修水利、促灌溉、兴农事，历来是治国安民的大事。中国也是灌溉工程遗产类型最丰富、分布最广泛、灌溉效益最突出的国家。从2014年起，国际灌溉排水委员会开始在世界范围内评选灌溉工程遗产。截至2023年，世界灌溉工程遗产名录上，共有34项中国工程。这些灌溉工程或系统虽然形式多样，但它们有一个共同点，即都流淌着古人治水智慧、闪烁着农耕文明之光。

近代以来，山河破碎，战乱不已，民不聊生，水利设施不仅缺乏正常维护，反而遭受破坏的不少，灌溉能力大为下降。据长江水利委员会编著的《长江治理开发保护60年》一书统计，新中国成立前夕，长江流域灌溉面积约为667万公顷，仅占耕地面积的23%，灌排能力严重不足，粮食生产能力低下，一遇大的旱涝灾害，往往赤地千里，粮食绝收，饿殍遍野。

仓廪实而天下安。

粮食安全是经济发展和社会稳定的压舱石。长江流域是农业生产的精华地带，上游成都平原，中游的洞庭湖和江汉平原，下游的鄱阳湖和太湖平原都是我国重要的商品粮棉油基地。新中国成立后，大兴水利，修复和续建了都江堰、长渠等一批古代灌溉工程，新建了湖北漳河水库灌区、湖南韶山灌区、江西赣抚平原灌区、安徽驷马山灌区、河南鸭河口灌区等一大批灌区，流域内灌溉体系初步形成，已成为我国重要的农业生产区。

水到田头，粮食丰收。

长江流域不断发展的农田灌溉事业，既充实了国家的粮仓，又鼓起了农民的钱包，为流域各地乡村振兴、经济社会稳定奠定了坚实基础。

（作者单位：长江水利委员会长江水电集团）

碧水长渠　润泽鲁西

马胜男　李　蕊

1958 年，在全国上下大兴水利的热潮中，位山灌区应运而生，鲁西大地自此开启了治黄治沙的新篇章。栉风沐雨 60 余载，位山灌区已建设成为黄河中下游最大的引黄灌区，居全国特大型灌区的第五位，不仅承担聊城 540 万亩耕地的灌溉任务，还兼顾工业企业、200 万城乡居民生活、生态环境供水，还承担向河北雄安新区、华北地下水超采区补源等跨流域调水任务，为区域经济社会高质量发展提供了重要水源支撑。一路风雨一路歌，"全国灌区水效领跑者""节水型灌区""国家水利风景区高质量发展标杆景区""人民治水·百年功绩"治水工程等诸多荣誉，见证了位山灌区 60 多年的艰辛与笃定，沉淀下了"战天斗地、不怕牺牲、甘于奉献、求实创新"的灌区精神。

筚路蓝缕，以启山林

位山灌区历史陈列馆内，一份 1959 年的工作总结吸引了来访者的驻足："高唐县尹集公社有两名书记带领 2100 名劳力，一天半的时间，修建了 14 华里的 1 条支渠，2 条农渠，扩大灌溉面积 2 万多亩。"火热的劳动场面，战天斗地的奋斗精神跃然纸上。

1958 年，聊城人民为治理水旱灾害，拉开位山灌区开发建设的序幕。在物质条件极为匮乏的情况下，凭借"一定要把黄河的事情办好"的坚定信念，依靠人海战术，几十万人齐上阵，担条筐、挥铁锹、靠肩挑手推，组织了三次大规模施工，兴建了位山引黄闸、输沉沙渠、干渠工程等，创建了改天换地的水利奇迹。5 月 1 日，位山引黄闸工程正式开工，人们顶着烈日的暴晒和狂风暴雨的袭击，向坚硬的岩层日夜不停地"进攻"，战胜种种困难，开挖土、石 10 余万立方米，浇筑混凝土 2 万余立方米，砌垒块石 2.6 万立方米。当年 10 月 1 日，位山闸便竣工放水。这么一项浩大的工程，仅用了 5 个月就全部完成，这是聊城人民战天斗地、不怕牺牲的精神的历史见证，自此，这种精神也在灌区人心中扎下了根。

随着位山闸的徐徐开启，汹涌的黄河水翻滚着金色的浪花，流向了位山灌区的千万亩农田，也流进了人们的心窝。建成一年内便引水 11 亿立方米，全灌区增产粮食 13230 万斤，打破了靠天吃饭的局面，实现了无雨保丰收。后因灌排体系不健全，加上聊城连续出现丰水年份，耕地出现次生盐碱化，灌区于 1962 年被迫停灌，引黄事业陷入了低谷。20 世纪 60 年代后期，聊城地区又遭逢连年干旱，1970 年位山灌区兴渠复灌，提出"旱涝并防，灌排并重，引黄补源，以井保丰"的方针和"骨干工程灌排分设，田间工程灌排合一"的建设模式，对原有工程布局进行了较大调整，灌区骨架初步形成。同时，伴随改革开放的步伐，灌区自筹资金兴建了胡口、四河头、碱刘、七里河 4 座大型渡槽和三十里铺、潘庄等大型节制闸，配套建设了一批桥梁和涵闸工程，利用引黄入卫和引黄济津工程资金，修建了王堤口渡槽、王铺渡槽等一批枢纽工程，配套了一批节水工程，灌区骨干灌排工程框架形成，施工方式逐步实现从民工"大兵团作战"到人工施工与机械化施工相结合，再到全部实现机械化的转变。1998 年以来，位山灌区连续 23 年争取国家大型灌区续建配套节水改造项目资金 14.27 亿元，灌区市管骨干工程累计衬砌渠道 239 千米，县级工程衬砌 274 千米，配套各类建筑物近 2000 座；自觉融入国家省级水网先导区建设实施大局，加快实施"十四五"续建配套与现代化改造项目，逐步构建起功能完善、安全可靠、节水显著、调控有序、生态宜居的现代水网，灌区水旱防御和水安全保障能力全面提升。

看似寻常最奇崛，成如容易却艰辛。一把铁锨、一个布包、几块干粮曾是灌区人巡堤的全部家当，他们迎着朝阳出、伴着星光归，遇到极端天气，在窝棚甚至庄稼地里暂避风雨后，便继续踏上巡查的路。因为他们深知，越是有风雨，越容易出现浪窝、树木倒伏等情况，早一点巡查到，沿渠的安全就多一份保障。

灌区基层站所均是沿渠而设，多数位置偏远，条件艰苦，交通不便，老一辈灌区人几个人挤在一间宿舍，夏天酷暑难耐，冬天只能点煤球炉子御寒，在这样的环境下他们一住就是半年多，流传下"好女不嫁水利郎，一年四季到处忙，春夏秋冬不见面，回家一包烂衣裳"的心酸、无奈。如今，15 个基层站所全部建为温馨职工之家，水电暖气、图书室、健身室等一应俱全，干部职工幸福感和归属感持续增强。见证并承载着灌区人不怕牺牲、艰苦创业奋斗精神的黄河水，在一条条渠道护送、一座座泵站抽压下，穿行平畴沃野，惠及万户千家。

水润田畴，"丰"景如画

在位山灌区流传着这样一个故事：李海务镇的李老汉一家四口人只有五亩地，因为干旱少雨，一年的麦收还不足三百斤，老人手捧着干瘪的麦穗，祈望苍天降水活命！当他听说要开挖二干渠，两年内就能引来黄河水时，激动得天天念，夜夜盼。

施工队伍来了，他领着儿子天天随着施工队出义务工。干渠挖好了，老人每天都要到渠边站一站，看一看。遗憾的是，老人没能等到黄河水来的这一天，一场重病夺去了他的生命。黄河水来到村子的这天，李老汉的儿子从渠里舀起满满一瓢黄河水，轻轻地洒在父亲的坟前。他跪在地上哭着说："爹，黄河水来了，咱的庄稼有救了。"

质朴的故事，真挚的情感，神圣的使命，深深镌刻在每个灌区人心中。60多年来，位山灌区坚决扛牢引黄抗旱的大旗，不断做优做强供水文章，探索推行早引抢蓄、轮续灌相结合等供水模式，形成工程、制度、数字、水价、宣传"五位一体"节水体系，以占全国约0.2‰的水资源，灌溉了全国约2.7‰的耕地，生产了全国约5.8‰的粮食、4.6‰的蔬菜，实现了聊城粮食二十一连丰，为保障粮食安全、端牢中国饭碗做出了积极贡献。从20世纪80年代开始，灌区人发扬顾全大局、无私奉献的精神，克服种种困难，先后实施引黄济津7次、引黄入冀34次，共引水123亿立方米，有效缓解了河北、天津用水紧缺的状况。

然而，引黄必引沙，黄河水在造福百姓的同时，也给位山灌区带来了大量的泥沙，形成了黄河下游最大的沉沙池区，长期输水沉沙、清淤堆土，造成池区生态脆弱、土地贫瘠，群众生产生活条件恶劣。

为了彻底改善沉沙池区的生态环境，让池区群众享受到"绿色福祉"，近年来，位山灌区牢固树立绿水青山就是金山银山的理念，坚持民需为纲，规划先行，实干为要，把新发展理念、黄河重大国家战略、乡村振兴战略等要求融入顶层设计之中，高标准编制《水利风景区十年发展规划》《沉沙池区生态保护与修复规划》《聊城市位山灌区水利风景区发展规划纲要》等，明确了"一核辐射、三带牵引、六区联动"的发展定位和总体布局，依托灌区骨干水利工程建设，立足自然条件和资源，利用空间布局和区位条件优势，通过推进工程现代化改造、生态保护改善和水文化传承，逐步把位山灌区打造成集水利功能发挥、生态旅游休闲、文化科普教育于一体的高质量水利风景区，让群众乐享生态、文化福利。

新建60.3千米道路、26座大中桥梁，续建7千米总干渠等基础设施，建设沉沙池池槽绿化带、1800亩引黄灌溉纪念林（防风林）、640亩水土保持林等防风固沙、生态绿化项目……

经过系列开发建设，如今，昔日风沙漫天的位山灌区沉沙池华丽转身，成为水清岸绿的位山黄河公园。微风拂过，水波荡漾，树木摇曳，木栈道边游人如织，这里不仅有宜人的景色，餐厅、乐园、游艇等配套娱乐服务设施也一应俱全，还有科普教育、户外露营、文化休闲、特色采摘等多种生态旅游项目。公园自营业以来，已累计接待游客100余万人。位山黄河公园俨然成为聊城文旅的一张新名片。

同时，位山灌区统筹水工程、水安全、水生态、水环境一体治理，建成二三干渠渠首周店等8处国家水利风景区，打造"一干渠·乡村绿道""二干渠·城市漫道""三干渠·楷模大道"，原来垃圾乱弃、环境脏差的堤防建成为"花堤""翠堤""廉堤"等不同主题的带状公园，为群众提供了健身、休闲、娱乐的新场所。位山灌区于2023年参加水利部"水美中国"——第二届国家水利风景区高质量发展媒体推介会，荣获"国家水利风景区高质量发展标杆景区"称号。

位山灌区用知重负重的担当、春华秋实的耕耘、锲而不舍的坚持、赤诚为民的奉献，绘就了田沃粮丰、秀景怡人的美丽画卷。

唯新而生，匠心而立

从不收水费、按亩收费到用水计量、按方收费，再到终端水价、超额限价。从"高水位、大流量、速灌速停"、覆淤还耕到泥沙系统开发、综合治理、资源化利用。从水位遥测到信息化建设试点、数字孪生灌区先行先试……位山灌区60多年的发展史，也是一部改革创新史。灌区人带着求实的态度、创新的果敢和匠人的精神，踏实创业，执着创新，推进灌区事业不断开拓新局面、谱写新篇章。

早在1994年，位山灌区便成立了引黄灌区派出所，"水政+公安"常态化联合执法，保障灌区安全和建设管理。以此为基础，创新实施"灌区+公安+检察院+法院"四位一体的水行政执法与司法协作机制，一体推进水灾害防治、水资源节约、水生态保护、水环境治理，共同建设工程水利、民生水利、平安水利、法治水利。2022年，立法出台《位山灌区管理办法》，法治灌区建设进程加速推进。

位山灌区逐步改变重建设、轻管理的思想，以党建为引领，以"管理新标杆、服务新形象"为总体要求，全面加强组织、安全、工程、农业节水与供用水、信息化、经济等各方面管理工作，形成标准化管理"位山模式"，成为山东省首个标准化规范化管理单位，首批通过水利部大中型灌区标准化管理单位评价，实现管理更加精细、科学、高效。

位山灌区坚持把智慧灌区建设作为推进灌区高质量发展的着力点和突破口，数字赋能、"智"水有方。1986年位山灌区与清华大学等高校合作，拟定《位山引黄灌区配水用水计算机管理系统研究工作大纲》，1991年起，与清华大学联合开发研制了水位遥测系统和"位山灌区配水调度应用模型"，实现配水调度由经验性决策到科学定量决策的转变；两次入选全国大型灌区信息化建设试点单位。2017年以来，建成智慧灌区E平台，并在灌区信息采集、量水测水、水量资料整编、工程管理等主要业务工作中得以应用，形成初具规模的数字灌区框架体系。2022年以来，整合原有信息化资源，搭建 1 个数字孪生平台，突出"水资源优化、水旱灾害预警、输沙减淤"3 项需求，强化 N 项业务应用的"1+3+N"数字孪生体系，高质量打造了数字孪生先行先试样板。2023 年 10 月，全国数字孪生灌区现场会在山东聊城召开，位山灌区数字孪生建设经验受到全国关注。

长期以来，泥沙始终是引黄灌区治理难点。位山灌区立足水少沙多的实际情况，积极开展引黄泥沙综合治理，探索泥沙作为建筑用砖（蒸压砖）、混凝土原材料等利用途径，成功签署《聊城市位山灌区引黄泥沙再生利用项目暨黄河超细沙综合开发与推广应用合作协议》《聊城市位山灌区引黄泥沙再生利用项目合作协议》，开启多方共谋引黄泥沙综合开发与推广应用合作的新篇章。此外，创新实施引黄泥沙拍卖清运用于高速路建设，既减轻了泥沙淤积危害，又节约了清淤费用，保障了灌区良性运营。相信随着探索的不断推进，灌区泥沙资源化利用将取得新的更大突破，成为产业优势、发展优势。

依水彰文，以文润城

"冰山愈冷情愈热，耿耿忠心照雪山。"在位山灌区三干渠"楷模大道·廉堤"忠诚园内，一位年轻的妈妈正在给孩子读孔繁森留下的诗句，"这里距离孔繁森同志故里五里墩村仅有 1 千米，干渠两岸生态也很好，公园建成后，我经常带孩子过来，呼吸新鲜空气，还能接受红色文化教育。"

近年来，位山灌区主动融入黄河重大国家战略布局，依水彰文，以文润城，创新传承发展黄河文化、引黄灌溉文化，奋力打造黄河文化传承弘扬"位山明珠"。立足紧邻孔繁森同志故里、孔繁森精神党性教育基地的区位优势，以孔繁森精神、灌区文化、廉洁文化为主线，将孔繁森精神与利万民、润万物的灌区文化、水文化有机结合，建成三干渠"楷模大道·廉堤"和多个生态公园，形成集水利功能、生态休闲、文化熏陶于一体的生态廊道。

距廉堤 25 千米处的二干渠城市生态公园，百余块乐水奇石名言石刻沿渠而立、意趣盎然，亲水法治文化长廊、社会主义核心价值观景观小品，不仅为城市增加了"颜值"，而且提升了市民文化品质。位山黄河公园、二三干渠渠首周店、一干渠渠首兴隆村等灌区国家水利风景区，黄河文化、水文化点缀其中，形成"生态 + 水利 + 文化"特色模式，成为聊城百姓深度体验黄河文化、水文化的优选地。

为留存文化记忆，更好传承弘扬黄河文化、灌区精神，位山灌区编撰出版《位山灌区志》《位山灌区六十年概览》，广泛搜集老物件、老影像等 2000 多件，在位山灌区开发建设 65 周年之际，建成位山灌区历史陈列馆，桩桩件件历史遗珍，诉说着灌区的发展变迁，承载了灌区人的深厚情怀。

此外，还建成山东省首批水情教育基地，持续开展科普、研学、交流等活动，增强黄河文化、水文化的影响力、感染力和渗透力；成立灌区宣讲队伍，打造"'位'来说"宣讲品牌，常态化进社区、进学校、进村户，用心用情传播黄河文化、红色文化，年均受众上千人次，让文化甘霖润泽百姓心田。2022年，位山灌区被水利部列为"人民治水·百年功绩"治水工程，被列入《红色基因水利风景区名录》，2023年位山灌区及四河头枢纽工程被列入山东省首批省级水利遗产名单。

黄河流日夜，慷慨歌未央！澎湃华夏的黄河战略，已然在位山灌区奏响了迈向全国一流的水韵长歌。新征程上，位山灌区人将赓续传承"战天斗地、不怕牺牲、甘于奉献、求实创新"的灌区精神，以昂扬的姿态，踔厉笃行、艰苦奋斗，不断绘就壮美黄河画卷的鲁西篇章！

（作者单位：山东省聊城市位山灌区管理服务中心）

郑国渠（组诗）

凌晓晨

一

流水，浮游万千个意识和灵魂
山脉，凝重远古的力量和沉默
遇到峡谷之后，河流咆哮而出的声音
激活生命再次诞生的神秘

蓄势向下的决心，撕碎苦难纠缠的噩梦
储备到达千家万户的光明
让每一枚草尖，跳跃生命的灵动
让弯曲盘旋而行的山路，重新激活
万里山川蓄谋已久的风景

张家山，于山口豁然敞开
张家山，不仅仅是座山，山下的河水
从此一直向东，延展一个民族精神的脉络
最终到达，黄土塬想象中的海洋

二

是一条大渠吗？是冲出峡谷的黄土
携裹着自西北而来的狂风，在腹部
把关中的土地从底层唤醒

一个人的名字，命名一个匡世工程
由泾至洛，三百里路程
由一条又一条的支渠连通

两千多年了，引入口一再抬升
而每一次更替的流水，都是血与汗
凝固粮食与生命的战争

水是温柔的，仿佛美丽的女子
庄稼是亲切温暖的，如同每个日子
带着阳光向上的角度，革新历史

能听见滋润，也能触摸团圆
郑国渠不老的传说，不断续写
二百里高峡平湖，如梦再现

三

手捧泾河水，想当年的郑国
如何启动耗尽天下的决心
让河流改道，深入每一道田畴
舒展耕战合一的秦国愁眉

手捧泾河水，想两千多年的光阴
如何滋养庄稼蔬菜的根
让树木花草的繁荣，给予秋天的圆月
宁静中回眸的浅淡和美丽

手捧泾河水，天下的山水
在胸前突然陡立起来，千里沃野
树立帝王的雄心和百姓的愁悲
让情爱的含义，倾向下游的阶梯

手捧泾河水，能够捡回多少青春

在每一棵树梢上绽放光辉

让泥沙划过指尖，让水中的尘埃负重

让南北相向的力量，贯通东西

四

如果没有大地，水流就是瀑布

倾注的方式，因为渠道是人为的构筑

相信风云不问人事，相信流水

能够涤荡万古以来的忧伤

越过岁月的沟壑，让青山轻轻抱着

叙事的细节，只为成就辽阔的细流

延续的尾部，一堆低语的火

解释战争与和平，是忽视河流的拒绝

（作者单位：陕西省咸阳市水利工程服务中心）

潦河水潺潺

罗张琴

一

大禹疏通四渎前，远古先民或山上狩猎，或树上摘果，或水中捕鱼，人类社会还没有"灌溉"这个概念。

大禹导水入海后，先民们小心翼翼地变身农民躬耕四野，开发农业，"灌溉"渐入人心，慢慢也就有了"灌区"。

有前辈曾这样形容"灌区"："上象天之河汉、下仿地之根系、运若人之血脉、形若藤之结瓜。"换作大白话，就是一处有水源、能输配、旱能灌、涝能排的水利系统工程或者说粮棉油产区。

商周盛行的"井田制"，八家一井、四井一邑是奴隶社会时期常见的灌区；"滮池北流，浸彼稻田"，池、田、村、路等连成一片，是先秦时期的灌区。七座引水闸坝如系带七珠，七条主干渠和落地繁星般的支、斗、农、毛渠及渠系建筑物通过潦河连接，组成了新时代的潦河灌区。

发源于赣西九岭山的潦河，主河长约 166 千米，是鄱阳湖水系五大河流之一修河的最大支流。从空中俯瞰，清晰可见其被分为几近等长的两支，即南、北潦河，其中，北潦河又分为南、北支。这三支水，自西南向东北斜贯三境，在安义县万埠镇合并后，经九江市永修县汇入修河、注入鄱阳湖。这种走向使得潦河灌区看上去像极了一片鲜亮葱郁的桑叶。

二

暮春时节，春水渐涨。潦河灌区，无数粒稻种在农田翘首以盼，盼望着好水、饱水的到来。

"你好，我们乌石（村）已买好稻种，需注水整地……"

接到电话，省潦管局北潦管理站的管水员快速在电脑屏幕上一点，一张灌溉计划表弹了出来。他核对之后，旋即开启了洋河干渠进水闸。

积蓄了一冬能量、挟带春灌使命的河水，一改往日江南河流的婉约身姿，化身为无数匹剽悍骏马。渠道是赛道，绿坡是辅道，骏马四蹄腾空、鬃毛飘扬，迅如闪电划过。层叠浪花卷起千堆雪，仿佛累累汗珠在阳光下不停碎裂。水汽沛然，乌石村房前屋后，桃花更显妍丽，梨花愈见清绝，黄澄澄的油菜花如情窦初开的少女，分外饱满、动人。

我问管水员，担不担心骏马在渠道里崴脚？他憨憨一笑，笃定摇头。原来，聪明的建设者们在修建这条近二十千米长的干渠时，已将从起点到终点的落差设计为恰到好处的七八米，这个落差设计能让水又快又稳地流向沃野田畴。

一农妇坐在门前闲适梳着头发，她的丈夫半眯着眼盯着几只在闸边山茶树下刨食的鸡仔。农妇说，现如今啊，种田真不累人。看看，从浸种到抛秧有专门的育秧公司实行一条龙服务，只要这管理站的水管够，啥年份都会是丰年。蓝天白云绿树青草与生态护坡设施上下左右呼应，彼此调和晕染。顺着农妇的目光，我仿佛看见许多细柔又充满力量的淡黄色嫩稻芽从湿润的农田里生发。

"走，顺着渠道，去田里看看。"一行人喧腾地往下游走。途中，路过数只蹲守渠边的灰色水箱。管理员随机打开一只，让我们看里头的阀门，说它是灌溉神器，开拧之间，既能精准浇灌，又能节水节能。

未经节水与信息化改造前，潦河灌区内可是没有这些的。数十万亩农田灌溉全靠人力，操碎心，磨破嘴，跑断腿于管理局工作人员而言是常有的事。我想起几年前在潦河灌区采访到的一段往事。

1991 年，江西大旱，4 月至 7 月全省平均降雨量仅 500 多毫米，潦河灌区更是有近 100 天滴雨未下，水位急剧下降。于管理人员而言，要用不到 4 个流量的水去保障 9 万多亩田的灌溉，既是挑战极大的技术难题，又是必须答好的民生考题。为掌握各干渠灌溉面积和各村用水总量，他们走村入户，全员下沉，夜以继日赶制出抗旱用水计划发到各受益乡镇，并制定出"轮灌表"，严格按表执行放水。为保障上下游用水平衡，他们每天坚持到各干渠和支渠口用流速仪进行测流，以锱铢必较的严谨精准控制放水水量，确保所有秧苗能及时栽种、所有稻子能如愿灌浆。

"全心敬业，为民抗旱""大旱之年，管水有方"，我很开心，能在北潦闸坝附近管理房看到那年有效规避灾荒后的村民给管理者们送来的锦旗。每一个烫金大字的背后都藏着一颗颗滚烫的心。

三

"唐太和中，乡人当其折处，凿渠导水，为蒲陂堰，受河流以溉田，凡千余亩。"

斜卧于北潦河南支的北潦闸坝，其前身，即文中提到的距今一千一百多年的蒲陂。

蒲陂，堰头低，堰尾高，是建在水流较缓的河流折弯处的有一定倾斜度的斜交堰坝，过流能力强且对自然的干预最小，无疑是"天人合一"理念在古代水利领域的生动实践。

然蒲陂再好，毕竟只是土陂，年年岁岁，风雨不断冲刷，早已疲惫不堪、病态尽显。对它进行维修养护，渐成为历代当地百姓心中的"急难愁盼"。

明万历年间，奉新乡绅余论山倡领余氏家族重修蒲陂，开创性地成立堰会、制定会约、推选堰长，管理维修事宜。清康熙年间，又有乡绅余升、余益兄弟具资粮、致材石、募丁夫、简斤锸，对蒲陂进行升级改造，并编撰《堰关》一书，制定管护制度。经此，蒲陂得到较好维护，让当地百姓增加了近半的收成。

河流千秋流润，蒲陂给农业生产、人民生活带来的益处，无疑会使方圆数里的百姓心生向往并起而效之。明成化年间，奉新乡绅余鼎汉经官府批准，带领乡民凿石通河，兴建乌石潭陂，并修南、北两圳，分别引水灌溉靖安、奉新两县农田达万亩之多。清乾隆年间，又有靖安乡民筹得银款，兴建了能灌良田 3000 余亩的香陂。

彼时，三陂所在的灌溉核心区奉新县干洲镇，许多"高阜之田"变成肥沃之地，成为百姓争相涌入的"鱼米之乡"。宋代 11 姓 24 村，元代 18 姓 39 村，明代 31 姓 110 村，清代 33 姓 131 村……族群在水声中彼此应和，村落在田园上不断生长。

潦河灌区山高水阔地发展至 2023 年，粮食总产量 5.6 亿斤，将端牢饭碗的人民滋养得神采奕奕。

四

听闻年份久远的乌石潭陂旧基被保全在洋河闸坝的溢流坝中，一行人迫不及待折返，沿干渠往上游走。

洋河闸坝之上，"千年潦河灌区"文化广场，满堂红开得正艳。之下，是一条长长的溢流坝和一条蜿蜒曲折的水上石磨路。流水潺潺，石磨沉默。那种巨大的反差，瞬间勾连出岁月深处的巨大回响来，我仿佛听到了唐人的笑声、宋人的歌声，仿佛看见明朝的炊烟、清代的烟雨以及无数肩挑手提兴修水利的人们。

一个，两个，三四个……表面波澜不惊，底下暗潮涌动。我在岸上打量那些水中石磨，越看越觉得它们像极了我们每天要过的日子。我怂恿自己去石磨路上走了一遭，小心翼翼却也无所畏惧。重新回到坝岸的时候，我觉得自己刚刚在生命的河流里，与天光云影一起，触摸到了生活的点滴。

出洋河闸坝，去奉新路上，天开始下雨。桃花在水上漂流。樱花落了一地。有同仁打开车窗、隔着雨雾拍下路和远方，并给路取名樱花大道。我在心里反驳，坚持这是条小道。因为，原野辽阔，水光微小；牛群虽多，草叶细小；枝虽繁茂，花瓣甚小；春日迟迟，种子个小。

而在青草盈盈、原田每每的奉新县宋埠镇，一条当地人司空见惯、不愿多讲的无名小圳，在我眼里却俨然是气韵交叠的大江大河，不仅因为它养育了"贵五谷而贱金玉"的明代著名科学家宋应星，更在于它用自己的小关联了粮食、生态、文明等诸多宏大命题。

人的命脉在田，田的命脉在水，灌溉之利为水利之最。

春种一粒粟，秋收万颗子，灌溉是大地最美的魔法。

（作者单位：江西省水利厅）

息县引淮供水灌溉工程抒怀（三首）

林　平

淮河枢纽

河水汤汤，海一样浩瀚
我乘坐三千年前的独木舟赶来
与你相逢于平原之首
鸟雀萤火交接着万载时光

南风拂过，碧波静涌
思绪搁浅于巨大的轰鸣声中
两岸青丝葳蕤
谁与我絮语落日余晖

我一直都在默念你的名字
息县，你这华夏的长子
将千里淮河在你胸前打一个结
历史从此平静成湖，停驻心间

淮河日出

伫立右岸，三千年晨风吹拂
揉碎每一道浪涌
谁与絮语，廊桥无声

野草摇曳，朝霞漫天
红彤彤的婴儿即将临盆
满眼碧波都已做好接生准备

为之濯洗，幸福的呐喊
在胸腔里频频激荡

这万世长河啊
携带着前世的密语
从遥远的大山深处奔腾而至
又在眼眸底下悄然侧身而过
只把一片鸿羽遗落岸边

由此上溯千里，下延万载
一条破船踽踽独行
满舱风云鲜嫩如初

灌区夜色

三五头黄牛散放渠边
悠闲地咀嚼青草和夕阳
玉米穿起绿裙，亭亭玉立
长成邻居小姑娘的模样

夜幕降临，灌区一片黢黑
青蛙藏在水边不停地敲鼓
水稻分蘖拔节的声音满世界奔跑

干支斗农毛，交织成大地血脉
在我看不见的淮河平原无限延伸
我想随小蠓虫一起飞舞
在白亮亮的水声之上

远处灯火明灭，多像点点萤火
谁在渠首窃窃私语
绿汪汪一片，渠水悄然飞天
浸染满天朝霞

（作者单位：国网河南省电力公司信阳供电公司）

诗文交融澎湃的江河（外二首）

陈秀珍

一

两江水浇开烂漫的百花

美酒醺醉桃花源的长梦

明月照亮田园人幸福的生活

千年历史卷册汇聚江河湖泊

滚滚长江从天高气爽的青海启航

顺着青藏高原一路奔流而下

走过千年岁月，万里征程

激昂澎湃的黄河从巴颜喀拉山脉起源

经过九省八十八县后汇入渤海湾

她们历经延绵不绝的山脉和雪山

清澈的湖泊和小溪，郁郁苍翠的林木和草原

滋养了万里神州，泱泱华夏

二

长江与黄河滚滚奔流而下

山高水长，天各一方

她们共同滋养了亿万炎黄

书写了岁月变迁的壮丽篇章

悠久的历史渲染文化的璀璨

创造中华文明的灿烂和辉煌

从青藏高原到七彩云南

从巴颜喀拉山到巍峨的泰山

听优美的艄公号子回荡两岸

黄河落天走东海，万里写入胸怀间

无边落木萧萧下，不尽长江滚滚来

她们滔滔不绝怒浪而歌

三

虽然《诗经》和汉乐府的时代已久远

长江、黄河仍需新的采诗官

在纵横阡陌间且走且歌

在浪漫的土地上书写绚丽华章

用一把透明的钥匙打开冰山上的锁链

溪水与碎石碰撞的声音如叮叮当当的马铃响

极目千里，高原苍茫黄沙托举着太阳

村庄升起袅袅炊烟，王维写下

"大漠孤烟直，长河落日圆"的诗篇

黄河滚滚一路飞奔如巨壶的水在沸腾

李白欣喜若狂写下千古绝句

"君不见黄河之水天上来，奔流到海不复回"

四

三峡雄伟壮观，拦截着惊涛骇浪

一座座发电站当惊世界

黄河、长江不仅可以发电

还可以灌溉，让庄稼郁郁葱葱

无私地滋润着两岸的土地

养育着世世代代华夏子孙

三江并流，举世无双

超级水利工程都江堰、三峡水利枢纽工程

——国之重器，输送着电网灌溉着粮田

干旱的内蒙古也有了一个崭新的名字

"塞上米粮川"——河套平原

到了丰收的季节麦浪滚滚瓜果飘香

五

时光飞速流转，一眼便是万年

那个翩翩少年写下揽尽千年落霞的

辞赋《滕王阁序》至今无人超越

平静的江水见证着屈子的身影

"路漫漫其修远兮，上下而求索"

黄鹤楼也晃动着李白送孟浩然的碧空远影

两岸群山依旧环绕着故国

涛声依旧，岁月悠悠

滚滚东去的长江，奔腾不息的黄河

还有千古风流人物，多少豪情万丈

都化为千堆白雪的澎湃巨浪

为世代百姓带来生生不息的力量

六

我们是长江，我们是黄河

亿万炎黄子孙皆为龙的传人

用最美的诗文交融澎湃的江河

长江、黄河在万里征程中熠熠生辉

雄伟壮观的场景对应千古绝唱的传说

锦绣河山涌现无数英雄豪杰

奔腾不息的江水流入无垠的平原

鸿雁从塞外捎来锦书写满黄河的宏伟

天地相连，空旷辽阔

宛如一幅壮美的画卷

色彩印染在了华夏儿女的心上

我们的肤色就是东方最美的颜色

吹着夏日的风

夏天的大雨一场接着一场

河水渐涨，池塘里荷花开得正浓

鱼儿在莲花下欢快地游着

湿地里成了鸟儿们自由的天堂

野鸭、黑鹳、白鹭、鸳鸯还有凤头鸊鷉

一道道沟渠坝堤都挂上银色的瀑布

山涧水流潺潺，林木郁郁葱葱

田地里秧苗使劲地扎根

用力地生长

吹着夏季的风——疯长

待秋天，看到丰收的模样

水利人的荣光

我们水利人用责任和担当

使命和荣光，迈进

新时代为民服务新征程

筑一座座坚固的大坝

开一道道畅通无阻的水渠

南水北调让干旱的北方稻谷满仓

让多雨的南方水流通畅

我们逢山开路，遇水搭桥

了解群众对灌溉的急难愁盼

科学调度，高效供水

把珍贵的水资源及时送到田间地头

不忘灌渠初心，牢记护水使命

助力绿色发展打赢碧水保卫战

改善了灌区环境也实现了渠畅水清

为乡村振兴建设添砖加瓦

（作者单位：山东省邹城公用水务有限公司）

春山水暖

孙丽君

我们要去的地方是灌区。初春是看灌区的好时节，触鼻有新翻泥土的芳香，几场春雨过后，处处水库充盈，蓄势待发。

灌区不是一个特定的地名，而是指某一水利灌溉工程的受益区域。从专业上解释，灌区是指有可靠水源、引输配水渠道系统和相应排水沟道组成的灌溉区域。从艺术化角度的比拟，灌区就像纽带一样，渠道的一头连着水源，另一头则连着农田、水厂和企业。纵横交错的渠系，既是输水线，也是生命线。对于某些地方而言，如果没有灌渠，水源也只是水月镜花。

也许只有亲历过灌区的人才能清楚，那绝不是灰色的水泥主体，冰冷的金属设备，也不是一串串没有感情的数据和指令。融入人的温度、施以人的智慧、注入人的情感，假以时日，成就了一座座有生命的灌区。

一

梦山的梦是有形状的，一个接着一个的圆形鱼池，盛着整个梦想。

在修河流域柘林水库下游修河北岸，有一片广大丘陵坡地及圩区滨湖平原。这里西北高，东南低，波浪起伏，变化较大。根据这一地势特点，九江市在此修建了自流引水式灌区——柘林灌区，利用地势落差将上游的水引到下游。它集农业灌溉、城镇供水、防洪、排涝、发电和生态供水等功能于一体。

柘林水库以优良的水质著称，以迷人的水景闻名。它是梦山坚强的后盾，确保了一年四季清水长流。

梦山的全称，叫作梦山现代农业产业示范园，主打产品是鱼。从各处挑选调集过来的鳙鱼，在这里经过净化、野化、驯化，品质得到提升，肉质变得更加鲜美。江西省永修县白槎镇兴隆村支部书记张柏林告诉我们，梦山的水产产业目前落地发展5个多月，已经带动了周边水产养殖户增收。建鱼池租用的土地以前都是村里的荒地，梦山的落户，既盘活了闲置的土地，又带动了当地的就业。一年三千万的产值足以让九江梦山水产养殖有限公司的总经理涂金明感到自豪。

亲不亲，家乡水。柘林灌区以渠首电站为原点，引出一条近55千米长的总干渠，分出17条总长170千米的支渠，再分出110条总长130千米的斗渠，更有若干毛渠如毛细血管分布。犹如在大地之上，铺开一张巨大的树状"水网"，形成九江市最大的灌区，滋养着30余万亩的农田。

灌区内，水稻居多。优良的水质浇灌出的稻米，口感和味道均属上乘，深受市场喜爱。魂牵梦萦的柘林水，让土生土长在灌区的涂金明放下在大城市打拼多年的生意，毅然返乡创业。

鱼和水的联系最紧密，回家乡养鱼去！这绝不是一时的冲动，而是来自于他对柘林灌区水质的满满信心，以及对市场的准确判断。

我们谈话间，鱼儿畅快游动着。用不了多久，它们会携带上柘林灌区赋予的鲜美，奔赴设在南昌、深圳、佛山等地的直销门店，或是销往福建、香港，多家餐馆也会竞相收购。源源不断的渠水流经梦山，源源不断的订单也就飞进了梦山。

一方水土养一方人，从春到冬，柘林灌区的水，润泽滋养着生灵，年深日久，受它惠泽的30万人民群众也对它产生了特殊的依恋和深厚的感情。

春日暖阳下，水渠如玉带闪闪发光。走近它，可以真切地听见，这渠道搭建的生命之"树"里，汩汩流动着的，是生活的甘露，梦想的源泉。

二

一群麻灰色的鸭子，在水坑里悠游，不时抖动翅膀，甩开一圈圈放射状的水珠。一排湿地松，整齐地伫立在坝脚，高大挺拔，散发深厚热烈的绿意，如同卫士般，静静守护着云山水库。

我们登上坝顶，视野豁然开朗。因为高度和距离的缘故，来时经过的道路和村庄此刻成了微缩景观。一座坝拦住一汪水。这水有个好听的名字——龙安河。水色碧青，荡漾着曼妙变幻的波纹。我们注意到，水岸交界处有一圈黄色，像是描了金边。"那是山上飘下的花粉"，说话的是永修县云山水库管护中心的副主任郝涛。

在坝顶远眺，可以看到野生杜鹃，在一片深浅参差的绿中，红的、白的野杜鹃花格外打眼。一路上，白花檵木、李叶绣线菊都开出了好看的花，成片的松树夜以继日地吐露着花粉，与其他植物的花粉混合着，随春风散落水中，再被水波一点点推向岸边。

坝上的人徐徐而行，被暖风吹得微醺。布谷鸟声声，催促农人准备新一年的开播。正应了"春水春池满，春时春草生。春人饮春酒，春鸟弄春声"的美好与幸福。

然而在灌区未建成时，一旦遭遇伏秋连旱，区域内小型塘堰干枯，水生物相继死亡，生活用水困难。在人口密集的村镇，农作物受灾严重。

让好水流出深山，让龙安河的水流到更远的地方。一代代永修人民抱定这个夙愿，开始了接续奋斗。

1958年7月，在众多期待的目光中，云山水库工程开工，三千余名群众参与兴建。1964年，云山灌区建成。后在节水配套改造中将干渠再延伸，并与另一导托渠连通，形成灌排一体的水利工程。

灌区建成后，实际灌溉面积两万五千余亩，受益人口两万三千余人。在1978年、2022年，当地遭遇连续干旱一百多天的极端天气，云山灌区受旱灾影响极小，旱涝保收的效果明显。多年来，云山灌区不仅造福着永修县的滩溪镇、立新乡和云山集团，还惠及安义县新民乡的部分地区。

一条优美的弧形道路向下延伸，将我们引向水库管护中心的办公楼。道路一侧，我又看到了高大挺拔的湿地松。"这是2019年我们亲手种的，"郝涛向正在仰视的我介绍，"2018年，我们水库被列为全省水利工程标准化管理试点。"从他口中得知，以前渠系不配套、护坡不够完好。开展试点创建时，他们亲手栽种了草皮和很多树木，首先在水库面貌上做了整体提升。更为重要的是，管护的水平也在逐年提升。

郝涛回忆："以前是老百姓要水我们就放水，供水没有计划性"，现在变为了有计划地供水，让每一寸田地都得到及时、均匀的滋润，让每一滴水尽可能发挥其功用。

厚德载物。涵管和闸门的每一次启闭，都在无声诠释着"水利万物而不争"的品行。

三

翻地拖拉机在忙碌。田里翻卷出黑色的"浪花"，更多、更湿润的泥土暴露出来，黝黑油亮，这健康的色泽在阳光下骄傲闪烁，宣告着不容小觑的肥力。

都昌县繁荣村石安组的种粮大户郭先宏站在田边，一边照看犁地，一边乐呵呵盘算起今年的春播。老话都说种地是靠天吃饭，可他却没这个烦恼。去年他承包了五六百亩水田，得益于大港灌区稳定的水源供应，每亩大约能收1200斤水稻。

郭先宏口中的水库，就是都昌县的大港水库。从大港水库引水，都昌县建成了当地最大的中型灌区——大港灌区，整个灌区范围涉及大港镇、岷山乡等7个乡镇。大港灌区始建于20世纪60年代末，运行了半个多世纪，暴露出灌区基础设施薄弱、供水保障程度不高、用水效率和效益偏低等诸多问题，其间历经了数次改建、扩建及维修改造，仍不尽如人意。

经过积极申报和多方面努力，当地争取到都昌县大港灌区续建配套与节水改造项目。2023年5月，项目完工后的大港灌区一改疲态，让人看到一连串可喜的变化。

"最直观的，是灌溉'提速'了！放水到位置较远的鸣山乡，速度明显加快。"项目技术负责人陈浩说，以前5天到马涧渡槽，现在只要20个小时。从渠首到渠末，灌溉时间整体缩短了3~5天。

用数据说话，更有说服力——项目实施后，项目区灌溉水有效利用系数由原来的0.53提高到0.62，每年每亩可节约灌溉用水139.9立方米，整个项目区内每年可节约灌溉用水909.06万立方米。相当于每年可节约出接近五分之一个大港水库的水量。现状有效灌溉面积为4.8万亩，项目实施后恢复灌溉面积约1.7万亩，新增农业产值408万元，灌溉面积达到设计灌溉面积为6.5万亩。节水配套灌溉面积为5.0万亩。

在大港水库工作了12年的程贵平，从一名普通的水管员，成长为如今的大港水库服务所所长，大港水库十几年的变迁，他最清楚不过："以前用的是水泥闸门，缝隙大，损耗也大。现在换成了铸铁闸门，易于维护，而且闸门更加严密，提高了节水能力。以前灌溉要开5到5.5个流量，现在只要开3.5到4个流量。"程贵平言语间满是欣慰。

每个乡都聘请了6名放水员，每天巡查、启闭闸门。种粮大户郭先宏有点"凡尔赛"地说，2022年遭遇的罕见干旱，也没把他难倒，"2022年我们这里收成很好嘞！"

程贵平说："我们的日常安全巡查是每天至少一次，降雨超过100毫米，每天就要至少巡查两次，遇到下大到暴雨，这个次数还要增加。"越是风雨交加的恶劣天气，他越要带领着大伙，仔细巡查大坝和溢洪道这些关键部位的安全，打捞树枝树叶，冒雨清除临时堵塞的淤泥杂物，这些都是"家常便饭"。

如此悉心呵护，农民毫无顾虑地"开疆拓土"，禾苗心无旁骛地向上生长，这个春天，有一种踏实的幸福在大港。

（作者单位：江西省九江市水利局）

水，生命之母

穆定超

在广袤的大地
水，永恒的诗篇
生命最纯净的源泉
滋润万物，孕育生命
赋予大地无尽的生机与活力
水，生命之源，生产之要，生态之基
她以无私的情怀，滋养世间
每一寸土地，每一个生灵

瞧，滚滚的江河
这是大地母亲的血脉
流淌生命的韵律
她穿越山川，跨越平原
带着大地的馈赠
滋养沿岸的生灵
见证历史的变迁
见证繁荣与辉煌

看，那广袤的田野
水是灵魂，是命脉
在水的滋润下，庄稼苗壮成长，绿意盎然
农民们的汗水，滴落在土地上
与水交融，共同谱写着丰收的乐章

水，珍贵而脆弱
珍视来自大自然的恩赐吧
节水优先，系统治理
推动水资源的空间均衡
在生态、生产、生活中

灌区的建设、改造、管理
是水资源利用的最好诠释
是致力于打造水利粮丰的新局面
灌区的每一寸土地都充满勃勃生机
科学务实，可持续发展

水，是资源，精神，文化
我们学会珍惜，学会感恩
我们学会与自然和谐共生
在水的滋养下，我们还学会了坚强
学会了勇敢，更学会了包容，豁达

怀揣对水的敬畏与感激之情
共同守护这份来自大自然的馈赠
以水为媒，连接起人与自然的桥梁
生命在水的滋养下，绽放出更加绚烂的光彩

水，生命之母
她以无尽的柔情与智慧
滋养着世间万物
她是大地的血脉，是生命的源泉
更是我们心中永恒的赞歌
我们共同珍惜这份来自大自然的恩赐
让水在我们的生活中孕育出更加美好的愿望

宁静的清晨，第一缕阳光洒向大地

我们迎着微风，踏着露珠

走进那绿意盎然的田野

河水潺潺，流淌着生命的旋律

庄稼翠绿，摇曳着希望的舞姿

那一刻，仿佛能听到水的低语

感受到水的温柔与热情

水，生命之母

滋养着我们的身体

孕育着我们的灵魂

在她的怀抱中

我们学会了感恩、尊重

在她的指引下

我们学会了拼搏、奋进

她让我们珍惜每一滴水

爱护每一片土地

在追求发展的道路上

对自然敬畏着，保持谦逊

新时代的灌区，正焕发着勃勃生机

我们秉持着节水优先的理念

推动水资源的合理利用与保护

我们加强灌区的建设与管理

提升灌溉效率，确保农业生产的丰收与稳定

我们弘扬灌区的精神，倡导绿色的发展

让水推动经济社会发展，同时

造福于子孙后代

水，生命之母

她以博大的胸怀包容着世间的万物

在她的滋润下，大地焕发出勃勃生机

在她的陪伴下，人类书写着辉煌的水利篇章

我们携手共进，守护这份来自大自然的馈赠

我们心怀感激，珍惜每一滴水的价值

我们共同努力，让水在生命的舞台上

绽放出更加璀璨的光芒

愿我们都能像水一样，保持纯净与透明

愿我们都能像水一样，拥有包容与智慧

愿我们都能像水一样，成为朋友与伙伴

陪伴我们走过每一个春夏秋冬

共同书写水与生命的传奇与辉煌

（作者单位：长江水利委员会人才资源开发中心）

问水宝鸡峡

刘艳芹

　　水，是人类赖以生存的重要资源，从古至今，人们不仅依靠着江河湖海的滋养繁衍生息，更用勤劳的双手改造、利用水力资源。无论是历史悠久的京杭大运河，还是沟通亚非欧的苏伊士运河，抑或是气势磅礴的三峡大坝……一个个水利史上的奇迹无不凝结着劳动人民的智慧，为人类社会发展进步做出了巨大贡献。

　　陕西省宝鸡峡引渭灌区作为全国十大灌区之一，也是陕西省最大的灌区，流传着许多传奇故事，有"人工悬河"之称的 98 千米塬边渠道，有号称"亚洲之最"的漆水倒虹，有被誉为"第二条渭河"的总干渠……

　　今天，让我们一起走进宝鸡峡引渭灌区，领略它的伟岸雄姿，探访它的传奇故事。

万民聚力铸就旱塬丰碑

　　"咱们站的地方是渡槽进口处，位于杨凌，东边出口位于武功。"夏日的一个午后，我顶着烈日来到宝鸡峡杨凌渡槽，这座渡槽长 535 米，离沟底 30 多米，如巨龙般横跨沟道，气势雄伟、令人震撼。据宝鸡峡漆水河项目部管理人员陈永强介绍，杨凌渡槽的前身是漆水河倒虹，始建于 1958 年，由于多年运行，倒虹管道锈蚀严重，且离倒虹约 50 米远就是村庄，倒虹需要高水位运行，一旦发生事故，后果不堪设想。每次灌溉，都是巡护的重中之重，让人提心吊胆。2015 年，宝鸡峡引渭灌溉中心提出漆水河倒虹改造方案，2016 年开工建设，2021 年底渡槽段竣工。

　　"漆水河倒虹改建过程中，我们在西北地区首次使用造槽机施工，既加快进度，又保证了质量。至今经过两个灌季试运行，渡槽滴水不漏，达到了设计要求。"望着渡槽两侧，绿树掩映中一个个院落、一间间房屋、一块块田地，陈永强的神情透着点小得意。

　　漆水河倒虹改造是宝鸡峡引渭灌区近十年来单项投资最大的一个水利工程。翻阅宝鸡峡的历史，不止看到许多宏伟壮观的工程，更看到一种众志成城、人定胜天的伟大精神，一种战天斗地、惊天动地的磅礴力量。

宝鸡峡引渭灌区，由 1937 年建成的渭惠渠、1958 年建成的渭高抽与 1971 年建成的宝鸡峡塬上工程合并而成，设计灌溉面积 280 万亩，有效灌溉面积 265.49 万亩，承担着宝鸡、杨凌、咸阳、西安四市（区）14 个县（市、区）的农田灌溉任务。灌区主要农作物有小麦、玉米、油菜、果蔬等，分为塬下（渭惠渠、渭高抽）与塬上（宝鸡峡）两大灌溉系统。

1935 年 4 月破土动工的渭惠渠因 3 年大饥荒而建，是水利先驱李仪祉先生倡导修建的著名的"关中八惠"之一，其上承历史名渠成国渠之龙脉，下启现代关中水利之辉煌，修建的眉县魏家堡坝长 1100 米，时称"亚洲第一坝"。工程建成后灌溉农田 70 余万亩，让受水区群众从此摆脱年馑饥荒的噩梦。

1958 年 5 月开工，1959 年 5 月建成的渭惠渠高原抽水灌溉工程（简称"渭高抽工程"）是当时陕西省第一个规模最大的抽水上塬工程，将自流引水转变为机械抽水，灌溉扶风县、武功县、兴平市等 8 县（区）的黄土台塬及三级阶地农田 96 万亩。当工程投入灌溉，水顺着渠道流入农田时，平静的渭北旱塬顿时一片沸腾，年轻人高兴得又跳又闹，老年人兴奋得泪流满面。

1958 年开建，1962 年被迫停建，1969 年又全面复工的宝鸡峡塬上工程，在渭惠渠的基础上设计修建，由灌区数十万群众组成的水利建设大军建成，他们披星戴月，风餐露宿，徒步测量、手工计算，镐挖锨铲修建堤岸，绳索木棍搭设支架，自制炸药开山凿沟，人工搅拌筑坝衬渠，硬是在外国专家认定的"水利禁地"、非黄金不可打造的"98 千米"滑坡体上铸成了世界罕见的"人工悬河"；用卷扬机压卷钢板的"土"技术，建成了横卧高坡深沟、时称亚洲之最的漆水倒虹；架设了横跨漆水河河谷、天堑变通途的省际最大渡槽；修成了横贯关中西部、连通渭北高原水网、人称"小渭河"的 220 千米的塬上主干渠；打破了大坝上不能建渠道的禁忌，"长藤结瓜式"地建成了一处处渠库结合工程。

"98 千米渠段曾被认为是输水总干渠的一截'盲肠''三期肺癌'，难度不亚于红旗渠太岁山渠段。尤其是卧龙寺段，有厚达 50 多米，含水量极大的砂卵石层，又有大量的积土，常有滑塌现象。1955 年一次滑塌竟把铁路向南推移了 110 多米。"宝鸡峡引渭灌溉中心灌溉科科长张亚靖说，"后来经过多次勘探、调查、研究，利用削边坡、填明沟、设暗管、挖隧洞、架渡槽等措施，清除了隐患，战胜了滑塌，导流了泉水，打破了专家权威们圈画的水利禁区，给豆腐塬坡箍上了'金子箍'。"

1971 年 7 月 15 日，宝鸡峡塬上工程建成通水，共挖掉了 190 多个山头，凿通了 13 条隧洞，填埋了 200 多条沟道，处理了 68 处 45 千米长的滑坡，斜削了 11 千米的高边坡，治理了 2000 多处泉水隐患。仅土方一项，垒成一米见方，可绕地球一周。

数字无言，却是最有力的印证。一个个用血汗和智慧，甚至是生命创造的人间奇迹，在渭北旱塬铸起一座座巍然屹立的丰碑！

风雨沧桑，丰碑依然，引水润田，利国利民。据统计，截至2023年，宝鸡峡引渭灌区累计引水510多亿立方米，增产粮食4850万吨，带动灌区群众增收590多亿元。灌区以占全省1/18的耕地面积，生产了占全省1/7的粮食，成为全省重要的粮油果蔬基地和名副其实的"三秦第一大粮仓"。

上善若水守护粮丰果香

夏日黄昏，晚风徐徐。一场雷阵雨过后，气温下降，凉爽了许多。在宝鸡峡塬上总干渠，虢镇管理站渠道巡护工张萍梅拿着一把铁锨，正在修补渠堤上被水冲刷出的一条条小沟渠。"如果不及时修补填平，小沟渠成大沟渠，万一渠道渗漏垮塌，会带来灭顶之灾。"她一边低头忙活一边解释。

宝鸡峡塬上总干渠全长98千米，与塬下落差高达100米，被誉为世界罕见的"人工悬河"。且渠道下方是宝鸡、虢镇、蔡家坡等工业重镇和陇海铁路，一旦出事，就是人命关天的大事。

宝鸡峡塬上工程通水后，宝鸡峡引渭灌溉中心平均每千米渠道配备1名管护人员，天天巡查渠道工程设施安全，并每年春秋两季集中组织两次重点整修，每年还有针对性地对98千米塬边渠进行削头减重、坡脚砌护、防渗加固，化险为夷。

从刚出校门到如今年过五十，张萍梅在巡渠岗位已工作了三十余年，平均每年徒步巡护渠道479千米以上。除了巡渠查险、调配水量，她还要做好水质保障和安全宣传，及时捡拾垃圾，阻止污水排放，遇到下雨天处理险情或是晚上放水，她通常会拉上丈夫协助她工作。

"每天跟渠道和水打交道，虽然很简单，但对于我而言这是最重要的工作。"几十年如一日，在外人眼里再单调乏味不过的巡渠工作，却让她找到了人生的价值和意义，"看到一渠渠清水在我们的精心管护下被安全输送到田间地头，就很欣慰，很有成就感。"

宝鸡峡北昌管理站副站长梁高雄是一位高高瘦瘦的中年男子，在北昌管理站已工作二十余年。"2004年刚到站上时住的还是土房，经常有蛇、老鼠出没。每周回家一次，来回路上坐班车只能到镇上，到管理站还有六里多路要步行。"回忆往事，梁高雄的心里有苦也有甜，"上下班很不方便，但好的是，时常会遇到热心村民用摩托车或三轮车顺带给捎上，载到站上。"

北昌管理站是宝鸡峡灌溉面积最大的基层站，每年实灌面积在10万亩以上。站上最多时有职工四十多人，现在有二十多人，主要负责辖区 10 万亩农田灌溉、69 千米干支渠道维护、清淤、水毁修复工作，以及 13 台大型抽水机组检修、12 千米高压线路巡查维护。

北昌管理站于 1972 年建成投运，1992 年进行过一次改造，2012 年又进行过一次改造。

"改造前，机组设备都是人工手动操作，灌溉运行期间，经常出故障，一遇到突发检修，站上全员出动，顾不上吃饭、睡觉。2015 年改造完成后，系统升级成自动化，只要在中控室电脑上点鼠标就能进行合闸、开机等操作。"多年工作实践，不仅提高了梁高雄的业务能力，更让他对站上的设施设备产生了深厚的感情，"每台机组、每段渠道就像是自己的孩子，你只有平时细心呵护它、爱惜它，它才能在灌溉时乖乖地安全运行，不出岔子。"

从事管水工作已经 40 多年的杨凌区五泉镇绛中村村民巨高明今年 80 岁，是一名有着 50 多年党龄的老共产党员。

从年轻时与水结缘，一直到两鬓斑白。巨高明在多年管水工作中积累了丰富的经验，也在群众中赢得了很高的威望："村里浇地最大的难度就是没人领头。要想管好水，做好这个领头人，就要没有私心，一心为群众着想，当好人民的勤务员，这样群众才能认可你、相信你、拥护你。"

身穿一件白 T 恤、一条黑裤子、一双灰色网面运动鞋的巨高明满面红光、精神抖擞，不说年龄，还以为他才六七十岁呢。当过生产队队长，也当过村主任，丰富的人生阅历让他对凡事都有着自己的看法。

"宝鸡峡真是把农民给救下了，以前没水时，广种薄收，一亩地只能收二三百斤，1972 年通水后，群众不仅种小麦玉米，而且年年丰收，再也不饿肚子，还种猕猴桃、葡萄、苹果等经济作物，现在在城里买房的村民占 70%，家家都有小车，有的一家有好几辆呢。"宝鸡峡工程带来的巨大变化，巨高明看在眼里，记在心里，而这也正是他多年坚持管水的力量源泉。

"在有生之年把这水给管好，多为服务群众，让群众满意，咱也就无憾了。"听着巨高明朴实的心愿，我心想，这何尝不也是广大水利工作者和水管员的愿望啊。不管多苦多累，只要群众满意，就是最大的回报。

滴水成河，聚沙成塔，上善若水，福泽万民。一股股平凡的力量凝结聚集，牢牢坚守服务"三农"的初心使命，用自己的责任和历史担当，绘制出渭北旱塬物产丰饶，人民富裕的壮丽画卷！

乘势而为奏响奋斗凯歌

坐车赶往咸阳乾县，沿途高低错落的玉米苗像绿色的海洋一样绵延起伏，让人神清气爽。"以前是土渠，每次放水，三分之一的水都给渗了，水价改革后，我们段上 26 条支渠全部衬砌，跑水漏水渗水现象已杜绝，亩均用水从 130 立方米下降到 110 立方米。"站在地头，看着一棵棵挺拔的玉米苗，宝鸡峡乾县总站北昌管理站西抽段段长梁平和高兴地说。

自 2016 年国家推行农业水价综合改革以来，宝鸡峡引渭灌区在全省率先试点，用"啃硬骨头"的决心和毅力，统筹建立用水管理、工程建设和管护、农业水价形成精准补贴和节水奖励等机制，不仅使灌区实现良性运转，工程效益得到充分发挥，渠道运行安全得到有效保障，还解决了群众浇地难的实际问题，让群众用明白水、缴放心钱。

"以前渠难管、气难淘、水难放、钱难收，改革后实行终端水价，放水时，公示牌随水走，水浇到哪，公示牌就插到哪，明明白白地写清用水时间、收费标准，让人一目了然。现在渠修好了，跑冒滴漏少了，水费也从一亩地 45 至 50 元降到 30 至 35 元。"梁平和说，"水费降低，空白地、撂荒地也逐年减少，现在 95% 的耕地都种了玉米，一年收两料。"

农业水价综合改革，不仅激发了群众种地积极性，更推动了灌区经济发展。

"我们之所以在这片区域进行土地流转，主要就是因为有宝鸡峡的水，灌溉条件便利。"来到武功县时，大雨倾盆，地上的水流瞬间就如河水奔涌。十来分钟后，风住雨歇，骄阳似火，重又变得炽热难耐。武功县海鎏皇嘉农业种植专业合作社负责人周永辉的性格如这雷阵雨一样开朗直爽，快言快语："今年我们 6 月 21 日播种完玉米，6 月 22 日中午，水就进到了田里。你看这玉米苗，浓绿旺盛，长势多好！"

武功县海鎏皇嘉农业种植专业合作社目前在宝鸡峡引渭灌区共流转土地一万八千亩，主要用于粮食种植，同时发展农机服务、育种制种、粮食深加工等业务。周永辉说："我们合作社平时需要的零工都是找的附近村民，村民不仅有土地流转的收入，还能另外再多一份收入。"

御风而行，宝鸡峡引渭灌区奋楫扬帆、行稳致远。

绿水青山就是金山银山。当习近平总书记在十九大报告中提出这一理念后，宝鸡峡引渭灌区坚持生态优先，着力打造绿色灌区、生态灌区、美丽灌区，一方面充分发挥灌区横贯东西、纵横南北的安全输水网络体系优势和跨区域、长距离、六座水库连通联控联调的水资源调配优势，全力保障 5 立方米每秒以上的渭河生态基流，和灌区 2000 多平方千米的生态用水，使灌区处处呈现灵气涌动；一方面借势河长制湖长制，扎实开展"三乱"治理，全线疏通整治南干渠，加大水源地保护和水质检测力度，使渠道输水水质由四类提升为二、三类，营造了市民有去处、农民有好处、江河健康发展的水生态新格局。

水质提升，为宝鸡峡发展带来新的机遇。除保障基本的灌溉用水，水力发电外，宝鸡峡引渭灌溉中心开始向西咸新区、东庄水利枢纽建设项目等提供城市供水和生活供水，最大限度发挥水利工程综合效益。

精感石没羽，岂云惮险艰。"十四五"期间，宝鸡峡引渭灌溉中心提出"着力构建完善高效的工程体系实现基础设施现代化、着力构建节水优先高效低耗的农灌体系实现农灌现代化、着力构建调配合理空间均衡生态水体系实现生态水利现代化、着力构建完善的水利大数据体系实现灌区信息运用现代化、着力构建科学规范的灌区管理体系实现灌区管理现代化"的"五个现代化"灌区愿景目标。

蓝图已经绘就，号角已经吹响，宝鸡峡引渭灌区正意气风发迈上高质量发展的新征程，将用新的伟大奋斗创造新的辉煌伟业。

看，那一片片田地里绿浪涌动；听，那一棵棵苗果正恣意生长。又一个丰年的希冀和期盼在心田生根发芽。

（作者单位：陕西省水利信息宣传教育中心）

水过白起渠

秦建军

一

清晨，第一缕阳光照在南漳县的白起渠水面，撒下一把碎金，碎金与渠边稻田中正在扬花的稻花尖上的露珠交相辉映，晶莹剔透得犹如梦幻。

甲辰年夏，为写"水利粮丰"征文，在南漳干了 30 多年水利工作的我与一个在白起渠边长大的南漳水利人自白起渠起点始，顺渠前行。此行不是首次，2011 年初夏，为撰写参加湖北省水利文协举办的全省水文化论文征文比赛的稿件，我几次来白起渠。那次征文我写了《白起渠的历史价值及开发利用之对策》，荣幸获一等奖，不是我文章好，实是我沾了白起渠的名气。

白起渠是真著名。其又名百里长渠、荩忱渠，西起南漳县武安镇谢家台村，东至宜城市赤湖入汉江，全长 49.3 千米，灌溉面积 30.3 万亩。它为公元前 279 年秦国大将白起率军攻战楚国生，输蛮河水以代兵淹杀 10 万楚人而破楚国；后被重建家园的楚人变废为宝，从战渠变身灌渠，滋养田地。朝代更替，沿用至今，已 2300 多年，为襄阳市成为长江流域粮食产量过百亿斤的城市做出突出贡献。其建成时间比四川都江堰早 23 年，比关中地区的郑国渠早 33 年，比广西灵渠早 65 年，《中国水利之最》将其称为"华夏第一渠"。成为人类"长藤结瓜"式水利灌溉工程的鼻祖，成为中国现存历史最悠久的人工引水工程；成为中华人民共和国建立后，湖北省修复的第一个大型灌溉工程。2018 年，白起渠被列入世界灌溉工程遗产名录。

二

同伴推着一辆红色的摩托车。他指着摩托车说，骑摩托车看渠方便点，有的地方不方便过小车。第一站他带我看了趋近谢家台起点的那段白起渠。这段渠宽不过 10 米，驮着一渠清凌凌的水从西蜿蜒而来，像一条绿色的大龙横穿武镇中心城区，向东逶迤。因横穿城区，渠或经居民房前，或傍某单位屋后，渠的外坡成了那些房屋的屋基一部分，紧紧相依，不可分离。其上间或长着一棵或几棵细圆叶子的绿色植物，点缀出一种水灵灵的气息来。渠顶只是窄窄的一溜儿小径，是真过不了小车。心里很是佩服同伴对白起渠的了解。

我们或骑行，或步行，顺白起渠东行。不觉间，便到了武安镇西关城中心。渠在这里有了一座独拱小石桥，虽是现代建筑，却朴实无华。一边的岸上立着一块刷了黑漆的石碑，看上面的字知道，碑是湖北省人民政府设立，此处是白起渠遗址，是省级文物保护单位。碑是现代作品，方正厚实，与渠相配很协调，无丝毫违和感。再看露出水面的一溜儿渠内坡，或水泥混凝土浇筑，或块石垒砌，也是现代建筑。不远处是一片居民楼房群，小区的门楣上赫然写着"白起小区"。

继续顺白起渠前行，便出了武镇西关街头，进入了田野。在稻田间，白起渠宽起来，足20米宽，驮着满当当的水浩浩荡荡地向前流淌，犹如运河一般壮观。那露出水面的一溜儿渠内坡仍是混凝土浇筑，或块石垒砌。

前行中，我们或行稍宽的机耕路，或走窄窄的田埂。一路上水声荡荡，绿色益然；一路上还看见洁白羽毛的鹭鸶在渠边、田间起起落落，翩翩起舞；有几次，有一只、两只鹭鸶就在我的脚跟前落下，又飞起，像在向我问好似的。其实，那些鹭鸶不是在跳舞，是在找小鱼儿、小虾儿吃。我们边行边看，边说渠。据《水经注·沔水》记载，白起渠为"长藤结瓜"式蓄水、引水灌溉工程之始祖。其工程特点是渠道像瓜藤，水库、堰塘像藤上的瓜。一般由渠首引水或蓄水工程及输水、配水渠道（称之为藤）与灌区内部的水库、堰塘（称之为瓜）三部分组成。后人受其启发，在治水、兴水、用水等水利工程建设中，将白起渠的"长藤结瓜"式蓄水、引水灌溉工程模式发挥到极致，兴建了不少闻名于世的"长藤结瓜"式水利工程，最著名的是河南的红旗渠、湖北的引丹渠，它们为各地发展高效农业、改善生态环境、调整农业产业结构、增加农民收入做出了巨大贡献。

在我们脚下，白起渠自南漳县武安镇谢家台村流经至宜城市郑集镇赤湖村全程98.6里的途中，最大水流量为43立方米每秒，沿线串起15座中小型水库，2671口堰塘。白起渠好比是一根瓜藤，沿渠与之串通的这些水库、堰塘，则是一个个"瓜"。这些"瓜"的作用非凡，在非灌溉季节，拦河坝拦河水入渠，渠水入库、塘，农田需水时，随时输水灌溉。做到长流水、地表水全面运用，常年蓄水，不让水源白白流走，增加了水源储备；在灌溉季节，渠再供水给库塘。如此循环蓄水，提高了库、塘的利用率。整体工程实现了以多补少、互通有无，平衡水量，将工程的最大潜力发挥得淋漓尽致。

白起渠灌区包括南漳、宜城的6个乡镇及4个农场，面积达978.28平方千米，总人口达 33.74 万人。白起渠灌区面积的绝大部分位于宜城。目前，宜城境内的白起渠灌溉面积为 24 万亩，占宜城农田面积的一半；南漳县境内的白起渠灌溉面积为 6.3 万亩。因白起渠的作用，宜城自古被称为"天下膏腴"之地，新中国成立初期就出现了全国有名的"吨粮田"，现为襄阳地区主要产粮区之一。当地至今流传着一首歌谣："一江一渠一湖水，皇城深幽凤凰飞。宋玉赋辞长山血，楚歌醉晚细腰美……"歌中所说的江是汉江，渠是白起渠，湖便是宜城市区西南角的鲤鱼湖，是长渠陂渠相连所结最大的一个"瓜"。

白起渠，是保障灌区粮食丰收的渠。

三

白起渠的第一个"瓜"便是武安镇的安乐堰。从堰的名字看来便有故事。传说在秦始皇时期，当地农田常受旱，老百姓的收成只能看老天爷的心情，老天爷心情好，适时下雨，田里便有好收成；老天爷若不高兴，不下雨，便收成无多，甚至颗粒无收，老百姓无食果腹，树皮草根都吃完了，仍无食可继，就卖儿卖女、外出逃荒，甚至一度出现活人吃死人的惨事。而在雨水丰沛时，不远处的白起渠驮着白花花的蛮河水白白地流跑了、浪费了。当地人便想，若能将白起渠里的水储存起来就好了，以补干旱时的水荒。便有一个聪明人想出了一个办法，带人在白起渠边挖了一个堰塘，让渠里的水流到堰塘里存起来。果然，当地的老百姓从此有了这个堰塘蓄水后再未受干旱之苦，老百姓有吃有喝安居乐业。因水来自白起修建的渠，而白起在攻破楚国后被秦王封为武安君，当地人便给这个堰塘取名"安乐堰"。

在安乐堰前，我看见堰就卧在稻田间，堰的一边是红砖墙或白粉墙的村舍；一边是水流荡荡的白起渠。堰里装满了水，像一块浅绿的软玉，透出清亮的水光。有两个垂钓的人坐在堰边，心不在焉地守着长长的钓竿。垂钓人穿着时尚的休闲服，看样子是外地来客。说他们心不在焉，是他们本应该专注地看着钓竿的动静，他们却一会儿看看钓竿，一会儿看看一边的白起渠，一副很享受的样子。

白起渠，给予了人们美好的休闲体验。

四

垂钓的人看白起渠，我也看白起渠。从露出水面的渠内坡看，这一段白起渠仍是现代建筑，是用块石垒砌，并用水泥勾缝。同伴像是看出了我的心思，说，我们现在的白起渠都是在渠的遗址上经过好多朝代修建来的。他还说，说白起渠的修建，不得不说一位被武安镇人民当白起一样敬仰和祭拜的现代人——为抗日以身殉国的张自忠将军。

我虽然几次看过白起渠，也写过白起渠，但每一次看白起渠、听人说白起渠，我仍感新鲜，这比如白起渠，虽然历经2300多年的风雨，沧海桑田，却历久弥新。

张自忠（1891年8月11日—1940年5月16日），字荩忱，抗日名将。1940年在襄阳与日军战斗中，不幸牺牲。将军在襄阳抗击日寇时驻扎武安镇。新中国成立后，政府为纪念将军，开展爱国教育，在将军驻扎处建了一所中学，并用将军的字"荩忱"命名学校，沿用至今。

荩忱中学便坐落在白起渠边。在荩忱中学庄严肃穆的张自忠将军衣冠冢前，接待我们的学校工会胡主席站在高大静穆的柏树下为我们讲述了将军的感人故事。胡主席娓娓道来，讲得非常精彩。将军的故事，虽然我们已经在书中、电影电视中熟知，但从胡主席的口中讲出来，却有了一种气息和温度，更能感人。我几度落泪。他说："自忠将军身为三十三集团军总司令又兼第五战区右翼兵团总司令，当时完全可以不用亲自上战场，但是面对日寇惨无人道的侵略，将军不但上战场了，还抱着以身殉国的决心，且对各部队将领说'国家到了如此地步，除我等为其死，毫无其他办法……'战场上，将军杀敌在前，身中七弹仍浴血奋战。稍后，将军腰部又被机枪子弹击中而倒地，却仍高喊'冲啊……'直至壮烈牺牲。"

泪眼蒙胧中，我听到胡主席又说："将军牺牲的地方是武安镇南瓜店，为什么我们在武安镇建了将军的衣冠冢？因为将军在武镇驻扎过，不但保护了武安镇，还为武安镇做了很多好事，比如修建白起渠，力图一方百姓腹能裹食。武安镇人民为了纪念他，就在他驻扎的住处建了这个衣冠冢。我们武安镇二中就是将军当年的驻扎地，为了纪念将军，我们荩忱中学的大门几经改建迁到了白起渠刚好经过的这个地方。"

自古以来，英雄所见略同。尽管相隔两千多年，张自忠与白起两位英雄的谋略却不谋而合；尽管他们初心不尽相同，于渠的初心也不一样，却成就了这条渠的不凡命运。1939年，张自忠驻防宜城、南漳两地，以"前方将士喋血奋斗，端赖后方发展生产"为由，几次电请当时的国民党湖北省政府复修长渠，无奈国民政府无动静，每次电请都石沉大海。直到将军抗日牺牲两年后的1942年，白起渠修复工程才破土动工。施工5年，终因战事紧张和政府腐败，渠未修成，使得将军壮志未酬，留憾九泉。

五

好在新中国成立了，白起渠迎来真正意义上的修建。1949年10月26日，湖北省水利厅通过修复白起渠的决议，1950年1月经水利部批准予以支持修复，于1952年1月动工，1953年5月1日完工。念及张自忠将军未酬壮志，武安镇人民以将军字"荩忱"命名白起渠。故，白起渠又名荩忱渠。但因当时物力财力所限，修复后的长渠未发挥预期作用。直至2007年，白起渠的命运才有了真正的转机。这年，襄阳市人民政府批准白起渠为市级文物保护单位，2008年，白起渠被列为第五批省级文物保护单位。与此同时，白起渠的主管单位襄阳市水利局三道河工程管理处在充分发挥白起渠灌溉、防汛等效益的基础上，积极争取国家建设资金，进一步修葺，浆砌渠体，塑白起水泥塑像，修建护栏等配套设施，已将其建设成为国家级水利风景区，营造了当地的水文化社会氛围，从而带动了当地的水文化建设，充分发挥了水利在当地社会的福祉人民之功效。2010年，三道河工程管理处又向国务院申报全国文物保护单位，并编制规划，把白起渠沿线打造成集农业灌溉、古迹观光、乡村旅游于一体的风景区。

新中国成立后，尤其改革开放40多年来，政府对白起渠的修葺及其周边生态环境的养护下真功夫。比如，水利部门在"十一五""十二五""十三五"期间，在充分发挥其灌溉、防汛等工程效益的基础上，以白起渠为核心，挖掘富有本土色彩的水文化，提升本地水利建设形象。发展了白起渠"陂渠串联"水利形式的灌溉优势，在白起渠的基础上重新勘挖，在渠首蛮河筑滚水坝、建长渠管理处，在白起渠上游建设三道河水库等10余座大中小型水库，使白起渠常年蓄水，渠水入库、塘，白起渠灌区30.3万亩农田旱涝保收，灌区被评为全国第一批吨粮田，年均产粮达2.5亿公斤，产生了福祉当地人民的经济、生态价值。再比如，旅游部门依托白起渠发展旅游业。与水利等其他部门合力，在进一步修缮白起渠的同时，拓建白起渠的附属建筑，提升其工程的附加值，打造村庄、采摘、垂钓、疗养、农家乐等风貌区，并围绕楚文化中心地带、三国故事源头的优势，开展寻遗觅古、访民采风等观光休闲活动。做到工程建一处、成一处；成一处，清一方水、美一处景、富一方人，以此带活当地经济建设。从而吸引游人，吸引投资，增加就业，增加税收，让百姓长期受益，进而带活一方经济。

白起渠复兴60多年来，发展了蓄、引、提结合供水，分时轮灌、合理配置、节蓄并重、民主管理、多元投资的白起渠管理办法，更加丰富了白起渠水利工程与灌区的科学宝库，在襄汉地区乃至湖北水利界产生了重大影响。

善治国者，必先治水。关于白起渠的修葺，历朝当权者大多有过行动，比如唐、宋、元时期进行过五次整体修葺和七次局部修葺。不过都因处在旧社会，修葺行动最终只是草草了事，如隔靴搔痒，未解决实际问题。白起渠的重生是在新中国成立以后。我们的党和政府在新中国成立后的第 25 天便着手修葺白起渠，由此足以证实共产党与国民党的区别，更足以证实我们的党和国家的英明、伟大，彰显人民的利益高于一切。

白起渠，促使水利粮丰，人民幸福。

六

白起渠于 2018 年 8 月 14 日被国际灌排委员会列入世界灌溉工程遗产名录，成为湖北省首个世界灌溉工程遗产。

说到白起渠被列入世界灌溉工程遗产名录，必须说到一个人，这个人便是被誉为南漳"活地图""资料库""博物馆"的庹先沮。2016 年 10 月，白起渠的主管单位襄阳市水利局三道河工程管理处了解到第三届世界灌溉工程遗产申报已启动时，果断决定启动长渠申遗工作，聘请南漳县文化局副局长任上退居二线多年的庹先沮为顾问组组长。庹先沮为南漳成功主持申报过六个古山寨与安乐堰古墓群为国保单位，还成功申报过三个国家级"文化之乡"，协助打造过两个 4A 级景区；2008 年，白起渠被列为省级文物保护单位也是他主持申报的。基于如此光荣过往，在国际灌排委员会领导来考察白起渠申遗工作时，他被申办单位请来现场当"导游"，陪同领导们先后考察了白起渠主水源三道河水库、渠首工程、安乐堰等，给国际灌排委员会领导留下了深刻的印象，国际灌排委员会副主席丁昆仑先生一再表示：白起渠是一项伟大的水利工程，具有独特的历史价值；它的科学价值和文化价值，与国内外其他水利工程相比也是堪称一流的；它历经两千多年，还在发挥巨大作用，在中国乃至世界水利史上都是了不起的。

在两年多的申报工作中，庹先沮把全部精力投入到白起渠灌区相关的老物件、文物及水文化遗产资料的收集中。无论是严寒料峭的隆冬，还是赤日炎炎的盛夏，他与相关人员先后跑遍了灌区的旮旮旯旯，调查古桥、古井、古庙宇，特别是古陂塘和古渠道、古河堰。发现碑刻及与水文化相关的遗迹近 200 处，拍照片 300 多幅，做拓片 10 余幅。收回碑刻等文物 10 余件。为调查拍摄几块水文化碑刻，他跋山涉水徒步 30 多里，钻深山老林，冒着 35 摄氏度以上的高温考察水文化石窟、白起渠水源地之一的老龙洞，不幸中暑，晕倒在地。好在他随身携带了防中暑的药物。喝了才缓过神来，又继续跋山涉水。

2018年8月14日上午8时45分，从加拿大萨斯卡通传来喜讯，中国湖北长渠（白起渠）在国际灌排委员会69次理事会上通过终审，被成功列入世界灌溉工程遗产名录，扬名世界。

庾先沮热泪盈眶。

七

这天我们还去了渠首。未走近渠首，便听见轰然的流水声，那是流水经过渠首河道中那道宽阔笔直的滚水坝发出的声音。走近滚水坝，流水的声音更大了，哗啦啦的声音变成了轰隆隆的大响。那流过滚水坝的水变成了一匹偌宽的水银织成的布，对着阳光看去，那水银织成的布又变成了金子织成的布，美得富丽堂皇、美得令人震撼、美得像一幅工笔细描的水彩画，一幅只有白起渠首才有的水彩画。洁白的细长脚的鹭鸶三五成群地飞来飞去，流连着渠首瀑布，还时不时地叫上几声，让这幅画更加生动和灵秀。鹭鸶成了渠首瀑布的标配，渠首瀑布离不了这些精灵。

站在白起渠渠首的岸边往前看，看见满眼的碧水浩浩汤汤流过白起渠，犹如看见人类治水、兴水的历史，波澜壮阔，永不停歇……

（作者单位：湖北省南漳县水土保持站）

将粮食冶炼成软黄金

蒋 默

我们何时变成水的?
在岷山南麓,千年或万年的
梦中
沉眠的雪顿悟
长出鳞片,比冰凌晶莹的衣衫
由月光抽丝剥茧
原本给蝴蝶的,给了水

水,汇聚成涓,成溪
入岷江
自此畅游,奔流,走山岭沟壑
走九曲回肠
一支散乱的队伍
充满蓬勃生气

都江堰集结
拜谒李冰父子
二王庙点燃一炷平安之香,我们
无心流连青城山的倒影
前方在召唤,远古之声
来自成都平原

别挤,过鱼嘴的兄弟姐妹
水的前面总是有路的

洪流性急，即使变成神蛇巨蟒

外江闸专打七寸

干渠，支渠，斗渠

我们拉练，经过兵站

抵达农田时，迎接的禾苗不停鼓掌

令我们不曾想到的是

后来，每片绿叶幻化薄薄的羽翼

跟随我们，夜夜飞翔

我们何时变成水的？

大地的血液，滋养天府之国

循环于盆地

收集阳光，在江河中过滤、淘洗沙金

麦浪翻滚的小春

稻浪翻滚的大春

金色的画面是交相辉映的旗帜

粮食不再是粮食

是我们潜心冶炼的心愿

我们何时变成水的？

我们一直是水

（作者单位：四川省广安市水务局）

韶山灌区：流淌在时光里的家国情怀

刘静远

在湘中的腹地，有一处被青山绿水环抱的地域，那里不仅镌刻着一段红色的记忆，还流淌着一段绿色的传奇——韶山灌区。这是一片被赋予了特殊使命的土地，它不仅是滋养一方百姓的命脉，更承载着家国情怀的深厚底蕴。在这里，每一滴水都仿佛在诉说着故事，每一寸土都浸透着深情。

溯源·那一抹最初的绿意

韶山灌区，始于20世纪60年代，那时的中国，正处在社会大变革的关键时期。在那个物资匮乏、技术有限的年代，党和政府一声令下，10万建设者汇聚于此，他们凭着"愚公有移山之志，我们有穿山之勇"的壮志豪情，用最原始的锄头、铁钎、簸箕、扁担，靠手挖肩扛，劈开110座山头，架设26座渡槽，打穿10个隧洞，开凿出一条生命之渠，把湘中"靠天吃饭"的土地变成"大粮仓"，实现当年设计、当年施工、当年建成、当年受益，创造了世界水利建设史上的奇迹。

这不仅是一次对自然的改造，更是一场对家国情怀的深情告白。就像老话说的"众人拾柴火焰高"，是无数双勤劳巧手共同铸就灌区；也可以说，是不计报酬，不辞辛苦，甘于奉献的淳朴民风铸就灌区；是"敢教日月换新天"集中力量办大事的制度优势造就灌区；更是"人民渠道人民建，修好渠道为人民"的为民宗旨造就灌区。

耕耘·那些年田野上的诗篇

走在韶山灌区的田埂上，你会看到一幅幅生动的画卷。金黄的稻浪随风摇曳，仿佛在跳着欢快的舞蹈；清澈的渠水蜿蜒流淌，宛如大地的脉搏，律动着生命的节奏。这里，每一粒种子都蕴含着希望，每一片叶子都书写着故事。而那些辛勤耕耘的灌区人，就像是大自然最忠实的诗人，用汗水和智慧，在这片土地上谱写出一首首关于丰收与幸福的田园诗篇。

从贫瘠变得肥沃，从荒凉变得繁盛，这一切，都离不开那些年头的汗水与欢笑。

这里的人用心血和智慧浇灌着每一寸土地，就像对待自己的孩子一样悉心照料。每当收获的季节，金黄的稻浪翻滚，空气中弥漫着稻香，那是大自然最质朴的馈赠，也是家国情怀最真实的体现。"谁知盘中餐，粒粒皆辛苦。"这句话在这里有了更为深刻的含义，它不仅是对粮食的珍惜，更是对劳动的尊重，对家的思念，对国的担当。

赓续·那一脉相承的精神信仰

韶山灌区的故事，是一部关于传承的史诗。随着岁月的流逝，韶山灌区的年轻一代接过了前辈手中的接力棒，他们不仅继承了先辈的智慧，更以创新的精神，让"花甲"灌区焕发了新的活力。在他们的努力下，韶山灌区从传统的灌溉方式向现代化的智能管理转变，从单一的水利功能向多元化的生态服务转变。韶山灌区现已全面开启现代化建设新征程，它正朝着全国现代化灌区的标杆昂首迈步，让这片土地成为绿色发展的先行者。

这些年来，韶山灌区经历了从人定胜天到人水和谐，从传统到现代的蜕变，就像一个人的成长，充满了挑战与机遇。新一代的韶灌人或许不再像先辈那样面朝黄土背朝天，但他们对土地的热爱，对家国的深情，从未改变。因为他们深知，只有保护好这片土地，才能真正守护住心中的家园。在这里，"艰苦创业、无私奉献、攻坚克难、勇于创新"的韶灌精神一脉相承，走在灌区，你既可以看到现代农业的影子，也能感受到传统文化的魅力。新一代的韶灌人，正用实际行动诠释着"饮水思源"的道理，正用自己的方式续写着家国情怀的新篇章，让灌区的绿色脉络在新时代的画卷上更加生动。正如那句俚语所说，"长江后浪推前浪"，而韶山灌区的变迁，正是家国情怀薪火相传的生动写照。

共融·那一份家国同在的深情

韶山灌区，不仅是一处水利设施，更是一条情感的纽带，连接着每一个韶灌人的心。无论是春夏秋冬，还是风雨雷电，这片土地上的每一颗作物，都见证着灌区人民对家的眷恋，对国的深情。在国家需要的时候，他们总是挺身而出，无论是防汛救灾，还是抗旱保灌，抑或是乡村振兴，他们总是冲在最前线，用实际行动诠释"初心不改，笃行不怠"的使命担当。

无论是身处繁华都市，还是偏远乡村，我们都能在韶山灌区的故事中找到共鸣。因为我们都是这片土地的孩子，都有着对家的眷恋，对国的深情。无论走得多远，都不能忘记来时的路。因为，只有根植于深厚的家国情怀，我们的脚步才能更加坚定，我们的梦想才能飞得更高。

征程·那一份流淌的希望

韶山灌区的故事，就像是一条条蜿蜒的小溪，最终汇聚成奔腾的大河。这些故事，或许没有轰轰烈烈的英雄事迹，却如同家常便饭一样，朴实无华却又饱含深情。它们提醒我们，真正的伟大，往往隐藏在平凡之中，就像那不起眼的泥土，孕育出最绚烂的生命。它的故事，是一首未完的诗，等待着更多人来续写。

韶山灌区本身，不仅仅是一片土地上的水利奇迹，也是韶灌人民与国家命运紧密相连的象征，亦是中国精神的缩影，更是流淌在时光里的家国情怀。这份情怀，如同那永不干涸的水源，滋养着这片土地，也滋养着每一位韶灌儿女的心田。

在未来的日子里，韶山灌区将继续流淌，永不停息，熠熠生辉。而这一流淌在时光里的家国情怀，它也在教会我们，无论世界如何变化，只要我们心中有信仰，脚下有力量，但问耕耘，不问收获，就能创造属于自己的辉煌，就能走好新的长征路。

（作者单位：湖南省韶山灌区工程管理局）

丰 碑

朱白丹

民以食为天，食以水为先。20 世纪 70 年代，湖北省宜昌县在三三〇工程局（葛洲坝工程局前身）的大力支持下，全县 9 个公社 6000 多名社员靠肩挑背驮，硬是背起一座高 70 米的沙坪大坝！水利粮丰，沙坪水库为宜昌县粮食安全、工农业生产和葛洲坝工程建设做出了重要贡献，曾获水利部表彰。为贯彻落实习近平总书记在二十大报告中提出的"发挥党和国家功勋荣誉表彰的精神引领、典型示范作用"精神，特撰写此文。

建库缘起

1970 年 6 月 4 日，湖北省革命委员会致函宜昌地区革命委员会：

"葛洲坝水电枢纽工程正在积极筹建，根据首长（张体学——笔者注）指示，当前应当积极进行现场试验和其他野外工作，大批工作人员、指挥部机构和医院即将陆续搬往宜昌。为此，请你们将宜昌县武装部和原县委、人委的全部房屋作价交给鄂西水电工程指挥部，并希协助解决一部分办公家具。"

宜昌地区革命委员会接到省里通知后，于 6 月 6 日要求宜昌县革委会在 7 月份将驻宜昌市内的行政、企事业单位，搬迁到 10 千米外的晓溪塔办公。在没有迁建计划、没有迁建资金、没有正式履行法定迁建手续的情况下，宜昌县革委会于 1970 年 7 月 16 日与鄂西（葛洲坝）水电工程指挥部交接，7 月 20 日将行政机关迁往 10 千米外的晓溪塔。从通知到实施，仅短短的一个多月，就搬迁了一座县城，创造了宜昌速度！

为贯彻落实习近平总书记在二十大报告提出的"发挥党和国家功勋荣誉表彰的精神引领、典型示范作用"，笔者编写《青春的沙坪》一书，采访了曾任宜昌县委副书记、县革委会主任的商克勤同志和县革委会副主任、沙坪工程指挥部指挥长闫圣代同志。商克勤介绍，宜昌县城搬迁后，三三〇工程局党委第一书记刘书田同志主动跟宜昌县委书记胡开榨同志说，宜昌县为葛洲坝工程顺利开工做出了巨大牺牲，三三〇工程局帮助宜昌县建设一座中型水库，坝后建两级电站，既解决了宜昌县农业灌溉和工农业、居民用电，也为三三〇工程施工提供了电源；闫圣代介绍，宜昌县委书记胡开梓同志找三三〇工程局党委第一书记刘书田同志汇报，请求支援建设沙坪水库。1977 年 3 月 23 日，在三三〇工程局的大力支持下，沙坪水库正式动工。

刘书田同志在三三〇工程局干部大会上说：宜昌县为三三〇工程建设作出了巨大奉献，三三〇工程局与宜昌县建立了"同志加兄弟的友谊"，我们要全力以赴支持沙坪水库建设。建设期间，水电部部长钱正英同志亲临沙坪水库工地调研，高兴地说："沙坪水库工程开局干得不错！宜昌县的行动、决心、精神感人。面临的困难的确不少，部里给沙坪水库建设开绿灯、开小灶，帮助解决一些资金、物资。祝沙坪水库早日完工、胜利建成！"钱部长的一席话，大大鼓舞了工地指战员士气。

官兵情深

20 世纪 70 年代，宜昌县经济落后，财政吃补贴，物资匮乏。沙坪水库总投资1750 万元，三三〇工程局投资 800 万元，剩下的缺口怎么办？大队拿不出钱，公社拿不出钱，县里也拿不出钱，完全靠老百姓做贡献。宜昌县动员了雾渡河、下堡坪、邓村、太平溪、三斗坪、莲沱、柏木坪、晓峰、上洋 9 个公社 6000 多名社员参加工地劳动。那个时候的施工，没有机械，全靠肩挑背驮。在如此困难的条件下，要建设一座中型水库，党组织的战斗堡垒作用和宣传鼓动工作就显得尤为重要。

沙坪水库建设实行部队建制，军事化管理。公社一级称民兵团，管理区一级称民兵连，大队一级称民兵排，建设者称民兵或战士。上工、收工吹军号，各团经常组织军训，项目有站军姿、正步走、匍匐前进、打靶等。工程指挥部设党委，各团设党总支，各连设党支部，并注重发展施工第一线的积极分子入党，党建工作的优良传统起到了保障作用。同时，工程指挥部十分注重宣传鼓动工作，调动大家的积极性。各团设有专职政工员，连排设有兼职宣传员。指挥部办有《沙坪战报》、广播室，各团成立有文艺宣传队，经常组织演出。

"火车跑得快，全靠车头带"。县委副书记、指挥部政委陈天赐既是指挥员，又是战斗员，在工地挥动八磅锤，打炮眼、挑担子、推板车，参加劳动；关心战士生活，确保因公回来晚了的战士有热饭热菜吃。指挥部政工员王邦仁介绍："在指挥部食堂，无论指挥长、政委，还是各级领导，一律排队就餐，凭票打饭菜。无论早中晚餐，我看见陈政委、闫指挥长等领导总是依次排队，从未插过队。我那时长得就像火柴棒似的，瘦高瘦高的。有一次，陈政委打完饭菜后，给我夹了两片肥肉，说'小王，多吃点肉，你们年轻人现在正是长身体的时候。'打一个肉，只有薄薄的几片，陈政委自己舍不得吃，让给我吃，我感动得眼泪快流出来了。"

太平溪团民兵郭云光介绍，我在指挥大坝削坡，从事发送起爆信号工作。时值冬天，一天两餐饭，顿顿掉在后头不说，从大坝走到沙坪指挥部食堂，饭菜都凉了，我自然也有意见。不知是谁向陈政委反映了这事。有一天吃午饭，陈政委对我说："小郭啊，我跟管后勤的同志说了，要确保你们因公回来晚了的人有热饭热菜吃，你就放心吧！"我不知说什么好，一股暖流从心底流过。他的一言一行，影响着工地指战员，带出了一支特别能吃苦、特别能战斗、特别能打胜仗的队伍。

指挥长闫圣代，以工地为家，一直战斗在第一线。每日出工在前，收工在后。有一次，他在劳累中伤风感冒，烧得脸红耳赤，也不休息，吃点药后，又到工地劳动；由于长期劳累，有天晚上他累倒在工地，在县医院住院半个月，还未好彻底就赶回工地。指挥部施工员杨泽民介绍："1978年12月1日前后，沙坪大坝利用枯水期截流，虽然没有长江葛洲坝截流惊心动魄，但也万分紧张。河水冰冷刺骨，指挥部组织的突击队员一个个都不敢下水。身为指挥长的闫圣代，率先跳下了齐腰深的导流洞口，我也跳入水中，与突击队员一起奋力封堵洞口。闫指挥长的主动参战，调动了大家的积极性，工地上的指战员们越战越勇。我跳下去的第一感觉是，全身像针扎一样难受，但开弓没有回头箭，唯有拼命用血肉之躯和汹涌的河水搏斗，用石头和沙袋堵住缺口。为确保参战人员不被冻伤，指挥部事先准备了大量高度白酒，让参战人员下水前喝酒御寒。同时，岸上用木材和柴油燃起熊熊大火，让换下来的指战员烤火取暖，以免被冻伤。尽管如此，一个个还是冻得瑟瑟发抖。当时没有现代化的机械设备，全体指战员硬是用血肉之躯和钢铁般的意志，顺利完成了大坝截流艰巨任务。"

那时工地各级领导都非常廉洁。闫圣代同志告诉笔者，他在工地任指挥长5年，从未谋取任何私利。沙坪水库竣工后，同志们为他送行，正下大雨，就送了一把雨伞。"这把伞是我在沙坪水库工地唯一占的公家便宜。"闫圣代说。

百折不挠

首先说生活。民兵们生活相当困难，一日三餐，少肉少油，粮食和蔬菜都靠从家里带，一个月才能吃一回猪肉，谓之"打牙祭"。邓村团民兵栾礼宏回忆："民兵伙食，由户籍生产队交公粮到所在公社粮管所，然后划'支拨'到工地连队食堂，食堂则凭'支拨'票据到沙坪粮管站购回大米和玉米面，将米煮熟掺玉米面用土钵蒸熟，每钵4两，俗称'金包银'。'金包银'名字虽好听，其实梗喉咙，有时候咽不下去就喝点溪水。菜则是用豆油煮萝卜片、土豆片及南瓜等，汤汤水水，用勺子分打。"即便是这样的生活，还不能天天保证。民兵们自己带有豆瓣酱、豆腐乳下饭，豆瓣酱、豆腐乳吃完了，就用酱油拌饭。那时的生活，没有最苦，只有更苦。由于劳动强度大，饭量不足，蔬菜又没有油水，民兵们经常饿得头昏眼花，不时有民兵昏倒在工地。

其次说住宿。柏木坪团政工员李华英回忆："我们住在民兵们自建的干打垒房里，床铺非常简陋，全是松树棒棒，用铁丝连在一起，铺上稻草，几十个人睡通铺。"各团民兵几乎都是这种住宿条件，工程指挥部的住宿也是一样。县水利局临时工、施工员何万政回忆："1977年4月，我到指挥部办完报到手续，被人引到隔壁的工程组。这是一个大厅，用芦席隔成了几个方隔，到处摆满了床位和被子，只有一个3张床的方隔内，空着一个铺位。接待我的同志说就睡这铺。我把行李往铺板上一放，就奔向了工地。中午，我回到放行李的房间，只见那两张床铺上，坐着工程股刘国敬股长和指挥部副指挥长、县水利局局长付禄科。我不由得一惊，说付局长，我真不知道这是您的房间。顺手提起行李就向外退。付禄科同志笑着站起身，拉住我的背包，和蔼地说就睡这铺。我把你调来，是来管建筑物的，管建筑物需要协调的事情多，住一起方便。我坚持说我爱打鼾，会影响您休息。他说你打你的鼾，我睡我的觉，两不相干。后来我才知道，付禄科同志患有严重的神经衰弱症，响声会影响睡眠。他这种宽容情怀，令我十分钦佩。"

再说工具。民兵们到工地，都是自带挖锄、铁锹、背篓等简陋工具。当时的运输工具主要是背篓、"鸡公车"和板车，最好的现代设备，就是手扶拖拉机了，但整个施工现场也没有几台，民兵们主要靠肩挑背驮把砂石料运到坝上去浇筑。莲沱团政工员黄廷刚回忆抬石头一幕，把我们带到了四十多年前的现场。抬石头在工地有二人抬、四人抬、八人抬、十六人抬。不管是多少人抬，都有一个"头抬"人。以八人抬为例，把石头捆好，穿1根"大麻辫"，再穿2根"四麻辫"，再穿4根"二麻辫"。准备就绪，"头抬"人喊一声："起哟！"担任头抬的人很稳重，声音洪亮，是八人中的关键人物。"头抬"人话音刚落，后面7人立即响应"起哟！"根据号子确定步子的快慢。"头抬"人的号子感染着后面每一个人，号子分慢、中、快三种调子，震撼山河，很有感染力。

最后说报酬。民兵们劳动时间没有八小时这个概念，天亮就上工，天黑才收工。那时民兵们一个标工仅四角钱，有时一天还完成不了一个标工，就是说，辛苦一天，还挣不了四角钱。一个月按30天满打满算，也挣不到12块钱。有的人思想好，还不要标工钱。战士们说，为了振兴宜昌县经济，为了全县农业灌溉和为葛洲坝工程提供施工电源，再苦再累也是值得的。即便在这样艰苦的环境下，民兵们仍然充满革命浪漫主义情怀。笔者在《沙坪战报》看到柏木坪团、上洋团战士写的诗歌，豪情万丈！其一：深夜灯下写决心／颗颗红心向北京／一个心眼修水库／大坝不起不回村。其二：扁担闪悠悠／汗水浑身流／箩筐专挑特大号／三步并肩一步走／号子一声吼／群山抖三抖／抱板拉破四五个／绳子拉成两半头／要问干劲哪里来／党的号召记心头／大打水利翻身仗／大坝不起我不走。其三：活着干／死了算／哪怕跑断腿／哪怕腰压弯／水库不修起／决不把家还。

舍生忘死

在人海战术里，民工伤亡不可避免。柏木坪民兵陈凯回忆："1977年8月28日，三号隧洞进度已经达到了80多米。在爆破时，有一个炮没有点着。而其他点着了的引信正在燃烧，随时都可能引爆。在这种情况下，必须及时撤离，以确保安全。而我和周月炳、郭权义3人只在想为什么未点着，就像着了魔似的，站在原地不动。等第一炮响过后，我们才醒悟过来，他们两个人迅速跑出去了。外面的工友们见状，说"拐哒，陈凯还没有出来！"都在为我担心。其实，我在炮响后，也本能地向外跑，但晚了一步，当跑到洞口时，巨大的冲击波和石块向我袭来。我左半身的衣服、裤子被炸碎了，肚子炸破了，整个人血肉模糊，工友们赶紧用板车把我送到沙坪工地医院抢救。当天工地有7人受伤，工地医院门口摆满了伤员，我受伤最重。由于工地医院医疗条件简陋，指挥部领导及时联系县医院做好急救准备，将我送往县城晓溪塔。当救护车到达莲沱大桥时，我因失血过多休克了。指挥部领导担心路上出事，当即决定就近医治，请求位于莲沱的军工企业827厂职工医院进行抢救。827厂职工医院迅速通知医护人员各就各位，开展施救。当然，我当时处于休克中，不知道发生了这些事，是后来听别人讲述的。因我失血过多，必须输入大量的血。827厂职工医院联系宜昌地区人民医院血库提供血浆。输血后，我暂时脱离了生命危险。在处理伤口时，827厂职工医院又联系宜昌地区人民医院外科专家前来现场会诊，共同制定医疗方案。经过8个多小时的手术，清理沙子、吸出污血、清洗肠子、切除脾脏，终于把我从死神手里拽回来了。我在827厂职工医院住院约三个月，出院后，指挥部政委陈天赐带领有关人员，前往827厂职工医院，送去了感谢信，并进行慰问演出。那时候人与人之间，单位与单位之间，感情多么深厚啊！沙坪水电工程建设期间，记录在册牺牲的民兵有18人。我万分感谢指挥部领导、沙坪工地工友，以及827厂职工医院、宜昌地区人民医院的医护人员，是他（她）们给了我第二次生命。如果不是他们及时施救，沙坪电站牺牲人员花名册上就是19人。"

太平溪团民兵郭云光回忆："在大坝右岸大约140米高程处，是邓村团负责的工作面，放炮完后正是午餐时间。几个民兵吃过午饭后，早早地来到工地看放炮效果。

他们看工作面上有三块大石头挨靠在一起，检查炸动了没有。可能是看到石头没有动，就在石头下面挖。挖着挖着，石头突然松动下滑，把他们三个人全压在下面。我吃完饭来到现场，也想看放炮效果，还没走近，老远就看到县医院驻工地的一名女医生，正在检查三个被压者的情况，看有没有活的。她看到我来了，就喊'小伙子，快来救人，快来救人！'很着急。说实在的，我当时心里有些害怕，因为我没有接触过死人，动作有些缓慢。听到她喊，我只好硬着头皮下去帮忙，把一个死人抬上来放到公路上，另外两个被后来的人也抬到了公路上，已无生命体征。这是我在工地上见到的最惨的一次死亡事故。"

指挥部政工组副组长戴先波向笔者介绍："有一天，太阳快落山，晓峰团团长易行瑶急促地来到工地指挥部，说'我团出了天大的事故，我……我……'哽着说不出话来。指挥部党委委员、办公室主任、政工组副组长何顺德同志见状，说道：'易团长，你不急，跟我们说，出的什么大事故？'易团长哽咽地说'我团三名战士在爆破中被炸死了。'大致情况是爆破手放炮时点了火，几十个炮都响了，但有两个炮没响。三个爆破手等了几分钟，见还是没响，就走进去查看。刚走到炮点，两炮突然响起，夺走了他们的生命。易团长把情况介绍完，在场的人员都惊呆了，不知所措，何组长也低头不语。正在这时，陈书记走进了指挥部，何组长急忙把易团长刚才诉说的情况向陈书记作了简要汇报。陈书记没多说话，只说'大家莫急，此事由我来办。易团长留下来参会，小戴快去大坝工地叫闫指挥长和李先沛（指挥部党委委员、政工组长）马上回来，有事商量！'指挥部党委商定后，陈书记发话'易团长回团把全团战士的思想工作做好，把大家的心安定下来，把工程任务、施工安全安排好，吸取教训。马孝先主任（后勤组长）配合易团长，把安葬死者的棺木、担架办好，明天上午十点钟，把遇难者的遗体护送到新坪大队进口处。'说完，陈书记带着政工组长李先沛和我连夜赶到新坪大队，向党支部书记刘祖刚同志通报事故情况，安排后事，强调一定要把死者家属的安抚工作做细做好。刘支书接到任务后，忙把大队的几个主要干部叫来，统一思想。和我们一起到生产队，把小队干部从床上叫起来，到队部开会。人员到齐后，刘支书把工地事故情况向小队干部讲明后，请陈书记讲话。陈书记说'工地事故情况，祖刚同志已告诉大家，我就不重复了。我要说的是，在座的都是干部，我们干部是人民的儿子，人民为了建设家园，失去了亲人，一定很悲痛。我们都很悲痛。但光悲痛不行，要化悲痛为力量，眼下最紧迫的是，我们要上下一心，共同努力把遇难者家属的工作做好，让他们得到安抚，减轻痛苦，我陈天赐就谢谢你们了。'陈书记的讲话给了大家力量和勇气。众人在刘支书的主持下，一起研究做好事故后事的工作和办法。决定大小队干部三人一组，包干到户，并邀约和遇难者家属关系最好的亲朋好友一道，上门做工作。由于工作做在前、做得细，第二天上午十一时，死者遗体、棺木顺畅地送到了葬地。事后，陈书记在村支书和队长陪同下，登门一一看望死者家属。"

还有，在核桃树坪河边坡上，修公路遇岩石崩垮，邓村团竹林连左正兵和李建国遇难；雾渡河团一不满20岁的女民兵在沙坪过往银杏冲住地的软桥上，掉下河中身亡；汛期发洪水，乌蛇尾20多岁的朱国成在河对岸点炮后泅水回家，被洪水吞没……

各方支援

葛洲坝集团三峡指挥部政工科长肖佳法转述，时任三三〇工程局运输分局四队支部书记蔡子龙同志介绍，1977年接到运输分局领导指示，葛洲坝工程局调拨一批机械设备支援沙坪水库建设，要求运输分局四队派5台解放牌自卸车前往。蔡子龙安排五班班长冉贤光带队到沙坪电站工地工作，并随车队去了工地，在那里工作了几天。他们接受沙坪工程指挥部的领导，参与工程建设，工资生活费由原单位支付。葛洲坝工程局运输分局四队张姓司机返程经过天柱山盘山公路时，大雾弥漫，驾驶室看不到路面。为了赶时间，他打开驾驶室门，一脚踩在脚踏板上，一脚踩着油门，全身在外迎风顶雾行驶。随行人员劝他停下来躲一会，他说自己是转业军人，在部队训练过，如果不赶在仓库下班前装水泥，第二天送到工地就晚了，会影响施工进度。

宜昌县人民医院派驻工地护士李晓云介绍："工地所谓的医务室，就是一间简陋的工棚，窗户用报纸糊着，光线极差，对治疗、输液、换药极为不便，而且没有清洁、无菌环境。作为救死扶伤的医务人员，条件虽然差，卫生要求可不能低。我们土法上马，撕掉窗户上的报纸，换成透明塑料膜；搭架子上房顶，用装药的纸盒，隔一层空间，用来隔热；把医院白色床单，用铁丝穿着，拉一个屏风，里面注射输液，外面换药；用手提式高压锅，消毒注射器、针头、输液管（那时没有一次性输液管）、纱布等各种医疗器械。经过一番"装修""改造"，医务室像模像样了。由于严格按照无菌操作，在那样简陋的条件下，没有发生一例交叉感染。沙坪水电工程是当时全县最大的县管水电工程，条件之差、人员之多、环境之艰苦，是现在的人无法想象的。若发生流行病，后果会很严重，从而影响工期。怎么办？我们就让老乡带路，在当地采鱼腥草和板蓝根，用大锅煮水发给农民兵兄弟们喝，预防流行病。那时机械缺乏，运输砂石料，都是靠民兵肩挑背扛。民兵们的肩膀和背部都磨成大水泡，轻者擦紫药水、红药水；严重的，化脓切开后，用呋喃西林纱条，输液消炎。特别是打隧洞、爆破、捶石头，外伤时有发生，医务室人手有限，最忙最累最揪心的，就是抢救伤员。记得有一次，一位雾渡河民兵打隧洞时，一块大石头掉下来，砸在他左大腿上，造成股骨和胫骨粉碎性骨折，病人剧烈疼痛引起休克。医务室条件有限，需要转院。而受伤的病人，经不住折腾，需要固定大腿，我们马上砍了一根树，劈成两半，用医用棉和纱布裹满，固定病人的左腿，一边输液抗炎治痛，一边用拖拉机在崎岖不平的路上护送病人。由于道路颠簸，病人剧烈疼痛，造成其呼吸、脉搏、血压不稳定，在整个护送过程中，我精神高度集中，密切观察病人生命体征，随时备好抢救药品，直到安全送到莲沱卫生院，我才松了一口气，最终得以治愈。在沙坪工地的几个月，是我从业以来，最艰苦的工作环境，没有之一。"

沙坪是革命老区,六十多名赤卫队员在这里惨遭还乡团杀害,至今红岩血迹斑斑。为了支援水库建设，库区移民舍小家顾大家，他们向县领导表态说："政府给我们修水库，我们没有什么条件可讲，有力出力，需地让地，该迁就迁！"广大移民是这样说的，也是这样做的，体现了老区人民的家国情怀和奉献精神。

"天上不会掉馅饼，努力奋斗才能梦想成真""幸福都是奋斗出来的"（习近平总书记2017年、2018年新年贺词）。今天的幸福生活来之不易，是历届县（市）委带领全县（市）人民努力奋斗来的。生活在当下的人们，应当永远铭记那些为了今天的幸福生活而流血牺牲的指战员们。习近平总书记指出："中华民族伟大复兴，绝不是轻轻松松、敲锣打鼓就能实现的。全党必须准备付出更为艰巨、更为艰苦的努力。"让我们在以习近平同志为核心的党中央的坚强领导下，不忘初心、砥砺前行，为水利事业发展和中华民族伟大复兴而不懈奋斗！

（作者单位：湖北省宜昌市夷陵区水利和湖泊局）

萨迦古韵：水脉传承与文明之光

蔡光祥

在世界的屋脊，西藏的广袤高原上，萨迦县犹如一颗璀璨的明珠，镶嵌在日喀则的怀抱中，闪烁着历史与文化的光辉。这里，自然与人文交织成一幅幅壮丽的画卷，而其中最令人瞩目的，莫过于那历经千年沧桑，至今仍滋养着这片土地的萨迦古代蓄水灌溉系统。它不仅是一项卓越的水利工程，更是萨迦乃至整个西藏地区农业文明发展历程中的一座丰碑，承载着人与自然和谐共生的智慧与梦想。当历史的尘埃落定，我们站在新时代的门槛上回望，萨迦古代蓄水灌溉系统如同一部活生生的历史教科书，向我们诉说着人与水、自然与文明之间那千丝万缕的联系。从吐蕃时期的初露端倪，到蒙元、明清的繁荣兴盛，再到现代的传承与保护，这一系统见证了萨迦乃至整个西藏地区农业文明的兴衰更迭，也见证了萨迦人民与自然和谐共生的不懈追求。如今，随着全球对可持续发展和文化遗产保护意识的觉醒，萨迦古代蓄水灌溉系统更是以其独特的魅力和深远的价值，赢得了世界的瞩目与赞誉。它不仅成了萨迦县的一张亮丽名片，更成了全人类共同的文化遗产，激励着我们去探索、去传承、去守护这份宝贵的自然与人文财富。

水之源，文明之始

在古老的吐蕃时代，当晨曦初破雪山之巅，萨迦人民便以一种近乎虔诚的姿态，踏上了与自然和谐共生的探索之旅。他们凝视着那终年不化的雪峰，以及山间潺潺流淌的山泉，萌生了一个朴素而又伟大的念头——将这些天赐之水引入干涸的农田，滋养万物生长。起初，这只是一个简单的尝试，他们用简陋的工具，凭借着对自然的敬畏与理解，小心翼翼地开凿渠道，引导着雪水与山泉缓缓流向一片片渴望滋润的土地。这不仅仅是对自然的初步改造，更是萨迦人民智慧与勇气的结晶，他们用自己的双手，在这片高原上勾勒出了萨迦古代蓄水灌溉系统的最初轮廓。

那时的萨迦人民，或许并未能预见到这一举动将带来的深远影响。他们只是朴实地相信，土地是生命的源泉，而水则是滋养这片源泉的甘露。然而，正是这份质朴的信念与不懈的努力，让这项技术逐渐生根发芽，苗壮成长。

随着岁月的流转，萨迦人民在实践中不断积累经验，对蓄水灌溉技术进行了无数次的改进与创新。他们掌握了高效引导水流，修建坚固耐用的渠道，以及根据季节调整灌溉策略的方法。这些智慧的积累，使得萨迦古代蓄水灌溉系统逐渐走向成熟，成了一项能够稳定支撑当地农业发展的关键技术。

到了蒙元时期，随着中原文化的传入与交流的加深，萨迦地区的农业迎来了前所未有的发展机遇。这一时期，萨迦古代蓄水灌溉系统得到了更为广泛的应用与推广，其规模之大、效益之显著，都达到了前所未有的高度。它不仅极大地提高了农田的灌溉效率与产量，还促进了当地经济的繁荣与社会的稳定，成了支撑萨迦乃至整个藏区农业发展的重要基石。

回望这段历史，我们不禁为萨迦人民的智慧与勇气所折服。他们用自己的双手与智慧，创造了一项伟大的水利工程，为后世子孙留下了宝贵的财富。而萨迦古代蓄水灌溉系统所承载的，不仅仅是技术的传承与发展，更是人与自然和谐共生的理念与追求。

水之争，历史之痕

然而，随着时光的推移，萨迦这片古老土地上的故事也悄然发生了转变。人口的持续增长与农业活动的日益频繁，使得原本丰沛的水资源逐渐变得稀缺而珍贵。农田的灌溉需求、治水的紧迫性以及水磨等生活生产设施的用水需求，如同多股力量交织在一起，形成了错综复杂的用水之争。

这场无声的较量，不仅考验着萨迦人民的智慧与协作能力，更在无形中影响了社会稳定的根基与发展的脉络。面对日益严峻的水资源挑战，人们开始意识到，唯有通过更加科学合理的规划与管理，方能确保水资源的可持续利用，维护社会的和谐与繁荣。

在这一关键时刻，驻藏大臣的介入无疑为问题的解决注入了新的动力。他们带来了中原地区先进的治水理念与管理经验，与地方政府紧密合作，共同探索适合萨迦地区实际情况的水资源管理模式。通过深入的调研与科学的规划，他们逐步建立起了一套既符合当地实际又兼顾长远发展的水资源管理制度。与此同时，萨迦古代蓄水灌溉系统也在这一过程中得到了进一步的完善与发展。经过无数代人的智慧传承与技术创新，这一古老的水利工程不仅保留了其原有的功能与价值，更融入了现代科技与管理理念，形成了一套独特而高效的水利管理系统。该系统不仅能够有效解决农田灌溉、治水及生活用水等实际问题，还注重水资源的保护与节约利用，为萨迦地区的可持续发展奠定了坚实的基础。

在这一过程中，萨迦人民展现出了非凡的智慧与勇气。他们不仅克服了重重困难与挑战，更在实践中不断探索与创新，为西藏水利史书写了浓墨重彩的一笔。萨迦古代蓄水灌溉系统的完善与发展，不仅是对古老智慧的传承与发扬，更是对人与自然和谐共生理念的深刻诠释与实践。它告诉我们：只有尊重自然、顺应自然、保护自然，才能实现人类社会的可持续发展与繁荣。

水之梦，遗产之光

进入 21 世纪，随着全球对可持续发展和文化遗产保护意识的日益增强，萨迦古代蓄水灌溉系统迎来了前所未有的发展机遇。在这个时代的大潮中，萨迦县人民政府敏锐地捕捉到了这一历史性的契机，积极响应国家关于保护和传承优秀传统文化、推动水利事业高质量发展的号召，将萨迦古代蓄水灌溉系统作为一张亮丽的名片，向国内外广泛推介。

在水利部及社会各界的深切关注与大力支持下，萨迦县人民政府精心组织申报材料，深入挖掘萨迦古代蓄水灌溉系统的历史价值、科学价值、文化价值和社会价值，全方位展示其独特的魅力与贡献。经过一系列严格的评审与考察，萨迦古代蓄水灌溉系统最终成功入选了世界灌溉工程遗产名录，这一殊荣不仅是对其卓越成就的国际认可，更是对萨迦人民世代守护这片土地、传承水利文明精神的最高赞誉。

入选世界灌溉工程遗产名录，不仅为萨迦古代蓄水灌溉系统带来了更加广泛的国际知名度与影响力，也为萨迦地区的经济社会发展注入了新的活力与动力。它激发了当地民众对水利文化遗产的自豪感与保护意识，促进了水利科技与文化旅游的融合发展，为萨迦乃至整个西藏地区的文化传承与可持续发展开辟了更加广阔的空间。萨迦古代蓄水灌溉系统将继续在保护与传承中焕发新的生机与活力。萨迦县人民政府及社会各界将携手并进，共同探索更加科学合理的保护利用模式，让这一古老的水利工程在新时代绽放出更加璀璨的光芒，为人类的可持续发展事业贡献更多的智慧与力量。

水之困，挑战之路

然而，荣誉背后也隐藏着挑战。萨迦县本级财政难以支撑文化遗产后续规划所需资金，宣传报道手段有限，这些都是摆在面前的现实问题。如何克服这些困难，让萨迦古代蓄水灌溉系统得到更好的保护与利用，成为摆在萨迦人民面前的一道必答题。面对困难和挑战，萨迦县充分利用现代科技手段，如互联网、社交媒体等，拓宽宣传渠道，提升宣传效果。他们精心策划了一系列线上线下宣传活动，通过制作专题纪录片、开设文化遗产保护讲座、举办文化节庆活动等形式，向国内外公众展示萨迦古代蓄水灌溉系统的独特魅力，增强公众的文化遗产保护意识。

针对文化遗产相关法规、政府规章匮乏的问题，萨迦县积极呼吁并推动相关立法工作。研究制定适合本地实际情况的文化遗产保护法规和政府规章，为文化遗产的保护与利用提供坚实的法律保障。在保护与利用的具体实践中，勇于探索，不断创新。制定了《西藏-萨迦古代蓄水灌溉系统遗产保护与利用规划》，明确了保护目标、任务与措施，确保文化遗产得到科学、合理的保护与利用。同时，他们积极探索将古代蓄水灌溉系统的保护与利用与生态旅游、文化传承等相结合的新路径，通过发展文化旅游产业，促进当地经济发展，为文化遗产的保护提供可持续的经济支撑。

在这一过程中，萨迦县还注重加强社区参与和公众教育。他们鼓励当地民众积极参与文化遗产的保护与利用工作，通过举办培训班、开展志愿服务等方式，增强民众的文化遗产保护意识与技能。同时，他们还加强与周边地区的合作与交流，共同推动文化遗产的保护与传承工作，形成全社会共同参与的良好氛围。

水之行，未来之望

总之，面对挑战与机遇并存的局面，萨迦县正以更加坚定的步伐、更加开放的姿态、更加创新的思维，努力让萨迦古代蓄水灌溉系统这一宝贵的文化遗产在新时代焕发出更加绚丽的光彩。萨迦古代蓄水灌溉系统，是西藏高原上的一颗璀璨明珠，它见证了萨迦乃至整个西藏地区农业文明的兴衰更迭，也承载着萨迦人民对美好生活的向往与追求。在未来的日子里，我们有理由相信，萨迦人民将继续以智慧和勇气，守护好这份宝贵的文化遗产，让中华水文化在西藏高原上绽放出更加绚丽的光彩。而萨迦古代蓄水灌溉系统，也将成为连接过去与未来、传统与现代的桥梁，继续滋养着这片土地上的万物生灵。

（作者单位：西藏自治区萨迦县水利局）

景电工程——大地丰碑　精神永燃

李　英

在广袤无垠的西北大地上，有一片被历史与汗水共同滋养的绿洲——景泰川。

在这片古老而又年轻的土地上，景电工程作为救命致富的水利设施，将黄河水从低处提升，使其流向无垠的戈壁、荒芜的滩涂，宛如生命之脉，潺潺流淌，滋养着百万亩土地，这是一次黄河水史无前例的壮丽西行与昂扬攀升，成为景泰川大地之上最动人的生命赞歌。

在这片曾经黄沙漫天、而今生机勃勃的广袤大地上，流淌着一首灵魂之歌，它是人类与自然和谐共生、不懈奋斗的璀璨精神之光，穿越时空，温暖并激励着每一代景电人的心田。

景电工程创造了水利史上的奇迹，是一部惊心动魄的抗争史诗，是一段别具匠心的创新历程，是一幅波澜壮阔的英雄画卷，诠释着共产党人"人民至上"的誓言。景电工程已成为"中华之最""全国水情教育基地""国家水利风景区""最具时代魅力灌区"等，入选国家"人民治水·百年功绩"治水工程名单，这些辉煌成就的取得，是历代景电人矢志不渝、锐意进取的结果，是他们灵魂深处闪耀的"依靠科技、敢为人先、艰苦创业、造福于民"的景电精神。

景电精神因建设灌区而铸就。它是灌区建设者用智慧和汗水书写的一首感天动地的壮丽史诗。

"依靠科技"诠释着从"不可能"到"可能"的跨越

景电工程中，雄伟的提水泵站、蜿蜒的灌溉渠道、广袤的良田这一切，都是景电人用双手和智慧铸就的丰碑。他们不畏艰难，不惧挑战，用实际行动诠释了"人定胜天"的豪迈气概。景电工程是一项跨省区、高扬程、多梯级、大流量的大Ⅱ型提灌工程，在55年的建设管理历程中，景电人总结形成了一整套高扬程电力提灌工程运行管理制度，工程效益明显提升；水的利用率走在全国前列，第一次在全国建成了高扬程、大流量电力提灌工程；第一次在腾格里沙漠流沙区修筑了长距离、大跨度的输水暗渠，是建设高扬程工程的典范，成为甘肃水利发展史上亮丽的一页；第一次成功制造并使用了直径达 1.4 米的混凝土预应力管，第一次创造了大流量水泵机组直接起动技术；第一次在大型灌区实行信息化自动控制，成为全国信息化建设的排头兵，对全国同类灌区的自动化建设起到了重要的示范作用。

"敢为人先"诠释着从挑战到成功的奇迹

55 年前，奔腾不息的黄河，穿越景泰川，蜿蜒东流。但在黄河上游，大多地段水面都远远低于两岸，因此甘肃中部地区景泰、古浪两县长期处于干旱贫困之中，人们只能望水兴叹，渴望用水始终是地方政府和群众最迫切的心愿，有效利用黄河水、建设沿黄提灌工程、改变贫困面貌始终是地方政府和群众最大的梦想。

1969 年，甘肃省委、省政府重民生、察民情、顺民意、解民忧，从甘肃中部地区的实际出发，果断决策兴建景泰川电力提灌工程。当时，景电工程的建设没有现成的经验、先例，面对种种问题和困难，在水利部的关心帮助和甘肃省委、省政府的大力支持下，老一代建设者采取"四自"模式，即建设资金省内自筹、提灌设备省内自造、自己设计、自己施工，调动省内企业制造设备，调动省内有关经济单位筹措资金、物资，调动参加工程的建设大军的积极性和创造性，建成了景电一期工程，走出了一条改变干旱地区面貌的可行路径，激发了甘肃中西部人民改变干旱面貌的信心和决心。这项工程还起到了很大的示范带动作用，之后甘肃的靖会工程、兴电工程、景电二期工程相继上马，建成投产，发挥效益。

55 年后，随着景电一期工程、二期工程、二期延伸向民勤调水工程相继建成运行，景泰川数代人的盼水梦终于实现了。景电工程已成为灌区 60 万人民群众生存致富的依托、灌区经济社会发展的命脉，成为建设高扬程提灌工程的样板、水利扶贫的楷模、生态文明的典范，成为综合指标突出的"中华之最"，被灌区人民誉为"救命工程、翻身工程、致富工程、德政工程、生态工程"。

"艰苦创业"诠释着从荒漠到绿洲的历程

景电工程建设初期，正值"文化大革命"动乱时期，生产力水平落后，物资设备极端匮乏，生产生活条件异常艰苦，修建景电工程的初衷是解决甘肃中西部人民祖祖辈辈想水、盼水的问题。在景电工程的建设过程中，甘肃省原副省长李培福带领共产党员、共青团员、军垦战士、青年民兵冲锋陷阵，10 多万景泰、古浪等县青壮年劳力前赴后继，创造了水利建设史上的奇迹，将黄河水引上黄土高坡，把千年的荒漠变成了百万亩良田，彻底解决了干旱地区群众的贫困问题，是典型的扶贫开发效益好的水利项目，水利是国民经济的基础产业得到了充分印证，为甘肃乃至西北扶贫开发和农业开发开创了一条成功之路，树立了样板。昔日，苦瘠甲天下、"拉羊皮不沾草，风吹石头满地跑"的亘古荒原变成了绿树成荫、粮丰林茂、瓜果飘香的米粮川，百万亩灌区与十余万亩三北防护林带连成一片，有效地阻止了腾格里沙漠的南侵，成为省城兰州最大的生态屏障。

"造福于民"诠释着从温饱到小康的转变

景电工程上水后，当地群众当年耕种、当年受益、当年解决温饱。景电一期工程解决了景泰地区 30 万亩土地的灌溉问题，有效解决了近 15 万群众的温饱问题，有力地支持了条农集团等龙头企业的发展。景泰县城也因此于 1976 年由芦阳镇迁到一条山镇，经过五十多年的发展，已成为景泰县城乡经济、政治、社会、文化、贸易、物流及信息交流的中心，一期工程为景泰县域经济社会发展做出了巨大的贡献。景电二期工程解决了景泰 20 万亩、古浪 30 万亩以及内蒙古左旗温镇 2 万亩土地的灌溉问题。灌区共安置甘肃、内蒙古两省区景泰、古浪、左旗等 7 县（旗）移民 60 万人，新建 10 个乡镇、178 所学校和 123 所医院，交通便利，百业兴旺，经济繁荣，人民安居乐业。景电工程也由工程建设初期造福灌区群众的救命工程、翻身工程、脱贫工程发展成为灌区 60 多万群众的致富工程、小康工程、德政工程。景电灌区不仅粮食生产满足了当地群众的基本生活需求，还成为全省乃至全国的粮食基地。随着农业生产的不断发展，景电灌区还带动了相关产业链的延伸和拓展，如农产品加工、物流、乡村旅游等，为当地经济注入了新的活力。

如今，景电灌区已经成为一片生机勃勃的绿洲。这里，绿树成荫，花香四溢；这里，五谷丰登，六畜兴旺。这些繁荣景象正是景电精神的生动体现，它让每一个梦想照亮现实，每一次努力绽放光芒，它不仅镌刻在历史的丰碑上，而且成为穿越时空的精神力量，它属于过去，更属于现在和未来。

在这片大地上，景电精神永燃。

（作者单位：甘肃省景泰川电力提灌水资源利用中心）

渠水情

——追溯一场抢险救灾硬仗

李佐炜

灾　情

1986 年 7 月 19 日凌晨，欧阳海灌区右干渠 3+500 傍山渠段，因地质灾害垮堤 115 米，38 立方米每秒的大水瞬间倾泻，冲毁了渠道数千方砌体，卷走了数万方泥沙，将下方连接耒阳、通往灌区管理局的公路冲刷成一道深深的壕沟，冲毁后的渠道如同"断桥"，下面是 24 米的深坑。正是抗旱的关键时刻，64 万亩农田嗷嗷待哺。修建新渠段，尽快恢复农田灌溉，是抢险救灾的首要任务，修复道路、恢复交通也迫在眉睫。

动员令

灾情就是命令。灌区管理局党委立即召开会议，成立了抢险救灾领导班子，制定抢险计划，布置任务，号召干部职工全力投入抢险救灾工作。

7 月 23 日，衡阳市委、市政府在灌区管理局召开紧急会议，宽敞明亮的会议室显得格外肃穆。市长严峻的脸上没有一丝笑容，心里燃着一把火。市委书记深沉的目光扫视了会场，低声说："同志们，春争日，夏争时，64 万亩农田要尽快恢复通水，这是灌区 70 万人民的重托，我们莫负众望啊！"简洁的语言，虽不慷慨激昂，却已催人奋起。

抢险，一切为抢险！

这也是战场！

劈山开渠是主体工程。工程设计要求削下高 61 米、斜坡 50 多度、坡长 140 米的山腰，再在土质结实的平台上开出新渠道来，开挖的土方量达 8 万余立方米。靠人挖肩挑、愚公移山？精神固然可嘉，然难解燃眉之急！重任在前，谁上？

"喝令五岳三山开道，我来了！"——英雄的解放军53702部队来了！

是啊，军人，奉献，牺牲，能否画等号？看吧：

肤色黝黑、行事果敢的团长眼睛布满了血丝，他头戴草帽，肩挎水壶，手执指挥棒，威严地站在工地上指挥"战役"。

连长才完成抢险任务回来，顾不上与远道而来探亲的妻子团聚，又奔上了抢险"战场"。

7月24日，机械手钟荣丰凭着精湛的技术，不怕牺牲的精神，在团长的指挥下，驾驶第一台推土机顺利驶过渠道上的石拱桥，冲上了陡峭的山坡。紧接着第二台，第三台……就这样，一台台推土机展开了作业。

烈日烤、热气蒸，劈山夯土，战士们手抢大锤，似流星赶月。

山高、坡陡、路滑，战士们弯腰弓背，硬是把十多吨炸药一包一包地背上工地。

7月29日深夜，团长下令爆破。通讯员报告，排长病倒了。团长命令："只要他没死，就得上，这也是战场！"爆破任务出色完成了，排长也被送进了医院。

巨石坚，土层厚，推土机的轰鸣声响彻工地！随着工程进展，山的高度在下降，渠堤坪的面积在加宽……

累不垮、病不倒的钢铁战士在"抢险救灾，为民解难"战斗中立下首功！

大会战

开挖、护砌渠槽是关键工程。按照欧阳海灌区管理局制定的实施办法，右总干渠0～16千米渠段，由衡南县负责修建、维护及工程抢险。因抢险任务重、时间紧，耒阳县高风亮节、主动请缨，开挖新渠道。

耒阳人面对长50米、深5米的渠槽开挖任务，二话不说，说干就干，一干到底，这正对了耒阳人的脾气。羊午村民工第一个班，每人就完成了6立方米的土方量。8月11日晚，工地灯光璀璨，亮如白昼，天下起雨来。有个小伙子连水带汗一把抹，甩下红背心，高声大喊："老天爷帮我洗澡啦！"附和声，嬉笑声，沸腾的工地更为热闹！

夏末秋初，骄阳似火，小伙子们的裤衩都能拧出水。没有怨声，只有呼呼忙碌声。夜以继日奋战了三天三晚，完成土方量2000多立方米，提前完工了。

有人说衡南人"不怕难、舍得干"，这并非虚言。

抢险，明摆着的苦差。然而，他们丢下禾镰，舍下秧苗，背井离乡，奔赴工地，心一横，劲一鼓……

看，这路溜滑，坡陡，稍不留神，人就"倒栽葱"。

上，一步一蹭，气喘吁吁；下，快步如飞，心跳扑扑。江口区6位民工组成的一个班在这条泥泞的小路上运砾石15吨，行程60多里。

看，砌石墙又是一番情景：沉重的块石，一人搬不起，两人抬，两人抬不动，四人来，要不然，来个"大牛加小牛"一起抬，一声号子起，一簇"蚂蚁"移。一块一块石料安稳地砌成石墙。

8月18日晚上，天上繁星晶亮，地上灯火通明。一场施工决战打响，浇筑渠槽坡面混凝土。你一锹来，我一铲去，来来去去，翻翻倒倒。搅拌声、呼喊声此起彼伏，震荡着工地。渠槽深，渠坡陡，混凝土太干，打不拢，成蜂窝麻面，太湿护不上，变脓肿凸脸，真是气死人，急煞人！集民众智慧，遵从工程技术人员的指导，何难之有？开挖86米渠槽、砌筑的700多立方米石墙，浇筑的140米渠槽三面混凝土，一项项数据、亮眼的成果，印证了衡南人"不怕难、舍得干"所言不虚。

为了大会战的胜利，工程师张德福精心编制网络计划，确定关键路线，掌控关键节点。大会战紧张而有序，复杂而不紊乱。环环紧扣，如愿取胜。工程技术人员既是指挥员，又是战斗员，哪里有急难险重问题，哪里就有他们的身影。

工地是战场，市县是后方，灌区管理局是大本营。物资、器材、运输、食宿、医疗，一切为抢险，全力保支援！

渠水情

久旱不雨，渠断水绝，枯萎的禾苗盼水，干渴的牲畜盼水，水就是粮食，水就是金钱，水就是生命。8月21日清晨，渠首开闸放水。久盼的春陵江水滔滔地流过了新渠道，抢险成功了！欢呼声、鞭炮声沿渠响起。

合理配水，计划用水，全面受益，均衡受益，发挥水的最大效益，夺回损失是灌区人民的殷切希望。

衡阳市委、市政府抗旱工作会议召开了。

灌区管理局及时派出五个抗旱工作组，赴一线支援。

灌区供水人员日夜巡渠、调流、堵漏、查险。

清澈的渠水，浇灌出农田一派生机；甘甜的渠水、滋润着心田一往情深；啊，悠悠渠水情，是那么深，是那么浓！

（作者单位：湖南省欧阳海灌区水利水电工程管理局）

数字赋能，让疏勒河每一滴水都润泽民心

史靖雯

山水迢迢，风雨潇潇。
她是绰约多姿的仙子，心怀苍生，润泽万物，从祁连山脉走来
所到之处，沃野千顷，麦浪翻滚。

上善若水，德行天下。
她是滋润大地的母亲，五谷丰登，情系万千儿女。
拥抱之处，恩泽绵延千里，福荫万代子民。

她不辞辛劳，蹚过肃北的高山草地，
一路翻越雪山，走过山涧峡谷，守护一方土地。
她不畏艰险，穿越昌马盆地，流经双塔水库，滋润一方土地，
抵达哈拉奇，滋养一方百姓。
美丽慈爱的疏勒河——我们的母亲河，
她是万亩良田的动脉，她是万千百姓的摇篮。

我们的母亲河，她抚育河西人民安居乐业、长养子孙。
我们的母亲河，她引导我们不忘初心，以德治水。

忆七十年惊涛骇浪，九万里风鹏正举！
在那个艰苦的年代，基础条件薄弱落后，水利事业百废待兴。
一代代疏勒河水利人，奉献青春，守护一方，始终心系民生，初心如磐。
一代代疏勒河水利人，风餐露宿，栉风沐雨，走遍寒暑四季，尝尽酸甜苦辣，
以一片赤诚匠心，传承着水利精神。

寒来暑往，四序迁流。

水利人的精气神早已融入血液、植入骨髓，注入灵魂。

日复一日，年复一年。

他们将毕生精力都奉献给了水利事业。

他们用不悔的青春，书写着不朽传奇！

看今朝百舸争流，智慧水利万象新。

水利人以一片赤诚匠心，传承水利精神，多措并举惠民生，涓涓清泉润万家。

新时代"十六字"治水思路，是指引我们一路前行的灯塔。

水利人启迪智慧，勇敢追梦，打开了疏勒河流域千万道智慧的窗口。

聚焦数字孪生建设，共启数智为民新篇，

提升群众对智慧水利时代身临其境的"幸福值"。

抢抓现代化改造机遇，疏勒河灌区水信息移动系统，助力水利工程高效管理，

让每一个水利青年都化身智慧水利的引擎。

立足智慧管理增效，水库大坝实时监测系统，全天候智能监管，

从"源头"到"地头"，全过程为群众保驾护航。

水信息监测系统，实时监测水情，"让数据多跑路、让群众少跑腿"，

托起百姓"稳稳的幸福"。

疏勒河智慧水务，充值缴费更便捷，在线服务零距离，

打通为农服务"最后一公里"，助推乡村振兴迈上新台阶。

视频安防系统，停水期"无人值守"，守护驻地安全，为群众站好每一班岗。

数字赋能实现了水资源精细监控，让疏勒河每一滴水都润泽民心，

在田间地头奏响农业高质量发展"新篇章"。

忠诚、干净、担当

科学、求实、创新

新时代水利精神指引我们，不忘初心，砥砺前行。

治水有智，赋能智慧水利，让每个用水户喝上"安心水"。

多云融合，守护河流安澜，让每个水利青年，

携手共筑，水利数字孪生建设。

是新时代水利精神，让我们，凝聚智慧与力量，共谱奋进新篇。

是新一代水利人的梦想与追求，让我们，凝聚共识，聚焦责任与担当，共塑未来。

智慧水利，让每一滴"水"与"云"端相连。

数字赋能，助推新时期水利高质量发展。

党旗所指，就是团旗所向。光荣的水利青年朋友们：

让我们，青春心向党，奋进新征程，点亮青春梦想，争做"水利新锐"。

让我们，筑梦水利新时代，百年青春绽芳华。

让我们，奏响"请党放心、强国有我"的时代最强音！

"请党放心，强国有我。"

"请党放心，强国，有我。"

让我们，为现代化灌区建设而奋斗！

（作者单位：甘肃省疏勒河流域水资源利用中心）

德行四女寺

王永武

2024 年五一假期，我又一次回到故乡，看望年过九旬的老父亲。在大哥二哥的精心照料之下，因小脑萎缩、脑血管堵塞等原因造成昏迷，在医院治疗二十多天的父亲，竟然奇迹般地康复了，赶在假日之前出院回到家中。看到风尘仆仆赶回来的我，父亲高兴得像孩童一样，满脸的皱纹笑开了花，竟要求我第二天开车送他到四女寺去看一看。

一

我的故乡山东德州位于鲁北平原上，早在夏、商、周时期，在这里建有鬲氏之侯国，其名中之"德"源自"德水"。秦始皇二十六年（公元前 221 年）改黄河名为"德水"。德州地处黄河故道，取"德水安澜"之意，以为水德之瑞。秦废分封制后置郡县，汉代在此地设置安德县，意在"以其德水安澜耳"。隋朝开皇三年（公元 583 年）罢郡设州，改"安德"为"德州"。隋炀帝下令开凿大运河，就在这里南北贯穿而过，德州成为因河而兴的重要交通枢纽，明清时期位列京杭大运河"四大漕仓"之一，素有"九达天衢、神京门户"之称。

德州不仅与黄河、运河之水有缘，其境内的禹城是大禹治水之所，而且与太阳有着密切的联系，是后羿射日、嫦娥奔月等神话传说的发祥地之一。夏朝初期，东夷有一个地方"穷石"，大体位于德州境内的鬲津河畔，这里生存着有穷氏部落，首领就是传说中的射日英雄后羿，《水经注》中把这里称作后羿国。穷石是后羿的龙兴之地，但并不是他的老家。他出生在一个叫鉏的地方，大体位于河南滑县。后羿成为夏国第六任君主后，把家从鉏迁到穷石，《史记》中记载："昔有夏之衰也，后羿自鉏迁于穷石，因夏人而代夏政。"

从德州市区出发，沿着大运河岸边堤坝道路，一路向西南方向进发，驱车约 12千米就到达四女寺。这里是山东、河北两省和武城、平原、故城三县的交界处，也是大运河、减河和岔河三河汇流之处，还是南运河的起点。1958 年，四女寺水利枢纽工程建成，成为海河流域漳卫南运河中下游重要的防洪控制枢纽。这座大型水闸，由节制闸、分洪闸和船闸 3 部分组成，是一座具有防洪、排涝、灌溉等综合利用功能的大型水闸。大运河在此被一分为三，其中较窄的河道是南运河主航道，另外两条较为宽阔的是岔河和减河，有着"北方都江堰"的美誉。它见证了中华民族高超的治水智慧，也承载着四女寺的历史文化。父亲说他曾带队参与这个水利枢纽工程建设，对她有着深厚的情感，坚决要在有生之年再去看看。

二

时值五月，气温回暖，风轻云淡，天空湛蓝如洗，河水表面波光潋滟，两岸树木葱茏，野花恣意盛开。远处大片大片的麦田连成一片，抽穗灌浆，散发着生机勃勃的气息，丰收在望。

一路上，已经迈入耄耋之年的老父亲头脑格外清醒，滔滔不绝地给我讲述着关于四女寺的由来。为了建成水利枢纽，他曾经带领民工在这里待过两年，喜爱文学创作的他收集了不少当地的传说故事。

他说，四女寺是一座千年古镇，早在汉代就存在了。原先叫安乐镇。千百年来，这里流传着"四女孝亲"的传说。

这个传说虽然有多个版本，但都围绕"以身示孝"的美德，一直被人们传颂至今。

这个故事，不仅仅是一个关于孝敬美德的传说，更是中华民族传统美德的体现。四姐妹的行为，成了后人争相效仿的典范，她们的德行，如同四棵槐树一般，历经风雨，依旧挺拔。

随着时间的流逝，四女寺经历了无数的变迁。明清时期，这里因运河而成为重要的商贸中心，繁华一时，"槐荫清风"成为"武城十二景"之一。"千乘旌旗分羽卫、九河春色护楼船"是其繁盛的真实写照。

在四女寺不仅建有四女祠堂，附近还建有一座石佛寺，相传为明代高僧占潭修建，鼎盛时期拥有八十一间殿阁。乾隆皇帝下江南时，专程前往敬香礼佛，并赞道："好一个佛光祥和之地！"从此，石佛寺更名为佛光寺，声名远播，朝拜香客川流不息。20 世纪 50 年代，孝女祠、佛光寺两座古代建筑因拓宽运河被拆毁。但四女寺的精神并未随之消失，它以另一种形式继续传承，那就是德行天下，大河安澜。

我和父亲站在四女寺枢纽船闸旁，欣赏这座屹立于卫运河末端、南运河始端的船闸。它透出的厚重的历史印记，与天地美景浑然一体，形成一幅和谐静美的迷人画卷。看到船闸闸首上方深厚雄健、气势磅礴的两个大字——"船闸"，父亲说，这是被毛泽东主席亲切誉为"党内一支笔，红军书法家"的舒同所题。1959 年 10 月，时任山东省委第一书记舒同，在视察四女寺水利枢纽时，被这座"北方都江堰"深深震撼，即兴挥笔题词。

从古至今，四女寺水利枢纽都体现了中华民族高超的治水智慧，是人们了解水利工程的立体教科书。四女寺水利枢纽前身是明清时期的减水坝，因为与黄河故道交叉，四女寺段运河一直饱受泥沙淤积的之苦，洪灾频发。明朝永乐年间建成减水坝后，在其后的数百年间发挥了重要作用。2013年四女寺枢纽以"古遗址"身份列入第七批全国重点文物保护单位名单。

四女寺枢纽1958年建成后，成为连接南运河与卫运河的航道枢纽，一直发挥航运功能。船闸建成后，闸室为"U"形，闸室总长210米，宽15.4米，可通过400～1000吨船队。上下闸首均为人字形钢闸门，装有人力、电动两用卷扬式启闭机。直到20世纪70年代初断航，船闸通航期间总共约通过了10.7万艘船，运输了902万吨的货物。

为了有效保护船闸，弘扬运河文化，四女寺局成立了文物保护办公室，积极探索文物保护与水行政联合执法机制。2017年，国家投资对四女寺枢纽船闸进行保护与展示工程修缮。在"不改变文物原状"的前提下，对船闸导航架、闸首、闸室、操作室墙体进行了加固和修复，重新安装操作室门窗，补配护木、系船桩、灯柱、水泥望柱与金属栏杆。清淤疏浚河道，恢复河床，修复护坡、海墁，清除岸边垃圾杂草，对船闸周边环境进行综合治理。

曾经锈迹斑驳的老船闸修复之后焕然一新，重现生机，再次成为大运河上的特色景观。向世人展现水利枢纽防洪、除涝、航运、灌溉的多功能性和规划的科学性，同时传承了大运河文化基因，让水利职工和社会各界群众又真切感受到四女寺水利枢纽的水文化精髓，让更多的人认识到它的重要性。

2022年4月28日，四女寺枢纽南运河节制闸开启，京杭大运河实现全线通水，这是京杭大运河一百年来首次全线贯通。这一事件，不仅是对中国古老运河的一次致敬，更是对四女寺精神的一次传承。

谈古论今，谈兴正浓的老父亲还说起发生在他自己身上的一件小事。1958年春天，在此参与河道清淤任务的父亲，曾和王克刚大爷一起在河道里捉到一条十几斤重的大鲤鱼，这对当时连高粱米饭都吃不饱的民工们来说，简直是一件天大的喜事。但作为民工带队负责人的父亲却做出了令人意想不到的抉择，将肚子鼓鼓的大鲤鱼放入河中放生。这一行为让民工们万分不解，在背后小声骂他做蠢事。说起这件事，父亲仍旧坚持自己没有做错，他知道那是一条母鲤鱼，肚子里怀着数万颗鱼子，保护它就是保住了运河鱼类发展的希望。

三

四女寺的传说，沿大运河远扬千里之外，历代官吏、文人墨客也为我们留下了精美的游记、诗词，对四女"和睦事亲"的传统美德大加赞誉，如今，"千乘旌旗分羽卫，九河春色护楼船""纤夫号子传十里，漫河船只舟如梭"的昔日运河盛景依稀可见。

借助大运河文化带建设的契机，依托深厚的历史文化底蕴和丰富的水土资源，当地人民政府在四女寺重建了四女祠和佛光寺，设立了四女寺风景区，让游客们在暮鼓晨钟中感受孝亲德行文化。

陪同父亲游览完风景区的所有景点，在回德州家中的路上，父亲因为疲劳而睡着了，我却边开车边进行反思。四女的孝行感天动地，令人动容。作为一个现代文明时代的人，在孝敬父母方面做得还不尽人意。我们家中有兄弟四人，现在都分别在不同的城市成家立业，有了自己的儿孙。自从母亲因病于2007年去世后，老父亲一直陪我在北京生活，一住就是十年。几年前，因疫情原因，老父亲回到德州的房子独居，有事兄长和侄子们轮流照料。近两年，父亲身体逐渐衰弱，常常因病住院，只能由两位哥哥轮流照料，我们在外地的只能在节假日过来探望。虽然在外人看来，我们做得已经不错，都对父亲算是孝顺，但对比四女先人，我们做的还远远不够。至少我们做不到全时空全身心地去孝敬老人。

千年岁月如流水一样转瞬而过不留痕迹，河道里的流水同样奔流不息，传颂着四女孝亲的德行美名。而最终能继续留住记忆的是扎根大地的古树和历史遗留下来的建筑遗迹。四女寺作为一个齐鲁大地上的一个地名，不仅是地理位置的标识，而且是一段感人至深的传说的承载者，更是一种品质德行的象征，成为中国传统文明一朵耀眼夺目的浪花，润泽着我们后来人去反省践行。

注：此文刊用时有删减。

（作者简介：笔名武丁，中国自然资源作家协会会员，中国散文学会会员）

旱塬的辘轳老井，下岗了

何伟宁

我的家乡是关中道上一个三县交界处、不大不小的村落，因地处渭北旱塬，缺水少河，祖祖辈辈都靠打井吃水。在过去没有电气化、机械化的情况下，吃水打水全凭一个辘轳。可以说是户户有井、家家有辘轳。辘轳是一个家庭最不可或缺的一件用具。搅辘轳的咯吱声也是整个村庄每天最不可或缺的交响乐。辘轳和老井不仅满足着村子里的生活用水，还承载着旱塬上庄稼收获的希望。

塬上的气候四季分明，春暖夏热、秋凉冬冷，季节划分有序有时。但无论春夏秋冬，塬上的四时庄稼都是靠天吃饭，望天解渴。小时候总以为最旱的时节应该是冬季，因为孩子眼里冬天久不见雨，万物凋零、草木枯萎，庄稼似青似黄、无力地趴在地皮上。等年纪稍长些，才发现每年最旱的是春天。春天旱塬上绵绵细雨虽多，但也总是仅仅打湿地皮而已，仿佛只轻轻地给万物润了下面，给庄稼一点安慰。细雨过后，村里村外的条条土路迅速地积起了更细的绵绵土。不过几天，春风一刮路上就能起一阵土烟。旱得严重时，路上的绵绵土能没过大人的脚脖子，穿再时髦的裤子也都会变成土颜色。地里的麦苗也渐由新绿褪成青黄，仿佛失了精神，低了头，卷了叶子……

旱塬的春天才是庄稼和塬上人最难熬的时节！

此时，平日里乐呵呵的庄稼人一个个都坐不住了，见面就问啥时候能下雨，三句话离不开天气预报，临走还要嘟囔一声这雨真比油还贵气。上到进庙烧香的老婆婆、下到提笼挑野菜的娃娃们都只盼望着老天爷痛痛快快地下一场透雨，让麦子窜一节多育点粮食，让地里的野菜长得水嫩点，给庄稼人一个活路。

那时，让旱塬变成水浇地是塬上人做梦也不敢想的事……

眼看着麦子拔节却依然晴空万里，地里的麦苗叶子尖尖开始变得焦黄焦黄，似是焦渴无比。

庄稼人再等不了了！

村里的叔伯爷婆、姑嫂哥姐们一个个都放下手里的活，搅辘轳的搅辘轳、提水桶的提水桶、拿马勺的拿马勺，咯吱咯吱的辘轳声此起彼伏地响彻在整个村庄上空。不多时，村口就能看见家家户户向前斜着身子拉着架子车，载着装满水的废旧铁皮漆桶，往地里吃力地走去。厚厚的绵绵土让架子车拉起来很费力，但是大家仍像比谁更勤快似的，争先恐后地拉着架子车往自留地奔去。到了地里，再用马勺舀出桶里的水，轻轻地浇在一行行麦苗的根部，生怕动作重点把干渴的麦子给噎住了。

小孩子们也来帮忙舀水浇水，但凡步子晃动、马勺里的水洒出去点，大人们就要重重地呵斥一句。因为这水来得太不容易！且不说从家里到地头这一路、一人拉全家推的辛苦，单论这搅辘轳就不是一件很容易的事。搅辘轳快不得慢不得，快了胳膊受不了且水桶不稳、打不满水，慢了吃力的时间就久、越慢越搅不动，只能不急不慢均匀地搅，才能把一桶沉甸甸的水从底下近十米一圈一圈地搅到井口来。没有长年累月搅过辘轳的年轻人，初次搅一桶就会累得胳膊抬不起来。农家小孩子们懂事早，会心疼父母，帮不上大忙，就会在父母把搅上来的水倒进架子车上的铁皮漆桶后，抢着拿过空桶让大人系好，自己搅着辘轳把空桶下到井里。这个活看似简单、好玩，但也暗藏着危险。搅的次数多了，小孩子胳膊也会累，就会抓不紧辘轳把手，容易脱把，导致辘轳飞速旋转，把手可能会打到头上、身上。好在靠着小孩子的机灵劲、大人一直在旁边看似歇息却不放心的守护，也没听过十里八乡哪个娃娃被辘轳打伤的消息。

就这样连续辛劳几日，家家户户浇完自家的自留地，架子车大军收兵回营，路上喧嚣飞扬的绵绵土终于又静静地沉淀下去。地里喝到水的麦苗焦黄逐渐退去，又苗壮成长了一节，迎来了迟到的雨水。一年的收获有望了，庄稼人辛勤的付出不会打水漂了。老汉们又笑眯着眼睛蹲在门前，边抽着旱烟边打着花牌了。

那时候村里的老人只盼望着孩子有出息能考学离开这片塬。而上过学的孩子们看着书上的水库和大坝，则盼望着这片旱塬也能通上自来水、修上灌溉渠，让家乡父老不再为那一亩二分地下这般苦、受这般罪。直到现在离开家乡十多年了，城里每到春天流行赏花踏春时，烂漫春光里我想起的总是小时搅不完的辘轳、拉不动的架子车、走不完的土路，还有架子上的水桶里晃荡的水声和塬上大片焦黄稀疏的麦苗……

让人分外惊喜的是，修水渠的消息远比我们想象中来得快。我刚上初中，就听到村大队要修渠通水了！一时之间街头村巷议论纷纷，开始大家以为只是给南塬上靠近渭河的村子通，没想到村干部宣传我们北塬的村子也要通。

这可是一件大事！

家家户户热火朝天地讨论着水渠的走向。村东头的人家还在打听商议，村西头的就已经开始站在地头帮着挖沟了。于是，东头的人家也急忙拿上锄头，边挖着地头的主沟渠，边清理着碍事的灌木小树，生怕自家慢了一步拖了全村后腿。我们放了学后也会扛着锄头、锨把，起劲地帮着挖一气。大人们只管乐呵呵地看着，也不像往常催促着学生娃们赶紧回屋写作业。

靠着大家火热的劲头，水渠通得格外快。不到半年就通水灌溉了！从此，亮晶晶的冯家山水库水就能通过水渠来到旱塬上的田间地头了。最高兴的当数妇女们！丈夫们都是长年累月外出打工不在家，家中搅辘轳最多的就是妇女们。这下她们再也不用为了浇菜浇地而一圈又一圈、一趟又一趟地去搅辘轳提水了。

很快，老井上的辘轳们闲多了，尤其傍晚的时候再也没有那种单调而又悦耳的咯吱声提醒着人们，谁家又要浇蒜薹了，谁家又要灌韭菜了……

后来随着村子里也通上了自来水，村民们纷纷盖楼修院，老井们逐渐被掩盖起来，刻满皱纹的辘轳也被卸下来放在仓库或者架在房顶。过年的时候各家各户也不再张贴井王爷的神位了，井王爷成了村子里第一位下岗的神明。辘轳也从此就安静地缩在院里的某个角落，彻底失业了……

塬上的地里却多了蔬菜大棚，种上了大片的猕猴桃。我的父辈们也终于像我们儿时盼望的那样，不用再为了浇灌庄稼而挣死挣活地搅水拉水了，家家户户的粮食多得吃也吃不完……

塬上的四季也更美了。春天坡头的麦苗绿油油的像毯子，秋天地里的玉米高的像翠竹。这片旱塬彻底告别了干黄贫瘠的外貌。

我知道，是横亘在旱塬上的那条水渠，改变了这片塬。是冯家山水库灌溉了塬上四季，让旱塬成为全省第三大灌区的一分子。

那下岗失业的辘轳和老井，也知道。

辘轳身上裂开的一道道饱含沧桑，却又坚韧如昔的木纹和绳纹，记述了这片旱塬太多的过往和灌溉的艰辛。后来的年轻人即使从未经历那个岁月，看到辘轳和老井，也会知道，也会铭记这个伟大的灌溉工程……

（作者单位：陕西省西安市长安区沣河管理站）

红旗渠、南水北调与远离饥饿之梦（组诗）

李家庆

红旗渠

沿着弯弯曲曲的人造天河
我们走进历史的画卷

一群顶天立地的劳动者拾起最简陋的工具
在鸟儿都难以落脚的绝壁断崖，用坚定的信念
把绳子系在腰间，在凌空飞荡的生命节拍中
弹奏出一支支激昂的交响乐曲，演绎着愚公移山的当代版
在疾风的节奏里，我们看见了
长长的钢钎是怎样被咸涩的汗水飞快磨短
重磅的铁锤又是怎样把顽石砸穿，把岁月凿穿
挥锤不让须眉的巾帼，
以及上学途中不忘捎块石头的孩子们也赶来了
共同为太行山系上一条没有图纸的蓝飘带
从此，一面用汗血凝聚的不朽旗帜
就镂进大山飘荡在共和国的上空

行走在弯弯曲曲的红旗渠
聆听着奔腾的渠水吹响的胜利号角
一种久违的激动，一种命运掌握在我们自己手里的启示
一种信心、信念和力量
如旭日般在我们心头庄严升起

南水北调

看似不可战胜的自然，终被我们征服
开天辟地不是神话
移山引水成为现实

红旗一展，千万颗华夏儿女的心拧成一条绳
千万双炎黄子孙的手
化为一只船
冲过重重障碍
向祖国北地风正一帆悬

袁隆平的梦想

您用平平仄仄的稻菽写诗
杂交水稻是最引人注目的一首

常在烈日中寻觅珍贵的基因，
在野生水稻中辨认着伟大的变异
您坚信无性的稻种和正常的稻种杂交
会是丰收的开始，也是最美好的意象

您终于寻觅到了那株宝贝
当它被您激动万分地
捧到人们面前时却受到冷遇
您不理会别人的看法，
始终小心翼翼地侍弄着自己的试验田
您有时抬头望见
南飞雁，神思便飞扬起来
摇曳在灿烂的霞光里

您是最认真的诗人，二十几年在日晒雨淋中耕耘

数千个日子呕心沥血的培育，一首以温饱为主题的诗歌
一经朗诵，便让世界四分之一人口感动得热泪长淌
被誉为"中华民族的第五大发明"！

作为"籼优"之父，您没有太多的激动和惊喜
又把深邃的目光盯住了超级水稻，做起了禾下乘凉梦
您径直走向了熟悉的田地，把一个朴素而驼背的背影
留给了纷纷闪光的摄像机——
您毕生的梦想，就是让所有人远离饥饿！

稻谷

一株稻禾，无数株稻禾，扎根在泥土中
一天比一天茁壮
绿里透黄的稻子在阳光下
变为金色海洋
它们始终低着头，
不愿与稗草争高

成熟的香味随秋风弥漫在田野
沉默低伏的兄弟，幸福地等待着镰歌升起
让丰收的喜悦撒满大地
是它们朴素的愿望

在稻谷倒下的瞬间
我们发现
秋天站得更高了
它们静静地卧在仓廪
酝酿着来年再次投进
温暖的灌区土地

（作者简介：笔名李长空，中国作家协会会员，中国文艺评论家协会会员）

戈壁杨

马俊杰

　　玉门市疏花干渠十千米处有一丛杨树林，约三五百棵树，最大树径也不逾尺，大多是碗口至成人胳膊粗细，俱是些扎不下根的老人树，洪水澄浆泥的土层就一锹头厚，下面便是透水性极强的戈壁砂砾石。斑驳沧桑的枝干，随风趔趄东倒西歪的原生姿势，根本无法与城里绿化树的光鲜曼妙相提并论。

　　四野苍茫的戈壁滩上，温带大陆性气候干燥、冷热变化剧烈，风大沙多，年降水量不足 200 毫米，无效蒸发量却是降水量的千倍以上。因养分几近于无，戈壁杨甚至连作为树木基本貌相的叶子都很稀少，实在不具有观赏性。但这一汪绿色突兀地点缀在方圆 600 平方千米杳无人烟的荒滩上，仿佛光棍堆里突然冒出一个女人，谁也顾不得颜值什么的，存在已经足够稀罕了。

　　20 世纪 80 年代末，为联合调度疏勒河与赤金峡水库，解决下游花海灌区 4 万多亩农田灌溉和远景规划的 20 万亩荒地开发，铁人王进喜家乡的父老乡亲，在那个主要工程机械只有推土机的年代，全民上阵开建了最大设计流量 10 立方米每秒，总长度 44 千米的疏花干渠。一时间三轮车、四轮车、手扶拖拉机、架子车、独轮车……所有能上的家当都上了，老百姓搭地窝子住戈壁，从 30 千米外的居民点拉水上工地，手挖肩扛修渠道，历时 3 年毕其功于一役——疏花干渠建成后，成了花海灌区的输水生命线，至今仍然是疏勒河流域的支动脉，发挥着不可替代的作用。

　　作为渠路林配套的附属项目工程，当时在沿线有山洪淤积土层的地方都植了树，断断续续也有十好几处，三十年过去了，疏花干渠管理者换了六七茬，尽管护渠与护林同样重要，无奈在冬寒夏热的严酷环境下，活下来的仅此一丛，于是这一丛绿荫便成了疏花干渠的旌旗，成了荒漠戈壁上一道鲜亮的风景，在疏勒河水利人的众星捧月中享受着大熊猫一般的礼遇。

　　六年前的五月，我被组织从热火朝天的疏花干渠改建工地紧急抽调去从事另一项工作，正是从这一抹绿色里匆匆离开。斗转星移，两千多个日夜后，我又回到了疏花干渠，第一件事就是跑去渠边看那一丛心心念念的杨树林，相看两不厌，发现除了我头上多了丝缕的白发，遒劲的杨树林在同事们的悉心呵护下，随风呼啦啦地伫立在岗哨上，仿佛永不换防的卫士，英姿飒爽，一如当初。

河西走廊的戈壁风强劲，一年一场风，从春刮到冬，今天东风，明天西风，完全是无遮无拦的那种野风，且春秋寒凉，酷夏干热，严冬刺骨，风中还裹挟飞沙走砾，似乎在几千年的呼啸吼喊中完全不欢迎人的到来。

疏花干渠除过冬季停水，其他时候都要满负荷调水，渠道四季维修都要在临时停水间歇抽空进行，水利人修渠时每次都是迎着晨曦从渠首开始，在渠道中徒步前行，一路上敲敲打打填填补补，待走到杨树林处，差不多正午时光，基本上吃中饭就在这片树林下，真正的风餐露宿，喝着保温瓶带的半温开水，就着榨菜啃着凉馒头或干烧饼，一不小心还会拌上风里的沙子，硌着牙，品鉴着地地道道的生活原味。

这些几乎再也长不大的白杨树，默默伫立在我们身边，是我们不会说话的战友与伙伴。

四周一望无际的戈壁滩，远处终年积雪的祁连山，身边悠长素洁如长云哈达般的一渠清水，晴空万里，地阔天遥，如一幅海市蜃楼的画卷……绝对是城里人梦寐以求的蓝天白云，诗和远方。

半个甲子的时间里，疏花干渠旧貌换新颜，这一丛戈壁杨终于活成了绿色的化石，见证了30亿立方米的疏勒河水从身边日夜奔腾，滋润了一方花海绿洲，哺育了四万悠悠子民。

古老如尧舜禹的河西走廊，脆弱而贫瘠的生态环境，被雪山乳汁养育的这一方淳朴人民，以水定生存，以水定发展，世世代代苦苦耕作于星火烈焰般的点点绿洲，没有大富大贵，没有十里秦淮，只是坚韧地活着，皆如杨树林一般平凡而式微，一样的不屈不挠，一样的无声无息。

每天在渠线上来回巡走，脚踩在硬实的大地上，伴着身边哗啦啦的水声，绿水青山都在自己的世界里，人与树都成了大自然的素描画。

（作者单位：甘肃省水利厅疏勒河流域水资源利用中心）

划过湖面的灯火

张永平

三九寒夜，月华如水，静静地铺洒在湖面上，四下里一片寂静，乘着月色，老李和我们这些小伙伴们又要出发了，他下意识看了一下时间，正是凌晨 1 点整，"这个点正好，是他们经常收网的时间点。"老李边打哈欠边说道，连续十几天的夜间巡逻，老李消瘦的脸上，看起来略显疲惫。

一段时间以来，到水库偷捕鱼的人越来越多，已直接影响到水库"净水渔业"项目的实施，该项目是山美水库与中国科学院水生所合作的一个项目，旨在通过"以鱼净水、以鱼控藻"达到净化水库水质的目的。作为泉州人民的"大水缸"，水库承担着 600 多万人口供水安全的重任，又是金门供水的水源地，让泉州和金门人民喝上放心水、优质水的承诺，是我们不变的初心。虽然偷捕鱼者常常昼伏夜出、东躲西藏，利用夜色掩护来逃避我们的巡逻检查，给我们的执法行动带来很大的困难，但沉甸甸的责任，更像是人民群众无声的重托，始终激励着每一个水库守护人砥砺前行。

船头的灯光打开了，明亮的灯光照亮了前面那片茫茫的水域，也照亮了我们前行的航路。突突的马达声划破了寂静的夜空，随着船只的提速，习习寒风打在脸上从耳边呼啸而过，穿过救生衣钻入衣领内，队员们禁不住瑟瑟发抖，好在大家也习惯了这种环境，渐渐就把寒冷给忘了。螺旋桨奋力向前推进着，在波光粼粼的湖面上划开一道银色的弧线，奔涌的浪花不停地拍打着船身，耳边只有哗哗的水声在空荡的水面上回响，队员们聚精会神地查看着四周情况，"前面开慢点。"老李似乎看到了水面上隐约有异物漂浮着，巡逻船缓缓靠近前面弯弯的河道口，果然发现捕鱼者放的渔网，于是大家顺着布网的方向慢慢地将网收起，网目上挂了不少的鱼，大伙小心翼翼地把网收起，又把鱼放生到水库，让它们继续履行它们的使命。冰冷的湖水将每一个人的手都冻得发麻，动作也没平时那么利索，等一张网收拾完，大半个钟头就过去了，队员们又马不停蹄地向前出发。

"看那边！"大家顺着小蔡所指的方向望去，远处弯弯的水道边，一道微光时隐时现，在银波荡漾的湖面上，这么远的距离还真难以被发现，于是我们加大马力，迅速向前，这时，远处的灯光也熄灭了，应该是偷捕者察觉到了我们的行踪，很显然是想逃避我们的执法检查，本想今晚抓个现行，好好教育一下，但我们还是迟了一步，偷捕者仓皇逃窜，留下了来不及带走的渔网和小木船，"有点遗憾，又让他们跑了。"老李自言自语说道，看得出他还有点不甘。确实，最近这些偷捕者很狡猾，经常与我们打游击，要抓到他们的难度变得更大了。但万事开头难，我们只有坚守自己为民的那份初心，持之以恒地开展巡逻，让偷捕者的成本变高，无利可图，逐步放弃捕鱼的想法，水源保护才能取得更好的效果。

前阶段，水库联合市河长办、市水利局、市公安局等多家单位，开展山美水库禁泳禁钓联合执法专项行动，并在全省率先启动简易程序，现场处罚、现场开单，大幅提升了水行政执法队伍履职能力，对偷捕者形成了强大的震慑。在市委、市政府的关心和指导下，山美水库水资源保护得到了社会各界支持，形成了强大的保护合力，成立了山美水库水源保护党建共建联盟，充分发挥党组织的战斗堡垒作用和党员的先锋模范作用，利用"3·22"世界水日和中国水周等重要节日，深入乡村、街道、学校，借助电视、网络等多媒体平台，开展联合执法、库面保洁、水法宣传等志愿活动，不断提升水库周边群众爱水、护水、节水意识，让捕鱼者逐步由"不能捕"向"不想捕"转变，从源头上消除偷捕鱼行为的念头，让蓝天、碧水、净土永远呵护着我们的健康。

我们继续向前方驶去，明亮的灯光随着推开的波浪上下起伏，老李坚毅的目光始终敏锐地看着远方，生怕漏过一个细节。船儿环绕着库岸线行进着，湖岸上影影绰绰的山峦，伴着呼呼的寒风，飞快地向我们身后远去。一路上，我们又收缴了3张渔网。回到了码头，队员们拖着疲惫的身体把收缴的渔网拉到岸上，此时，天已泛起微微的鱼肚白，我们终于完成了一次圆满的巡库任务。

忙碌的工作总是从这里开始，转了一圈，又到这里结束，没有起点和终点。就这样，老李带着我们这一帮人，日复一日，巡逻在长长的库岸线上，看似普通的工作却又充满着艰辛，我们无怨无悔，守护好这一库清水是我们庄重的承诺，这份沉甸甸的使命，就像划破湖面的那道光，照亮着我们一路前行！

（作者单位：福建省泉州市山美水库水资源调配中心）

水利人的风采

习哲学

滔滔东去黄河水，一路怒吼一路咆哮，

你随着水泵的轰鸣声响，进入 37 千米的总干输水渠道。

你总是遮不住自己含羞的面孔，你总是面带微笑进入农家的田间地头。

给县域经济的发展带来了累累硕果，

大荔冬枣、高石脆瓜、九孔莲藕；合阳红提（葡萄）、北雷红薯、洽川乌鲤；

蒲城酥梨、直社红枣……

这一切的一切，一次的一次，一年的一年，是谁在无悔地付出呢？

是他，是他们，——灌溉泵站运行者！

你看走在出水管道的台阶上，

娴熟操作测流仪器的身影，

准确无误地计算数据，生成报表。

一年四季，寒来暑往，

留下了他们的汗水，留下了他们的无数脚印。

巡护管坡，查看险情，分析问题，检测震动，含沙计算，已成常态。

他们用勤劳的双手，

描绘着节水灌区，生态灌区，智慧灌区和人文灌区的宏伟蓝图；

塬下泵站的环境枯燥，但他们内心生活丰富多彩！

库房管理更是一份责任。

干净，整洁，规范；安全，节约，满意的"6S"管理入脑入心。

认真记录，检验质量；核对数量，准确无误；盘点入库，出库有据。

库房整齐干净，物件摆放有序。做到材料清，数量清，标识清。

出入库材料变化随时记录，临时借用工器具类材料，有借条有档案。

这就是他的职责，就是他的执着。

机房控制室值班的他们，

巡视设备，仔细认真，不慌不忙；正点抄表，字迹工整，记录准确。

机组检修，操作天车，技术娴熟；生活之中，尊老爱幼，无不称赞。

她们，财务管理人员，是我们机电工作人员的后勤保障。

记账，复账和报账。数字准确，账目清楚，如期报账。

他们牺牲节假日，忘我工作，以站为家，积极配合管理中心的工作。

他们怀揣梦想，他们秉承"黄河情怀，大禹风范"。

她们在灌区一线的前沿，肩负神圣的使命，

她们放飞高歌，迎风破浪，大展宏图，扬帆远航。

为建设黄河流域高质量发展示范灌区奉献智慧和力量。

（作者单位：陕西省渭南市东雷抽黄工程管理中心乌牛二级站）

白石水库：一湾碧水润三燕

魏 雷

烟花三月访白石

八百里凌河浩荡，五千年文明璀璨。

在南北朝北魏时期，杰出的地理学家郦道元在《水经注》中，特别提到了一条河，名为白狼水。这条河流，经过了漫长岁月的变迁，到了今天，人们已经将其称为大凌河。

大凌河是辽宁西部最大的河流，也是中国东北独流入海的较大河流之一，古称渝水、龙川，汉唐时称白狼水，辽称灵河，金改凌河，明代以后为了与小凌河相区别，才称为大凌河。大凌河发源于辽宁省与河北省接壤地区，大小支系纵横交错，流经锦州、盘锦等地，主脉贯穿辽西，东南汇入渤海，全长 447 千米，流域面积 2.33 万平方千米。

白石水库始建于 1995 年，坐落在大凌河干流上，地处朝阳、阜新、锦州三市中心地带，水库规模位列辽宁第三，辽西第一，并设立辽宁省白石水库建设管理局。2000 年 9 月 26 日，白石水库建成典礼仪式在大坝右岸观礼台举行。水库建成后，更名为辽宁省白石水库管理局，去掉"建设"二字。2016 年初，辽宁省水资源管理集团成立，大伙房、观音阁、白石、清河、汤河、柴河、葠窝、闹德海、石佛寺 9 座水库成为辽宁省水资源管理集团直属大型水库，辽宁省白石水库管理局更名为辽宁省白石水库管理局有限责任公司，由事业单位转为辽宁省水资源管理集团所属企业。

白石水库的总库容为 16.45 亿立方米，每年允许的取水量为 18672.1 万立方米。其中，向城市生活和工业供水量为 11672.1 万立方米，供水保证率为 95%。另外，还有 7000 万立方米的水用于下游农业灌溉，其供水保证率为 75%。向辽河三角洲地区提供农业用水 2.67 亿立方米，年均发电 3300 万千瓦时，产鱼 300 万斤，对促进地区乃至辽宁省经济发展有重要作用。

在白石水库现有的供水工程中，包括了引白济阜工程、引白入北工程、引白入园工程以及沿河布设的工业和农业取水工程等。这些工程承担着阜新、锦州、朝阳、盘锦等四个城市的城市生活、工业、农业灌溉、苇田及生态供水的任务。

白石水库的城市生活用水户主要包括阜新水务集团、锦州水务集团、朝阳市自来水公司、北票市自来水公司和义县自来水公司等。而工业用水户则包括华润电力（锦州）有限公司、阜新水务集团和北票市农村自来水公司等。此外，农业用水户主要包括凌海灌区和东郭苇场。

辽水集团的原党委书记、董事长王福林，在退休后终于有了更多的时间去探访他心心念念的那些水利工程。2024 年 3 月，他刚刚结束了一场深入的考察之旅，其间他先后参观了都江堰、京杭大运河、灵渠、郑国渠等一系列著名的水利工程。他兴致勃勃地分享了在京杭大运河畔扬州的所见所闻，那里不仅交通便捷，更有着深厚的水运文化。在京杭大运河的滋养下，扬州孕育出了独特的水乡文化。无论是那些古老的盐商大宅，还是沿着运河而建的民居，都透露出一股浓郁的水乡风情。扬州的饮食、戏曲、园林等各个方面，都深受水文化的影响，形成了独具一格的地方特色。

王福林饶有兴趣地说，一座水库，如同扬州的水运文化一样，它与当地的城市、区域经济、文化生态都有着千丝万缕的联系。春天的白石水库，不仅能欣赏到水库独特的美景，看到成千上万的天鹅在此翩翩起舞，还能感受到朝阳市与水库之间相濡以沫的关系，它们就像两位守望者，相互依存，共同经历着时间的流转和历史的沉淀。

提起扬州，人们自然会想到那句耳熟能详的诗句"烟花三月下扬州"。此刻让王福林牵挂的白石水库会是怎样的一番景象？

在 2024 年的春天，那个被诗人赞美为"烟花三月"的美好时节，白石水库是否也有扬州美景的神韵？

车子在山路上缓缓前行，沿途的道路是白石水库精心修建的柏油路，行驶在上面，丝毫不会感到颠簸。两旁农田正在春灌，秧苗喝着甘甜的白石水库的水，铆着劲地拔节生长。

春天的气息弥漫在田野间，农民们忙碌的身影穿梭其中，他们用勤劳和智慧为这片土地注入生机与活力。

随着春灌的进行，农田里的土壤逐渐变得湿润而肥沃。秧苗们仿佛感受到了大地的呼唤，它们伸展着嫩绿的叶片，迎接着温暖的阳光和清新的空气。白石水库的水不仅滋润了秧苗的生长，更赋予了它们无尽的力量和活力。

在这片农田里，秧苗们不仅仅是农作物，更是农民们的希望和寄托。他们用心呵护着每一株秧苗，为它们提供最好的生长环境。每天清晨，农民们早早起床，踏着朝霞的余晖,来到田间巡视秧苗的生长情况。他们用双手轻轻地抚摸着秧苗的叶片,感受着它们的生命力和成长的喜悦。

随着时间的推移,秧苗们在春灌的滋养下苗壮成长。它们的根系逐渐扎根于肥沃的土壤中,吸取着水分和养分,为未来的丰收打下坚实的基础。

"以前这里十年九旱,自从有了白石水库,每年春灌及时,年年大丰收。"一位农民乐呵呵地看着秧苗,心中充满了喜悦和期待。

在这片充满希望的土地上,春灌成了一道美丽的风景线。秧苗们在水的滋润下苗壮成长,农民们用勤劳和智慧书写着农业的辉煌篇章。春灌的季节,是农田生机勃勃的季节,也是农民们辛勤耕耘的季节。

踏入白石水库的大门,首先映入眼帘的,是一座气势磅礴的纪念碑,它庄严地耸立在水库右侧山顶的广场中心,如同一位忠诚的卫士,静静地守护着这片美丽的土地。这座被命名为"建设者丰碑"的建筑,不仅是白石水库的标志性建筑,更是对那些为水库建设付出汗水与辛劳的工人们的一种深深的敬意和纪念。设计这座丰碑的是沈阳鲁迅美术学院的艺术家们,他们将纪念的功能与艺术的美感巧妙地结合在一起,创造出了这件令人印象深刻的作品。

这座雄伟的碑石高达31.4米,仿佛是一根巨大的指针,直指苍穹,与天空进行着无声的对话。在碑身的最显眼处,镌刻着"白石水库"及"建设者丰碑"几个铿锵有力的大字,这些字迹出自辽宁省委原书记闻世震同志之手,他的亲笔题词不仅赋予了这座丰碑深刻的历史意义,也向每一位到访者传达了对这片土地和人民深深的敬意。每一笔一划,都仿佛在诉说着一个个关于奋斗、关于牺牲、关于希望的故事。

在《白石水库纪念碑设计说明》里阐述了设计理念,纪念碑主体采用四只手臂的造型,手臂造型简洁流畅、雄浑有力。既象征水库的建设者(辽宁省人民政府、辽宁省水电厅、日本海外经济协力基金、当地人民政府等)克服重重困难,造福辽西人民的壮举,又象征大凌河流域四城市(朝阳、阜新、北票、建平)全体人民共同托起一个希望,齐心协力共建美好家园的决心。

纪念碑上部是一个"水车"的造型,水车在南方经常可以见到,它的主要作用就是"汲水灌田",这里就是取其"源源不断"的寓意,象征大凌河"非旱即涝"水量极不平均的现象结束了。"水车"下部是一个硕大的容器,象征白石水库是造福辽西人民的"聚宝盆"。

纪念碑主体采用白色麻面花岗岩饰面,碑体基座采用黑色花岗岩饰面,把白色的纪念碑主体衬托得更加高大、圣洁。

在"建设者丰碑"的旁边,一大块青石板上刻着"大凌河明珠——白石水库",

下方标注着日期：2000年9月26日。石板上的文字记录了白石水库从规划到建设的全过程，以及它在完成后将给当地带来的积极变化。

白石水库位于辽宁省北票市上元镇白石碴村，一座长513米、高49.3米的混凝土大坝将大凌河干流拦腰截断，大坝与两岸青山拱围成总容量为16.45亿立方米，水面达十余万亩的人工湖泊。白石水库系以防洪、灌溉及城市供水为主，兼有发电、养鱼、旅游诸功能之大型水利枢纽工程。

白石水库是辽宁省"九五"期间水资源开发建设之重点工程，是继观音阁水库之后，又一个利用日元贷款并进行中日技术合作项目。白石水库之建成，令大凌河一改往昔暴虐之性，从此俯首安澜，惠及上下左右：凌海市、义县城乡，辽河油田，沈山、锦城铁路，沈山高速公路一〇二国道，使之有安居乐业之益，无洪泛吞噬之虑；下游百万亩良田，数十万亩苇田，有灌溉之便，无冲没之忧；阜新、锦州、北票诸城镇，有供水之利，无水荒之患。一泓碧水，可为发电、淡水养殖提供生产之便。湖光山色，白云绿水，波光粼粼，旖旎多姿，宛如一颗明珠，熠熠生辉，璀璨夺目，为辽西大地平添一道亮丽景致。白石水库，辽宁水利建设史上又一美丽画卷。

何以忘怀，千余建设者以降洪魔伏旱魅之鸿志，披星戴月，不避寒暑，五载不辍，备尝艰辛，功碑永载；近二万移民告别祖居，异地安家，展示着他们坦坦襟怀。诚可谓，佳绩煌煌，勋业昭昭。伟哉，白石水库。千秋宏业，丰碑高耸。万载功德，彪炳史册。

"建设者丰碑"不仅是对过去的纪念，更是对未来的期许。它见证了白石水库的建设历程，也见证了辽西地区人民不屈不挠、艰苦奋斗的精神。它不仅是一处美丽的风景，更是一部生动的历史教科书，让人们在这里感受到时间的厚重和生命的活力。

环顾四周，郁郁葱葱的松树、柏树等树木覆盖着周围的山坡，形成了一片生机勃勃的绿色海洋。在春季，这些树木披上了新绿，而在秋季，它们又换上了金黄或深红的华服，为白石水库增添了一抹斑斓的色彩。山风吹过，松涛阵阵，仿佛在歌颂建设者的丰功伟绩。

站在"建设者丰碑"附近的观礼台远望，宏伟的白石水库大坝，宛如一条巨龙横卧在大凌河上，将两岸的青山紧紧连接，仿佛一道坚不可摧的屏障，紧锁滚滚洪流，将汹涌澎湃的河水牢牢地束缚在它的怀抱中。一座红顶白墙的塔楼矗立在大坝的中央，塔楼的红色顶部在阳光下显得格外醒目，与洁白的墙面形成了鲜明的对比，这种色彩搭配不仅赋予了塔楼一种古朴而典雅的美感，也使其成为远处观赏的一个明显地标。隐约可见的溢流通道，依稀传来轻柔的流水声。他们见证了无数次日出日落，伴随着四季更迭，静静地记录着时间的流逝。

大坝下面传来的哗哗流水声，那是大自然的乐章，清脆悦耳。随着一股凉气徐徐袭来，刚刚因为行走而感到的燥热顿时消散，身心都变得异常舒畅。

泄洪时，当大坝的闸门缓缓打开，一股巨大的水流瞬间奔涌而出，如同千军万马般奔腾而下。水流疾驰而过，带着无尽的力量和激情，仿佛要将一切阻挡在它前方的障碍都冲垮。水流的冲击声轰鸣不绝，震耳欲聋。随着水流的奔腾，激起了层层水雾。水雾弥漫在空中，形成了一片朦胧的薄雾，将整个景象笼罩其中。阳光透过水雾的折射，散发出绚丽多彩的光芒，如梦似幻，令人陶醉。

白石水库局公司副总经理、总工程师兼工会主席李广宇介绍，大坝划分成32个坝段，分别由挡水坝段、溢流坝段、底孔坝段、取水坝段、电站坝段组成。在建造这座大坝时，工程师们借鉴了来自日本的先进技术——RCD（碾压混凝土）筑坝技术，这种技术不仅确保了大坝的稳定性，还提高了施工效率。

作为一个多孔坝，大坝的设计充分考虑了排沙的需求。大坝的排沙底孔坝段由12个精心设计的排沙底孔组成。由于大凌河携带着大量的泥沙，定期的排沙作业对保持水库的正常运行和延长大坝的使用寿命至关重要。

沿着大坝前行，便来到在观礼台上看到的溢流坝段。这一部分由11个泄洪闸门组成，它们就像钢琴的琴键整齐地排列，当水流经过，被弹奏出悦耳的旋律。每年的6月，大凌河进入汛期，这时，库区内的水位一旦达到预定的安全标准，这些泄洪闸门便会被打开，进行泄洪作业。开闸泄洪的场景通常非常壮观，水流奔腾而下，展现出大自然的力量和人类工程的伟大。

除了防洪和排沙的功能，这座大坝还是一个重要的水源供应和发电设施。大坝的设计取水量为每天30万吨。水库电厂就建在大坝的后侧，配备了3台高效的发电机组，总装机容量达到了9600千瓦，而发电量更是高达2427万千瓦时，并入国家电网，为电力供应做出了贡献。

李广宇骄傲地表示，截至2022年底，白石水库已经向阜新、朝阳、锦州等城市提供了累计5.71亿立方米的生活用水，彻底解决了辽西地区城市的缺水问题。同时，它还向辽河三角洲地区提供了累计7.79亿立方米的农业用水，使得28万亩农田不再受到干旱的威胁。

白石水库的保护作用覆盖了下游的义县和凌海市，保护了约6.5万公顷的耕地。同时，它还守护着辽河油田、沈山和锦承铁路桥、京沈高速公路桥、秦沈高速铁路等国家大型企业和重要的交通设施。通过水库的建设和运行，下游地区的防洪标准得以从20年一遇提高至50年一遇，极大增强了这些关键区域的安全性。

2017 年的那场大洪灾

2017 年的 8 月 2 日至 3 日，辽西地区遭遇了一场罕见的极端天气。白石水库建设以前，朝阳市基本每年都要遭遇水灾，只是灾大灾小罢了。白石水库建成后，抵御小水灾自然不在话下，但这次不同，完全称得上是一场大洪灾，朝阳市街道一片汪洋，低洼处的房屋有的被淹没，白石水库能经得起这次考验吗？

据李广宇回忆，受第 10 号台风"海棠"减弱低压和副热带高压的共同影响，8 月 2 日至 6 日，白石水库控制流域内普遍降下了大到暴雨，水库流域连续经历三场降雨过程，导致入库洪峰流量飙升至 3353 立方米每秒，这一数字在水库建成以来的历史洪水记录中名列第一。面对这样严峻的洪水威胁，白石水库发挥了其设计之初的核心功能：防洪、蓄洪和滞洪。通过水库的有效拦蓄，出库流量被控制在了 45.8 立方米每秒，实现了高达 99% 的削峰率。这一措施为下游地区的洪水错峰赢得了 81 小时的宝贵时间，其间共拦蓄了约 2.03 亿立方米的洪水。

此次洪水的成功控制，确保了下游的义县和凌海两座县城的安全，保护了锦阜铁路的义县铁路桥、沈山线的凌海铁路桥、秦沈高速铁路的凌海铁路桥以及京沈高速的凌海公路桥。同时，还保障了辽河油田锦州采油厂和凌海市大有经济开发区海产品养殖场的安全运营。

在这场与洪水的较量中，白石水库防汛值班人员展现出了非凡的责任感和专业精神。他们把值班室当作自己的家，不分昼夜地监控着水位和降雨情况，全神贯注于洪水预报和预警信息的发布。他们不仅分析调度成果，上报水情信息，还负责接听来自省防指和上下游地区的咨询电话。在整个暴雨应对过程中，水情调度中心累计发布了 3 次精准洪水预报、33 次实时水情信息、16 次水文数据、2 次预警信息以及 1 次水情简报，这些及时精准的信息支持为省级防汛指挥机构和辽水集团决策提供了宝贵的时间。

在关键时刻，责任担当尤为重要。当暴雨洪水来袭时，水情值班人员孙磊发现水库水位数据异常稳定，这一发现立即引起了时任水情调度中心主任罗海龙的注意。尽管他已经连续工作了 40 个小时，但他毫不犹豫地放弃了休息时间，迅速返回监视器前核实情况。凭借着他 20 年的一线防汛经验，他迅速判断出问题可能是浮子水位计钢丝连接点卡住造成的。他带领值班人员冒着大雨前往坝上抢修设备，及时发现并解决了编码器转轮被卡的问题，恢复了监测数据的正常运行。

水库大坝工程技术部的值班人员也加强了巡查频率，从每日一次增加到每小时一次不间断检查，重点监控大坝两侧山体的稳定性以及库面漂浮物和溢洪道闸门的运行情况。

水力发电分公司的员工们也克服了人手不足的困难，将日班和夜班整合，安排经验丰富的员工带领团队巡查供电线路和升压站设施，确保供电系统和柴油发电机备用电源的正常运转，并严密监控水轮发电机组的满负荷运行状态。

正是由于白石水库防汛人员的不眠不休、持续奋战，才使得防汛工作有条不紊、忙而有序。在水库防汛的最前沿，他们始终保持高度警惕，确保了整个水库及其下游地区的安全无虞。

引来甘泉泽万物

白石水库工程以其规划的缜密性、设计的合理性、建设的优质性、运行的可靠性、管理的科学性和效益的显著性，成了辽宁水利工程建设史上的又一杰作。它不仅是一次成功利用自然资源的实践，更是让大河安澜的民生工程、创造巨大价值的财富工程、让天蓝水绿山青的生态工程以及践行初心使命的典范工程。

白石水库工程枢纽区整洁有序，主要建筑物和配套设施状态良好。金属结构与机电设备安全可靠，监测监控系统完好有效。标识标牌规范醒目，设置合理。管理范围内植被丰茂，水土保持良好，水生态环境优良。坝前水质常年优于地表水二类标准。

自 2016 年辽水集团建立以来，随着全省水价改革的实施，白石水库局公司的供水业务得到了快速发展。城市生活供水稳定增长，农业灌溉供水效益显著。所有用水户都签订了供用水合同，实现了按量收费。供水水量和水费收入在 2018 年达到了历史最高水平，年供水总量达到 1.66 亿立方米。

2019 年，白石水库率先组织成立了大凌河流域农业供水灌溉管理协会，进一步推进了上下游关系的稳定发展，加深了互信。在协会体系下，公司组织开展了下游大凌河农业供水调研，客观分析了大凌河流域的特点，摸清了供水沿程损失的原因，掌握了河道及灌区非法转供水等问题，为供水业务的高质量发展奠定了基础。

凌海灌区位于大凌河流域的中下游地区，这一区域被分为大凌河灌溉系统和小凌河灌溉系统两个主要部分。大凌河灌溉系统的建设始于 1958 年，其主要渠道的长度达到了 7.34 千米，流量为 20 立方米每秒。该系统包含 5 条干渠，总长度为 35.4 千米，以及 51 条支渠，总长度为 89.21 千米。

在气候方面，凌海市的平均年降水量为 555.0 毫米。然而，这些降水在一年中的分配极不均匀，主要集中在 7 月和 8 月，这两个月的降水量占到了全年降水量的 51.6%。此外，这些月份的降水往往集中在几场较大的暴雨中。从年际间的变化来看，丰水年和枯水年的降水量差异可以达到 2.4 倍。

在蒸发方面，多年的平均年蒸发量为 1747.8 毫米，其中最大年蒸发量为 2386.2 毫米（记录于锦州水文站 1958 年），而最小年蒸发量为 1463.6 毫米（记录于锦州水文站 1985 年）。

大凌河渠系灌溉了约 8 万亩的水田。由于地理位置的原因，供水的跨度较大，导致了水资源的严重浪费。尽管如此，白石水库仍然坚持其服务社会、造福地方的公益属性，每年为农业灌溉提供约 8000 万立方米的用水。得益于大凌河水的滋养，凌海灌区的水稻亩产平均在 700 ~ 800 千克，每年创造的经济效益约为 6000 万元，为凌海地区的农业持续稳定发展提供了重要的支持。

另外，东郭苇场湿地位于渤海之滨、辽东湾北岸的辽河三角洲冲积平原腹地。它位于盘锦市西部与锦州市的交界地带。秦沈高速铁路紧邻其边界，而京沈高速公路的光辉出口处距离苇场仅 2 千米，使得交通非常便利。大凌河、绕阳河和双台子河都穿过这片区域流入大海，因此这里的水利资源非常丰富。该地区的空气湿润，地势平坦，多水域而无山脉，属于典型的季风气候。

东郭苇场始建于 1956 年。2000 年，它实行了政企分开的改革，并隶属于盘锦市管理。2010 年，它被划归到辽河口生态经济区进行管理。到了 2018 年，它又被划归给盘山县管理。作为一个国有中型企业，它在 2020 年被诚通生态旅游发展有限公司收购并进行管理。目前，东郭苇场拥有 23 万亩的苇田。白石水库每年为其提供超过 4000 万立方米的生态供水，用于改善苇田环境和保障湿地的生态功能。每亩苇田的收益约为 100 元，全年的经济收益约为 8000 万元。

2020 年 5 月，白石水库采取了一项创新的举措，那就是利用一级保护区原防火隔离带，与中草药种植专业合作社合作，建设了一项山枣树生物防护工程。这项工程的目标是通过种植山枣树，来增强水库的保护能力，同时也为环境保护做出贡献。在选择树种时，经过比选，野生山枣树被选为最佳的树种。这是因为野生山枣树在辽西地区具有极强的适应性和抗逆性，能够适应各种恶劣的环境条件。此外，野生山枣树不需要使用化肥和农药进行养护，这对于环保来说是非常有利的。它的根系发达，枝叶茂密，带有刺，因此具有很好的防护隔离效果。工程项目的具体实施是在一级保护区征地边界沿线内 50 ~ 100 米宽、约 7500 延米的范围内（原防火隔离带）进行的。在这个范围内，总共种植了 1000 亩的山枣树防护林。这些山枣树不仅能够提供有效的防护，还能够改善当地的生态环境，增加生物多样性。

白石水库的建立和运营，对于生态环境的保护作用正在日益显现。这个水库蓄水后形成了辽西最大的人工湖，为上游北票市补全了"黑山、白水、一化石"的自然资源版图，使得城市的品位大幅提升。2022 年，白石水库公司通过了水利安全生产标准化一级单位评审。

库区的水质优良，孕育出了白石鱼这种肉质鲜美，营养丰富的鱼类。库区每年的产量近 200 万斤，出产品种以鲢鳙鱼和大银鱼为主。这些鱼类已经通过了国家有机产品认证，成了人们餐桌上的美味佳肴。

白石水库的周边湿地，已经成了东亚至澳大利亚之间候鸟迁徙通道上的重要停歇和觅食地。每年大约有 8 万余只候鸟在此驻足。这些候鸟的到来，不仅丰富了当地的生物多样性，也为人们提供了观赏和研究的机会。

候鸟迁徙高峰期在每年春季的 3 月至 4 月。这里主要有国家一级重点保护的候鸟，如黑鹳、东方白鹳、白鹤、丹顶鹤、大鸨、白头鹤等 6 种；国家二级重点保护的候鸟有大天鹅、小天鹅、灰鹤、白琵鹭、白额雁等 10 余种。其中，天鹅约有 7000 只，雁鸭类（豆雁、绿头鸭）有 8000 余只。

在日暮之际，当天空开始染上一层淡淡的金色，大自然便展现出了最为迷人的一面。这时，是感受天鹅之美的绝佳时刻。远山含烟，落日衔山，清风微拂，水静波平。太阳在这时分散发出的温和红色的光芒，如同艺术家的调色板，将整个天地间染成了温暖的色调。那些洁白无瑕的天鹅，仿佛是大自然赋予的最优雅的"舞蹈家"，在余晖的照耀下，披上了一袭金色的外衣，呈现了一场真实版的《天鹅湖》。

随着夜幕降临，白天鹅们的身影在暮色中显得更加优美而精致。它们的剪影在湖面上投下了美轮美奂的影子。有的天鹅低头在水中觅食，有的振翅拍打，激起一圈圈涟漪，有的亲昵地相互依偎，而有的则展翅高飞，它们的长颈弯曲成柔美的线条，姿态各异，交织出一幅幅变化无常的美丽画面。即使是它们之间的争斗，也变成了一幕幕既惊险又唯美的视觉盛宴。

这些优美的景色和翔实的数据，充分体现了白石水库在防洪抗旱、灌区供水、生态保护等方面的重要作用和价值。

（作者单位：辽宁省水资源管理集团）

陆浑水库赋

赵留香

横断伊水兮，聚水成潭。巍巍大坝兮，虎踞龙盘。西接陆浑岭，东连凤凰山。汇百川之琼浆，纳群峰之甘泉。浩浩乎，居嵩州之东北；渺渺哉，处三乡①之怀间。扼守陆浑雄关②，抚卧大河安澜。

观夫陆浑八景，揽奇秀于一隅，承河洛于一脉，溯历史以千年。披雾雨，戴飞雪，映七峰叠翠，举目观陆浑春晓；依活水，望温泉，惊九皋鹤鸣，倾耳听伊水秋喃。嗟乎！陆浑山川，脉系灵源。泉汇水库，波撼云天。浩浩乎！誉称洛阳之"小洱海"；幽幽哉！客恋嵩下之"石梅湾"。车迎四面之宾客，舟载八方之笑颜。春之归也，游鱼戏波鼓兴碧浪；夏至至也，海鸥穿飞影映夕岚。秋之到也，骚客荡桨仰天赋韵；冬之临也，平湖卧雪云静悠闲。千里遥至，赏世间之殊景；合家游历，享假日之团圆。诗家聚会，展李白之豪迈；师徒结队，叩前程之壮观。唏嘘哉！层层峦峦，陆浑不墨千秋画卷；乐乎哉！依依恋恋，情满洛邑之"后花园"。

陆浑之地，脉续承繁。古谓"五阳湖"也。鬼斧神工，劈开龙门。七峰相依，犹争雄、壮、奇、秀；积水东泄，始显山、川、岭、原。历经千余之载，区划多变频繁。非以成败论英贤，诸国③兴衰谈笑间。西戎敦煌此迁④，求生艰险。楚王伐陆浑，问鼎中原⑤。

伊水悠悠，灵毓圣贤。尧舜之时，洪浪滔天，湍流泛畛。禹治洪水，以伊为先。疏川导滞，开人类治水新纪元；涂山会盟⑥，启华夏文明之史篇。商相伊尹，耕有莘之田，创中药成汤济世安民，受商汤三聘商朝国安。两程居于耙耧之山麓，理学启于田湖之庄园。濂溪承学而子舆道继⑦，程门立雪而声贯云天。更有唐令元德秀，琴台善政，逝后长眠于陆浑之畔。四绝碑光照宇寰⑧，范仲淹德被震旦，"先天下之忧而忧，后天下之乐而乐"，千古名鉴，仕之典范。多少文人骚客，寄情陆浑留遗篇。

观其伊水史揽，非涝即旱。洪则田毁房淹，旱则禾枯人惨。夫为民而远瞩，乃收水以治患。倾九县⑨之心力，兴利除弊；挥万众之血汗，治水为先。库区移民，故土依依，乡情绵绵。旌旗猎猎，肩挑车拉于栉风沐雨；炮声喧喧，锹挥镐舞于酷暑严寒。

春秋六易，大坝始成，其艰可鉴！七〇年引水库之水源，四条渠动七县[10]以迅建。冒石雨，劈山苦战；顶泥流，隧洞攻坚。血染工地，命殒其间。十九载鏖战胸纳山川，六百里"天河"气吞地渊。一水牵百万之民愿，解豫西世代之干旱。穿山越涵，渠水潺潺。行云布雨，听从调遣。众志成伟业，《水经》著新篇。

水库乃蓄水安澜，司防洪、灌溉、发电、供水之"职"也，声名响如大吕[11]，责任重似泰山。削减洪峰平沧浪，拦蓄洪水保民安。巍巍青山对峙，浩浩碧水扬波。起数百里回环之渠道，润百万顷琼浆之田园。惠四方之黎民，佑黄河之无患。

壮哉，高峡出平湖，明珠耀山峦！览其美景，品其厚重；歌其功能，颂其精神。上善亦若水，治国水为先。伟哉！陆浑水库。华夏治水之典范，大禹精神之赓传。一泓清水，幸福之源。福荫千秋万代，尽润锦绣河山。三市[12]腾飞，水为保障；中原崛起，水为支撑。人水和谐，国泰民安！

注释

① 三乡指饭坡镇、库区乡、田湖镇。

② 陆浑大坝所在处，是历史上著名的汉置"陆浑关"，自古是兵家必争之地。

③ 诸国指在陆浑所建的伊国、伊侯国、伊川国、有辛之野国、陆浑戎国等。

④ 公元前638年，受秦穆公逼迫，晋惠公将陆浑戎迁徙到晋国"南鄙"之地即今洛阳伊川、嵩县一带。陆浑戎身处晋、楚、周夹缝之中，还是扎下脚跟，势力不断壮大。公元前525年晋国大军南下，陆浑国灭。

⑤ "楚王问鼎"出自《左传·宣公三年》，见于《史记·楚世家》。

⑥ 据明代《嵩县志》记载："禹合诸侯于涂山，执玉帛者万国。"在三涂山举行诸侯会师。涂山之会，一般被认为是中国夏朝建立的标志性事件。

⑦ 二程故里两个侧门对联"道接子舆""学贯濂溪"。子舆、濂溪分别指孟子和周敦颐。

⑧ 四绝碑指鲁公德、李华铭、颜真卿书、李阳冰篆。

⑨ 九县：嵩县、伊川县、临汝县、汝阳县、偃师县、新安县、巩义县、孟津县、宜阳县。

⑩ 七县：嵩县、伊川县、汝阳县、偃师县、临汝县、巩义县、荥阳县。

⑪ 大吕指钟名，常以"重于九鼎大吕"形容事物意义重大。

⑫ 三市指洛阳、平顶山、郑州市。

（作者单位：河南省陆浑水库运行中心）

闸口泽民

李广彦

泽，指水流汇聚之地，如沼泽、湖泽、泽国等，后衍生出恩泽、德泽等善惠之意，以及光泽、色泽、润泽等美好愿望，并以泽喻物，比如手泽即先人遗物，膏泽喻滋润土地的雨水，香泽代指化妆品，芳泽泛指妇女香气。

江河湖海虽大，但都不如"泽"字内涵丰厚，富有诗情画意。于小处言，泽可修德；往大处说，泽可利民；再深其意，泽可强国兴族。由是"泽"寄托人们的美好向往，故以"泽"字名之，近如我中小学老师周泽德，上说伟人毛泽东。

全国同名的地方很多，但泽口似乎只有湖北潜江专属，概因江汉平原得天独厚的地理位置。20世纪著名作家碧野曾写过《天沔短集》散记，从中我读到沔阳人的一句话："我们吃的是泽口饭！"意思是粮食和棉花等农作物丰收全仰仗来自泽口的汉江水。

沔阳县就是今天的仙桃市，泽口是汉江进汉南河的入口。1958年，在码头东侧建成"泽口闸"，汉江水通过四孔闸流向汉南河后在游潭咀一分为二，向南一支叫通州河，往东北去的一条为通顺河。区间水网密布，形成2036平方千米的大型灌区，其中耕地面积168万亩，仙桃80%左右的农业灌溉用水来自泽口，是人民心中的掌上明珠。闸高十余丈，闸长百余米，而今置身泽口闸上，品味它的前世今生，感受到的不只是水利人的亲切与骄傲，还有水泽万民的博大情怀。

长江与汉水交汇形成的"三角洲"，自古是鱼米之乡。"湖广熟，天下足"。湖北粮食作物总产量中，水稻占百分之七八十，且以中稻种植最为集中。泽口闸有6台启闭机，具备防洪、灌溉和生态三大功能，能有效满足灌区工农业生产用水需求。从此流去的是生命之源，泽口闸因此又称"命脉闸""水龙头"。每逢用水高峰，地方干部为水奔波，闸口职工为水忙碌，开闸放水，多多益善，灌区粮食连续十几年增长，泽口闸功不可没。

全长195千米的通顺河是仙桃市最长的一条内河，流域面积3266平方千米，"通顺"乃人民之寄望，随着南水北调工程的运行，汉江中下游来水减少，水位偏低，沙洲成岛，滩涂挤占取水口，沿线闸站引、提水困难。2014年夏，旱魔袭击江汉平原，仙桃60多万亩农田干旱，泽口闸建闸以来首次"断流"。对此，引江济汉工程提前启用解燃眉之急，泽口闸维修改造与闸口清淤双管齐下。

泽口闸地处潜江市高新区，隶属湖北汉江河道管理局，是重要防洪屏障。洪峰扑来，下闸挡水，演绎了一个又一个惊天动地的抗洪故事。2021年汉江遭遇百日秋汛，泽口闸防汛抗旱两不误，工程科科长张少娟巾帼不让须眉，柔肩担重任。闸墩伸缩缝出现渗水隐患，老水利王帮家不请自来到现场指导，通过渗水导流技术化险为夷。闸下出现管涌险情，"这是水位差过大造成的渗透，如不果断处理，上下闸水位落差若达11米就可能带来严重后果。我会游泳，让我来！"党支部书记、分局局长李强跳进齐腰水中，手握竹竿小心翼翼试探，确定管涌群位置，为专家组决策提供依据，迅速降低内外水头差，形成梯级反压。我问他当时咋想的，他说"守住闸门就是我们守闸人存在的意义！"

"汉南进水闸"几个隶体大字厚重遒劲，闸两岸水杉笔直伟岸，这何止是树呢，它们是前辈们种下的火种啊，目睹像战士列阵的参天大树，我像面对纪念碑一样肃然起敬。建闸60多年，累计引水429.98亿立方米，年均6.72亿立方米，最大一年为12.61亿立方米，为仙桃、潜江两市工农业生产、生态环保做出了重大贡献。一代代水利人坚守，老闸青春焕发，特别是近年来构建水闸标准化管理新模式，纵深推进精细化管理，扎实开展安全标准化建设，探索实践水利信息化，成为全省首批标准化管理水闸。

我来这天，李强正带人检查启闭机房，防汛抗旱早准备。只见前闸墙面干净整洁，"规范化、制度化、标准化"9个大字简洁明了。这个不足30人的战斗集体，被省水利厅、省汉江局，以及仙桃及潜江两市评为红旗党支部、先进单位、双文明单位，还曾荣获"全省第一家涵闸类省级水利工程管理单位"光荣称号，不少同仁前来取经。我想，阡陌交错，渠水欢歌，等今年稻谷金黄时，我还会来看看，那时泽口闸涛回响的，一定是举杯庆祝丰收的祝酒歌！

（作者单位：湖北省碾盘山水利水电枢纽工程建管局）

守护粮食安全，迎接新时代挑战

郑天一

在中国辽阔的土地上，流淌着众多弯弯曲曲的河流，它们犹如大地生机勃勃的血脉，源源不断地滋养着这片土地上繁衍生息的亿万生灵。这些河流宛如大自然的恩赐，为我们的生活带来了无尽的生机与活力。而在这些河流的岸边，错落有致地矗立着一座座雄伟壮观的水利工程，它们肩负着"水利粮丰"的重任，保障着我国农业的稳定发展和人民的幸福生活。这些水利工程不仅是一件件壮丽的建筑艺术品，更是无数水利工作者智慧和辛勤汗水的结晶，他们用勤劳的双手，化腐朽为神奇，将一条条河流变为造福人民的"黄金水道"。正是这些水利工作者的默默奉献，铸就了我国水利事业的辉煌成就，也孕育了伟大而崇高的"灌区精神"。这种精神象征着团结、拼搏、创新和奉献，它将永远激励着一代又一代的水利工作者为国家的繁荣富强、人民的幸福安康而努力奋斗。

水利之基：历史的回响

如果我们深入地探究历史的脉络，就能够清楚地认识到水利对于中华民族的生存和发展的极端重要性。当我们回顾那些古老的水利奇迹，如都江堰、灵渠，以及当代的宏伟建筑，如三峡大坝、南水北调工程，我们会发现这些杰出的水利基础设施远不止解决了亿万人民的饮水难题那么简单，它们还为我国的农业生产提供了坚固的支持和保障。这些工程的成功实施，背后蕴藏着无数水利工作者的辛勤努力，正是他们以自己的智慧和辛勤的汗水，铸就了我国水利事业的辉煌历史和伟大成就。他们不畏艰难，不惧挑战，以坚定的信念和执着的追求，投身于水利建设的伟大事业中。他们深入研究水文地理，精心规划设计方案，克服重重困难，确保每一项工程都能安全、高效、持久地运行。正是这些水利工作者的无私奉献和卓越贡献，使得我国的水利事业取得了举世瞩目的成就。

在都江堰的古老石堰上，我们仿佛能够感受到古代水利工作者的智慧和毅力。他们巧妙利用自然地势，引导岷江水灌溉成都平原，使这片土地成为天府之国。而在灵渠的碧波荡漾中，我们也能看到古代水利工作者的巧思妙想，他们利用人工运河将珠江水系与长江水系连接起来，为中原地区的繁荣稳定提供了重要支撑。

同样，在现代的水利建设中，水利工作者们也展现出了卓越的能力和水平。他们借助先进的科技手段，对水文数据进行精准分析，制定出科学合理的建设方案。在三峡大坝的建设过程中，他们克服了技术复杂、施工难度大等重重困难，确保了工程的顺利进行。而在南水北调工程中，他们更是展现了高超的技术水平和无私的奉献精神，为北方地区的经济发展和人民生活提供了源源不断的水资源。

可以说，水利工作者是我国水利事业的脊梁和灵魂。正是他们的辛勤付出和卓越贡献，才使得我国的水利事业能够不断取得新的突破和进展。在未来的发展中，我们期待更多的水利工作者能够继续发扬优良传统和作风，为我国的水利事业贡献更多的智慧和力量。

灌区之魂：精神的传承

在水利事业的宏大蓝图中，灌区作为其核心组成部分，承载着至关重要的使命。灌区工作者们以高度的责任感和敬业精神，默默奉献于水利事业，确保每一滴水资源得到合理、高效的利用。他们深知水资源对于生命和农业生产的极端重要性，因此始终坚守在水利岗位上，用实际行动践行"灌区精神"。

在复杂多变的水文条件下，他们面对挑战不退缩，凭借专业知识和技术能力，确保农田得到适时、适量的灌溉。他们注重技术创新，不断提升灌溉效率，为农业生产提供有力保障。同时，他们强调团队合作，形成高效、协同的工作氛围，共同应对各种水利问题。

灌区工作者还致力于节水宣传和教育工作，通过科学示范和广泛宣传，引导农民群众树立节水意识，形成良好的用水习惯。他们为水资源的可持续利用和水利事业的长期发展贡献了自己的智慧和力量。

灌区工作者们以严谨、稳重、理性的态度，投身于水利事业，为保障农业生产、促进水资源可持续利用做出了卓越贡献。他们是水利事业中不可或缺的中坚力量，值得我们高度赞扬和尊敬。

水利粮丰：丰收的喜悦

在灌区的细心滋养下，广袤的农田犹如得到了生命的活力，焕发出无限的生机与活力。稻花的香气中传递着丰收的喜讯，一片又一片金灿灿的麦田与绿油油的稻田，宛如一幅绚丽的画卷，生动地展示着灌区工作者们辛勤劳动的成果。他们不畏艰辛，用自己的双手，为祖国的粮食安全默默贡献着力量。这些景象，正是他们辛勤付出的最好回报，也是他们对国家、对人民最真挚的情感表达。当然，这些辛勤的灌区工作者们不仅仅是在农田里默默耕耘。他们深入了解农作物的生长需求，通过科学的管理和精细的操作，确保每一滴水都能发挥出最大的效益。他们与大自然和谐共处，尊重每一个生命，让农田生态系统保持平衡和繁荣。

每一个工作者都深知自己的责任重大。他们知道，自己的工作直接关系国家的粮食安全和人民的福祉。因此，他们始终保持高度的责任心和敬业精神，不断学习和探索，提高自己的专业知识和技能。他们的工作虽然辛苦，但看到丰收的景象，心中便充满了满足和自豪。

灌区工作者们还积极推广先进的农业技术和经验，帮助农民提高种植效益和收入。他们与农民们建立了深厚的友谊和信任关系，共同为农田的繁荣和发展努力。在他们的带领下，农田的生态环境得到了改善，粮食产量和质量也得到了提高。

在灌区的滋养下，农田焕发出勃勃生机，不仅仅是因为水的滋润，更是因为有了这些辛勤的灌区工作者们的付出和奉献。他们是农田的守护者，是粮食安全的守护者，更是祖国繁荣富强的坚实后盾。

挑战与机遇：新时代的呼唤

随着时代的不断进步和演变，我国的水利事业也迎来了许多前所未有的挑战和机遇。在面对如何更高效地利用有限的水资源、如何在发展经济的同时保护生态环境，以及如何提升灌溉效率等一系列问题时，灌区工作者们感到了巨大的压力和责任。尽管前路困难重重，但他们始终秉持着高昂的斗志和坚定的信念，毫不畏惧地迎接这个新时代所带来的各种挑战。他们深知，只有通过不断的学习和创新，才能找到解决这些问题的方法，才能不负时代的重托，为我国的水利事业做出更大的贡献。他们不断深入研究水利科学，学习最新的水利技术和理论知识，努力将理论知识与实践相结合，以应对日益复杂多变的水利环境。他们深知，保护生态环境是水利事业的重要一环，因此，在规划和实施水利项目时，他们始终注重生态平衡的维护，努力减少工程对环境的负面影响。

为了提高灌溉效率，他们积极引进先进的灌溉技术和设备，优化灌溉方案，确保每一滴水都能得到充分利用。同时，他们还注重与农民沟通，了解他们的需求和困难，为他们提供有针对性的帮助和指导。

在应对新时代的挑战时，灌区工作者们还注重与其他领域的专家和学者进行交流和合作。他们深知，水利事业是一个复杂的系统工程，需要多学科的交叉融合和协同作战。因此，他们积极寻求与环保、农业、地质等领域的专家进行合作，共同解决水利事业中的难题。

灌区工作者们以高昂的斗志和坚定的信念，勇敢地迎接新时代的挑战。他们不断努力学习和创新，积极应对各种问题和困难，为我国的水利事业做出了巨大的贡献。他们的付出和努力，将为我们国家的可持续发展和生态文明建设提供坚实的支撑。

永恒的灌区精神

"水利粮丰·灌区精神"，这不仅仅是一个简单响亮的口号，它深含着对水利事业无限热爱的信仰，是一种鼓舞人心、催人奋进的强大精神力量。这个口号如同明灯般照亮了无数水利工作者前行的道路，激励着他们在水利建设的广阔天地中，不畏艰难险阻，勇于开拓创新，不懈地追求着水利事业的发展与进步。这种精神力量，既是对我国悠久水利文化的传承，也是对现代水利事业的创新和发展。它凝聚了几代水利人的智慧和汗水，是值得我们倍加珍惜和传承的宝贵财富。

站在新的历史起点上，我们要共同继承和弘扬"灌区精神"这一宝贵的精神财富。我们要将这种精神转化为实际行动的动力，以更加坚定的信念、更加务实的作风，投身到水利建设的伟大实践中去。我们要坚持不懈地努力，为推动我国水利事业的持续发展，实现中华民族伟大复兴，贡献出自己的一份力量。让我们携手并进，共同书写新时代水利事业的辉煌篇章！

让我们铭记"水利粮丰·灌区精神"，将这种精神内化于心、外化于行。始终保持对水利事业的热情和敬畏，不断学习，不断提高，以自身的专业素养和实际行动，为推动我国水利事业的发展贡献自己的力量。我们要积极投身水利建设的实践，用实际行动践行"灌区精神"，为实现水利事业的伟大目标而努力奋斗。让我们携手并进，为新时代水利事业的辉煌篇章贡献我们的智慧和力量！

（作者单位：中国水务投资集团有限公司）

灌区精神，工程之魂

李妍妍

　　新中国成立 70 多年来，我国灌区建设与管理取得了举世瞩目的成就。农田灌溉面积位列世界第一，保障了我国粮食安全供给和社会经济发展。

　　淠史杭灌区，位于安徽省中、西部和河南省东南部大别山余脉的丘陵地带，是以淠河、史河、杭埠河为水源的 3 个毗邻灌域的总称。1958 年 8 月，中共安徽省委作出决策，以治淮建成的佛子岭等几大水库群为源头，修建一个跨越江淮分水岭两侧，横贯皖中，由淠河、史河、杭埠河三大灌区组成的特大型灌区——淠史杭。几十万人民肩挑手扛日夜奋战，换来的是新中国成立后兴建的全国最大灌区，被称为"新中国水利史上的奇迹"。

　　"小时候常听外公跟我讲淠史杭的故事，也常听到妈妈抱怨外公一去坝上就几天不回来，留年幼的她一个人在家。后来，妈妈也在坝上工作，她会带着我一起值夜班，给我讲叔叔阿姨的故事。"作为淠史杭灌区的工程师，是听着外公和妈妈的故事长大的。当然，也会给外公和妈妈讲自己的故事。

　　"我们会把他们的故事延续下去，也会给一代代人讲下去。"

　　伴着故事长大。

　　从小住在淠河总干渠边上，也总在河边玩。"这条河是一锹一锹挖出来的。"外公说，我望了望眼前宽阔的水面质疑道，"怎么可能？这条河这么宽这么长，怎么可能是人工河？"从那时起，外公就常讲淠史杭灌区的故事。

　　"哨子一响，躺在土坡上休息的所有人都迅速站起来，齐声喊着'一二嘿'，齐心干着活。"外公曾参加过抗美援朝，他总要赞叹当年工地上的场景，"都是自发而来的群众，没有受过军事训练，却有着很强的纪律性，热火朝天的干劲不亚于当年的战场，很震惊也很感动。"

　　听着淠史杭故事长大的，还有小时候住在淠史杭灌区家属院子内的孩子们，他们常听大人们聊当年的故事。

　　"那个年代是吃不饱饭的，也没有报酬，一个个瘦得肋骨都很明显了，不知道哪儿来的劲儿，硬是把荒凉的山坡修成了河。""当年洪水把大坝冲开了口子，很多人就跳进水里手拉手形成人墙，再等其他群众把土运来补这个口子。"长大后才明白淠史杭灌区工程配得上"奇迹"二字，灌区以艰苦卓绝的创业历史闻名，以宏伟的灌排体系著称。它是防洪安全的基础、粮食安全的支撑，也是城乡供水的依托、经济发展的命脉，还是生态环境的保障。它使昔日赤地千里的贫瘠之地变成了今天的鱼米之乡，被誉为新中国治水历史上的一颗璀璨明珠。

成为故事里的人。

如今，听故事的人，渐渐成长为故事里的人。

小时候，每年夏季，一听到要下雨，我就会问："爸爸，你今天是不是又不在家了？"在记忆里，每年汛期父亲都很少在家。"我清楚地记得，有一天半夜打雷，我被吓醒了，发现爸爸正在穿雨衣，随后冒着大雨骑着摩托车就走了。"

长大后，我也要成为父亲那样的人。

"我这辈子的防汛值班还没值完，接下来就是你接替我值班了。"后来，我真的和父亲一样，第一份工作就在淠史杭灌区。"'七下八上'的主汛期，是我们神经紧绷的日子。"每到这个季节，父亲都会说起这句话。

小时候第一次看泄洪，浊浪滔天的场景让我第一次感受到水不一定是柔的，也可以是很宏大的，人在洪水中比小鸭子还渺小。

2020年汛期，淠史杭灌区突遇强降雨，灌口集泄水闸上游水位超历史水位，"那天夜里我们5分钟查看一次水位，越是大雨越要去巡堤，查看是否有管涌。奋战两天两夜后，我们成功应对了洪水，保障了群众生命财产安全。那一刻既能体会到工程的伟大，又进一步感受到老一辈人的决心与艰辛，更能感受到这份工作带来的人生价值。"

故事在延续。

谈及今夕变化，祖辈父辈都是人工巡堤，下雨天一踩一脚泥，到观测点用尺子量水位，查看水底情况要穿上五十多千克重的潜水服。如今淠史杭灌区全部实现数字化，实现了雨洪资源的科学利用和水资源的优化配置，这些观测点都是现代水利人一个一个建起来的，工作量很庞大。包括除险加固、水旱灾害防御、水行政管理、数字化灌区建设、续建配套与节水改造等。

孩子高烧哭闹，奶奶抱来找值班的妈妈，妈妈把孩子哄睡着再让奶奶抱走；女儿过生日打电话来说，"礼物蛋糕都有了，就是没有妈妈。"这些事儿说出来都不是什么大事，但都是我们这代水利人默默无闻、恪尽职守的日常。

很多人都知道祖辈建设淠史杭灌区的辛劳，却不知道我们这代水利人在做些什么，我想借此机会告诉大家我们这代水利人的不易。

流淌在故事里的使命。

"很多在灌区长大的孩子们，在选专业时首选就是水利相关专业，毕业时只想回家，回到淠史杭灌区。"当被问及为何会和祖辈父辈一样在淠史杭灌区工作时，我会想："在外人看来这是一种传承，但我们自己其实没有想这么多，就是从小生活在这里，听一辈又一辈的人讲这里的故事，觉得这里很好，就是想继续留在这里看着它更好，是一种自然而然的事情，这种使命感和情感就像流淌在血液里。"

枯水期在堤坝旁捉螃蟹，汛期看着叔叔伯伯们去抢险，夏天的傍晚围坐在院子里的大松树下，一边吃西瓜一边听长辈们讲当年的故事。时至今日，还会想起儿时的场景。"年代不同了，但故事还在继续，希望我们也能给下一代讲好每一代人的故事。"

新时代水利精神，是五千年水利精神传承的体现，是水利行业的集体智慧，充分体现了历史的传承性、发展的时代性、行业的独特性，代表着行业的形象，凝聚着行业的灵魂，彰显着行业的特色，引领着行业的未来，需要用新的行动来铸就。因此，在灌区文化建设中必须贯彻和发扬，在灌区文化精神中要有体现。

宁夏回族自治区唐徕渠管理处是宁夏青铜峡唐徕渠灌区的管理单位，从设定文明创建奋斗目标，到扎实创建的"加速起跑"，到最后的"成功跨栏"，一步一个脚印、一步一个台阶向前迈进，凝聚了全体唐徕人的艰辛和梦想，加强科学管理，凝聚发展能量，提升服务水平，健全创建组织，明确职责分工，管理处先后荣获"水利部文明单位""宁夏回族自治区文明单位""全国水管体制改革先进集体""全国农林水利工会劳动奖状""全区防汛抢险先进集体""自治区劳动关系和谐单位""全区节水先进单位"等荣誉称号。2015年和2020年连续获得"全国文明单位"光荣称号。

打造"美丽唐徕"、支持生态文明建设是唐徕渠管理处新增的一项重要职责。近5年管理处科学调节农业与生态用水需求，适时为沿线20万亩湖泊湿地生态补水3.72亿立方米，使得银川平原人水和谐、景色秀美。今日的唐徕渠成了名副其实的"生态渠、风景线和旅游线"，所流经的银川市、平罗县、惠农区，城市两岸，群楼错落有致，林间道绿树成荫，湿地湖泊水色涟漪、处处充满着生机与活力，吸引越来越多的创业者在这里投资、置业。水在城中，印证着唐徕渠发展的力度；城在水中，体现着唐徕渠发展的美度；人水和谐，诠释着唐徕渠发展的高度。

改革创新、增强内部发展潜力是唐徕渠管理处的不懈追求。根据近年来水利改革发展的新政策、新变化，管理处重新梳理修订了70多项规章制度，全力推进科学化、标准化、精细化管理模式和新的工资绩效考核办法，极大地调动了干部职工的工作积极性。针对水管单位长期管理粗放，手段落后，管理处确立了"智慧唐徕"建设方案，实施门户网站、电子地图、调度运行、工程管理、防汛预警、自动测控、手机应用等 8 大建设任务。目前，"智慧唐徕"信息构架系统基本形成。

山东省济南市邢家渡引黄灌溉管理处文化建设经验丰富，成效显著。2007 年邢家渡引黄灌溉管理处提出了争创"一流"的文化理念，即把灌区建设成全省一流水利工程、一流管理水平、一流灌区效益、一流工程设施、一流职工队伍。经过 5 年多的努力，灌区取得了一定的成绩，主干渠 39.5 千米的渠道衬砌已全部改造完成。新建、改建分水建筑物 60 余座；往年渠道引水流量最多 30 立方米每秒，2012 年春灌期间达到了 60 立方米每秒，超出设计流量 10 立方米每秒；灌溉水有效利用系数由 0.45 提高到 0.58，年节约灌溉用水 5000 万立方米，扩大改善灌溉面积 2 万公顷，年新增粮食生产能力 4000 万千克。该处工程建设、工程管理和社会效益在全省灌区中名列前茅。

邢家渡灌区的特色文化体系，可以概括为"13459"文化体系，分解来说其基本内容是：一个统领，以水利的精神理念为统领；三大理念，"以人为本""以水为业""创新发展"；四个目标，发展更好、管理更优、灌区更靓、生活更美；锻炼五支队伍，有一定技能的职工队伍、有一定科研能力的科技队伍、有一定创新能力的文艺队伍、有一定特长的文体队伍、有一定创新能力的管理队伍；建设九大灌区：民生灌区、生态灌区、平安灌区、标准灌区、风景灌区、阳光灌区、数字灌区、幸福灌区、文化灌区。

正是这一系列的"精神"创建，汇聚成了强大的灌区精神：润物容人，正己成事。灌区提出润物容人的价值观念，以"水之道"和"水之德"的奉献与尚德精神来体现组织追求和职工行为规范。灌区将水的品德人性化，作为职工做人处世的自然价值观。

灌区服务的价值在于利人利他，倡导一种"利万物而不争"的核心价值观。宽容是人生的一种崇高境界，宽以待人必先严于律己。灌区以水文化的平凡特质为核心，以正己的谦卑心态为原则，教育职工厚积"水德"，在工作中摆正姿态，坚韧不拔、不畏艰苦、甘于奉献，将每一项具体工作做精细、做规范，通过这种文化信念的鞭策，以水的感悟和启迪，凝聚职工的文化共识，不断激励自己，将灌区的和谐发展和职工的全面提升融合为一体，在实现灌区价值的同时实现个人的人生价值，进而达成灌区的崇高事业追求。

介绍的第三个故事是汤旺河畔引水的故事。《汤原县志》中记载："其境内水之大者为汤旺河，发源于小兴安岭，南北贯穿县之中央，曲折南向而入于江，约长八百里。"汤旺河从小兴安岭中北部顺流而下，汇聚 600 多条山涧溪流，流经汤原 44 千米后汇入松花江，成为松花江北岸第一河，汤原县正处河水冲击形成的汤旺平原腹地。引汤旺河水灌田种稻、润泽良田，一直是汤原人的梦想和期盼。"引汤工程"，就是把汤旺河水引入农田的一项水利工程。

1958 年冬，工程开工。怀着满腔热忱，1.2 万余百姓自带粮食、工具、行李和车辆，劈山凿石，肩挑手提人推，开启了那段用泥土和石头垒砌的光辉岁月。65 年后的今天，在汤原县引汤工程纪念馆。"当时每个人都要挑土篮子，把土从河底挑到坝上。一段时间后，肩膀头肿得像馒头一样高。"引汤工程工地上成立了一支"铁女突击队"。她们想出了"悠杆运土法"——在横杆上一头挂土篮，另一头拴绳，利用杠杆原理，一收绳，土篮便被吊到空中，旋转横杆，使得土篮转到渠岸上。这一方法被广泛推广到各工地，由此带动全县工区开展了轰轰烈烈的"红勤巧"竞赛活动，两个月内，累计发明创造了 17 种 2300 余件提高效率的工具。

1975 年，引汤工程再一次吹响了集结号。说干就干！没有钱，干部群众捐款捐物；缺少劳动力，携家带口齐上阵。就这样，全县 15 个公社，超过 3 万名干部群众投入再战引汤工程建设当中，在汤旺河畔呈现着"齐心协力攻难关，众志成城战引汤"的火热景象。其中的难关之一，是修筑渠首拦河重力坝工程。按照省水利勘测设计院设计，拦河重力坝坝体全长 260 米，高 6.5 米，由混凝土浇筑而成。参与工程建设的同志们介绍："重力坝是整个引汤工程的关键节点，混凝土可以使坝体更加牢固，能够抵挡水流的冲击并成功将汤旺河水拦截，让更多的河水通过灌渠流到汤原土地。"彼时的河畔，是这样的施工场面：大帐篷里，工人们忙着把砂石、水泥烘热，再倒入搅拌机中，加上热水搅拌，确保混凝土达到 30 摄氏度以上，高温把帐篷烘成了蒸笼。大帐篷外，运送混凝土的工人们推上几车后，汗水从额头、后背蒸腾而出，大家纷纷脱下棉袄和棉裤，甩掉帽子，穿着线衣线裤，推着手推车从帐篷到河道一趟趟往返。

1978 年末，两座水力发电站建成投产，重力坝和进水闸改建完成，标志着渠首枢纽工程全面竣工，二战"引汤"宣告结束。在条件艰苦的情况下，引汤工程总干渠向前推进了 18.3 千米，为后期引汤工程建设奠定了坚实的基础，也为汤原县积累了开发农田水利的经验。

引汤工程在 1998 年三度上马。投入大，此次工程为国家农业开发骨干配套工程，投资 3000 万元，其中地方配套资金 1500 万元，这是三次引汤工程建设投资最多的一次。难度更大，则是攻克了一个个"卡脖子"问题。这个工程是引汤工程的亮点，也是最大的难点。三战"引汤"后，引汤工程已修建完成干渠长度 60 千米，连通 5 个乡镇 2 个农场，灌溉面积 20 万亩，每年可增加粮食产量 2.29 亿斤，惠及农民 6.2 万人，成为全国续建配套与节水改造的 434 座大型水利工程之一。

栉风沐雨几十个春秋，如今再次站到引汤灌区渠首眺望，源源不断的汤旺河横贯汤原全县东西。在引汤工程渠首旁有一座红石山，那里埋葬着在引汤工程中献出生命的人们，引汤工程，正是在一代又一代人的接续建设和守护中延续至今。如今，"引汤"已成为汤原人的一座精神丰碑，"自力更生、艰苦奋斗、万众一心、矢志不渝"的"引汤"精神孕育了这片土地上灿若星辰的英雄儿女，他们有一个共同的梦想——将引汤工程修建完成，而这个梦想正在实现。随着乡村振兴和农业现代化的不断推进，汤原县计划新建、改扩建引汤工程干支渠 12 条 103.6 千米，新增灌区灌溉面积 20.24 万亩，一幅兴水、强农、惠民的"百万亩大引汤"新蓝图正在绘就。

（作者单位：新华水利控股集团有限公司）

淠史杭工程：千里卷轴与世纪泼墨

孙凤山

牵着大别山的手，将所有往事打捞上岸
十字镐、独轮车、勤劳、星辰都在开渠者脚印中发芽
淠史杭灌区嬗变人间天河，奔涌热切的呼唤
人民治水战争也是底气十足的乳名
漫过一千万亩有效灌溉面积传奇，富裕家国情怀
防洪、灌溉、城乡供水、水力发电、生态补水
水产养殖、水利旅游，让江淮大地语速慢下来
在世纪静时光放牧蓄、引、提最美的抒情
福祉延伸，从淠河、史河、杭埠河开始
笔直流入"长藤结瓜"式灌溉体系的锦绣
从动工到如今，淠史杭灌区干渠所走的每一段路
都是千年大计与淠史杭工程不愿站立的丰碑

天当盖，将淠史杭工程和旗帜高过头顶
从耕地率到水田率，将涵养分发给无数乡村
这些敦实的孩子以创新的方式
在灌区流域结伴阳光、排卵孕育、繁衍生息
地当床，只要把春风装进淠河灌区、史河灌区
还有杭埠河灌区、梅山灌区、五大水库、三大渠首
下载春光，2.5万千米七级固定渠道刷新与世界的轮回
一场雷雨与飞跃，让淠史杭灌区有了更新的容颜
战天斗地，灌区开挖精神雕琢众志成城
流域人民无惧艰苦，铸就历史最美的段落与境界
吃苦耐劳与自强不息，最高日上工80万人

定格淠史杭胸怀，撰写济世经文，雨洪资源
科学利用、水资源优化配置植根天下安澜与丰收

在淠史杭灌区，植被流域的福祉用心摊开
时光就能倒流，再现岭上江南哲学和社会价值
一声召唤，开渠者踏歌而来，顺势而为
一个叫作人间天河的名词与动词就顶天立地
践诺一个梦想，雕琢江淮流域土地的斑斓
沉浸在潮涨潮落，一阕阕画卷盛开多重建构
淠史杭工程精神，随处的风景与荣光都指引幸福
在春天，淠史杭灌区是低于河床的幸福
以清澈的向往和干净的灵魂，崛起江淮之间的仰望
阳光收割干渠支流两岸，孕育母亲河乳汁
嬗变的种子属于大别山区、江淮岗丘、淮河干流
大地的密码被灌区破译，卷轴六十六发展的蓝图
绚烂的阳光、自由的小鸟、美丽的风光
多情的早春沿着淠史杭灌区追逐、游戏和恋爱
每一滴水在综合效益和社会价值中策马扬鞭
灌区饱满的时光味道，以坚强意志舞一曲"蝶变"
流淌灌区安澜与向往，奔涌民族骄傲和时代强音

芬芳葱茏的春天在灌区绕不开一脉流淌
自力更生、顽强拼搏、牺牲奉献、科学求实的淠史杭精神
纷纷从春天起身迎接我们
醉美的画面就像诗人描绘的那样，画家泼墨的那样
把淠史杭工程载入史册，以水利的命脉提携人民幸福
读取灌区仙境和锦绣的证词
一汪灌区水，千里之外能把我们的目光摸得生疼
流域无数年轻的项目变成人间天河延伸的漫天星辰
六安的要事、皖中的大事、河南的喜事、安徽的盛事
就这么给淠史杭灌区挂上河流勋章、世纪表情
从干涸的向往，到千里卷轴、新世纪狂想

哪一段路不倾注锐意创新、担当进取、勇创一流

哪一项不彰显团结一心、坚忍不拔、众志成城

我深信六十五年节水增产，滋润祖国世纪曙光

在淠史杭灌区，万顷积淀都有统一的沉默

十万吨荡漾的情感都有肥沃的册页

入驻多姿多彩流淌的世界，多了隐晦

优质水流的心，跨过飞翔的前世，比春风还要柔软

低首与抬头，蝶变掀起春天的风暴和勇毅的今生

灌区水被赋予家国情怀，六十六年正当时

甜蜜多汁的献诗，让灌区有了丰盈沸腾

农业安澜，粮食产量、水田、耕地面积逐年提高

高标准农田是灌区的标配，丰收在希望中打败了一切撼动人心的诗句

左手粮食增产高度

右手是江淮大地期盼，中间是农村深刻变化

城市安澜，工业项目和生活用水高蹈着灌区初心

与阳光一起不停地跑动，传统产业、新兴产业

数字产业抬升我的目光，带水的偏旁

采掘梦想，一脉水韵，奏响现代工业大音

水力发电、渠道航运、水产养殖是灌区最振奋的修辞

春天和水势不敢轻举妄动

每一座发电站，每一艘航船都是有故事的

每一次对灌区深处的试探，都有自己的能量

都能把淠史杭精神放大到极致

折叠的往事

还在沉睡，掰着手指数春天，数情清澈的水韵

金子发光的形容词，在统一管理条块结合

分级负责管理体制中，备足十万吨葱茏的诗意

一些水流迷了路，落在虚构的镜像之外

一河思绪或相思，一条条生机勃发的水流正通往

祖国的强大和人间的渴望

细听一滴水的声音

都能被放大到千百倍的浪漫，只为与人民

对接万顷幸福，蘸着露水的春歌，抖动着一些同样坚韧的辽阔卷轴

仿佛听到灌区歌声

前后落脚，幸福敲门声此起彼伏，一望无际的排比，

埋下水脉的伏笔，走向大世界的精彩

放眼万物之美，质朴成灌区风流的重量

我把灌区指给你看，每滴水都绽放无限传奇

每粒字词都饱含幸福元素

孕育太阳的流动里

正雕琢江淮大地一座座丰碑

它们高于百灵鸟的声部

循着淠史杭精神的光芒向祖国致敬

（作者单位：安徽皖江物流集团）

渠长稻花香

农世林　李　洁　黄　润　邓宇尧

你可知道
风能吹起多远的浪
不是一时涌起又消逝
而是吹起山顶的风车
夹杂着稻花的香味
让人闻着心痒痒

这片沃土就在祖国南疆
绿水青山生态好
那是一面高高的生态屏障
多少年岁月耕耘，山河茂盛
我就在这里生长

出生，站立，奔跑
我背起行囊远走他乡
可那仍带着水气的风
无时无刻告诉我从何而来
又要回到什么样的地方？
那是纵横交错的水渠
水渠旁生长的稻花香

还记得那首歌谣这样唱
　"水渠长，稻花香。家门口，阿爷想。
小鱼游进稻田里，摸出田螺满箩筐。"

还记得星空下

我们躺在水渠旁

似乎能听见稻穗悄悄地灌浆

水渠养活了我们几代人

却从没有抱怨我们的索取

默默给我们以润养

每每思得，还会嘴角上扬

要说乡愁，也必然会有它的形象

那就回家去闻闻水渠旁的稻花香

一别数十载，是不是还是当年模样

归程有多远？

其实就是车头开进村口

摇下车窗，一声喇叭响

一路上说不得翻天覆地

早已没有当年穷山恶水的难忘

我的孩子问阿爷

为什么稻子六月就黄

爷孙俩笑着走进水渠

走向我儿时度过的时光

"水渠长，稻花香。家门口，阿爷想。

小鱼游进稻田里，摸出田螺满箩筐。"

崭新的柏油马路

并不影响水渠里有鱼虾生长

到了夜晚一排排的路灯

把水渠照得波光粼粼，闪闪亮亮

问问村里的老人

现在的孩子还会像我们当年那样

趟进水渠，感受清凉

不再有了
村里有一个新来的"渠长（河长）"
保护这蜿蜒的水渠
说要保护大家手里的粮

这位"渠长"年纪与我相仿
却常常走在村里
巡一巡道路桥梁
今天问问，谁家用水没保障
明天看看，谁家生产乱排放
看着其貌不扬
可原则的坚定让我侧目
水渠就是他的战场
谁都要问一句
这样枯燥是如何愿意坚守在岗
他说他也来自这样好的乡村
守住水渠也是干一行爱一行

学农出身的他
最知道这片土地该会怎样
他说扎根基层
为的是践行好政策
给老百姓带去好良方
农田水利化能给老百姓带去便捷
河网化的科学规划
更实现灌溉自流化的滋养
电气化的科技覆盖
经营出田园化的莺飞草长
让五化灌区成为样板
普惠更多人的家乡

我能看到他的眼里放光

我似乎明白了

风能吹起多远的浪

是一朵朵浪花

冲了新时代坚实的土壤

刮到游子心中是乡愁

刮到接棒者手里

便能成为火炬

把世界照亮

那是他们与孩子们行走在水渠边

科普水渠知识的科学形象

那是他们巡查在河流水渠江水旁

把自己的青春奉献给家乡

他们与我们在风中呼喊

开垦田地，通渠南北，耕耘未来

这饱含着祖辈与父辈接续奋斗的力量

那一汪汪的水养育我们挺拔的臂膀

那一泓泓的水浇灌我们责任与担当

水渠上的风吹不了多远

但有了你我的思念与守望

一辈辈的后人都会记得

一条水渠长满稻花香

（作者单位：广西南宁市河长制办公室、南宁市水利局）

灌溉文化的新传承

——感悟南水北调工程折射出的文化光辉

朱诗慧

　　"兴水利，而后有农功；有农功，而后裕国。"清朝著名大臣慕天颜说的这句极有见地的话，深刻阐明了治水、农业生产与国家经济进而与国家政治稳定的关系。我国大禹时代就有"尽力乎沟洫""陂障九泽、丰埴九薮"等农田水利的内容，在夏商时期，就有在井田中布置沟渠用于灌溉排水的设施，西周时在黄河中游的关中地区已经有较多的小型灌溉工程，《诗经》之《小雅·白华》中记载有"滮池北流，浸彼稻田"，即引渭河支流滮水，灌溉稻田满地头。春秋战国时期由于生产力的提高，大量土地得到开垦，灌溉排水相应有了较大发展。著名的魏国西门豹在邺郡（现河北省临漳）修引漳十二渠灌溉农田和改良盐碱地，楚国在今安徽寿县兴建蓄水灌溉工程芍陂，秦国蜀郡守李冰主持修建都江堰使成都平原成为"沃野千里，水旱从人"的"天府之国"。我们的祖先通过兴修水利，治理江河，提高农业灌溉能力，才逐渐在平原地区居住、开发，进一步开拓疆土，繁衍人口，发展经济，推进社会的文明进步。

　　2014年12月27日10时30分，北京市市长王安顺在南水北调中线一期工程总干渠终点团城湖明渠豪迈地宣布："南水北调中线一期工程北京市通水成功！"由此，南水北调工程载入史册，彪炳千秋，南水北调工程折射出一束束文化的光辉。

　　曾记否，"南方水多，北方水少，如有可能，借点水来也是可以的。"1952年10月30日，伟人毛泽东在第一次巡视黄河时，道出一个伟大的梦想。

　　时光流逝，70多年过去了，南水北调中线工程砥砺奋进，江水北送、南北调配的调水梦终于变为现实，南方的水，从此滋润着北方大地，泽被平畴，膏润丘陵。

　　南水北调这一浩大工程，举世瞩目。从毛泽东提出的伟大构想，到如今，半个多世纪，数以万计的南水北调工作者做出了大量的野外勘察和测量，在分析和比较50多种方案的基础上，形成了南水北调东线、中线和西线调水的基本方案，到2050年初步规划调水总规模达448亿立方米，工程分别从长江上、中、下游调水，共有东线、中线和西线三条调水线路，通过将三条调水线路与长江、黄河、淮河和海河四大江河相连接，构成了"四横三纵"的总体布局。南水北调缓解了京、津、华北地区水资源危机，将为京、津及河南、河北沿线城市生活、工业增加供水 64 亿立方米，增加农业供水 30 亿立方米。

南水北调中线一期工程于 2003 年 12 月 30 日开工建设。从丹江口水库调水，沿京广铁路线西侧北上，全程自流，向河南、河北、北京、天津供水，工程包括丹江口大坝加高、渠首、输水干线、汉江中下游补偿等内容。干线全长 1432 千米，年均调水量 95 亿立方米，沿线 20 个大中城市及 100 多个县（市）受益，抗旱、灌溉等效益明显。

2014 年 12 月 12 日，南水北调中线一期工程正式通水。习近平总书记指示，南水北调工程是实现我国水资源优化配置、促进经济社会可持续发展、保障和改善民生的重大战略性基础设施。经过几十万建设大军的艰苦奋斗，南水北调工程实现了中线一期工程正式通水，标志着东、中线一期工程建设目标全面实现。这是我国改革开放和社会主义现代化建设的一件大事，成果来之不易。

南水北调工程分东、中、西三线，输水水道总长 4000 多千米，几乎相当于 3 条大运河，犹如北中国大地上新开辟出来的三条大动脉，脉管里流淌的是生命之血。南水北调如同疏浚祖国大地的血管，使之南北气血通畅流贯，生命更加昂扬奋发。

俱往矣。古有大运河，今有南水北调。南水北调工程举世无双，是人类文明发展史上的重大创举。无数治水英雄人物，为造福中华民族建立了不可磨灭的丰功伟绩，他们的治水勋业和献身精神是中华民族伟大智慧创造能力和优秀品质的集中体现。

世异时移。水，就是一面镜子，折射出政府对民众的关心，折射出"水世界"日新月异的变化，更折射出一代代水利人的无私奉献精神，南水北调工程，体现了中华民族超人的智慧，彰显了中国水利无穷的魅力。

在南水北调工程实施过程中孕育形成的"献身、负责、求实、创新"为内容的南水北调精神，是南水北调工程作业人员在与自然环境、恶劣条件作斗争，以苦干实干精神实施南水北调工程中所呈现出的一种崇高精神，是工程作业人员在谋划建设、逐步推进、攻坚克难中创建和形成的精神财富，也是中华民族伟大精神的生动体现，更是一笔巨大的宝贵精神财富。

抚今思昔。人们修建引提水工程，改变灌溉给水方式，创造出许多辉煌灿烂的灌溉文化。"南水北调"，是一座不朽的丰碑，是一面永恒的旗帜，将成为灌溉文化中一个新的传承。

（作者单位：湖南省郴州市汝城县水利局）

幽幽水事情，常作鱼米梦

杨仲春

"我站在黄河沙土布袋里的时候，打渔张引黄灌区也如此时的我，处在襁褓期。我和打渔张引黄灌区都是共和国的婴孩，一块喝着黄河水，听着黄河的故事成长。"

1855年，黄河弃淮夺大清由山东境内注入渤海，黄河由此打开了一部近代山东黄河史。

打渔张引黄灌区最早由华东棉垦委员会提出。1953年春天苏联专家到打渔张引黄灌区规划区考察并提出意见，从此转入土壤、水文、泥沙、灌溉实验数据资料的调查搜集阶段，直到1956年3月被批准动工。当年由4个专区、10个县调集10万民工（含20000劳教人员）和干部上阵，打渔张引黄灌区一期工程即四干渠及官庄以上总干渠、沉沙渠、渠首引黄闸建成并于11月30日正式开闸放水，揭开了山东引黄灌溉史的第一页。

我老家是以沙窝乡命名的黄泛区，然以山东打渔张引黄灌溉区（以下简称打渔张灌区）的建设为转折点，70年来发生了巨大变化。

记得有一个"二工段"工程指挥部的工程人员在我家南屋里办公，里面到处是图纸，近门处有一张方桌，中间有一架留声机，老百姓叫洋戏匣子，掀开匣子，放上一张圆盘子，上面再放上一个晶亮的洋针头，摇几下把手上紧发条就转起来，唱好多的戏。

读小学三年级时，我作为官庄小学少先中队的代表去参加全区中国共产主义少年先锋队代表大会，会议组织代表到王旺庄参观打渔张灌区渠首工程。那是我第一次遇见这座著名的大闸。

我们先被带领从闸桥下面的铁桥上几乎贴着水面走过，冷森森的水汽扑面而来，大闸巍峨矗立，逼得人喘不过气来，闸室里滚滚而出的黄河水翻腾着浪花，直刷鞋底似的，一种恐惧感油然而生。从南端上岸，越过铁路，进入桥西侧闸室，一尊尊启闭机如狮子卧着，十分壮观。我们从闸室北端出来稍往北走，便看到黄河大坝上刚建成通车的火车站。

　　站在坝头上，听河水撞击闸门和埽头的声音，目睹浩浩西北来拐向东北流的滚滚黄河（有歌词，黄河在这里拐了最后一道弯），壮阔而让人震撼。

　　在火车站，大会人员介绍了打渔张渠首工程，他说："打渔张灌区是国家'一五'计划重点工程，大闸是一位叫康德拉什克的苏联专家援助设计的，为保证建闸质量，水利部从治淮委员会水利工程队抽调建筑师和工人来建设。"令我们最好奇的是这座巍峨的钢筋水泥建筑物下面却全部是松木板桩基础，全闸 12 孔，孔宽 4 米，设计流量 120 立方米每秒，灌区工程原计划六年施工期，至 1958 年 8 月竟提前两年半全面完成了，全部工程灌溉面积达到 512 万亩，灌区范围包括博兴、广饶、寿光、垦利 4 县，广北、五一两家大型农场，九二三厂（胜利油田）。这是山东人民在党的领导下通过社会主义大协作建设的一座丰碑。

　　1971 年夏天大涝，我辍学了。走上社会的第一站是山东打渔张引黄灌区官庄闸口管护工，做护闸、水情测报工作。

　　晚上，闸影绰绰，秋月清清，树叶婆娑，干渠的水撞击着闸门发出砰砰的响声，月光下流波粼粼泛着浪花，清凉的风刮得杨树叶子沙沙作响。秋季灌渠水量放得很大，四干闸门全部提起，灌溉局值班室要求 2 小时报 1 次流量，随时可能来电话，要求提闸或落闸。

　　夜里，我时常被电话唤醒，一手拿着手电筒，一手提着铁拐把子，登闸上摇启或落下闸门，再打开手电筒，闸前闸后照读水面的标尺，回屋即套上公式计算流量，按规定时间上报驻牛庄的山东打渔张引黄灌溉管理局值班室。

　　同事老李，他总是一个人带着小账本到总干灌区内各生产大队收缴水费，回来免不了带些酒味，虽然一亩地只收 2～5 毛钱，也是很费力的事情。

　　总干灌区是 1965 年胜利油田大会战辟建胜利灌区后形成的五干以上到官庄节制闸总干区段约 1.5 万亩的灌区。灌区内主要种植小麦、玉米、大豆、棉花，涌现了一批灌溉效益好"粮棉双丰收"的单位。后来灌溉局曾专门派人调查总结史口公社盐碱地改良的灌溉经验。当年年底我去了惠民地区小清河管理局干合同工。

　　1975 年，我从山东省北镇农校农学专业毕业后被分配到山东省北镇第二中学工作，翌年 10 月，我报名参加中共惠民地委驻邹平县农业学大寨工作大队，因为交接工作，晚去了一个多月。

　　本来我被分配到惠民地区教育局驻城关公社北关村工作组，没想到报到那天工作队员都趁休息日回北镇了，我又返回邹平县招待所住了一宿。

　　更没想到，当晚大队部突然改变了我的分组安排，次日送我去了县直分队驻邹平县水利局工作组。嘿！又和水攀上了缘。

驻邹平县水利局工作组，组长是惠民地区粮食局副局长王竹林，他是抗日战争时期从博兴县走出去的部队转业的老革命，曾任山东打渔张引黄灌溉局革委会主任。副组长李春生是鲁北海河工程管理局的临干，中共党员。另外两位是惠民地区建设银行的职工，相处不久，大队部为了加强农村工作队的力量，抽调他俩去了青阳公社驻青窝陀村工作组。水利局工作组就剩3人，而恰巧都有一段水利工作背景，当然我那点水利经历不足挂齿。人生确实有许多巧合和缘分。

这一年，我转遍了邹平的山山水水，参与了山东东平"50里一条线"、"120里围山转"、邹（县）西水利大会战、西水东调"双庆渠"等考察活动，经历都与农田水利基本建设、发展灌溉有关。

古代山东上九县，邹平占其二，即邹平和长山。长山，1956年3月整建制撤销并入邹平县。邹平灌区大体分3块，东中部为河湖（胜利河、小清河、芽庄湖）提水灌区，黄河与小清河之间为引黄灌区，南部山区为水库提水灌区；其中东部井灌、河灌互济。

1970年代初，全国冬小麦单产仅179斤（教科书），而邹平中东部灌区小麦已经达到300~400斤，苑城公社毛张村桐粮间作，井河灌溉具备，全大队冬小麦平均亩产达到600斤，是全区闻名的农业高产稳产典型。

我有幸于1972年在胜利河岸参加防汛通信线路改造工程；1975年在胜利河西岸高道口村参加毕业生产实习；1977年又多次到那边调研灌溉情况，那片富裕之乡绝对是一颗璀璨的灌溉明珠。

最让我震撼的是邹平山区。那年春天干旱，麦田挂山腰上，自不待言。

有一天，我和水利局的同事去检查生产抗旱工作，我发现山区东面有一个大水库，水库西侧有一座扬水站，足有三四十米高吧！渡槽就像高架桥延伸到梯田里，梯田里却没见水渠。队长领我们进了麦田，我惊奇地看到了教科书里讲的"坎儿井"，这种井每隔十米一个，约一米深，地下有涵管连通着。

队长说："你看那么高的扬水站，提点水上来就是宝贝，一滴也舍不得浪费。我在新疆当兵见过人家的坎儿井，去年秋种前就在这片地安排了实验，感觉今春投入使用后蒸发和侧渗量都少了，提水浇地容易了，有一瓢水浇一尺麦子，你看周围就这片麦子还绿着，其他都不行了。"

"能不能多搞点？"我说。

"这么大山区，投资大了。"水利局的同事笑了。

"再说，没那么多水库呀！再不下雨，人吃水也没有了，这麦田恐怕连种子也打不回来了，唉！"队长说着竟哽咽了。看着周围枯萎的麦田和水库底上尚存的那洼儿水，我不觉一阵心疼。

队长说："这也亏得集体，如果单干，这麦子早回姥姥家了。"

离开邹平快50年了，我不知道那山区怎么样了。去年，在公园里遇见一位外地口音的老头，与其一聊他正是那一带山区人，儿子和儿媳妇都在县里一家大企业上班，他和老伴轮流来照顾孩子上学。

他说："近10年，邹平通过北调（引黄）、中连（河湖贯通成网）、南拦（雨洪拦蓄），发展喷灌、滴灌，智慧水利，全市小麦亩产1000斤左右，已经20年保持增长了。俺们县多年稳居全国综合经济实力百强县榜，水利功不可没。"

听了他一席话，连续几天梦里我又回到了官庄闸、胜利河、邹平山里。

（作者单位：山东省博兴县档案局）

曾为猛虎战引汤 共筑龙江大粮仓

——记黑龙江省汤原县引汤灌区"猛虎"邵广仁

李鸿岩

大禹治理黄河水患来到河南境内，遇到了辙辕山的阻碍，洪水肆意横流，形成一片汪洋，淹没了中原大片土地。为了将泛滥的黄河水顺利东引，大禹决定开山造渠，于是，他将自己化身为一只黑熊，用头顶、掌击、脚踹、肩扛……终于打通了山体，令浩浩洪水乖乖地进入河床，顺势而下……

——题引

1976年10月，二战引汤[①]渠首工地上来了一位"替父从军"的年轻人，名字叫邵广仁。他的出现在裕德分指[②]，乃至整个引汤工地引起了不小的轰动。他先当班长，后当排长，不久，又从裕德分指二百多人的队伍中脱颖而出，成为狠人佟作志的好帮手，裕德铁军的二号人物。

在持续三年的超强度劳动中，邵广仁始终坚守在劳动第一线，砸石、爆破、碎冰、搬运水泥、浇筑坝基……几乎样样都干，且样样精通，他像一只下山猛虎，勇往直前，为引汤倾注了全部心血，不但赢得了"工地猛虎"的称号，1979年还被团中央授予了全国首届"新长征突击手"的荣誉称号，为活水绕田的梦想，为引汤精神的形成，为火红青春的盛放，添上了浓墨重彩的一笔，成就了一段令人难以忘怀的佳话。

源于苦难成于刚

辽宁省朝阳市喀喇沁左翼蒙古族自治县水泉公社马营子大队曾经是一片穷乡僻壤，1953年，随着一声婴儿的啼哭，邵广仁平安降临在这块土地。邵氏祖族原本生活在河北，清朝末年，因为忍受不了外族侵略和清政府的横征暴敛，举家迁往关外，最终落脚在了辽宁朝阳的喀左（喀喇沁左翼蒙古族自治县的简称）。

喀左属于山区，生存条件十分艰苦。石板坑是少年邵广仁心头一抹难以割舍的阴影。灰蒙蒙的山头，几乎看不到树木的影子，稀稀拉拉的茅草长得半死不活的，山下的人家每天都要为生火做饭动心思，更别奢望过个暖暖和和的冬天了。贫穷让刚刚懂事的邵广仁过早体会了生活的艰辛。

邵广仁是家里的老大，他的父亲凭着早年学到的织土布手艺，向大队缴纳了管理费，走街串巷挣点儿小钱维持家用。他的母亲很早就得了"痨病"，身体总是病恹恹的，一点儿吃硬的活都干不得。

年幼的邵广仁很早就担负起了家庭的重担。他一边上学，一边操心着一家人的吃饭问题。每天睁开眼睛就得想办法寻找烧火的柴草，把一家人用以度命的大饼子、窝头，或是高粱米饭做熟了。为了帮助父母减轻生活压力，初中尚未毕业，邵广仁就提前告别了课堂，回到生产队去参加劳动，和父亲一起撑起一个风雨飘摇的家庭。

一直病恹恹的母亲，在第五个孩子生下来不久就熬得油枯灯灭，绝尘而去。邵广仁成了家中真正的顶梁柱。

喀左的土地本来就少，生产队种下的粮食根本解决不了本队社员的口粮问题，吃返销粮成了邵家以及很多家庭活命的唯一出路。那时候，一个棒劳力出工一天能挣十个工分，秋后一算账，相当于挣了五分钱，个别家庭更是出现了倒挂的奇特现象。勤劳的邵广仁，开始跟着村里的棒劳力一起出外勤，以期凭借超强度的劳动付出，换回填饱肚子的最低预期，同时为家里省下一份口粮。

正如马克思指出的"实践出真知"那样，十八九岁的邵广仁跟着队里的棒劳力们一起去修塘坝、建大桥，上山放炮炸石头，什么苦活累活都干。几年的高强度劳动，在磨炼意志的同时，也塑造了年轻人对生活的全新认知和正确的人生观、价值观。

1975年2月4日，农历腊月二十四日晚，辽宁海城地区发生了7.3级大地震，受灾人口高达400万人，被损坏的建筑物超过了500万平方米。地震造成了1328人遇难，1.8万人受伤。

一方有难，八方支援。抗震救灾突击队从四面八方向海城云集，邵广仁也参加了抢险突击队，奔赴抗震救灾第一线。经过两个多月的抗震救灾和灾后重建，邵广仁清瘦了不少，也成长了不少，他深刻体会到了社会主义制度的优越性，更加懂得了建设美好家园的重要性，从而把全部身心都投入了社会主义建设中去。

抗震救灾一结束，邵广仁又跟随大队基干民兵一起转移了阵地，投入大洼区百万亩排灌站的建设中去，开始了又一轮为期两个月的大会战。在一场接一场的艰苦劳动中，邵广仁被锤炼成了一个名副其实的社会主义劳动者，特别是在水利部部长钱正英亲临现场视察并与劳动者们亲切交谈后，邵广仁的思想产生了更高的飞跃，他深深认识到水利是国家命脉，是促进农业生产迅猛发展的有力保障。他怀着激动的心情，向党组织递交了入党申请书。

1975年中秋，邵广仁经历了有生以来最难忘的时刻，在大洼区排灌站的劳动现场，有关部门组织召开了万人宣誓大会，作为其中的一员，邵广仁在这次大会上光荣地加入了中国共产党，成为一名心中有信仰、追求有目标、奋斗有动力的共产党员。

经过海城和大洼会战的锤炼后，邵广仁已经成为喀左地区小有名气的劳动能手，不久又担任了马营子大队民兵连长。

邵广仁母亲去世那会儿，他最小的弟弟只有八个月，为了能让这个苦命的孩子活下来，父亲跟几个大一点儿的孩子商量后，决定把最小的孩子送给远嫁到黑龙江省汤原县望江公社的大姨收养。

望江地处松花江下游北岸，铁路、公路四通八达，三江平原黑土肥沃，无论是烧柴还是吃粮都是喀左无法相比的风水宝地。看到在大姨无微不至的关照下，小老五在茁壮成长，邵广仁的父亲动心了，他决定把其他几个孩子也一并带到汤原来，为他们谋一份吃饱穿暖的好出路。

1976年五月节后，邵广仁的父亲带着他的妹妹打前站来到了望江，经过多方协调，裕德公社前进大队同意了他们的落户请求，条件是必须参加兴修引汤运河的劳动。等到10月末，邵广仁护送两个弟弟前往望江和父亲团聚时，他的老父亲已经在引汤工地上参加了四个多月的劳动了。想着已过不惑之年的父亲，为了解决孩子们的落户问题，在引汤工地上风餐露宿，从事着繁重的开山凿石、挖方运土等劳动，邵广仁心疼了，他决定承担起老大的责任，"替父从军"参加引汤工程大会战，为第二故乡的美好明天尽一份心意。

怀揣着一个美好的心愿，邵广仁来到了裕德分指所在的引汤工地——大脑袋山爆破取石现场。

初上工地的邵广仁和河北来的康建明一付钎子。他把大锤抡圆了向握在康建明手里的钢钎狠狠砸去，吓得康建明"妈呀"一声大叫，丢下钢钎连滚带爬地躲到了一边，惊出了一脑门子冷汗。邵广仁也被他的举动吓了一跳，他收回大锤，笑着问："咋地呀，你怕我砸到你啊？"康建明这才反应过来，"哎呀妈呀，你可吓死我了，原来你是成手啊！"这一天，邵广仁和康建明取得了全班采石量第一的好成绩。

邵广仁不但有着青年人的满腔热情，更继承了关东人吃苦耐劳的良好品德。他的到来给裕德分指注入了一股活力，也奠定了裕德分指在二战引汤中无法动摇的铁军地位，夯实了每战必胜的坚实基础。

锋芒初露是担当

裕德分指是引汤工地上的一面旗帜，由公社副主任佟作志担任指挥。佟作志是一名从抗美援朝战场上下来的荣转军人，曾任某部侦察排长。他用部队的管理体系规划部署裕德分指，分指为营，营下设连，连下设排，排下设班，一切行动都按照部队的要求进行，被褥要码成溜直的豆腐块，早晨要统一出操，上工要列队高歌而行，三餐要以班为单位集体用餐，入寝要按哨熄灯。

这样的团队让邵广仁很喜欢，特别是营长佟作志，是个有担当的好领导。他从来不搞特殊化，时刻跟工友们打成一片，哪里艰苦，哪里有危险，哪里就有他的身影，被誉为引汤工地上的铁汉，把队伍带得很有战斗力。

一直把参军当作人生理想的邵广仁，仿佛找到了奋进的目标，他一到工地就融入了集体，像一条小鱼，遨游在引汤工程的海洋里，迫切希望释放自己的能量。

邵广仁所在的一排一班是个落后班，因为落后久了，人人都养成了一种随遇而安的惰性。看到别的班组为争夺优胜红旗干得热火朝天，你追我赶羡慕得心里直痒痒，可就是激发不起来斗志，仿佛垫底儿已经成了他们习以为常的状态。

邵广仁入班时，正好赶上了大脑袋山采石筑坝的战役刚刚打响。有着成熟爆破经验的年轻人一下子成了班中的香饽饽。他耐心地给大家讲解打炮眼、装炸药、点炮捻、安全撤离等一系列环节和步骤，并在实战中以身作则进行示范，很快就赢得了全班工友的一致认可。邵广仁的出色表现更是惊动了佟营长，这个有着一年党龄，像小老虎一样浑身充满干劲的小伙子，成了他心中最可塑的后备干部，上工十几天后，邵广仁就被正式任命为一班班长。

担任了一班班长的邵广仁深知"一花独放不是春"的道理，他暗中较劲儿，要凝聚全班力量，迎头赶上去，争个优胜红旗回来。

一班共有 15 个人，邵广仁像对待亲兄弟一样，关心爱护着每一个人。他不但把脏活累活都抢到自己的手里，还临危不惧，几乎承包了班中所有点炮捻、掏哑炮的高风险作业。

点炮捻是一项风险性极高的操作，要求操作者必须胆大心细，临危不乱。邵广仁手疾眼快，最多的时候，一个人一次能点十五六个炮捻。将炮捻点燃后，爆破员就得玩命似地往山下跑，有时候还没等跑到半山腰，前边的炸药就开始炸响，只好在乱石飞溅中观察石块崩出的弧度，巧妙地规避风险。

有一回，一班埋下的十几眼炸药出现了哑炮，为了不影响后续作业，邵广仁二话不说，安顿好了全班人马，一个人向着发生哑炮的方向走去。对于年轻的邵广仁来说，掏哑炮是他有生以来的第一次。不紧张是胡扯，有担当才是真格的。他摸到哑炮所在的方位后，冷静地观察了当前状态，分析原因，预设结果，然后平静地拔下炮捻，掏出炸药，清除威胁。在严格的管理下，直到大脑袋山取石结束，一班都没有发生过一起人员伤亡事故，为裕德分指实现安全生产无事故，做出了巨大的贡献。

在劳动之余，邵广仁还利用跑操、吃饭、午休等一切可以利用的时间找落后的工友谈心，用赏识鼓励等手段激发他们的潜能，很快就把一班人马的积极性和创造力调动了起来。

榜样的力量是无穷的。有了邵广仁的带动，曾经的懒汉懦夫一改往日的懒散，精神抖擞地出现在了劳动大军中。大家集思广益，群策群力，在实践中研究了利用钢钎打炮眼的最佳角度和尺度，开发出了快速点炮捻的游击战术，把采石的活干得又快又好，没几天就争得了第一面流动红旗。一排一班从此打破了落后班的魔咒，完成了从落后到先进的蜕变。

担任班长一个月后，邵广仁被调到三排当了排长，带领的队伍从 15 人壮大到了 50 人。

三排曾经是个先进排，一度失去了流动红旗。邵广仁担任排长后，发挥了"三个臭皮匠，顶个诸葛亮"的集体智慧，动脑筋想办法，不但用溶解的硝酸铵水拌上锯末子自制了炸药，还开发出了很多采石小妙招。在决战大脑袋山的采石爆破中，他带领三排全员出动，连轴转了四五个昼夜，硬是从山脚处，将山洞打进了大山腹地三百多米处，借助油灯、手电照亮，在洞里砸钎打眼，实施连环爆破。

一连串爆破后，大脑袋山被削掉了足足一半，崩出来的石料让整个裕德分指连续采运了半个多月，大大加快了采石进度。邵广仁担任排长二十多天后，三排又夺回了流动红旗。

担任三排长不久，佟营长就把全营早操的指挥权下放给了邵广仁，小伙子的超强能力不但得到了营部的认可，也赢得了全营人的一致称赞，威信一天天地树立起来了。

1976 年深冬的一天，裕德分指大队人马在邵广仁的带领下，喊着口号登上了大脑袋山，开始了新一天的爆破取石劳动。三个排之间互相下着战书，向山侧裸露的一大堆巨石发起了猛攻，劳动场面火爆热烈。就在这时，佟营长接到了指挥部送来的紧急命令：调动全部人力，跑步向渠首东部的红石山集结，扑灭突发山火！

佟营长大步走到邵广仁面前，郑重地下达命令：你马上带领先头部队跑步前进，直扑火场！

邵广仁带队跑到红石山下时，山坡上的荒火已经有了燎原之势，成片的松树，在西北风的助力下，发出了"噼噼啪啪"的响声，松香的油烟味一股股袭来，呛得人喘不过气来。

没有灭火工具，人们只能就近抄起一根根树条子，扑向大火，跟火神展开了一场殊死较量。

山火烤得人满脸通红，浓烟呛得人涕泪横流。人们手中的树枝很快就被山火吞食了大半，剩下的一部分也在拍打山火的过程中被打得稀烂，如果不能及时巩固胜利成果，被控制住的火势很快又将死灰复燃，怎么办？情急之下，邵广仁灵机一动，脱下身上的棉袄向火头冲去，把棉袄舞成了威力最强的灭火"武器"。在他的带领下，失去灭火工具的人们，纷纷脱下棉衣，穿着仅有的线衣，投入了灭火的战斗中。

三个多小时后，山火终于在几个分指的共同努力下被成功扑灭。

青春无悔铸辉煌

人们常说，如果没有裕德分指，渠首拦河重力坝和护坦的浇筑不可能完成得那么快，那么好。同样，如果没有邵广仁，裕德分指的劳动也不会进行得那么顺利，成就那么大，荣誉那么多！

邵广仁是从排长直接被提拔为副营长的，时间正好是1977年冬。大部队全部撤回汤旺河两岸，开始浇筑重力坝。

经过了从班长到排长的磨炼，邵广仁很快就适应了副营长的角色转换，成长为一名优秀的指挥员和战斗员。后来，每当佟营长需要离开工地时，裕德分指的工作部署就全部落在邵副营长的肩上，甚至直接与指挥部对话，向工地总指挥杨金山汇报工作。在重力坝和护坦的浇筑过程中，邵广仁带领裕德铁军克服了重重困难，一次又一次超常发挥，妥善处理了突发事件，赢得了工地总指挥部的高度称赞。

将柳石拦河坝改为永久性混凝土重力坝是引汤工程中最重要的环节之一，苦于之前的三建三毁，二战引汤把解决重力坝的问题，提到了引汤工程的首位。只有保质保量完成永久性重力坝的建设，才能承担起拦截汤旺河水，确保引汤运河畅通无阻，从而实现汤原大地玉带环绕，几十万亩土地稻谷飘香的美好愿望。

邵广仁的眼中充满期待，他似乎已经看到了黄澄澄的稻田从远方一直铺到家门口，白花花的米饭，端上了千家万户的餐桌，喀左的苦难将被历史的洪流荡涤成遥远的记忆，一去不返。作为幸福源泉的建设者，他的心中充满了自豪，再苦再累都无法磨灭发自内心的快乐。

无论是浇筑混凝土重力坝还是护坦，都必须在冬季进行施工。先用柳石坝将瘦下去的河水拦腰截断，再用围堰进行围堵，牵引着河流从东部进入已经挖好的灌渠实行分流。然后顶着从西部山口呼通通涌入，漫卷平原的西北风，在无遮无拦的河床上，靠最原始的人挑肩扛，把河底的泥沙清理干净，直到露出十几米下的岩石层作为坝基，在坝基上用木方子厚木板钉做大型模具，在模具里竖起钢筋铁骨，对坝体进行加固和支撑。模具外面像盖房子似的搭起脚手架，铺上跳板，运送混凝土的手推车就在这跳板上长龙摆尾似的奔跑起来，把满车混凝土倒入模具中，再推着空车从外沿反方向折回。

为了保证工程质量，引汤工地在汤旺河两岸搭起了大帐篷，搅拌机和锅炉在帐篷中一刻不停地运转。工人们把砂石、水泥先行烘热，再倒入搅拌机中，加上热水进行搅拌，以确保混凝土温度达到30摄氏度以上，当手推车把混凝土运上跳板，倒入模具里时，温度必须保持在15摄氏度以上。因为帐篷里的温度高，工人们穿着线衣线裤劳动依然汗流浃背。

起初，运送混凝土的人们都是穿着棉衣棉裤上阵的，可是推上几车，跑上几圈后，热汗从额头、后背蒸腾而出，人们纷纷脱下棉袄，甩掉帽子，穿着线衣奔跑成一条手推车的长龙。再推几车跑几圈后，棉裤也被汗水湿透了，水泥在裤腿上粘成厚厚的一层。于是，寒冬腊月，一群穿着线衣线裤的人们在汤旺河上绘就了一道隽永的时代风景。

如果那时候有条件进行空中拍摄，汤旺河渠首段的河面上，一定有一条腾云驾雾的游龙，浑身蒸腾着白色的雾气，如神仙点化一般，在汤旺河的横截面上筑起一道点石成金的拦河大坝。有了这条坝，汤旺河就有了一条溢满幸福的支流，在汤原的大地上悠悠东去，年复一年地守护着稻谷飘香的丰收景象。

邵广仁就像这幸福渠上的一粒小石子，展望着幸福，也拥抱着幸福。

用庄稼人的话说，这小伙子真是个干活的好把式，干啥像啥，什么活都能拿得起放得下。开搅拌机，烧锅炉，运沙子水泥，哪里有活他就冲向哪里，汗水顺着头发往下淌，浑身上下的衣服都能拧出水来，他依然像只下山的小老虎，神气十足。一冬天干下来，曾经一脸稚气的年轻人，在不知不觉间变成了引汤工地上的一员猛将。

重力坝的混凝土浇筑是一格一格从东西两头同时推进的，每一格的浇筑都必须一次性完成。浇筑混凝土之前，要先把冰层清理干净，直到露出下面的岩石，否则，混凝土倒入坝基后冰块融化，将会在凝固的混凝土中留下砂眼，导致后期渗漏。

砸冰是一项强度大难度高的工程，在隔断里进行，身手难以施展。有时，因为水泵出现故障，围堰中被抽干的河水一夜之间又渗了出来，冻成厚厚的一层坚冰，造成下一格的浇筑无法顺利进行。每到这时，就要派人力下到盒子中间去，用钢钎、铁锤砍砸，再用喷灯烘烤除去余冰。

砸冰的工作基本是由裕德分指来完成的，指挥员加战斗员非邵广仁莫属。有一次，建在盒子外围的泵房因为漏电突然发生了火灾，导致水泵停止运行。一夜之间，盒子里外又成了冰的世界。指挥部派上去两个公社进行清理，干了很久也没有达到预期的效果。为了不耽误工期，总指挥只好把执行其他任务的裕德分指调了回来，几十员猛将在邵广仁的带领下，甩掉棉衣，一顿猛干，很快就完成了清冰任务。

邵广仁干活讲门道，再难的难题，只要到了他的手中，都能得到比较迅速的解决。他干活不藏奸耍滑，猛攻猛打始终都在队列的前头。为此还上了《黑龙江日报》、被冠名为引汤工地上的一只猛虎。

大坝和护坦的施工实施一体浇筑，水泥是最主要的原材料，用闷罐车从桦南水泥厂运到香兰专运线上后，再用牛车、拖拉机拉回工地。

卸水泥的劳动强度也很大，少的时候上一个班，多的时候上一个排，都是由裕德分指冲锋在前的。

因为用量大，经常有刚下生产线的水泥被直接装进了闷罐甩到了香兰专运线上。水泥温度很高，牛皮纸包装袋子摸上一把直烫手，给搬运带来了意想不到的困难。虽然是寒冬腊月，可是热乎乎的水泥几乎把闷罐烘成了蒸笼，再把水泥从"蒸笼"里扛出来码到站台上，汗流浃背遇到滴水成冰，那种滋味，没有经历过引汤大会战的人，绝对无法体会。当一袋袋水泥被牛车、拖拉机运回工地时，装卸工都变成了兵马俑似的水泥人。

从1976年到1979年，邵广仁在引汤工地度过了整整三年难以忘怀的宝贵时光，这期间，他几乎没有离开过工地，只有相亲、定亲匆匆回过两次家，每次不过两三个小时，连婚礼都是在二战引汤完工后才进行的。邵广仁一心扑在引汤上，引汤也成全了他的好事，当媒人把他在工地上的突出表现讲给女方听时，姑娘二话没说，一口就应承了下来，她很为自己能找到一位"引汤猛虎"而骄傲。

1979年秋，邵广仁来到了团中央在哈尔滨市北方大厦举行的全国首届新长征突击手表彰大会黑龙江分会会场，和来自全省各地的优秀青年一起接受了荣誉和表彰，如今，那张沾满岁月痕迹的奖状，就存放在汤原县引汤工程纪念馆的档案中。

后记

二战引汤结束后，邵广仁回到了裕德公社前进大队，过上了平凡平淡的农民生活。引汤岁月是他深藏在心底的精神财富，直到现在，他依然保持着每天早起的习惯，像在裕德分指时那样进行晨练，把房前屋后的街道打扫干净，然后走到村头引汤灌渠旁边，看渠水奔流，看注水插秧，看拔节抽穗，看开花结籽，直到黄澄澄的稻米被一车车运走,离开黑土地,送往全国各地。

水利是农业的命脉。引汤灌渠历时六十多年,经历了几代人的不懈努力,已经流成汤原人民心中的幸福之河。

每每端起饭碗,邵广仁都会感到无比自豪和心安,这碗中装的是运河水滋养的汤原大米,是自己用青春热血换来的香喷喷的白米饭,这一生,知足了!

2022年春,已经两鬓如霜的"引汤猛虎"邵广仁,走进了引汤工程纪念馆的大门。当他站在自己戴着光荣花的照片前回首往昔时,眼里盈满了泪水。引汤会战成就了年轻的邵广仁,同时也影响了他的一生。平和、知足、热爱生活是那一代人交给时代的一份最合格的人生答卷。

索取的少,给予的多,这正是引汤留给后人的精神食粮。

注释

① 二战引汤:汤原县自1958年始,动员全社会力量,开始筑坝开渠,引汤旺河水灌溉农田,历经1958—1961年始建(被称为一战引汤)、1975—1979年再建(被称为二战引汤)和1998—2023年续建(被称为三战引汤)三个阶段。目前已建设完成总干渠60千米,灌溉20万亩农田。今年开始将用两年时间完成续建和现代化改造工程,全面建成后,总干渠将达80千米,灌溉面积达56.62万亩。邵广仁参加的是二战引汤期间的工程建设,二战引汤全县15个公社参战,共付出了380万个劳动工日。

② 裕德分指:一战引汤和二战引汤,动员全县力量参与引汤工程建设,对全体参战人员按军事化管理,县总指挥部为团,公社为营,生产大队为连,生产小队为排。裕德分指即裕德民兵营分指挥部的简称,也称裕德营。

(作者单位:黑龙江省佳木斯市水务局)

山巅风景

——记黑龙江省汤原县引汤灌区"狠人"佟作志

王智君

在引汤工程纪念馆[①]的重要展示区——"荣誉"展区内的一张大照片特别吸引人，照片中，一个高大汉子斜肩披彩带，胸前戴着大红花，他目光坚定、充满自信。这个汉子就是赫赫有名的裕德营(也称裕德分指挥部)[②]营长佟作志，人送外号"佟老狠"。

2018年开始，我在时任汤原县政协主席马春杰麾下专心从事引汤历史文化的搜集、挖掘和整理工作，在走访众多引汤决策者、建设者和见证人的时候，耳朵里灌满了"佟作志"这个名字。都说他带的队伍实行军事化管理，干活狠实，是引汤工程建设公认的标杆。

翻找到当年的《引汤战报》，这份由引汤工程[③]建设指挥部办的机关报，曾经以《铁汉营长》为题，连续五期对佟作志的感人事迹进行了报道。这些报道经过整理，收录到了《龙江大地的红旗渠——引汤工程》一书中。对于佟作志这样一个引汤工程建设的重要人物，哪能仅凭《引汤战报》几篇报道就详尽他的"英雄事迹"呢？于是，我进行了深入采访，采访了他的子女，他当年的领导和同事，了解到更多"佟老狠"战引汤的故事。虽然佟作志已经离开我们十多年了，但是，通过受访者的讲述，他仿佛抖落身上的"星辰"，正大步流星地向我们走来。

狠人出征

1975年夏天，雨下了三天三夜，汤原县裕德公社很多低洼地块积水严重。公社党委书记冉志成心急如焚，他立即召开了干部会议，要求包队干部沉下去，指导社员排涝保苗。包队干部纷纷表示，一定按照冉书记的要求把工作干好。可是，当冉书记追踪问效的时候，发现了大问题：七个包队干部，坐在家里遥控指挥的竟然有六个，只有一个下到大队，并且组织社员真刀真枪地干了。这个人就是公社革委会副主任佟作志。冉书记对佟作志比较了解，连"佟老狠"外号的来历都一清二楚。

那是十多年前的冬天，佟作志去裕德大队第一生产队督促刨粪进度。下队之前，他就了解到，一队社员干活儿磨洋工，半个篮球场大的粪堆，二十几号人，刨了一个多月只刨了一半。他让一队队长给刨粪的社员定指标，并且要求：完不成指标扣工分。两个"滑头"社员一听不是心思了，说开了风凉话："火车跑得快，全靠车头带！"社员说的风凉话明显是冲佟作志来的，他眼珠子瞪溜圆，冲着一队队长说："去，给我整一把铁镐来，我干多少，大家跟着干多少。我就不信那个邪了！"一队队长知道佟作志的脾气，那是个说一不二的人。他赶忙找来两把铁镐，心里明镜似的，包队干部动真格的了，自己哪能袖手旁观？必须得跟着干呐！佟作志分别往两个手掌心吐了一口唾沫，严肃认真地重申规矩："我干多少，大家跟着干多少。我就不信那个邪了。"说着，他抢起铁镐，有板有眼地干上了。社员们看佟作志刨粪动作熟练，刨下的粪块还大，丈二的和尚摸不着头脑了，小声议论：这活儿干的，太像样了，一个公社干部不能啊？众社员有这样的想法并不为怪，因为他们不知道，佟作志曾是一名参加过抗美援朝的志愿军，因他作战勇敢被提拔为侦察排长。烽火硝烟下，他抢镐刨战壕，那就是一个神速，后来，手上的老茧成了天然的皮手套。同样是这些人，就多一个佟作志，三天就把粪刨完，干了过去一个多月才能干完的活儿。大家心服口服，"佟老狠"的外号就此传开。同时，他的那句"我就不信那个邪了"的口头禅也家喻户晓。

1975年冬，引汤工程再度上马，各公社组织力量奔赴工地。一天，冉书记把佟作志喊到办公室，说："老哥呀，引汤工地那儿出现点状况，需要个硬实人，我看非你莫属哇。"冉书记比佟作志小十多岁，见面称呼佟作志为老哥。佟作志憨憨地笑了，说："领导，我别的能耐没有，出力干活儿的事儿，你就放心吧！我就不信那个邪了。"二战引汤从红土崖子开始，并且进行得轰轰烈烈。县委书记赵如愚在大会小会上强调："各公社一定要派硬实人上工地，大干快上……"各公社较上劲了，都选派好劳力上工地，并以军事化管理的形式开展大会战：公社为营，大队为连，生产小队为排。最高领导部门是县引汤工程建设指挥部，简称团部。裕德公社派出一百二十多人的建设大军，本来干得挺好，可是，带队的营长突发疾病住进了医院，工地急需一个带头人。这么冉书记选定了佟作志。

"我是当兵的出身，打敌人狠，干活儿也狠。没别的要求，我这个营长咋干，大家跟着咋干。我就不信那个邪了。"佟作志赶到工地后，开了一个简短的见面会，在会上他说了这番话。当时，参战队员的状态很糟糕，一个副营长请了长假，还有一个队员拈轻怕重，跑回家后就再也不来了。佟作志派两个人去把"逃兵"抓了回来；请长假的副营长一看新领导出手够狠，赶紧销假回到了工地。为了治散治懒，抓出一支过硬的队伍，佟作志实行了真正意义上的军事化管理：队员早晨列队出操，齐刷刷扛着工具，喊着口号上工；行李必须叠得四棱四角、板板正正；就连去看露天电影，坐得也是"横平竖直"。在引汤工地，营长这个官不算小，脱产正常，即便上工地，指点指点这儿，安排安排那儿，做一些检查督促的事儿也无可厚非。然而，佟作志除了参加开会、协调物资外，一头扎在工地上，而且哪儿活儿重，哪儿危险他就在哪儿。

身先士卒是最有力也是最有效的命令，他麾下的队员哪个肯做孬种？都争做好汉。吉祥营地挨着裕德营地，冬天天短，一般都在早晨七点上工，可是，在上工之前，裕德工段崩土方的炮声就"轰隆隆"响起。吉祥营的队员羡慕着，感叹着："我说竞赛的流动红旗咋赖在裕德营不动呢，这是有原因的。"

转过年开春，佟作志回公社拉运工地所需的生活物资，恰在这个时候，他老伴得了一种怪病，需要到县中心医院治疗。一辆破旧的解放牌汽车向引汤工地颠簸行驶，车上不仅装着工地所需的生活物资，还坐着佟作志的老伴。途径县中心医院，车停下了，佟作志把老伴送到医院门口，嘱咐道："照顾好自己，我上工地了。"佟作志多少年都是这个样子，老伴理解地点点头说："你去吧，我能照顾好自己，工地缺你不行。"佟作志一抖双肩上了车，车开动了。一个女人在治病的关键时刻，多需要她的男人在身边啊！可是，身大力不亏的佟作志做不到，他内心无比愧疚。他扭头深情地望望老伴，顿感双眼湿漉漉的，眼前一片模糊，啥也看不清了。

勇斗石兽

佟作志狠狠地吸了两口烟，一甩手，把烟屁股扔在地上，转头对一旁的三排排长邵广仁说："开始！"邵广仁吹响放炮的哨子，放炮员娴熟操作，依次点燃导火索。刹那间，"轰隆""轰隆""轰隆"三声巨响，大脑袋山抖了三抖，晃了三晃。这是二战引汤以来的一次大爆破，被炸药崩起的石块儿裹挟着雪块儿飞出去百余米远，像绽放一场绚丽的烟花。烟尘渐渐散去。队员们从隐蔽处蜂拥而出，一个个兴奋地扔掉了帽子、手套，尽情地挥舞着手中的工具，"嘿！这几炮，足足掀去了半拉山头，就这么个干法，工期至少能提前五天！"营长佟作志站在一块岩石上，他像当年在朝鲜战场完成一次错综复杂的侦察任务一样，流露出喜悦的神情。

时间已是1977年深冬。从昨晚开始，天一直阴乎乎的，一场大雪即将撕开天幕。呼号的北风不时地卷起漫山遍野的积雪，恶狠狠地撒向引汤工地，打在参战队员的脸上、身上，无孔不入地施展着淫威。浇筑引汤渠首拦河重力坝④急需大量石料，崩山采石这项艰苦又危险的任务压在了佟作志的肩上。他带领队员挺进营地南面的大脑袋山，随即，大脑袋山上响起钢钎打炮眼的"叮叮当当"声和震耳欲聋的崩山炮声。开始由于缺乏经验，炮眼儿打得浅，炸药没有充分发挥作用，因此，崩下的石料少。三排长邵广仁在辽宁老家干过放炮采石的活儿，他摸索出"掂钎"打眼儿法，这种方法能让炮眼儿打得深，装药多，威力大。他把这个方法传授给队员，效果真的大不一样了，今天的三炮就大放了异彩。佟作志这个高兴，他满脸笑容，大厚嘴唇都有些合不上了，他的大手掌拍在邵广仁肩头说："人才，好好干，我要推荐你当副营长。"过了一段时间，邵广仁真的当上了副营长。这当然与佟作志的举贤任能分不开。这是后话。

望着山顶渐渐清晰的"怪石"，佟作志收住了脸上的笑容，只见五六十米开外的高空处，几块大石头犬牙交错地咬合在一起，像一只不服输的猛兽，冷冷地注视着山脚下。这几块悬空的大石头太危险了，它随时都有滚下来的可能，队员如果在它的坡下干活儿，极容易引发安全事故。必须把这一重大隐患排除！显然，去排除隐患的人将面临极大危险！佟作志低头沉思起来，似乎又回到了朝鲜战场，他身后是成千上万的志愿军战友，眼前是喷着火舌的敌军碉堡。怎么办？拿下它！他猛地抬起头，甩掉狗皮帽子，浓重的辽宁口音传遍全场："你们退后，我来！我就不信那个邪了。"他脱下鞋，在旁边的一块石头上磕打几下，将鞋窠里的碎石屑倒出来，重新穿好，随即紧了紧绑腿，脱掉羊皮袄，一扬手丢在地上，从二排长郑基手中接过类似爆破筒一样的钢钎，大步向山上爬去。

天空飘起代表东北极寒天气的雪粒子，雪粒子在空中飞舞着，弹跳着。佟作志向山上攀爬着，像雄鹰盘桓在山间，10米、20米——越来越大的风夹着雪粒子刮得他抬不起头，睁不开眼，他仿佛听到石兽狰狞的笑声。突然，他身体一晃，右腿陷进积雪里，咆哮的风和脚下的雪坑一起戏弄起这个硬汉，他把钢钎插到一边，身体向左倾斜，一点儿一点儿地抽出右腿，顿感脚脖子一阵钻心的疼。他的右脚崴了，已经不听使唤，只好把钢钎当成拐杖，吃力地向前挪动。他脚下一滑，几块石头顺着山坡滚下山去，吓得山下助威的队员发出一阵惊叫。15米、10米、5米——佟作志终于爬到了"石兽"旁边。他扶着一块大石头，静静地站着，仿佛在跟敌人打着心理战。时空仿佛按下了暂停键，没有呼吸，没有风雪，一切都静止了。就听，"咣当当"震耳的响声，钢钎撞击石头，摩擦出一串串耀眼的火花——佟作志开始向"石兽"宣战！只见他的右腿跪在一块岩石上，用左腿蹬住另一块岩石，风雪在他周围弥漫着，盘旋着，他又举起钢钎，插向"石兽"的缝隙，使劲撬，撬，再撬……山脚下的队员群情振奋，随着二排长郑基的口令大声呼喊："老佟，加油！营长，加油！加油！一二三，……"几块巨石组成的"石兽"开始晃悠，做着垂死挣扎。佟作志挺直身体，向山下看了一眼，再次举起钢钎，刺向"石兽"。他找准最佳杠杆作用点，使出全身力气一撬，随着"嘿"的一声呐喊，石兽"咕咚咚"跌落下去。山脚下爆发出一阵激动人心的喝彩声。风停了，雪住了。手握钢钎的佟作志傲然屹立在山巅，站成了一面旗帜，一道风景！

火烤冰人

佟作志穿上棉衣棉裤，蹬上棉鞋，戴上狗皮帽子，看了一下表，早晨4点50分。昨晚通知各排今早5点集合，作为裕德营最高指挥官的他必须提前到位。帐篷门透风，昨晚睡觉前他往上系了三条麻袋片，以阻挡风寒，这时候的麻袋片已经挂着厚厚的霜花。他推开帐篷门，外面冲进的冰冷空气将他击打得一激灵，他情不自禁地说了一句："好冷啊！我就不信那个邪了。"刚才还寂静的裕德营地，逐渐响起杂乱的脚步声，队员从四面八方涌来，随即又响起口令声："立正、稍息，报数。""一、二、三、四……"一排长顾学忠小跑而来，立定在佟作志面前，行了一个标准的军礼："报告营长，一排全体到齐。"二排长郑基、三排长胡明以同样的方式向佟作志报告。"出发。"佟作志发出命令，扛起一把尖镐，走在了队伍前面，紧跟在他身后的是副营长邵广仁。裕德营驻扎在大脑袋山北面的一片洼地，今天他们要去重力坝施工现场刨冰。这项任务非常紧急，是团部领导亲自安排的。昨天傍晚，施工现场的水泵烧坏了，导致围堰里积水结冰，严重影响了重力坝的浇筑。腊月的大冷天，又赶上清晨，队员们的棉衣被寒风刺透，寒冷袭击着身体各个部位。这时，邵广仁唱道："'毛主席的战士最听党的话'，预备，唱！""毛主席的战士最听党的话，哪里需要哪里去，哪里就是我的家……"一百多人的队伍，顺着河床上坑洼的道眼儿深一脚浅一脚地行走，他们用铿锵有力的歌声驱赶着严寒。

走了大约二十分钟就到了重力坝的施工现场。所说的重力坝就是汤旺河的渠首混凝土重力拦河大坝，用以提高水位，进行发电和农田灌溉。虽然冬天是枯水期，但是，汤旺河依然很宽，汇集的山泉在冰层下汩汩流淌。重力坝浇筑是一段一段进行的，刨去河面的冰层，用麻袋装上沙土垒起围堰，在围堰里面施工。围堰渗水，需要及时排除，以往排水都是用水泵。可是，昨天傍晚水泵烧了，已经停摆十多个小时，致使围堰里的积水冻了二十多公分厚的冰。邵广仁刚刨几镐就发现了问题，他马上对佟作志说："我们把活儿想简单了，冰下面有水，冰刨碎了，需要人下水捞冰，这还不算完，还需要人工排水，把水排净，才不至于影响重力坝的浇筑。"佟作志喊来三个排长，进行一番研究后，又向团部领导做了汇报，一场特殊的除冰排水战斗打响了。首先从三个排里抽出十多名身体素质好的队员，组成突击队，突击队要干最艰苦的涉水捞冰的活儿；一排刨，二排和三排轮替用水桶和"喂得罗"淘水。团部支援数十双水靴，四十多只水桶和"喂得罗"，以及一些毛毯和棉被，还有一桶白酒。岸边架起三堆木桦子，木桦子已经浇上了煤油。佟作志大喊一声："点火，我就不信那个邪了。"刹那间，三堆木桦子燃起熊熊大火，烈焰撕破黑幕，冲向夜空，火星子四处飞溅，发出"啪啪"的响声。一排队员在围堰里的冰面上一字排开，镐头抢下，冰面炸裂。佟作志换上水靴，带领突击队员走到白酒桶跟前，每个人摸起一个二大碗，两个张罗后勤的队员把酒"哗哗"倒上，佟作志端起碗，半碗酒一饮而尽，随即他大喊一声："突击队，跟上我。我就不信那个邪了。"见佟作志第一个跳下水，其他突击队员喊，"营长，你在岸上指挥就行。"佟作志好像没听见，他已经站在刺骨的水下，搬起滴水的冰块，用力往围堰外扔。突击队员勇敢地冲进水中，照着佟营长的样子去做。冰层下的水没过大腿肚子，虽然水靴高出一块，可是，人在干活儿的时候，水起波浪，突击队员的水靴不仅灌饱了，由于冰块带水，在搬运的时候，冰水浸湿棉袄棉裤，这时候的棉衣和水靴，只起到防止身体不被冰块划伤的作用。二排队员拎着水桶和"喂得罗"挺进水中，他们找好最佳"站位"，"哗哗"往围堰外淘水；三排队员做着替换二排队员的准备。淘水队员的状况比突击队员要好一些，他们除了水靴灌饱外，只湿了半截棉裤腿和半截袄袖子，棉衣依然发挥着保暖作用。佟作志棉衣湿透了，冰水浸泡他的身体，拔着他的心，他的上下牙齿哆嗦着自动咬合，发出"咯噔咯噔"的声响。他哈腰从水中捞出一块锅盖大小的冰，一使劲，没搬起来。他喘了一大口气，心里念叨："我就不信那个邪了！"他憋足一口气，再次哈腰将冰块搬起，一步、两步、三步……大冰块砸在围堰外的冰堆上，发出一声脆响……水中的冰块排净了，佟作志催促着："赶快上岸烤火！"火堆把尚未放亮的天空烤得通红，强大的热量温暖着突击队员。突击队员围过来了，他们脱掉面儿挂冰霜，里儿还在滴水的棉衣，一丝不挂的身子融入火光中，享受着热身暖心的露天火浴。三排队员替换二排队员淘水，二排队员摇晃着身子登岸向火堆扑来。刨冰的一排队员衣服没有湿，他们承担起服务工作，帮助其他队员烤衣服，还撑开毛毯和棉被为烤火队员御风寒。围堰里的冰块清除了，积水淘没了，即便这样仍没达到重力坝浇筑要求。这边，现场十几名工程技术人员，人手一台喷灯，喷灯吐出蓝火苗，蓝火苗舔着石块，石块有了温度才具有黏合力；那边，两台大型搅拌机"轰隆隆"响起，施工人员手推着装有混凝土的翻斗车，顺着早已搭好的跳板往来如梭。佟作志看到繁忙的施工场面，心头一热。他喊上大家，向附近带食堂和宿舍的办公室走去。重力坝是引汤工程的重中之重，工程技术人员和后勤人员的办公室就建在附近。团部领导特意安排人把办公室的大铁炉子烧得杠杠热，连火墙子都烤人了。

佟营长和湿了棉衣的队员走进暖烘烘的办公室，其他队员则返回了裕德营地。有队员问佟作志："营长，你这么大年纪了，身体比我们小伙子都好，是不是与当兵有关系？"确实，佟作志到了知天命的年纪，比一般小伙子年长两轮。然而，他干活的狠劲，让小伙子们打心眼里佩服。提起当兵的话题，二排长郑基讲了"佟排长光腚打美国大兵"的故事：抗美援朝第二战役后期，佟作志奉命带领侦察排去堵截逃跑的美国大兵。数九严寒，一条大江横在面前，本来江水结冰了，战士们可以踏冰过江，可是，美国飞机狂轰滥炸，炸得满江跑冰排。佟排长观察一番，脱掉棉鞋、棉衣，将其和武器一起顶在头顶，带领战士光腚涉水过江，好在冬天江水瘦，最深的地方只没过他的肩膀……最终他们将一个连的美国大兵堵住了，兄弟部队及时赶到，美国大兵遭遇了灭顶之灾。

佟作志裹着毛毯，倚在火墙根儿睡着了，他太累了。睡梦中，一条大渠清波荡漾，蜿蜒百里浇灌着一望无际的绿色稻田。汤原父老乡亲幸福地笑着，因为他们圆了天天吃大米饭、过上好日子的梦！

注释

① 引汤工程纪念馆：汤原县委、县政府为了纪念始建于20世纪50年代，弘扬汤原人民用热血和汗水铸就的"自力更生、艰苦奋斗、万众一心、矢志不渝"的引汤精神的水文化教育专题纪念馆。

② 裕德营：一战引汤和二战引汤，动员全县力量参与引汤工程建设，对全体参战人员按军事化管理，裕德营也叫裕德民兵营分指挥部，也称裕德分指。

③ 引汤工程：汤原县自1958年始，开始筑坝开渠，引汤旺河水灌溉农田，历经1958—2023年三个建设阶段。

④ 渠首拦河重力坝：一战引汤期间，渠道拦河坝为柳石坝，是由一层柞树棵子一层沙砾垒压成坝，1961年被特大洪水冲毁。1977年10月改建为混凝土重力拦河坝，1979年4月1日建成一直沿用至今。

（作者单位：黑龙江省汤原县融媒体中心）

信仰的高地

——记黑龙江省汤原县引汤灌区"铁女"苏玉新

乔 桦

2022年5月27日上午9点，黑龙江省汤原县引汤工程纪念馆里迎来了两位身份特殊的客人。这是一对老夫妻——两位老人都已八十多岁，苍颜华发，皱纹里隐藏着岁月的霜雪。在县政协一级调研员、引汤历史文化研究会主席马春杰的陪同下，纪念馆的工作人员小心翼翼地用轮椅推着腿脚不灵便的老妇人，搀扶着她的老伴，缓缓走向一楼的展厅。

环顾展厅，老人神情庄重。她颤巍巍地从轮椅上站起来，和老伴拉着手，仔细端详着墙壁上悬挂的一张张黑白老照片，如同在向那个火红的年代，行庄严的注目礼。

"这悠杆运土的方法，当年还是我和姐妹们发明的呢。"指着一张悠杆运土的特写照，老妇人显得有些激动。"这悠杆地桩后面，扎围脖的闺女咋这么眼熟呢？"她轻声地问身边的老伴。

"能不眼熟吗？那就是你呀。"老人的老伴眯起双眼，仔细审视着照片，很肯定地说。说完，哈哈大笑。笑声感染了现场的所有人。

轻轻地抚摸着这张泛黄的老照片，一种百感交集的情绪裹挟着岁月的风雨，横扫着老人的记忆。青春岁月里，那些激情燃烧的往事如潮水一般，向老人奔涌而来。

战天斗地，那是青春吐芳华

老人名叫苏玉新，是一战引汤工程中为数不多依然健在的功勋人物。在她光辉的人生历程中，承载着一段用泥土和石头垒砌成的记忆，用锤子和钢钎凿刻出来的传奇，用血泪和信仰书写的青春故事。

穿越悠长的历史风云，时间回溯到一个遥远的年代。1938年12月3日，苏玉新出生在黑龙江省汤原县汤旺河畔一个贫苦的农民家庭。父亲早逝，家中兄弟姊妹多，生活穷苦。高小毕业后，她选择回村参加劳动。

苏玉新身高一米五八，体重不到百斤，虽然刚出学校门，但干活勤快，做事雷厉风行。回村不久，她就被推选为大屯大队妇女主任兼第二生产队妇女队长（当时大屯大队有四个生产小队）。除了能挣全大队最高的五千工分，她还是全县闻名的女拖拉机手。

1958年，苏玉新20岁。这是她回到家乡汤原县香兰公社大屯大队务农的第四个年头。这年冬天，在人民公社"大跃进"的声声号角中，龙江大地的红旗渠——汤原县引汤运河工程破土动工了。在成千上万的施工大军中，就奔走着娇小赢弱的苏玉新。

那年腊月，狂风怒吼，雪粒横飞，马上就要到年关了，苏玉新和大屯大队的六十多个青年男女社员，自带行李和工具，开赴柳石拦河大坝工地。在双河村附近工段，香兰公社的23个生产队一字排开。工地上红旗招展，战歌嘹亮，到处都是热火朝天的劳动场面。苏玉新的心中燃烧着一团烈火，那是一种愚公移山、劈山治水为人民的雄心壮志。

上工的第一天，刚推了几车土，杨英就嚷嚷着："玉新姐，我饿得全身直突突，一点劲儿都没有，实在干不动了。"

"咱们一天早晚两顿稀粥，吃稀粥干活不扛饿，撒两泡尿胃里就空了。以后天天都得这么饿，你可得有思想准备呀。"说话的同时，苏玉新从大棉袄兜里掏出一把爆米花，递给了杨英。

"给，就这一把了，你先吃了顶顶吧。"

杨英接过爆米花，一两口就全吃没了。她向苏玉新投去感激的目光。

趁着杨英不注意，苏玉新走到路边，顺手抓起一把雪面子，填到嘴里。一种寒彻骨髓的凉，瞬间就弥漫全身。她感觉自己就像吃了一块包着冰的秤砣，胃里拔凉拔凉的，有种下坠般的疼痛感。一个星期不到，苏玉新和工地上的民工都得了很严重的胃病，心口窝一凉，胃就像针刺一样疼痛。胃痛时，就往嘴里塞一把面起子（苏打粉），就着雪嚼几下咽下去，吃完了继续干活。

午饭虽然是在滴水成冰的工地上吃，可那是苏玉新和战友们最快乐的时光。到饭口时，大家伙眼瞅着大师傅刘玉喜拽着冰爬犁，由远而近，工地上立刻响起一片欢呼声。几个男社员着急地走上前，帮大师傅从爬犁上往下抬干粮，可是，当大家把干粮从稻草囤子里拿出来的时候，都傻眼了。只见苞米面窝窝头和咸菜条冻得杠杠地，全都粘连在一起了。苏玉新和几个社员把拣到的干树枝子攒成堆儿点燃，把铁锹放到火上烘烤，等铁锹热了，再把上冻的窝窝头和咸菜条放到铁锹上烤化。苏玉新和战友们围拢在火堆旁，咬一口苞米面窝窝头，嚼一口咸菜，再往嘴里填一口雪。

一顿饭三下五除二几分钟就吃完了，吃完继续干活。

苏玉新常常迎着漫天飞雪，一脸稚气地站在柳石拦河大坝上，向远处眺望，想象着一条蜿蜒的引汤运河，闪动着银亮的波光，在汤原大地上奔流。运河两岸，大片大片的稻田涌动着一望无垠的绿色火焰。

苏玉新和二十多个姐妹借住在村民李宝库家，李家是食堂，东西屋两铺大炕。民工们早晨天蒙蒙亮就上工地了，天黑下来后才收工。回到宿舍后，姑娘们把脚上的胶皮鞋一脱，鞋子里被汗水浸透的苞米叶子鞋垫湿漉漉的，几乎能拧出水来。把鞋子和鞋垫放到热炕上烘烤，屋子里马上就弥漫着一股酸臭味。

俗话说："腊七腊八冻掉下巴。"开工不久，苏玉新和几个姐妹的手背和脚后跟就冻得裂开了口子，肿得跟个小馒头似的，又痛又痒。那痛苦煎熬的滋味，一辈子都忘不了。

目标如灯塔，指引着苏玉新的革命征程。在那个特殊的年代，战天斗地成为苏玉新和她的战友们强劲的精神符号。在苏玉新眼里，从来就没有翻不过去的雪山。

一次，苏玉新被邀请参加共青团合江地委组织的青年报告团，她直接从工地出发，随报告团在全地区巡回演讲了七八天，大年三十才结束。结束那天，她乘车回到大屯，两个月没见女儿的母亲，坚决要留她在家过年，苏玉新说什么也不同意，她在家只待了几分钟，就朝着十几里外的工地出发了。呼啸的北风中，传来母亲深情的呼唤，苏玉新不敢回头，回头看见风雪弥漫中的母亲，她怕自己流泪，更怕自己动摇。

那段十几里的路，她在凛冽的"大烟炮"中，硬是徒步走了四五个小时。中途，她走到双河桥附近时，突然看见一个男人拿着手电筒从桥底下走出来，她以为遇到了歹徒，撒开腿一路狂奔，等她跑到宿舍时，已经上气不接下气，身上厚厚的棉衣全湿透了，全身从头到脚都是白霜，她整个人变成了一个雪人。

闺蜜李秀兰看到她这个狼狈样，又心疼又生气。一边用笤帚划拉她身上的雪，一边数落她："你真死心眼儿，开会回来别人都不知道，你咋就不能在家住一宿，等过完年再回来呢？"苏玉新说："大家都在工地上拼命干活，这个节骨眼上，我咋能眯起来当逃兵呢？这事儿我可干不出来。"

那年，苏玉新和引汤工地上的民工们度过了一个难忘的春节。年三十晚上，民工们终于吃了一顿肉少菜多的酸菜猪肉馅饺子，那顿饺子那个香啊！以后的大半辈子，她再也没吃过那么香甜的饭。

战天斗地挖河渠，劈山凿石拔穷根，这是苏玉新和她那一代人的情怀和信仰。她有一双像老榆树疙瘩一样的手，手掌像淬过火的钢铁一样坚硬。凭着脑子里的"一根筋"，凭着身上那股刚毅的韧劲，她才成为时代的风云人物。

睿智铁女，悠杆运土巧发明

每一代人都有自己的舞台和际遇。那时候，苏玉新的舞台就是引汤运河工地。

初到工地时，一个喜欢调侃的男社员就说起了风凉话："你们妇女上工地，一不能打锤、二不能挑担，我看就是来混工分儿的。"苏玉新听到这些俏皮嗑儿，自尊心受到了极大的伤害。她立刻找到指挥部，坚决要求成立铁女突击队。指挥部领导看到苏玉新身上那股坚韧和倔强的劲头，深受感染，当即同意了她的请求。

在党支部的大力支持和协助下，以苏玉新为首的大屯大队十姐妹，成立了一战引汤工地上的第一支铁女突击队。十姐妹中年龄最大的 24 岁，最小的只有 18 岁。

苏玉新铿锵有力地发出战前动员，她说："姐妹们，咱们不缺胳膊，不少腿儿，一定要干出个样子，给瞧不起咱们的那些男社员们看看！"

"玉新说得对，咱们就干出个样子给男社员看看。"李秀兰接过话茬说。

"玉新，俺们大家伙儿就听你的，你就发话吧！"姐妹们用热切的眼神望着苏玉新，异口同声地说。

几个男社员不服气，质问苏玉新："铁女突击队名字可挺响亮，你们倒是能突击个啥呀？"这句话一下子就把苏玉新问住了。是啊，铁女突击队绝不能是徒有虚名的绣花枕头，突击啥呢？

铁女队的十个姑娘，都是从大屯大队四个生产小队拔上来的。她们个个争强好胜，憋着一股劲要和男社员比比高低。开始挖壕沟时沟浅坡小，她们的进度和男社员不分上下。可后来水壕越挖越深，挑土爬的坡也越来越长，越来越高。尽管坡上铲出了一级一级的台阶，可一百多斤的担子，有时候人挑到半坡就走不动了。姑娘们的垫肩磨破了，肩膀被扁担压得又红又肿，大家没有了刚来时的劲头，笑声和话语也越来越少了。

然而，世界上没有绝望的处境，只有对处境绝望的人。

一天晚饭后，苏玉新招呼李秀兰和丁秀芝，三个人打着手电筒一起来到工地想办法。

苏玉新说："咱女的没有男人体力好，如果不想点高招儿，累死也赶不上那帮男社员。"

正说着，丁秀芝踢到了一只土篮子，那只土篮子划着弧线向前面飞去。

苏玉新灵机一动，兴奋地说："我可想到好办法了，这办法就是改工具。咱们能不能像秀芝刚才这样，用巧劲把土篮子射出去？"

"可拉倒吧，你以为射箭呢，倒是咋射呀？"李秀兰问。

苏玉新凝望着远处村子里的灯火,嘴里嘟囔着:"让我想想,想想,想想……"

天刚放亮,姐妹们都在洗漱。一夜未眠的苏玉新突然大喊一声:"嗨,我想起来了。"

"你想起啥了?"丁秀芝追问——她估摸着,苏玉新八成想起运土的捷径了。

"咱各家苫房大家都看过吧?苫房时是不是用悠杆从地面往房顶上运泥?咱们用悠杆从地面往大坝上运土,是不是和运泥一个道理?"苏玉新的一句话,点醒了大家。姐妹们七嘴八舌,跃跃欲试。吃完饭急三火四地赶到工地,马上按照苏玉新的意思,自己动手安装悠杆。那些日子里,文化水平不高的苏玉新像着了魔一样,没黑没白地琢磨悠杆运土那点儿事。

悠杆运土,其实原理很简单,就是先在渠底竖起一个杆子,在上头再绑一个横杆,横杆的一头用来挂土篮,另一头拴绳。利用杠杆原理,这头放绳,那头挂上装满土的土篮,然后这头收绳,土篮便被吊到空中,旋转横杆,使得土篮转到渠岸上……苏玉新领导的铁女队发明了悠杆运土的消息,像长了翅膀,传遍了各工地。附近工段上的民工都跑来取经,几个男社员还央求和铁女队换工。

悠杆运土的确省力,但是也有弊端,几天后,苏玉新她们又给悠杆底部安装上一个沉重的底座,这样悠杆移动时就不用埋桩了。根据物理学杠杆原理,又把悠杆单侧提土,改成两头提土。工具上的改革,使铁女队每日平均运土量,由原来的九立方米一下子提升到十五点三立方米,后来又飞跃到十七点三立方米。仅此一项,就创造了柳石拦河大坝工地搬运土方的最高纪录。

县委、县政府抓住这个典型,在铁女队工段召开了现场会,及时总结铁女队的经验。悠杆运土法被广泛推广到全县各工地,由此带动各工区开展了轰轰烈烈的"红勤巧,学赶超"劳动竞赛活动。在当年的一战引汤工地,"心红手勤加巧干,人人都把计策献"成为那个冬天的关键词。据《汤原县志》记载,全县十个公社的能工巧匠,在两个月的有限时间内,累计发明创造了十七种两千三百余件提高工效的工具。

1958年,苏玉新光荣地加入了中国共产党。

《合江日报》记者安富把苏玉新姐妹的事迹写成了通讯《苏玉新在水利工地上》,发表在1960年2月9日的《合江日报》上。苏玉新和她率领的铁女队成了报纸有名、广播有声的新闻人物。

在汤原的城市档案中,记载着一首题目为《铁女队是英雄》的诗歌:

> 龙虎将,钢铁兵,
>
> 花木兰,穆桂英。

> 铁女队，是英雄，
>
> 红勤巧，占上风。

这是当年香兰公社副社长张金生饱含深切的敬意，为苏玉新率领的铁女队写下的赞词。铁女队的十个队员，如今大部分都已经去世了，可她们当年创下的英雄业绩，是时间的风沙永远也侵蚀不了的丰碑。

劳模旗手，红土崖上的铿锵玫瑰

一张引汤运河的蓝图，精美绘制，从容运笔。一撇一捺，那是时代的注脚；一帧一画，那是历史的记录。

1959 年 7 月，苏玉新和大屯大队的四十多个年轻社员，被派往红土崖子工地，继续修建引汤运河工程。大屯大队分到了四百多米渠段，按照从一队到四队依次排列的顺序，拉开了大会战的序幕。工地上形成了白天红旗飘、夜晚红灯照的场面。在苏玉新带领的铁女队榜样力量的指引下，一战引汤工地再次掀起了大干社会主义的新高潮。

7 月的大太阳，明晃晃地炙烤着大地，即使不拿东西，人都会大汗淋漓。

苏玉新用扁担挑起沉重的土篮子，一路小跑，把很多小伙子都甩在了后边。

李秀兰悄悄对苏玉新说："你就不能少往土篮子里装点土？你来例假了还挑这么多，压伤了可是一辈子的事啊！"

"好几个姐妹也都来例假了，大家不都在这么干吗？放心吧，累不坏。"苏玉新温柔地回了闺蜜一句，头也不回，又挑起了满满两土篮子土，向堤岸走去。

她和战友们的衣服，每天都被汗水浸泡得湿漉漉的，就像被水洗过的一样。几天之后，民工们的肩膀就被沉重的扁担压出了道道血檩子，汗水一泡，奇痒无比。用手稍微一挠，皮肤就破皮了，破皮之后，会结成厚厚的痂，这种结痂钻心痒，痒得人都不想活了，最后，才变成了厚厚的老茧。

对民工而言，干活苦点累点都不算事，最艰难的是遭遇连雨天。为了节约时间，民工们就近睡在工地临时搭建起来的窝棚里，这种窝棚人字形，上面披着厚厚一层蒿草，在窝棚的前后留两个通风口，相当于窝棚的门。苏玉新率领的铁女队共有 15 人，分住在两个窝棚里。

北方的七八月，正是雨季。遇到下雨天，天上下大雨，窝棚里就下小雨。用木板钉成的大通铺上，姑娘们单薄的铺盖潮湿得都能拧出水来。白天还好，一到晚上，蚊子、瞎蠓和小咬铺天盖地，只能在窝棚前后两个通风口处放上点燃的半干不干的艾蒿，以此来熏蚊虫，一熏就是一宿。

用这种土办法熏蚊子怎么能把蚊子熏净？常常是这边艾蒿的烟雾把人呛得哗哗淌眼泪，那边，疯狂的蚊虫该咬还是咬。民工们早晨四点出工，夜晚十点收工，即便又累又困、被蚊虫叮咬，一时半会儿也睡不着。

民工的一日三餐都在工地吃，早晚吃大麦米粥、大头菜咸菜。中午苞米面窝窝头、大头菜土豆条汤。大家在工地干了两个多月活，没吃过一点荤腥，没吃过一次细粮。喝稀粥干活不扛饿，刚挑一担土就饿得仿佛失去了五脏六腑。只剩下一副空荡荡的皮囊了。为了对付难挨的饥饿，苏玉新她们就勒紧裤腰带，可还是饿。没办法，大家就跑到汤旺河边，用手捧着河水，先灌个水饱，然后，照样把扁担挑得飞起来。

有一次，苏玉新因为乌涂水喝多了，拉肚子，一上午拉了七八回，人都拉得虚脱了，走路时两条腿像面条。可在那个年代里，不要说在工地，就是在家里也没有什么药物可以治疗拉肚子。苏玉新咬着牙，挺着在中午吃饭时多吃了一个窝窝头。凭借着超强的毅力，她硬是把自己拉肚子的毛病治好了。

在工地上，对苏玉新和姐妹们而言，最具灾难性的是来例假。当那汩汩流动的青春汁液汹涌而来，垫在裆部包裹着一层破棉花的布垫子很快就湿透了。挑着担子走了几趟之后，大腿里子根儿处，就磨破皮了，疼痛难忍。找个背人的地方，涂抹点爽身粉，继续干活。

星河灿烂望北斗，勇立潮头唱大风。是生命的信仰，让苏玉新的精神世界更为辽阔；是青春的志向，让苏玉新奋斗的坐标更为高远。

1959年5月6日，中共汤原县委、县政府作出了《关于学习杨发、苏玉新的决定》，向全县人民发出了"学杨发，赶玉新"的号召。青年农民杨发和铁姑娘代表苏玉新，成为千万人瞩目的对象和全县人民的楷模。

含泪播种的人，含笑收获。这年冬天，苏玉新被选为黑龙江省劳动模范。1960年2月，苏玉新出席了黑龙江省农业战线群英大会。会上，她作了题为《出满勤 多挣分 争做红勤巧能手》的典型发言。在这次大会上，苏玉新被授予全省劳动模范。后来苏玉新又参加了全省妇女代表大会，会上被授予全省三八红旗手和全国三八红旗手称号。苏玉新英姿飒爽的铁女形象还曾经被《党的生活》和《妇女之友》选为封面人物。

苏玉新是个具有钢铁般意志的女子，在广阔天地间，她用勤劳的双手勾勒幸福的愿景。当她芳华绽放时，缘分的涟漪被层层打开，一只爱情的青鸟为她衔来一生的幸福。

1960 年春天，在大屯生产大队支部书记周玉浦的牵线搭桥下，苏玉新和青年农民王友富结为夫妻。王友富朴实帅气，精明能干，当时在大屯大队当会计，他和担任大队妇女主任的苏玉新都是大队干部。对苏玉新这样一个县里树立起来的典型，组织上一直都非常关怀。那个年代里，布料和缝纫机都是紧缺货，她和爱人结婚时，县委书记罗武特批了这两样东西，以此来给苏玉新做嫁妆。

对这门亲事，苏玉新的几个姐姐最初都不太同意。大姐说："老妹儿，你这么红，将来调到市里，找啥样的小伙子没有？咋非得找个社员？"苏玉新说："社员咋了？我就是社员，再说，我也不想到市里去，那样就对不起党对我的培养。"香兰公社党委书记谷凤元惜才，见苏玉新能力强，在大队超负荷工作，实在太累了，就想把她调到公社当妇女主任。县委罗书记说，苏玉新可是咱们汤原县树立起来的典型，不能刚树起来，人就调走了。从那时候起，苏玉新谨记罗书记的教导，把自己的一生都锁定在汤原大地。

苏玉新在大半生的时间里，经常絮絮叨叨地和老伴聊当年奋战引汤工程的那些事。对她而言，那如火如荼的岁月，早已经化为奔腾的血液，注入她的血管里。

教书育人，如歌岁月中归隐

日历一页一页地翻过去。人生就像一场旅行，无法预测下一站会发生什么故事。翻阅平凡而琐碎的日子，生活的柴米油盐淹没了苏玉新曾经的辉煌。当时空的脚步迈进 20 世纪 70 年代，苏玉新整装待发，走向新的征程。

1971 年，贫下中农管理学校，苏玉新被组织上调到大屯小学当副校长，编制是民办教师，直到 1980 年才转正。转正之后，她被调到香兰中学，1996 年 5 月，苏玉新从香兰中学教师岗位退休。从此，当年的铁女队队长苏玉新淡如菊影。在平淡如歌的岁月中，含饴弄孙，归隐田园。

土地能生长植物，也能生长爱情。苏玉新和老伴把爱情种植在泥土里，几十年的风风雨雨里，长出青葱的爱情树。苏玉新是急性子，老伴一辈子都在呵护和宽容她的急脾气。他们有三个孩子，两儿一女，三个孩子都是国家公务员。苏玉新的儿子王程说："在我印象里，我的父母一辈子都没争吵过。"两位老人相濡以沫，风雨相随，他们的爱情写在一钵一饭里，写在闲适的田园里，写在平淡的生活里。

花开花落，诠释人生几多沉浮；春绿秋黄，传递岁月多少悲欢。洗尽岁月的征尘，苏玉新和老伴迎来了耄耋之约。老人四年前得了脑梗，说话有轻微的语言障碍，但思维还算敏捷。最近几年，老人腰腿疼得厉害，这都是当年在引汤工地上落下的病根儿。

迟暮之年的苏玉新喜欢看新闻联播，喜欢吃引汤河水浇灌出来的白米饭，喜欢给晚辈们讲引汤故事。站在时间的暖阳下，聆听季节的风声。老人一辈子都在不停地做同一个梦，梦里总是引汤奋战那盛大的劳动场面。梦醒时分，泪水总是打湿了她的双眼。岁月像一把锋利的镰，总是收割她无尽的回忆与怀念。

苏玉新没有参加之后的引汤工程建设，但她把那条碧水清澈的引汤渠，全部装进了自己的心中。老人一辈子都在痴情地守望引汤河水，她就像引汤运河那样，虔诚地守望着故土，守望了几十年。回眸走过的风雨征程，山青水绿的岁月来去匆匆，引汤战友们的笑脸就像斜阳里清浅的笑。惠及子孙，泽被后世的引汤工程，是她和她的那一代人永恒的追忆。

每年的秋收时节，老人都让儿子王程用车载着她和老伴，沿着引汤运河走一趟。站在温煦的秋光里，眼望着引汤运河两岸金灿灿的稻谷，她干枯的心田，就会润泽出生命的绿洲。绿洲的尽头是颗颗莹白如雪，温润如玉的引汤大米。

几代汤原人民凿河一甲子，开渠六十年，用生命和汗水筑成的引汤运河工程，像无声的诗，立体的画，不朽的丰碑，永远横亘在中国北方大地。

稻谷有根，扎在泥土。苏玉新和她的引汤战友们，将永远扎根在汤原大地，扎根在引汤工程那片信仰的高地，扎根在汤原人民的心中！

（作者单位：黑龙江省桦川县教育局）

青春献水利　白发不言悔

——赞广西桂平市水利局党组副书记、副局长欧江源

黄钦垣

你的名字叫江源
今生注定与水结渊缘
十年寒窗苦读
西大土木工程把梦圆
毕业工作定浔州
桂平水利安家园

你不是水却似水
你多年和水相处
人水已交融
有水般凝聚，做事一呼百应
如水般透明，行事光明磊落
像水般清净，工作清廉守纪
似水般文静，为人淡泊名利
如水般包容，不计较不争论
如水般坚毅，坚守丰收之源泉

你不是农民却好似农民
你早出晚归，披星戴月
穿梭在田间地头
奔波于沟渠之间
为万顷稻田输送甘甜的水源

时光荏苒，转眼三十载
过度的劳累，摧残了你的身躯
岁月的刻刀，过早在你的脸庞雕刻上一条条沟渠
满头的白发，见证了你的疲倦

你不是亲人却胜似亲人
你和蔼可亲，平易近人
不摆架子不打官腔
每个人都喜欢与你打交道
把你当朋友
认你做亲人
是水利大家庭中重要的一员
同志有事，你毫不犹豫帮忙
职工困难，你义不容辞援助

你虽是领导却不似领导
你做人坦荡，团结同事
不摆谱不弄权
早披晨曦去上班
晚伴明月把家还
不怕夏日酷暑
不畏冬天严寒
管好水库，守护河渠
灌溉了万顷良田
保障了一方安全

你是大家的主心骨
你业务精通，阅历丰富
经验齐全
没有你处理不了的事情
没有你解决不了的困难
有你在的地方

领导放心

职工安心

水利"不倒翁"是赞你的美言

你既是专家又是管家

你知识全面，专业熟悉

行业的专家

灌区建设改造

促进度

抓质量

管安全

严控投资，把关结算

不准浪费一元

啊！

你以沟渠为线，编织收获的希望

你以清水为墨，描绘丰收的田园

没有豪言与壮语

没有计较与抱怨

心系百姓，情牵水利

你用满腔的热情

坚守在水利岗位上

默默把青春奉献

（作者单位：广西桂平市水利局）

宜昌有条"红旗渠"

熊先春

远古先民们"逐水而居",两千多年前就找到了驯服水的方法,从有水处调水到缺水地区,水渠和渡槽,因水利应运而生。

"幸好有东风渠的水,我的秧苗才能保住。"夷陵区龙泉镇法官泉村六组村民老李说。6月17日,宜昌东风渠灌区管理局工作人员前往夷陵区鸦鹊岭镇、龙泉镇等,深入村组及田间地头,察旱情解旱忧,共商保障灌区农田灌溉用水措施,全力保障灌区农田灌溉用水。这是我刚从《三峡日报》看见的有关东风渠的新闻。

东风渠不仅仅我们宜昌有,在郑州和成都都有,可宜昌的东风渠居然可与红旗渠媲美,被领导盛赞"北有红旗渠,南有东风渠"。一条东风渠,宜昌半部水文化史。

作为水利人,非常幸运自豪的就是万里长江第一坝葛洲坝和举世无双的三峡大坝就在身边。而且自己与水有缘,从事水利工作长达四十年,也是1984年从维修东风渠的红星渡槽开始,与她结下不解之缘。

"问渠那得清如许,为有源头活水来。"流传千古的诗句印合着如今水利人工作的意义与艰辛,这也是宜昌东风渠人的日常写照。让灌区用水保持源源不断的活力与势能,为灌区生产生活贡献水利力量,是一代代东风渠人自灌区1971年建成通水之日起,便薪火相传的信念与守护。

谈到渠道,大家自然知道"红旗渠"是20世纪六七十年代,让高山低头,河水让路,人定胜天的水利建设高潮的一个符号。

"红旗渠"建在北方河南林县,原名叫"引漳(河)入林(县)"工程,后改为"红旗渠"广为人知。

而同时代的南方有条"红旗渠"建在湖北宜昌,举世闻名的三峡工程所在地。在黄柏河流域开发建成了汤渡河、尚家河、西北口、天福庙、玄庙观等5座水库四级水电站。宜昌的"红旗渠"东风渠从尚家河水库引水就像横贯宜昌东西的巨龙,遇沟架桥(渡槽),逢山开洞,东风渠灌区是全国三十个大型灌区之一、宜昌市城区大型骨干供水工程,担负着当阳、枝江、夷陵、猇亭4个市(区)、24个乡镇的

100 多万亩农田灌溉任务和宜昌主城区及渠系沿线近 200 万人生活供水任务。东风渠最初就是为了灌溉，1 条总干渠、28 条干渠和 218 条支渠如同长藤，将 1 座大型水库、13 座中型水库、188 座小型水库、3.9 万口塘连接起来，总长度 1630.3 千米，距离相当于从宜昌出发到西藏昌都的直线距离。

准确地说，东风渠灌区位于宜昌城区以东，长江以北，荆山以南，沮漳河以西。在水利专家看来，东风渠是一个庞大复杂的西水东调系统，长距离地把水调到更需要的地方去。

在宜昌水系图上，东风渠是一个"长藤结瓜"式的灌溉系统。总干渠就是这根粗藤，下连着灌区内无数的水库、堰塘、泵站。东风渠犹如长藤结瓜，通过星罗棋布的渠道，灌溉 2437 平方千米自然面积的 118.48 万亩耕地。所灌溉的区域含夷陵区、枝江市和当阳市等地，生产的粮、棉、油分别占全市总量的 40.7%、50%、44%，生产的商品粮占全市总量的 62%，素有"宜昌粮仓"的美誉。

东风渠完全可以和红旗渠媲美，她有自己的底气。

作为湖北省宜昌市的西水东调的核心工程，东风渠是连接宜昌人民的母亲河黄柏河的纽带，如同我们与母亲的脐带。东风渠是宜昌水利事业的起承转合，是走向现代水利高速公路的见证。近年来，这座东风渠上最有故事的普溪河渡槽重建工程竣工验收，宋家嘴渡槽原址重建，东风渠灌区以助力创建长江大保护典范城市的高标准严格要求自身，将"生态自然、环境优美、人文彰显、水旅融合"提升至战略高度认真对待。在建设"一流质量"水利工程的同时，不忘打造"一流品位"的水利风光，力争做到建一处工程，成一处风景，兴一片区域，富一方百姓。同时，基于好生态与强经济并行高质量发展的时代要求，东风渠灌区积极借鉴引入"双碳经济""海绵城市""生态环境导向开发模式"等发展理念，立足独有特色资源，持续优化营商环境，用好项目锚定新赛道，打造灌区自我"造血"机制，形成多元化、综合性、全面开花的优良发展格局。

翻开宜昌水利志，寻找东风渠的建设历史，再看今天东风渠的发展，探求上善若水的东风渠精神。

普溪河渡槽鲜为人知的另一个名字

北有红旗渠、南有东风渠。东风渠为什么没有红旗渠那么出名？就是因为普溪河渡槽。

红旗渠于 1969 年 7 月全面竣工，而东风渠则是 1971 年全面竣工。如果不是一次渡槽倒塌事故，东风渠的建成时间几乎与红旗渠比肩。

　　东风渠的兴建要从枝江说起。作为农业大市的枝江，50年前却是"三日下就淹，三日旱就干"。1965年，枝江县党政负责人带着水利局的专家，一行人骑上自行车，经白洋、善溪冲、火山口，再到安福寺、胡家畈、鲁港、石子岭，跋山涉水用9天时间踏勘了全县水库水系，只为从根子上解决枝江的"水袋子"与"旱包子"问题。

　　枝江水利部门很快拿出了方案，也就是东风渠工程最初的蓝图。带着这个方案，枝江县主要领导就到当时的宜昌地区争取建设东风渠工程，请求上级扶持枝江解决旱涝问题。

　　很快，东风渠建设资金到位。没有誓师大会，没有动员会，说干就干。渠水受益县按"二、三、五"分配任务：即建设断面、土方、标工及所需的劳力、财力、组织领导，宜昌县（现夷陵区）、当阳县（现当阳市）、枝江县（现枝江市）分别按20%、30%、50%执行。

　　1966年冬，在毛泽东主席"水利是农业的命脉"的号召下，作为东风渠渠首工程枢纽，尚家河水库最先上马，于1967年5月建成。渠首水库修好下面就是渠道和渡槽修建，几乎万人会战同步建设。

　　从《中国国家地理》杂志《渡槽，一个时代的集体记忆》一文中才知道普溪河渡槽原来有另外一个当时很红的名字——东方红渡槽。

　　普溪河渡槽1969年3月动工，1970年6月完工，8月1日正式通水。通水仅23个小时即8月2日凌晨4时10分左右，倒塌500多米，当场致42人死亡，4人重伤。时任湖北省省长张体学当日亲赴现场指挥抢救次月启动复建，1971年4月12日再次竣工通水。随着三峡水电城宜昌的发展，东风渠还担负着宜昌市城区二百多万人口的饮水重任。

　　东风渠因为普溪河渡槽倒塌成为水利工程建设中的反面教材。笔者记得1987年就读水电学校时，当时外聘的葛洲坝水电学院的陈教授上课把这个典型案例讲述了一节课，他就当故事讲给我们四十二位同学听，课堂上鸦雀无声，只有陈教授那悲壮的男中音，他说到"文化大革命"时代的"三边工程"（边勘测、边设计、边施工）的危害和水利工程技术人员责任心等问题，告诫同学们力学计算错个题不要紧，但是在施工设计中错了是要付出巨大生命代价的。

　　普溪河渡槽是东风渠41个渡槽中最高的渡槽，有"空中黄金水道"之称。已故市级老干部、曾任东风渠建设指挥长的江诗智曾说："如果没有这次事故，东风渠可与红旗渠比肩。"

　　东风渠普溪河渡槽已成为水利人的教材。参加当年修建普溪河渡槽已退休的市水电局总工彭正光的回忆文字《难忘普溪河渡槽建设岁月》就展现了那年那月热火朝天战天斗地的水利施工场面。他文中介绍，当时工地上只有搅拌机和鼓风机两种机械。混凝土是人工一桶桶递上槽顶的。用独轮车推混凝土浆到施工桥墩下，然后跟着大伙一起转动绞车，将混凝土浆送到高空。60多人喊着号子转动一台绞车，把预制件绞到槽顶……

普溪河渡槽工程现场的施工员彭正光后来被推荐上了工农兵大学，学成归来一直战斗在宜昌水利工程建设第一线，修建过多座渡槽和水电站。退休前为宜昌市水利水电局总工程师的他，时常翻看与普溪河渡槽的合影，感慨万千，他说普溪河每一节渡槽都是用生命换来的，东风渠是宜昌人民的幸福渠。

普溪河渡槽浴火重生，东风渠进入发展快车道

2017年10月，重建的普溪河渡槽竣工通水。这是湖北省内首个采用造槽机施工的大跨度小截面预应力箱型渡槽，其跨度与南水北调、东深供水工程最大跨度一致，最小截面只有30厘米，荷载却达1000多吨，重建的普溪河渡槽是水利科技的一个缩影，百年大计安全第一，历史的悲剧决不会重演。

普溪河渡槽，历经半个世纪啊，经过重重磨难，浴火重生、返老还童，普溪河渡槽庆幸自己赶上了新时代啊。

早在2010年，著名导演张艺谋拍摄电影《山楂树之恋》，特地来此取景，普溪河渡槽有幸在全国人民面前亮相，望着整齐密集耸立的粗大桥墩，高高的排架，如此雄伟的建筑，延伸着伸向蔚蓝的天际下的远山深处。这样的画面非常震撼人心。过去的肩挑背扛到现代化施工，新旧渡槽排列一起的对比景象，非常震撼，我们除了对渡槽、对东风渠怀有感恩之情，更对建设者们充满敬意。

普溪河渡槽重建工程竣工，东风渠渠道更新改造基本完成，东风渠进入发展快车道。不由想起参与黄柏河建设的枝江作家吕云洲专门为东风渠普溪河渡槽写的《双虹赋》，摘录部分欣赏：

> 维东邻沮漳，西连黄柏，南抵大江，北靠荆山，方圆数百里之灌区，源出一渠，水锁一颈，因年深月久而不堪重负，命悬一线，隐患由来久矣。此乃东风渠之普溪河渡槽故事也。时至乙未，政通人和，为图其固而久远计，旋即去朽易新，防患于未然也。夫两水相交兮，其声潺潺，不舍昼夜，渠水不犯河水；双虹卧波兮，其状巍巍，不比高低，新虹接力旧虹。凌空而架，水在高处流；穿槽而过，车在底层通；逐水而居，人在槽下逢。连天兮接地，若鸿蒙初开，岂非神仙之居；衔山兮吞河，似迷宫待探，莫非桃源之洞？胜景非刻意，巧夺天工；雄心无止境，

智借东风。

……七月流火，岁在乙未分，放线破土；十月流金，年至丁酉分，验收竣工。大跨度，小截面，水到渠成；新科技，高工艺，马到成功。与老渡相较，少用人力，业内领航；跟同类相比，首选槽机，省内先锋。剪彩之时，神人皆悦；落成之日，天地感通。槽巧构分如列车，插天嵯峨，可见至坚本色；水自流分若白练，钻云兴波，方显至柔行踪。输水三亿吨分，舍其不可也，千里之遥；滋润三百万分，非其莫属也，几代之梦。省奖江汉杯，实至名归，满载盛誉；国奖大禹像，史无前例，再获殊荣。

2018年12月28日的新闻为证：宜昌市东风渠灌区续建配套与节水改造工程第十期项目——普溪河渡槽拆除重建工程作为唯一农田水利工程荣获2017—2018年度"中国水利工程优质（大禹）奖"。这是宜昌水利史上荣获的第一个"大禹奖"！

如今，在新的普溪河渡槽旁建起了普溪河渡槽遗址公园，旧渡槽曲拱矗立在新渡槽旁，它是一代人奋斗的记忆，也是世世代代对那些逝者永久的铭记与怀念，也是我们对东风渠精神的一种弘扬与传承。

据宜昌市2020年统计年鉴数据显示：灌区有效灌溉面积占全市有效灌溉面积209.65万亩的50.6%；生产的粮、棉、油分别占宜昌全市总量的64.8%、100%、60%；服务人口占全市总人口的51.16%；城镇供水占全市供水的60.4%。

工程的兴建让这一区域有了"宜昌粮仓"的美誉。其工农业生产在宜昌市经济中具有重要的战略地位。此外，东风渠还承担城区及部分城镇200多万人口的生活供水，100千米河道的生态补水任务。

东风渠，宜昌水利人的精神图腾

我们的祖先凿木为槽以引水，即为最古老的渡槽。据《中国水利史稿》考证，在距今2000多年的郑国渠中，就有关于渡槽的最早文献记录。而在神州大地，渡槽比比皆是，哪一座渡槽都有自己的故事。

如果没有渡槽，东风渠如何翻山越岭，从大山深处把最干净的水源引进城区输到宜东灌区？

渡槽连接这山到那山，蜿蜒的黄柏河水就这样欢快地唱着歌儿，流向了田间地头，流向了千家万户。

如果没有渡槽，东风渠是不可想象的。渡槽是东风渠核心组成部分，仅东风渠总干渠上就有15座渡槽，连接起来就有6千米长。

渡槽，渡水也渡情。

东风渠，无欲无求，默默奉献。或许这正是求实奉献的水利人精神的写照。经过半个世纪的洗礼，东风渠的精神锤炼出来，那就是：不怕牺牲甘于奉献、不畏艰难勇往直前、不甘平庸敢于攀登、不屈不挠奋进作为！

东风渠灌区工程全靠 12 万宜昌人在 5 年内肩挑背驮完成，施工过程中，开山凿石要放炮，随时随地可能意外伤人甚至炸死人，其中的艰辛不是苦和累可以形容的。真正"渠如其名"，体现了毛泽东"东风压倒西风"的豪迈气概。

2022 年 11 月 16 日，伴随数声巨响，东风渠宋家嘴渡槽实施爆破拆除。这标志着东风渠现代化改造工程全面启动！宜昌市东风渠灌区管理局副局长谭学军介绍，宋家嘴渡槽始建于 1970 年，全长 1996.8 米，最大高度 32 米，是东风渠灌区的重要组成部分，也是东风渠总干渠 41 座渡槽中最长的一座，设计过水流量 14 立方米每秒。在这次爆破拆除之前，宋家嘴渡槽历史上也曾经有因受损坏而重建的历史。1983 至 1984 年，宋家嘴渡槽先后两次、共 49 个排架及槽身被狂风吹倒，之后经过多次维修加固，但仍不能从根本上解决安全隐患问题。经过 50 多年的运行，宋家嘴渡槽已达到使用年限，过水流量降低，不能满足下游用水需求。新渡槽原址重建，不再占用其他土地。将装备最先进的测量设备，实现智能化控制，精准输送，最大限度发挥水资源效率。重建施工采用大跨度小截面上行模架，施工难度提高但资源更节约。重建工程融入"整新如旧"理念，留住历史，记住乡愁，爆破后的弃渣将用于修建渡槽遗址公园。据了解，宜昌市东风渠灌区续建配套与现代化改造项目聚焦"安全提升、智慧管控、环境治理、水旅融合"四大主题，分两期建设。一期项目总投资 2.6 亿元，于 2022 年 3 月开工，总工期 36 个月。宋家嘴渡槽拆除重建项目作为续建配套与现代化改造一期项目重要建设内容之一，是国家重点推进的 150 项重大水利工程之一。其设计标准、施工要求、地理位置等方面都具备冲击"鲁班奖"的条件。讲求实效，要优化工艺、强化管理，精心组织、精心管理、精心施工，创造一流的建设质量、一流的建设速度和一流的建设效益，打造宜昌水利工程新标杆，争创"鲁班奖"。

笔者与东风渠的缘分也是因为渡槽，回想 1984 年秋刚参加工作的我，第一天就参与加固红星渡槽的施工插钎凿卯，第一次感受到渡槽的伟岸，感受到东风渠的魅力，时至今日也是第一次听说普溪河渡槽还有东方红渡槽这个名字，想想当时它的上游有红卫、红光、红星等红彤彤的名字，接下来叫东方红渡槽也是顺理成章的事，只是无论渡槽叫什么名，它那默默无闻无私奉献的渡水功能永远也不会变。

饮水思源。水从哪里来？又要到哪里去！"上善若水，水善利万物而不争……"

渡槽，随遇而安，无欲无求，淡泊名利。

渡槽，虽然已成为过去的记忆，但并没渐行渐远，在人水和谐绿色生态文明建设如火如荼的今天，我想，东风渠的渡槽所代表的精神焕发青春，早已成为我们水利人的一种精神图腾。

望着获得中国水利优质工程"大禹奖"的东风渠普溪河渡槽架设在两山之间，凌空而起，似玉带、似长龙、似彩虹，让人震撼，是美丽乡村一道亮丽的风景线。而今的"东风渠"在经过与"红旗渠"相同的风雨侵蚀后，"红旗渠"用文化选择了适合自身发展、发扬光大的生存方式，将得以传世，实现了其华丽转身，而一直被人们视为一道亮丽风景线的东风渠如何能成为鄂西宜昌浓墨重彩的灌区文化符号，在媒体的报道和当年建设者的回忆中成为不忘初心、牢记使命的传奇。

东风渠灌区工作性质较为特殊，地处偏远，点多面广，基层职工工作忙碌劳累，生活单一枯燥。他们中有长年遭受风吹日晒的渠道管理工人，也有不分白天黑夜的水库巡查职工，还有必须 24 小时坚守岗位的防汛值班人员。他们舍小家为大家，几十年如一日，默默奉献着自己的芳华，只为秉承和发扬老一辈东风渠人"负责求实，无私奉献"的优良传统和工作作风。2023 年 7 月 16 日，东风渠灌区管理局机关 20 余名干部职工在东风渠源头黄柏河上的尚家河水库正式启动"不忘初心　再走东风渠"活动，沿东风渠总干渠徒步 10 余千米。此次活动的开展，旨在让广大干部职工通过走访发现问题、研究问题、解决问题；锤炼作风、磨炼意志，弘扬东风渠的文化和精神；与基层干部职工手拉手、心连心，并肩战斗，凝聚东风渠建设发展的合力，营造良好氛围，共同推进灌区高质量发展。我想这个活动，不正是弘扬东风渠精神的最好实践吗？

对宜昌人而言，东风渠里流淌着的，不仅是灌溉土地和滋养城市的甘露，还有父辈们"敢教日月换新天"的干劲，和那一个时代的精神象征。对于宜昌这座因水而兴的城市，东风渠无疑就是宜昌人的命脉，黄柏河通过东风渠每年输水 3.5 亿立方米。

北有红旗渠，南有东风渠。自 1984 年秋天我参加工作认识东风渠，如今就四十年了，曾经为东风渠奋斗的父亲和我岳父也离世多年了，我在东风渠的"灌二代"小姨妹也刚退休。东风渠对于我成了回不去的起点站，长有胎记的生命源。时不时总是清晰而模糊的，美好而伤感的，碎片化了的怀念，但作为水利人无不对东风渠充满了感激感恩，于是就写了以上这些文字。

（作者单位：湖北省宜昌市黄柏河流域管理局）

一种精神演绎一种传奇

大圳灌区："干旱死角"蜕变"绿色粮仓"

肖　燕

　　仲夏时节，湖南省邵阳市洞口县杨林镇草塘村，阳光下的田畴里，稻浪翻滚，一片丰收之景。田边的水渠里，来自邵阳市大圳灌区的灌溉水欢快流淌。57 岁种粮大户李开兵，头戴草帽，行走在田埂上。望着长势良好的禾苗，李开兵的笑容比阳光还灿烂。经过一片早稻田，他轻轻抚弄已经灌浆的稻穗，一脸自豪："再过些时日，就能收割了，亩产至少 600 公斤。"

　　如果时间回溯到 20 世纪 60 年代，彼时的草塘村，则是田地龟裂、禾苗枯萎的另一番景象。每到旱季，草塘村和邵阳地区西南部的隆回、洞口、武冈、新宁、邵阳县等其他衡邵干旱走廊的"干旱死角"村一样，承受着干旱之苦。为了获取宝贵的水资源，村民们带着木制水车前往岩洞、水井取水，除饮用水外，一盆水洗完脸，再洗脚，又拿去喂牲口。

　　进入新时代，奋斗新征程。昔日的干旱死角，如今怎样？仲夏时节，沿着大圳灌区灌溉图行走，途经邵阳县、隆回、洞口、武冈、新宁 5 县腹地，昔日有名的衡邵干旱走廊重灾区，目前正呈现出一派生机勃勃的景象：田间地头满目葱茏，绿油油的稻田与层次感十足的玉米地相映成趣。微风吹来，浓浓稻香飘散数里。

　　有数据显示，20 世纪 60 年代，这片干旱区域年粮食总产量为 11.5 万吨，如今达到 41 万吨。这是一种怎样的精神力量，让原来的干旱死角变成了绿色粮仓？这源于艰苦奋斗、自力更生、无悔坚守、开拓进取的大圳精神！ 1979 年至今，大圳灌区共向灌区送水 131 亿立方米，滋养着这片土地上的 150 余万群众。

艰苦奋斗：肩挑手扛凿出 1800 多千米渠道

　　衡邵干旱走廊，是湘中盆地群里两个最大盆地（衡阳盆地和邵阳盆地）连接带，从湖南衡阳市东部 45 千米处的四方山沿衡阳县西北方向到达邵东市的狭长型盆地通道，盆地山脉较高，雨水较少。多年来，衡邵地区干旱较多，夏秋季节气候有"十年九旱"之称，因此被称为"衡邵干旱走廊"。而新宁、武冈、邵阳县、隆回、洞口5县为"衡邵干旱走廊"重灾区，又被称作"干旱死角"。

1953至1963年，"干旱死角"接连出现8年较大旱情。

1956年，邵阳地区水利局顺应民意，组织力量在"干旱死角"内外勘察规划。1958年正式提出了在此地修建"大圳灌区水利工程"的初步设想。1964年8月，邵阳地区水利局向省主管部门报送《大圳灌区引水灌溉工程设计任务书》与《大圳灌区引水灌溉工程设计任务书补充报告》。1965年7月，湖南省水利电力勘测设计院进行了全方位勘测工作。工作人员发现"干旱死角"西南端为山地，其余90%面积都属丘陵，地势西南、中部高，东北部低。虽然边缘环绕着扶夷水与赧水，但水低田高，且内部存在大量石灰岩溶洞地质，不易蓄水，河溪源短流小，故难以抵御旱灾。随后，设计院总结"干旱死角"历史教训，认为只有修建高水位、大容量的骨干水库，引山区水灌丘陵地，实行"南水北调"与"引、蓄、提"相结合方式，串联库、塘、河、坝，形成"长藤结瓜"式灌溉网络，才能完全解决干旱问题。

经湖南省南岳农业工作会议决定，1965年10月，大圳灌区正式动工。当时，群情响应：新宁、武冈两地共10000名工人一齐参与建设。那时没有机械化施工设备，主体工程5座水库和1800余千米渠道的修建，全靠手挖肩挑的大兵团作战方式。每天天刚蒙蒙亮，嘹亮的号角声就飘响山谷，几十千米长的渠道工地上人流如织。男人们攀上山坡，凿石、搬水泥，将一块块沉重的花岗岩合力抬到修建点，女人们也吃力地搬运着上百公斤的石块，她们还唱着歌曲为大伙加油鼓劲。众人齐心协力、挥汗如雨，钢钎撞击声与铿锵的劳动号子声交织，在工地上久久回荡。

"当时，我们每天吃着萝卜、大白菜，在渠道工地上一干就是10多个小时。晚上就住在附近老百姓家中或睡牛棚，干劲十足。"19岁参与大圳灌区修建工作，现年77岁的大圳灌区管理局退休干部欧明良回忆道。同样参与大圳灌区修建工作的刘源泉说："虽然建设的时候很苦很累，但想起干旱的情景，大家就有使不完的劲。"

大圳灌区施工期间，出现了一幕幕感人至深的场景：时任邵阳市新宁县委常委的宋海元，长年累月坚守工地，逢年过节都没回家，终因积劳成疾，过早离开了人世；年过半百的堡口公社营长李玉调，带领7位民工用抬杠运输大石块，1000余公斤的石头抬起就走，一连压断了5根碗口粗的杠子，后来又换上更粗的杠才完工，被当地人誉为"铁肩膀中的铁肩膀"；隆回县长铺公社荷花大队79岁老汉龙际典，主动要求上工地，创造了一天挖运2.2立方米土的纪录，成为工地的"活愚公"。1973

年 5 月 19 日起，邵阳地区前后 3 批次共 190 多名知识青年响应党的号召，来到大圳灌区磨石岭农场，他们誓让荒山低头，乱石让路，用自己的双手，把磨石岭建成米粮仓……女子爆破队、女子民兵营，在大圳灌区的建设当中上演了令人震撼的传奇与佳话。

一位位平凡且伟大的英雄在这片土地上激扬青春、拼搏奋斗，用钢筋铁骨般的身躯，冒风雪、战酷暑、劈山填谷、筑大坝、修渠道、架渡槽、打隧洞，分三个施工阶段苦战 14 年，群众投工 4840 万个，完成定额工日 2900 万个，克服重重艰辛，闯过道道难关，只为让后代人免受干旱之苦。1979 年 10 月，中央人民广播电台向全国人民报喜：大圳灌区主体工程基本完工并投入运行，渠道总长 1877.48 千米，成为邵阳市已建成规模最大的农田水利工程，湖南省已建成的第四大灌区，灌区国土面积 2680 平方千米，设计灌溉面积 53.56 万亩，目前有效灌溉面积 48.6 万亩，总受益人口近 150 万人。

自力更生：开创国内外罕见的工程技术

行走在大圳灌区，迎面而来的隧洞、倒虹吸管、渡桥和渡槽总计有一千多处。其中，最让大圳人津津乐道的隧洞莫过于万峰隧洞。1966 年 7 月，大圳灌区万峰隧洞施工在即。该隧洞长 5620 米，是湖南省当时最大最长的施工隧洞，宽 4.1 米，高 3.1 米，要经过坚硬的花岗岩石层，施工难度大。施工人员千方百计，排除万难，采用两头同时掘进法，创造了具有国内先进水平的通风、排烟、出渣施工技术和月进尺 208.6 米、日进尺 10.6 米的记录，高程误差仅 23 毫米，宽度误差不过 8 毫米，仅用 21 个月零 5 天就全线开通，比原计划提前两个半月，其施工进度之快、质量之好位列当时国内前茅，受到水利部表彰。

在大圳灌区众多的建筑物中，新安飞虹倒虹吸管工程无疑是翘楚，在大圳灌区的建设史上留下了浓墨重彩的一笔。该工程是连接灌区上部和下部的"咽喉"工程，也是当时全国最长最大的倒虹吸管工程。为了解决大圳水过新安铺的问题，工程建设者大胆提出采用一阶段承插式大口径高压预应力混凝土管。当时制造预应力管，在全球范围内还是一项新兴工艺。瑞典最先研制成功，以专利公布于世界。我国未买专利，只能自力更生，一无设备，二无技术，怎么办？工程指挥部遵照上级领导决定就地建厂试制。试制人员在露天开展制管试验，先小管，后大管，由低到高，一次次失败，又一次次试验。终于在 1976 年 6 月，成功制出了预应力钢筋混凝土压力管。1979 年 9 月 6 日至 11 日，邵阳市委召开新安铺倒虹吸管工程技术鉴定会议。经应邀参会的 39 个单位 70 多位专家现场鉴定，专家们一致认为：这样长管线、大管径、高水头、自己设计、制作、安装的倒虹吸管，管身与接头无渗漏，是了不起的，在国内外尚属罕见，标志着我国高压力、大口径预应力钢筋混凝土管的设计、生产和安装等技术，已跨进国际先进行列。1989年，该制管技术荣获国家建材局科学技术进步奖二等奖。

更令人无比欣慰的是，新安铺倒虹吸管工程于1979年7月试水成功并竣工投入运行，40多年来，至今滴水不漏。2022年，新安铺倒虹吸管工程被湖南省人民政府列入第十一批省级文物保护单位名册。2023年2月15日，清华大学土木水利学院刘耀儒教授、博士生导师带领调研组一行，慕名到大圳灌区新安飞虹实地调研。择一个晴空碧日，站在大圳灌区周家岭放眼望去，全长5.56千米的新安铺倒虹吸管工程，宛如一条灰色巨龙在崇山峻岭间奔腾向前，源源不断地为灌区输送生命之水、绿色之水、安全之水。

无悔坚守：让灌区农田有水"喝"

千尺之木，必有其根。"大圳，是我的故乡，我在这长大，也在这工作。"1981年出生的雷霞说，她家属于大圳水库移民，搬迁后，就住在水库边上。幼时，她经常与玩伴们在水库沿线嬉戏、打闹，母亲时不时怀抱她前往水库眺望波光粼粼的水面。这里的水滋润她长大，呼唤她返回故乡。1999年7月，雷霞从学校毕业，放弃更优越的工作机会，转身投入大圳灌区生产一线，一干便是5年。在发电站工作的日日夜夜里，雷霞时刻感受到发电站家一样的温暖，因此她就越发坚定发展大圳灌区的信念。雷霞说："小时候，父亲经常在灌区生产一线工作到很晚，妈妈、姐姐和我都会等着他回家吃饭，父亲那种忘我奋斗的精神深深影响了我。"25年过去，她仍然在为灌区发光发热。

大圳灌区的崇山峻岭间分布着20个水管所。每个水管所有2～3名工作人员，由大圳灌区水利工程管理站统筹调度，他们的日常工作是巡查养护渠道，发现渠道内有杂物堵塞时及时清理，并定额放水，每天定时向水管站汇报前天放水量，与相邻水管所交接放水数据，确保不浪费每一滴水。

48岁的李海华是大圳灌区磨石岭水管所所长，他与一名同事坚守在荒无人烟的磨石岭，一干就是16年。他每天要巡渠2次，每次要花上2小时沿水渠边缘来回巡走8千米。冬天山里下大雪，李海华只能在深雪里缓慢前进。今年6月20日，李海华爷爷李卓云在医院住院时，医院向家属下达病危通知书，李海华急忙联系同事替他值守。"几个小时后，我才急忙赶往医院，爷爷却大喊让我快回去工作。"李海华说，爷爷李卓云和父亲李新宇都曾在大圳灌区工作，他们那种坚守的精神时刻激励着他。

现年45岁的肖文波，现为大圳灌区红星水利工程管理站周家岭管理所所长，在灌区一线工作了25年。2019年3月21日下午，突遇强降雨，大风裹挟着大量树枝和杂物一股脑涌进渠道内的沉沙池，渠道即将漫堤，对下游居民和发电站构成直接威胁，他边泄洪边汇报，请求紧急处置，因树枝太大和杂物紧紧缠绕在一起，影响捞渣机打捞，为确保所辖渠系安全正常运行，他不顾自身安危跳进渠道，迅速人工锯断树枝分离杂物，历时四个多小时终于疏通渠道，恢复安全送水，在水中浸泡多时的他却毫无怨言。而像李海华、肖文波这样坚守在灌区一线的人还有很多，比如熊晖阳、刘水淼、陈湘兵、肖仕楚、沈敦和等。一位又一位水管所战士，为了灌区人民，奋战在护水一线。

"有肥无水望天哭，有水无肥一半谷。"当干旱死角有了水的滋润，土壤便变得肥沃，家家户户争相开垦良地，纷纷种上了水稻、玉米等农作物。武冈市司马冲镇司马冲社区种粮大户刘国爱，对大圳灌区的水有着深切体会。2020年，他返乡种地，这几年不断扩大耕种面积，今年已租赁了53.33公顷田地，用来种植水稻、玉米和大豆。

"大圳灌区没修建之前，水田都是'望天田'，现在水利条件变好了，灌溉用水充足，我要合理利用这些来之不易的水种田，建设家乡。"刘国爱介绍，当田地缺水时，他会第一时间向村里报告，再向大圳灌区新虹水管站申请，批准通过，24小时内便会来水灌溉农田。

2022年，面对60年来的罕见旱情，大圳灌区管理局把抗旱保供水、保丰收、保民生作为主要职责和首要任务。提前蓄水，科学调水，精确到每一丘田的需水量，算好"水账"，用心送水。安排六个水管站均派出抗旱服务小分队，到田间地头指导抗旱，启动为期两个月的"百名灌区干部到田间"专项行动，把主题党日活动开到田间地头，帮助解决各类水源问题40多个，实现大旱之年无大灾。

大圳灌区开工建设以来，坚持边建设、边受益、边管理。五十多年来，该工程有效解决了多山地区存在高地形差、高水头差的灌溉水运输问题，从根本上改变了当地"十年九旱"的旧貌，为大圳灌区建成邵阳市重要的粮食生产基地发挥了重要作用，为促进地方经济社会发展与乡村振兴提供了有力的水利支撑。

开拓进取：书写"丰"景如画新答卷

一代人有一代人的使命，一代人有一代人的担当。近年来，在习近平总书记"节水优先、空间均衡、系统治理、两手发力"十六字治水思路指引下，在新一届局党委的坚强领导下，大圳灌区于湘西南这片古老的土地上焕发新生机，正昂首迈向新的发展征程。

2020 年底，投资 3.03 亿元的大圳灌区"十四五"续建配套暨现代化改造项目正式开工，工程竣工后有望恢复灌溉面积 35706 公顷，预计新增粮食产量 18 万吨，年节约用水量预估 1500 万立方米，相当于新建了 1 个中型水库。为了让项目建设有力推进，该局坚持党建引领，自大圳灌区"十四五"续建配套与现代化改造项目建设开工以来，将党支部建立在施工一线，大力推动党的建设与项目建设同频共振。为坚决落实市人民政府关于总干渠停水 40 天全面完成改造的部署，大圳灌区总干渠于 2022 年 12 月 7 日停水后，局党委书记、局长黄拥军带领局班子一班人，坚持每周下工地一线检查督战，累了就在车上打个盹，饿了就在工地上吃个盒饭。在总干渠攻坚战中，三个临时党支部充分发挥了战斗堡垒作用，林加夫、熊晖阳、曾海斌三位党支部书记在工地既当指挥员也当作战员，尤其是在 2022 年 12 月的总干渠进度控制性工程如云里坳沉砂池新建工程、磨石岭险工段新建工程等，在确保工程质量与安全的情况下，均开启三班倒 24 小时施工的赶工措施，全体党员干部及参建单位心往一处想、劲往一处使，确保在 2022 年春节前提前通水，保障了武冈与新宁两地城乡供水。今年夏季，高温酷暑下的大圳灌区各项目建设工地现场，全体党员干部职工及参建单位心往一处想、劲往一处使，谱写了党旗飘扬、笃定实干的时代赞歌。目前，现代化灌区项目建设稳步推进，有望 2025 年 3 月底前完成建设任务。国债水利项目大圳水库除险加固工程，概算投资 1.37 亿元，目前正在加速建设。

岁月不居，奋斗不止。大圳灌区续建配套与现代化改造工程（二期）工作也提上了日程，预计投资 6.54 亿元，正在办理项目入窗等工作。在市委、市政府的高度重视下，邵阳市大圳灌区扩灌增效工程经市政府 2023 年第十八次常务会议研究通过，正在全力推进之中，灌区扩灌后设计灌溉面积 118 万亩。

基础设施建设高歌猛进的同时，市大圳灌区管理局全面推进灌区和工程管理信息化、智慧化管理，构建工程运行标准化管理体系，"十四五"期间信息化建设投资 1616 万元，主要开展立体感知体系、自动控制体系、智慧应用体系、信息服务平台、支撑保障体系建设，项目建成后，专管和群管交接口以上水量计量自动采集率达到 88.36%，业务系统应用率达到 80%，信息化水平进一步提高。

汗水浇灌收获，实干笃定前行。2023 年，该局成功创建为省级标准化管理达标灌区以及全国"节水型灌区"；在年度市直单位绩效考核和领导班子年度考核中均获优秀；在市直单位党组（党委）书记履行基层党建工作述职评议考核中，2022 至 2023 年连续两年综合评价为"好"。

潮平两岸阔，风正一帆悬。放眼未来，邵阳市大圳灌区管理局党委书记、局长黄拥军激情满怀，该局将坚持以党建为引领，以服务灌区群众为中心，以项目建设为抓手，赓续红色血脉，传承大圳精神，笃定实干，团结奋斗，加快推进现代化灌区建设，着力创建全省文明单位、国家标准化管理达标灌区，全力书写更加美好的大圳答卷。

（作者单位：湖南省邵阳市大圳灌区管理局）

一水护田将绿绕

金海焕

抽水机埠里电闸被推上了，马达突突突迅速转动起来。粗壮的抽水鼻子一头扎进河道里一阵猛吸，河水经螺旋叶片被卷上了，在四方的砖砌围池里奋力倾吐。粗壮的吐水鼻子强而有力，不知疲倦，水声哗哗，喷雪溅珠般。

水利万物而不争，水渠里的水清亮亮的、冰凉凉的。奔腾着，跃动着，欢呼着流向渠道远方。因为那儿有干渴的禾苗在热情召唤，它要赴一场生命拔节的狂欢派对。

在农村，水渠是最常见的水利灌溉系统，可以说有田的地方就有水渠维系着农田。民以食为天，食以粮为先，家家户户要想端好自己的四季饭碗，少不了农田水渠的无私辛勤浇灌。

我小时候，水渠更像是一条条纵横交错的人工开挖河道。只要机埠马达一启动，水渠大小支流渐渐涨满起来，逐渐盈满。"U"形开面2米见宽的主流像树的主干一样笔直延伸。各支流就旁斜溢出将渠水输送到各个末梢环节，开枝散叶一般滋养一方水田。主流与支流的关节点便是一个个埋在机耕路下或田埂下的一截水泥浇筑的"引筒"。塞一把稻草抑或堵一堆地膜油纸就是一道开合轻便的水闸门了。家家户户的"葱郁叶子"就是靠这种土法水闸门控制水量。一个个水闸门简便实用，经济高效。

这样的土水渠是农田水利发展的必然选择，适应了当时经济社会发展的水平。缺点和弊端自然也显而易见，诸如渠道坡面泥土吃水重，水渠斜坡和渠底往往要吃饱水后，水位线才会缓缓提升起来。如果一户农田在水渠的末端，那往往是最后一个轮得到灌溉的，比较费时费力。再一个就是防不住凿洞专家——蝼蛄的肆意破坏。蝼蛄那硬而有力的大钳子像推土机一样迅速钻通田埂，水慢慢渗漏，继而就有管涌塌方的危险。尤其是自家的水稻田埂更需勤快巡查，以防水田"营养液"的流失。不过，与蝼蛄斗智斗勇，有时还是防不胜防。

农田灌溉也遵循吐故纳新的自然法则，有进水的地方自然会有出水。一条条水渠支流延伸到最末端，在服务完最后一家灌溉任务后，就溜出田埂下埋有的一截引筒排放了出去。家家稻田都喝饱了水，那就堵上进水口，扒开出水口，放开支流里的水以免水渠坡面的土长期泡水酥软而导致坍塌。一条一条支流的"废水"又向排水沟汇集。因为是"废水"，人们大多不会关注排水沟里的状态。排水沟有时淤积了，滋长了水草，有时还有腐草、树枝、地膜等"肠梗阻"，人们也是草草收拾一下，其间的脏乱差可见一斑。

2008年，萧山区农机水利局开始全盘规划、系统推进农田水利灌溉系统的更新迭代。水渠经过一番改造升级后是标准化的水泥预制构件，一截一截水渠构建串联起来，主流支流统一着装，十分规整有序。水渠坡道吃水少了，也就杜绝了坍塌的可能。蝼蛄的大钳子锋芒难有用武之地了，水的流失基本堵住了。更为可喜的是，灌溉效率大幅度提升，节约了水资源。这真是一劳永逸，一举多赢，实为民心工程、民生工程。

如今，在美丽河道建设持续推进过程中，排水沟也列入了治理名单，清淤、除草、去杂物……保持畅通是第一位的。有些地段还做了景观绿化，养了美人蕉、菖蒲、鸢尾、铜钱草等吸收水中的氮磷物质等，降低水质污染物，净化了水源。

以前无人打理的排水沟有了新颜值，一转身也能容光焕发，引得大家掏出手机留下美景。美丽河道重塑了人们的生活习惯，滋养出新的宜居生态品位。

"那株梭鱼草真好看！"女儿惊喜地指点着。

是啊，绿油油的，多么生机勃勃啊。

"这是小河吗？"儿子仰脸问道。

我笑了笑说："这不是河，是排水沟，农田排水用的，有的时候下大雨还可以排涝。"

"哦，真像小河一样干净啊！"

（作者单位：浙江省杭州市萧山区特殊教育学校）

灌区精神，在都江堰大地上闪烁（外二首）

王海清

我在都江堰读懂了灌区精神
是因为浏览了记载你的浩浩创业史实
留在水利史册上的一部不朽经典
每一个汉字的笔画，都是水花飞溅时的精彩
每一个汉字，都是那么厚重而耀眼
它的版面上仍然有血与汗

在一个一穷二白的年代
那是一个时代竭力起身的时候，百业待兴
都江堰水患不断，必须治理灌区水患
过去从来没有建设过这样大的水利工程
技术力量缺乏，但还是咬牙
发扬了自力更生、艰苦奋斗精神大干
依靠群众的力量干、闯、造
不等、靠、要，没有资金自己筹
没有技术干中学，没有工具土法带

用朝气和活力谱写水利新一代人的青春
尖镐开眼，铁锤上下挥舞，这是最初渡槽的动感
阳光无语，星月失眠
用比钢铁还硬的执着和毅力
终于掘出了一条条人工河

这条于 70 年代末由勤劳勇敢的都江堰人民
用智慧和汗水、钢钎和铁锤修筑的灌区
从此水源充裕，成为得天独厚的水利宝库
工程费省效宏，灌区广袤
灌溉良田，诉说着
不朽的灌区精神

灌区精神，更是一部不朽的巾帼史

中国女性
从未用迷离的眼睛认知世界
曾留守下来的女性，把土地和她的儿女们
紧紧护在身旁，头顶着何止半边天
要和肆虐的自然灾害一搏
洪涝曾是岁月里的常态，风沙肆虐
水携着泥土向远方流去，毁掉了家园
田瘠粮缺的山东位山，人从出生的那一刻
就要承载着自然界的苦难，将成长的方向
寄托在颠沛流离的命运中

求雨祭天
也不能改变水患漫溢成灾与干旱无水的现实
治愈这永远也躲避不完的痛，永不停止地离乡背井出外谋生
必须让后人抬起自尊的头颅
位山女，长期的磨炼，知道缺水的困境
她们看清了张牙舞爪的水患，
迫使骨肉分离，贫困交加的根源必须根治

一拍即合，让家园涅槃重生
她们的身体里早已灌满了自强的呼声
这呼声来自咬牙切齿的决心

摒除抛弃家园的念头，拒绝被鼓动逃离

她们用练就的勤劳、坚韧、奉献的优良品德

用精卫填海的精神，诚挚地展开了与命运的决战

每迈进一步，都是修行，向前进

或者后退，不同的选择

便是不同的风景

背上镐头、畚箕和干粮

浩浩荡荡，参与改造大自然行列

露宿荒山野岭，走进丘陵山地

靠近乱草荒坟，与蚊虫为伴

挖土、挑土、打夯、推车、锯木、打石……

这些连男子汉都感到生畏的活计

在位山女面前，宛如齐鲁大地的汉子

她们挺身而出，劳动效率也不亚于一个男人

堰堤一点点筑高了，安顿了狂躁的水性

稳砂固土，生机盎然，让人间看到了希望

一泓上善之水在库区内，为位山家园盛装着富贵，涵养着人间乡愁

生机盎然的位山，让人间看到了希望

让更多自信的位山人

停下了奔走的脚步

是的

位山灌区，一部不朽的巾帼奋斗史

人们惊讶于母性的伟大精神

在时代进步面前，敢于担当，勇于流血流汗

这是"延安精神""红旗渠精神"和"兰考精神"

在女性的体内奔涌

充满奋进力量的女人们

终于，汇聚成令天下人极尽仰慕的灌区精神

在天下人的精神世界里耸立

宁夏青铜峡因厚重历史而成为打卡地

青铜峡灌区背后的奋斗故事

激励着一代代人

随着时代变迁，青铜峡灌区被不断赋予新的时代精神

建设青铜峡灌区中的每一件物件

都是灌区精神的记忆

这引水渡槽，集体化时期农业水利工程的典范

述说着一代人的奋斗记忆

青铜峡灌区

根治了干旱，改变自己的命运

壮志凌云，敢为人先，攻坚克难的担当精神

求真务实、艰苦奋斗的实干精神

无私奉献的为民精神

岁月峥嵘，青铜峡大地上

2000多年坚守的引黄灌溉，滋养的地方

都是家园肥美的良田，更是摄影师眼中的佳景

因历史厚重而生机勃勃

黄河水源源不断地流淌

在日月中闪烁着灌区精神

（作者单位：吉林省吉林市桦甸市常山中心校）

漫漫三十年，我的来时路

何文豹

"同志们，早上 8 点，老地方集合出发。"一大早，灌溉群里消息响个不停，收到信息后，我习惯地准备好雨鞋、头灯、安全帽等随行物品。作为一名武引工作者，巡护灌区几乎是我每天的工作，在我脚下的这片土地上，武引工程如同一条巨龙，蜿蜒伸展，不仅改写了山川的轮廓，更在无数建设者心中留下了难以磨灭的印记。

回望过去的三十载春秋，我深耕于武引的广阔天地，所走的每一步都镌刻着艰辛与汗水，更承载着成就与幸福的沉甸甸记忆。如今，目睹灌区在武引水的滋养下焕发生机，人民安居乐业，户户粮食满仓，禽畜满圈，生活幸福，奔向小康，我心中满溢着作为武引水利人的自豪，以及对未来的无限憧憬。

迷雾中的测量风云

1994 年初秋，我正式踏入了三台县武引管理处的大门，恰逢武引建设如火如荼之际，我毫不犹豫投身到武引工程建设大潮之中，亲历了多个重点项目的崛起，也肩负起灌溉管理的重任。同年十月，作为测量先行组中的正平组，我们背负行囊，踏上征途，前往争胜乡（今灵兴镇）三村村委会办公室驻扎，与当地群众搭伙吃饭。那时的条件简陋，村办公室电线老化，我们只得亲手排故，那段日子，我们不仅要克服老旧电线带来的安全隐患，还时常因为停电不得不在烛光下整理测量数据，艰难却充满斗志。

尤为难忘的是，有一日清晨，大雾弥漫，正平组一行 6 人早上 7 点就出发赶往测量起点，为尽快赶到，领队带领大家走了一条山路，由于能见度极低，路况也不熟，我们不幸迷路了。在这人迹罕至的山间，我们焦急万分却找不到问路之人。最终，只得匆匆下山，问明路后再次出发，待浓雾散去，阳光洒满大地，我们终于抵达目的地，大家都长舒一口气，还好把握住了宝贵的测量时机。

翻山越岭的午餐记忆

还记得测量双龙分支渠忠孝乡渠段时，午饭联系到了文家沟文书记家。中午时分，测量点距离午餐地点还有三千米之遥，当时神皇垭隧洞未贯通，要过去，还需要翻越一座大山。为了节省时间，我们决定先完成隧洞进口处的测量，再翻越神皇垭前往文书记家吃饭。待我们抵达隧洞进口，已经是下午3点了，大家早已是疲惫不堪，饥肠辘辘。赶到文书记家时，热情的村民已备好炒花生，我们狼吞虎咽地吃花生，喝开水，待饭菜上了，我们已经吃饱了，但又不忍让热情的村民失望，强忍着吃了不少，直到肚子撑得难受。没想到，到了晚上，干炒花生在水的作用下开始发胀，胀得肚子十分难受，我们个个大眼瞪小眼，彻夜未眠，这洋相出大了。那一夜，干炒花生带来的不适，虽让我们苦不堪言，却也成了我们茶余饭后的笑谈。

工地上的生死瞬间

转眼到了1998年，这一年，三台县武引工程明渠施工全面铺开，群众投工投劳的热情高涨。然而，由于明渠工程战线长，施工战线近200千米，技术人员严重不足，爆破作业成了一大难题，镇上只能组织部分知识青年突击培训，边施工边学习，但很多爆破情况都不尽如人意。

11月的一天，我正带着两个实习生在渠段上指导施工、督促进度，突然传来放炮的哨音，我们急忙赶往安全地带，却意外碰上另一段渠道的放炮作业。在慌乱中，一群人只好就近躲在一棵小树下，眼睁睁看着大小不一的石块在自己面前"砰砰"地下起了石雨，甚至一块石头还击中了我的安全帽，石头砸得粉碎，帽上也留下了一个坑，每每想起都心有余悸。亲历了爆破的惊险瞬间，我深刻认识到工地安全的重要性，此后更加注重安全检查与防范，尽量避免事故的发生。

技术攻坚的惊喜时刻

1999年3月，高复分干渠黄连垭倒虹管施工进入关键阶段，面对管道止水环无法正确压入的难题，我们群策群力，反复试验，终无果。为了保证管道安全，我提议邀请厂家技术人员现场指导，但技术人员来到现场，按照其要求连接管道，依然不能正确组装，厂家技术人员要求将管道重新分开，仔细查看，在多次尝试与测量后，发现止水环型号不符。更换合格的止水环后，管道终于顺利安装完成，工程质量优良，倒虹管运行至今二十余年，依然稳定可靠。

2020年5月18日，武引一期工程全面竣工，总干渠全线贯通，顺利通水。当我站在武引工程的壮丽景观前，回望那段充满汗水与欢笑的岁月，心中不禁涌起无限的感慨。那些在工地奋力挥锤的汉子，吃力挥铲的老人，帮助父母运土搬石的孩子，攻坚克难的技术人员……无数建设者顶风冒雨，让武引工程在无数次的挑战中屹立不倒，最终破茧成蝶，绽放出耀眼的光芒。

时间来到2024年，三台武引工程已为灌区服务二十余载，灌万顷良田，惠万千百姓，武引早已与灌区人民的生活休戚与共，融为一体。尽管岁月流转，工程略显老旧，但它依旧如青松矗立，发挥着不可替代的作用。民生为本，枝叶关情，随着国家对灌区配套建设和现代化改造的大力投入，武引工程必将焕发新的生机与活力。同时，面临高质量发展、现代化建设的新要求，我与众多武引人共行，学习先进地区的成功经验，寻找解决问题的突破口，在学思践悟中，继续造福灌区人民，助推乡村振兴战略的深入实施，描绘灌区好"丰"景。

这些年，不知不觉中我接过了父辈手中的接力棒，为三台水利事业贡献着自己的力量。那些关于武引建设的记忆，已经化作了我心中最宝贵的财富。它们不仅见证了建设者们的智慧与勇气，更传承了一种不屈不挠、勇于探索的精神。这种精神，将激励着我在未来的道路上继续前行，在祖国的伟大事业中披荆斩棘、乘风破浪。

"叮咚"。群里催促的消息拉回了我的思绪，我收好东西乘车前往灌区，车窗外的景象从城市逐渐变成乡村，当清晨的第一缕阳光穿透薄雾，照耀在还未完全苏醒的山谷时，一群怀揣着梦想与激情的建设者们已经踏上了新的征途。

（作者单位：四川省绵阳市三台县武都引水工程建设管理局）

在五月聆听武引水的声音

李　静

在五月的乡村

请卸下劳累和汗水

请忘却闷热和焦躁

在嫩绿酥软的风里

请俯下身来

或者贴近泥土

安详地聆听武引水的声音

这些来自遥远的天籁之音

从武都水库出发

长途跋涉

翻山越岭

过桥跨河

穿隧洞过涵管

缭绕在绵延大山

响彻在陡峭坡岩

低吟在宽阔田野

将激情送给准备孕育的庄稼

送给满怀希望的父老乡亲

也送给一直喊渴的鸟雀和青蛙们

这些声音

时而激情澎湃

时而婉转低回

时而迅速坠落

时而如月光滑过丝带

五月

我坐在田埂聆听武引水的声音

这些透明、清脆、自然的声音

将乡村渐次唤醒

让许多低于尘土的生命重新出发

在五月聆听武引水的声音

有一种坚韧的力量拔地而起

（作者单位：四川省绵阳市三台县武都引水工程建设管理局）

如果你要写武引，那么你就不能只写武引

杜瑾萱

1958 年，邓小平同志视察四川武都引水工程选址，听取汇报后，称赞工程是"第二个都江堰"。在党中央、国务院的亲切关怀下，在国家部委和省市领导及各部门的关心支持下，无数武引人风雨兼程六十余载，筑就百米高坝，千里长堤。"治水兴民、同舟共济、敢为人先"的水利精神，在新征程上也激励着武引人求实奋进、开拓创新，一路劈波斩浪，不断续写新成就。

——引子

如果你要写武引，那么你就不能只写武引，
你要写"万古涪江流不尽，渔矶月似旧时明"的伟人挥毫；
你要写"轻舟荡漾观奇境，游人仰望齐惊叹"的涪江风月；
你要写"禹里引涪立壮志，石龙初捷跃岗坪"的江河伟业；
你要写"风禾尽起谷稻黄，盈车嘉穗粒归仓"的民康物阜。

如果你要写武引，那么你就不能只写武引，
你要写 65 年涪江下游的沿岸安澜；
你要写"十万人马战武引"的水利精神；
你要写科学调水，功在当代、利在千秋的水利工程；
你要写"一改促六化"，助推灌区高质量发展的改革春风。
如果你要写武引，那么你就不能只写武引，

你要写科学防洪为民生，精准调控保安宁；
你要写引渠溉田百余顷，清泉流淌润山乡；
你要写黄金水道十余里，高峡平湖赛天工；

你要写披星戴月斗苦旱，润泽良田解民忧。

如果你要写武引，那么你就不能只写武引，
要写灌区群众从肩挑背扛到现代化施工；
写建设从"一把锄头"到"智慧水利"；
写农业从"靠天吃饭"到"水旱从人"；
写防洪标准从"五十年"到"一百年"；
写涓涓碧流从雪宝顶源头到白鹤林水库。

如果你要写武引，那么你就不能只写武引，
你要写江田满绿欣欣向荣的春苗；
你要写沃野百里颗粒饱满的稻穗；
你要写碧波荡漾悠悠而来的绿水；
你要写改造提标热火朝天的景象。

如果你要写武引，那么你就不能只写武引，
要写绵延交织的渠道和飞跃而起的渡槽；
写支渠边的红果满枝；
写两岸的芦花摇曳，
抬头可见的蓝天，
和"晨起理荒秽，待月荷锄归"的烟火日常。

如果你要写武引，那么你就不能只写武引，
你要写对标先进，不断强化灌区管理架构的"一体化"改革；
你要写数字赋能水利，不断加大建管融合的"六化"建设；
你要写传承红色基因，不断引领振兴之路的先锋战斗堡垒；
更要写历经"三下两上"，勇于攻坚克难的武引担当；
要写传承治水精神，绘就人文和谐新画卷的武引发展；
要写新时代新征程上击鼓催征、开创未来的武引篇章！

再落笔，

是勠力同心的武引；

是战天斗地的武引；

是福泽万民的武引；

是日新月异的武引；

你要写武引，就不能只写武引！

（作者单位：四川省绵阳市三台县武都引水工程建设管理局）

中国水利人

王海波

多年前，
一群闯关东的汉子，
响应党的召唤，
来到这片广袤的大地，
驻扎在风光旖旎的蜿蜒山脉。

他们扒开白皑皑的积雪、
翻开黑黝黝的土地，
摘下粒粒星辰、浸着滴滴热汗，
饱含深情地种下沉甸甸的希望。
用古铜色的手臂，
扬起"水利建设"的风帆！

在那里，他们开始，
近乎"疯狂"地追逐梦想。
他们要建设，
属于自己"物质和精神"的新家园！
无暇聆听松涛阵阵，
顾不上欣赏山花烂漫。
有的只是，
倾情的投入和刻苦的钻研。

没有机械，
他们用粗糙的大手，

SHUILILIANGFENG GUANQUJINGSHEN

制作出"木牛流马"。
没有设备，
他们用粗犷的号子，
挺起"铁打的双肩"。
没有花前月下、
没有耳鬓厮磨，
当然也没有浪漫，
但是，阵阵婴儿的啼哭，
也一样，
震撼了清清的江水，
唤醒了绵绵的群山！

从农民的丰收喜悦中，
我们看到，
一年辛劳的祝福之歌；
从满目新绿的憧憬之中，
我们看到，
自己奋斗的希望之虹；
从防洪减灾能力的提高，
我们看到，治河建库防洪水的成效；
从水资源"三条红线"的管理，
我们看到，珍惜资源抓节水的成效；
从大自然动植物的回归，我们看到，
生态修复护源水的成效；
从饮用水的改善，
我们看到，城乡一体保供水的成效；
从农村饮水基础设施的建设，
我们看到，乡村振兴用活水的成效；
从河水治理体系的完善，
我们看到，依法行政强管水的成效。

看——
龙虎泡净化水厂，
产值五个亿，工期仅三年。
大庆西城污水，省级优质。
南水北调，享誉北京四环。
大庆水厂、红湖泵站、引嫩大闸，
蔚为壮观。
齐齐哈尔橡胶坝，
把大禹奖杯捧在了胸前！

新的时代有新的召唤，
新的环境有新的挑战。
全球变暖，融化了冰川，
多少问题，摆在了面前——

是否记得？一九九八；
江堤溃口，水漫肇源。
是否记得？二〇一三。
同江八岔，浊浪滔天。
喜逢盛世，国策指南。
惠民治水，盛况空前。
率先垂范，水利集团。
精兵强将，共赴前沿！

引嫩扩建骨干工程，
枕露披霜心不悔；
三江一泡治理工程，
携星挽月志尤坚。
挡墙闸坝、坚如磐石，
千里长堤、稳如泰山，
水利精英、可歌可颂，

大禹精神、世代相传!

通河县东部提水工程,
又称"丰泽渠",
输水渡槽全长超万米,
如巨龙伸展天边。
规模位列亚洲第二,
国内第一理所当然。
正是——
万户千家百姓,
泽万顷沃野良田。
引一脉松江碧水,
造一方塞北江南!

鹤北林区兴修水库,
关门嘴子笑傲群山。
征林征地虽然坎坷,
群策群力不畏艰难。
抽调精英谋求发展,
BIM 管理勇往直前。
披荆斩棘凝心聚力,
日新月异快马加鞭。

"3+3+6"战略,宏图大展;
"十四五"规划,誓师庄严。
职工生活,逐年改善;
信誉第一,业主点赞。
中国水利骨干队伍的风采,
在激情与豪迈中完美展现;
如火如荼的优秀团队,
在机遇与挑战中直挂云帆!
水利人的心更是清澈的。

正是这些献身于水利事业的平凡人，
支撑起中国水利的发展和繁荣；
正是这些献身于水利事业平平凡凡的我们，
组成一道道英姿勃发的风景线。

日子红火了，大水网连通了，
是我们用青春、智慧点燃希望，
是我们用汗水、泪水浇灌兴旺，
我们是水利事业的开拓者，
我们是水利事业的创业者。
多少翩翩少年，在岁月的磨砺中变成垂垂老者。
多少靓丽少女，在风霜雪雨的洗刷中添上皱纹白发。
我们不忘初心，牢记使命，
我们以奉献为己任，数十年如一日，造福着依赖水利生存的千万百姓。
我们将最宝贵的年华，给了祖国这片热土，无怨无悔！
我们将伟大的水利工程留给了世人，荣光无比。
我们的名字注定将与中国水利紧紧相连！我们向自己致敬，向中国水利人致敬！

朋友们，你们都能看见——
逝去的先辈们，他们能否听见？
我要大声地说，我要豪迈地喊：
献身水利，无怨无悔；
负责求实，心甘情愿。
不忘初心，和谐奋进，
共同创造，美好明天！

（作者单位：浙江省舟山市自来水有限公司）

木 兰 颂

——木兰陂发展历史、保护利用与传播传承

王妍楠

在木兰陂古韵悠长的影子下，生态文明的幼苗静默地探出了头，
千年岁月，智慧与自然交织，绘就一卷天人合一的华章。
木兰陂，古老水利的明珠，闪烁着先民的灵光，
亦是人与自然和谐共融的鲜活注脚。

从宋朝的初兴，至今朝的辉煌，
木兰陂历尽岁月的洗礼，春花秋月，夏雨冬霜，
它见证了人类对自然的谦卑与求索，
也目睹了从征服自然到携手共行的觉醒。

每一次修缮，不仅镌刻着科技的跃迁，
更沉淀着对生态文明理念的深思与践行。
智能灌溉，让每一滴甘霖滋润着生命的渴望，
监测科技，让生态保护的步伐更加稳健与精确。

在木兰陂的引领下，木兰溪的治理翻开新篇章，
生态复育与守护，奏响了绿色的乐章。
湿地公园的诞生，为生灵提供了庇护之所，
清泉碧波，木兰溪重现昔日清澈的笑靥。

木兰陂与木兰溪，如同血脉相连的双生，
在生态文明的旗帜下，偕行于时光的长廊。
它们诉说着，每一滴水都是生命的源泉，

每一片翠绿，皆是生态平衡的诗篇。

在木兰陂的足音里，我们学会了谛听，
听溪水细语，那是自然的心跳；
听稻浪低吟，那是大地的呼吸。
我们学会了凝视，见飞鸟掠过，那是自由的歌谣；
见云朵舒展，那是天空的笑靥。

生态文明，不只是唇齿间的誓言，
它是行动的号角，是世代承续的诺言。
在木兰陂与木兰溪的叙事中，
我们窥见了人与自然和谐共生的绮梦。

从木兰陂至木兰溪，从滋养到系统维系，
这是一段关于生态文明的不息旅程，
每一代人，都在为后世铺垫基石，注入新潮的活力。

让我们携手，循着木兰陂与木兰溪的轨迹，
探索更多自然与生命的隐秘，
让生态文明的光芒，穿透时空的迷雾，
让木兰陂与木兰溪的故事，成为千古的佳话。

在这新纪元的征途上，我们铭记初心，
以木兰陂与木兰溪为镜，反观内心深处，
在追求进步的路途中，永葆人与自然的和谐共生，
让生态文明的种子，在每一颗心灵里深植，
绽放出更为绚烂的花朵，照亮未来的航程。
如此，我们不仅是在书写历史，
更是在塑造未来——一个绿意盎然、生机勃勃的世界，
在那里，每一处风景都是诗，每一段旅程都是歌，
而木兰陂与木兰溪，将永远是那首最动人的篇章。

（作者单位：福建省水利水电勘测设计研究院有限公司）

梯田生命史

魏　珂

农耕文明并非都来自一马平川的平原，它也来自山地、丘陵，或偏居一隅的丛林密岭，抑或你意想不到的壮阔与惊奇。

平原旷野上的农耕是横向的、平推的、传统的；而山地丘陵上的农耕是纵向的、攀爬的、独特的，这种高与低、垂与直的落差造就了生命的高度、历史的跨度、人力所能抵达的纬度，是历史间一个个鲜活的人徒手扒田的见证，是这个地区的民族向上攀缘的台阶。

站在陵顶，向下俯瞰，几座山体对立耸峙，一条条齐平等高线沿山坳渐次蜿蜒开去，规则而对称、辽阔而壮美，似大地母亲弓起手背上的道道皱褶，无声诉说着人与土的关系，让你冥思、待你感悟。自流灌溉的水源从山顶倾泻而下，似一张铺开的水网，覆盖整座山体，形成天然的内循环系统，水源富足丰盈、梯级渐次分明、稻作浓绿爽朗。

这就是上堡梯田。

一

上堡梯田，位于赣州市崇义县。"崇义"，顾名思义，"崇尚道义"，这里留下了明朝都御史王阳明镇压叛乱后的功勋，更留下他对当地百姓的期许，至今生动馨香。

上堡梯田开发较早，据《后汉书》记载，远在先秦时期，猺人便在此劈山走石、刀耕火种，将生命依托在茂林丛草间，

> "衣裳斑兰，语言侏离，好入山壑，不乐平旷。帝顺其意，赐以名山广泽。其后滋蔓，号曰蛮夷。"
>
> ——《后汉书·南蛮列传》

看得出，在历史的入口处，猺人便着色彩斑斓的衣服站在这片原始植被间，语

言与中原也有疏离，他们喜好钻入山林而不喜平原旷野地带。高辛氏顺从他们的喜好，赐以名山大川。他们在此地繁衍生长、瓜瓞绵绵，后裔被称为"蛮夷"。

面对赣南的原始密林，没有一点"蛮劲"可不行；面对崇义的荒山野谷，没有一点"蛮力"可不成。"蛮"是对他们身份的甄别、更是刻在他们骨子里的基因。从茹毛饮血到扛起耒耜，猺人便开疆拓土，繁衍生息，在赣南广袤的土地上默默进行着他们的播种活动，如名中之"犬"般，忠实于这片土地，成为崇义上堡的第一代拓荒者。

结束了狩猎、采拾的时代，南蛮猺人在这片土地迎来最初的农耕文明。

二

公元前 221 年，结束了六国纷乱，秦始皇大开大阖、荣膺挺进，使秦朝武力抵达这片南蛮之地，到达九江郡南野县（今崇义等四县），这是为他的军事行动做准备，却也无意间开启了北人开发南野、开挖梯田的历史进程。

上堡梯田的雏形由此开启。

农时的观察、种子的筛选、铁器的传播、耕作的精细，让北人迅速在此地扎根下来，与这片新土地产生了深深的依附。崇义作为征战南越、闽越的后方补给点，其田地逐渐被开挖。

2200 年后，随着深埋地底的龙首青铜带钩、方格纹高领陶罐、方格纹双唇陶罐等农耕器具和生活用具的出土，我们能遥想当年扎根此地的北方士兵与南蛮猺人一起埋首厚土、躬耕山地的图景，他们之间也会有纷争甚至大打出手，但那都是小事，因为在推进梯田开荒、推动农耕文明的大事面前，个人、部落、集团、身份之间的磕磕碰碰都不足挂齿。

上堡梯田，见证了大秦帝国武力的边缘触角，也见证了农耕文明散落赣南的点点滴滴。

三

在经历两汉、魏晋的兵戎相见、风雨飘摇后，梯田迎来了唐、宋。

唐、宋既盛大又宏阔，既秾丽又精致，只是那时的梯田还未形成庞大规模，与朝代的气质相比，稍显羸弱。而唐、宋的历史拐点是"安史之乱"和"靖康之变"，这让赣南地区一下涌进众多从北方拖家带口、逃避战乱的客家人。

所谓"客家人"，便是客居在赣、闽、粤的中原人士，从称呼中便可猜得他们未曾想一直待在南方，希冀战火一旦结束，便能有朝一日返回故土，于是便以"客家人"

自指。

这是朝代给予的嬗变，也是背井离乡的无奈。

人口突然的激增，让上堡之前的良田相形见绌，土地的紧凑让客家人和本地猺人不可避免地发生械斗，无奈，他们只得"另辟蹊径"，向山地要粮食、向丘陵要饭碗。

他们将目光盯上崇义山麓及沟谷中较为低缓的坡地。开垦山地，拾级而上，自山脚起，一阶一阶向上垒起，形成一块块低山板块梯田。他们深知"自然之道"，利用山顶植被丰富、富含水源的优势，就地取材、因势利导，或让泉水自流渗出、或架设竹笕输水至田、或埋设竹管通达水源、或修建水渠借田输水，形成一道天然的山体灌溉系统，保证每一块梯田的用水。水是农业的命脉，有了水源，农耕便能加速前进了。

"上堡、上堡，高山崇上水淼淼"这句当地的谚语，至今广为流传。

四

元、明时期，随着政府税收不断苛刻，大量粤、闽客家人被迫迁徙至崇义。而本地猺人势力的增强、领域范围的扩大，使得双方联合，形成一股反抗政府的山匪势力。

明朝正德十二年（公元 1517 年），王阳明率兵镇压猺人叛乱，猺人经过这场镇压和清理，退出崇义范围、退出历史舞台，客家人从此成为上堡梯田的主人。

为解决粮食问题，客家人便沿循老一辈的足迹，在地势更高的山地继续开垦，就这样，从山脚、山腰直至山顶，一层层梯田被开垦出来。

这一时期，上堡梯田面积、规模不断外扩，由零星局部形成规模连片，由低处开垦演变为整体动工。客家人胼手胝足、摩顶放踵，开山凿田、只为生计。在坡度平缓处开垦大田，坡度狭窄处开垦小田，甚至在沟边坎下、石隙之间也无不开凿。

要存活、要生活，这简单而朴素的生活信念，客家人秉持了近千年。

梯田旁，一条条水渠将其护绕，形成一个个"十"字形。来自山顶的水源在渠间流淌，欢快跳跃、自上而下、直至山脚。为解决邻里间田地用水不均的问题，客家人巧妙地在水渠不同位置开凿出大小不同的平梁分水口来解决不同区块、不同田亩水量分配问题，同时放置大小不同的平梁分水石、凿槽分水石来调节过流量。

精诚协作、以和为贵，这是客家人的处事原则，也是客家人迁徙外地后的圆融通达。

水流，便在分水石的调节下，或汩汩迅疾地奔向田垄、或平缓悠悠地信步田间。水稻便得了滋润、长了精神，齐刷刷地昂起头、抬起胸，迎接着每一个晨曦和晚照。

五

清朝时，上堡梯田的开发达到顶峰。

随着更多粤、闽客家人的迁入，加之清政府一系列鼓励农耕的政策，上堡梯田迎来它的绽放。

> "康熙初年实施重农政策，奖励远迁垦种，每开荒一亩地还给四至八两银子补助款，大量家族涌迁本境，上堡乡户数急骤增加，户数由一个甲猛增到五个甲。"
>
> ——《上堡乡志》

人口的迁入，势必带来田地的紧张，梯田进一步开垦在所难免。据记载，清康熙二十二年（公元 1684 年），有水陂 74 座，灌田 89 顷 36 亩 2 分；而到了清光绪十九年（公元 1893 年），有水陂 77 座，灌田达 117 顷 88 亩 2 分。梯田的数量与规模不断攀升。

客家人在修筑梯田的同时，与治山理水的理念相结合，掌握了引洪漫淤、保水保土及肥田技术，在稻草入田、绿肥种植、施人畜粪等肥田技术运用的过程中，增加地力、肥沃土壤，形成了天人合一的"森林—水系—梯田—村落"的山地农业系统。

在云遮雾绕、茂林修竹间，构筑"梯田深处有人家"的理想家园。山涧、泉水，竹林、梯田，村庄、人家，构成了一幅蕴含中国精神特质的"村落图"，成为中国人的梦里老家。

六

如今的上堡梯田，层层叠叠、稻浪袭来，时而青苗嫩绿，时而金穗飘香。

2022 年入选"世界灌溉工程遗产名录"后，它如常不受打扰、保持自己的节奏。

沿袭客家先民的传统，当地人打开生命格局、拓宽人生跑道，引进文旅公司，创新灌溉举措，扩张灌田面积达 6.7 万余亩，并在梯田里种植高山油茶，进行稻虾混养、稻田养鱼、稻田养鸭，实现了森林、竹林、梯田、村庄和谐再生，让人水和谐焕发出新时代的意蕴。农闲时，当地百姓做起"九层皮""黄元米果"，跳起"舞春牛"，传承"莳田习俗"，让红火日子融入这片错落有致的金黄稻田里。

一处梯田，一方百姓。

千百年来，上堡梯田已然成为当地百姓与这方天地的鲜活见证。

猺人、北人、客家人……祖祖辈辈的迁移辗转、生老病死都消融在这片梯田里，让梯田有了人间的温度和历史的亮度。

梯田，便也在千年时空的流转间，谱写了自己的生命史。

（作者单位：江西省防汛信息中心）

今日通航

崔振良

徐徐晨风吹过，两岸丛林载歌载舞
欢迎八方来客
灿烂的霞光，送走了晶莹剔透的晨露
融入蜿蜒的北运河
丰收的五谷，饱含真情，悄然送来诱人的芬芳
金秋，为通航激情放歌
金秋，为通航披上金色

今日的运河，波光粼粼，野鸭起舞，白鹭吟哦
今日的运河，森林隐丽鸟，秋水映佳人，岸柳婆娑
今日的运河，湿地连田，岸滩相依，河渠纵横交错

今日通航，红旗招展，千帆竞发，击鼓鸣锣
今日通航，船桥昂首前行，车水马龙，气势磅礴
今日通航，滨水岸线，水映园林，浩渺碧波
今日通航，晨岚伴船闸，涟漪作晨曲，波中舟影走如蛇

临窗远望，两岸晴岚裹挟着多少人的梦想，在这里静静飘落
临窗远望，水系连通，水韵丹青，重彩浓墨
临窗远望，橡胶坝横跨两岸，潺潺流水，娓娓诉说
临窗远望，炊烟缭绕，茂密林带环抱农家小舍

悠悠运河，流淌着华夏儿女的一腔热血

悠悠运河，汇聚着几代人辛勤的汗水，浇灌出绚丽的花朵

记使命，勇拼搏，滴滴河水润心窝

近水凝思今古事，凭栏吟咏大运河

（作者单位：河北省廊坊市水利局）

愿为粮丰潍水来

马春艳

高密自古以来都是农业种植的宝地，然而，水资源的分布不均与季节性的干旱，常常造成农作物产量不均，甚至有过亩产百十斤的光景，给农业发展带来一些额外的困难，农民的肩头多了抗旱保收的担子，满心充满丰收的期盼。

潍河流经高密西南部，碧水汤汤，站在村头能听到水流声，只是逢干旱季节，似有近水不解近渴的感慨。长久以来，这里流传着一句无奈的口头禅："水在河中流，人在地上愁。"水源近在咫尺，却无法触及，农民看着干涸的田地满是无奈之苦。"水，乃农业之命脉""民以食为天"，种地可是农民赖以生存的方式，干旱怎么办？当地政府看在眼里，真正做到想农民所想，急农民所急，决定引潍水灌溉，促进农业增产，带动经济发展。于是，一场宏大的水利工程规划在人民与政府的共同努力下拉开序幕。

1978年，一个平凡而又非凡的年份，注沟公社水利站的杨树华，年仅34岁，肩负起了设计县内最大规模红旗扬水站的重任，凭借十四年的水利工作经验，他亲力亲为，从选址、设计、测量到计算工料，每一步都倾注了心血。

很快扬水站有了响亮的名字——红旗扬水站，建设红旗扬水站的工程如同一场革命的战斗般打响。

在项目初期，杨树华和助手踏勘现场。他们攀爬陡峭的岸坡，穿越茂密的灌木丛，有时甚至要涉水过河。经过几个月的艰苦工作，杨树华综合分析后，确定了一处地质稳定、靠近水源又便于施工的地点，为后续的设计和施工打下了坚实的基础。

在县水利局与地方政府的全力支持下，解决了设计、施工、资金、物料等一系列复杂问题。设计上，杨树华大胆创新，采用多曲拱支撑法，将高达四层楼的消力池设计得如同一座精美的多曲拱桥，整体结构均衡，美观实用，赢得了同行的赞誉与省领导的认可。

在充满挑战与希望的时代，杨树华和他的团队面对的是一个看似不可能完成的任务：在东高西低的复杂地形上，要首先建造一条长768米的钢筋混凝土渡槽，以克服自然地势带来的水流难题。

杨树华，这位充满智慧与勇气的领导者，提出了构建支撑墩的创新方案。66 个石砌支撑墩，高度从 5.5 米到 13.6 米不等，每一个都承载着巨大的压力，确保渡槽能够稳定地跨越地形起伏，实现水流的顺利输送。技术难度之大，令人咋舌。

在杨树华的带领下，来自 53 个大队及驻沟公社的一万多民工，无论男女老少，都积极响应，投入这场艰苦卓绝的建设中。他们中有的是经验丰富的老工匠，有的是年轻力壮的小伙子，每个人都带着自己的工具，满怀热情地参与到工程中来。

清晨的第一缕阳光还未完全驱散夜的寂静，潍水河畔就已经热闹非凡，红旗飘扬，工人们忙碌的身影穿梭其间。他们自带干粮，有的甚至从十几里外赶来，不顾长途跋涉的疲惫，立即投入工作。

三个采石连的劳动者们，身手敏捷地在巴山用石锤敲击出清脆的节奏，一块块坚硬的石头在他们手中渐渐显露出形状，成为工程不可或缺的一部分。

工地上，民工们分工明确，协作默契。有的驾驶着板车，小心翼翼地将沉重的石头运送到指定位置；有的手持凿子和锤子，专心致志地将石块雕刻成符合设计要求的形状；他们用的是最原始的工具——錾子，一种类似于凿子的石制工具，用来开凿石头。每一次挥动，都需要全身的力量。老石匠的虎口因此震裂，鲜血染红了他的手。但他没有停下，只是用布条紧紧包扎，继续工作。錾子的头部逐渐被磨平，再集中起来回炉锻造，但这丝毫没有影响他们的进度和士气。还有的从各自村子里带来的木材中挑选出最优质的材料，搭建起稳固的木架，为高空作业提供安全保障。

最艰难的工作莫过于挖掘和搬运材料。水泥袋由人工扛运，每一袋都重如千钧。河边，他们用铁铲挖沙，然后一筐筐地背到岸上，用于浇制混凝土。汗水和泥水混在一起，模糊了他们的脸庞，却清晰了他们心中的目标。

短短 14 天的时间，66 个石砌支撑墩拔地而起，渡槽的主体结构初具规模，这不仅是技术和效率的一次胜利，更是人类智慧和集体力量的一次伟大展现。

紧接着，他们以土法人工完成了每节重达 12 吨的混凝土渡槽 66 节的预制工作，每节渡槽的制作都凝聚着智慧与汗水。

最难与最危险的挑战，莫过于将这些庞然大物精确无误地安置于十几米高的石墩之上，每节渡槽借助八台绞磨机的力量，缓缓升起。然而在安装第一节渡槽时，一场意外发生了，当时，一群建设者正全力以赴，试图将第一节沉重的渡槽安置于十几米高的石墩之上。第一节渡槽与消力池之间是斜线相交，这需要每一分一毫的调整都小心翼翼。渡槽，这位混凝土巨人，此刻已悬于半空，宛如即将展翅翱翔的巨鸟，静静地等待着它最终的归宿。一台绞磨机，被安置在了河岸之下，远离了众人瞩目，操作员看不见岸上的繁忙景象，他的手轻轻绕过绞磨机的拉绳，将它稳稳地挂在转盘上，随后，他走向河边，让清澈的河水洗净双手，也洗去了一身的疲惫。然而，命运却在此刻开了一个不大不小的玩笑，拉绳在不经意间滑脱，如同挣脱束缚的野马，带着不可遏制的力量向前奔腾。

在高处，指挥员杨树华敏锐地察觉到了一丝异样，那是一种难以言喻的不安，仿佛是风暴来临前的预警。他迅速作出反应，像一只矫健的猫，沿着渡槽往回疾驰，每一秒都凝聚着生死攸关的紧张。就在他刚刚抵达安全地带的瞬间，渡槽如脱缰的野马，猛然下沉，那一刻，时间仿佛停止，空气中充满了令人窒息的沉默。

然而，奇迹往往在绝望中诞生。渡槽的落下并非一场灾难，反而像是命运的巧妙安排，它竟然精准地落在了石墩的中线上，仿佛是天意所为，让人不禁感叹造化弄人。

水渠往东必须穿越一个高耸的分水岭，那里是坚硬的岩石构成的，任何常规的挖掘工具都显得无能为力。然而建设者并没有被困难吓倒，他们坚信，只要有一丝希望，就有克服万难的可能。

在缺乏现代爆破技术的情况下，他们利用古法炒制炸药，这是一项既危险又需要极高技巧的工作。他们小心翼翼地将自制的炸药放入精心凿出的钻孔中，点燃引线，随后退至安全距离。随着一声巨响，坚硬的岩石被炸裂，露出了一条条通往未来的裂缝。每一次爆破，都是向着目标迈进的一大步。

随着时间的推移，一条暗渠逐渐成形，它隐藏在地下，悄悄地穿越了那座分水岭。

经过劳动人民的辛苦付出，大功告成。随着一声令下，闸门缓缓开启，那一刻，时间仿佛凝固。只见一股股清澈的水流从干渠缓缓流淌而出，沿着精心设计的渠道，向着支渠延伸，宛如一条条银色的丝带，轻盈地铺展在大地上。

曾经，"水在河中流，人在地上愁"是这片土地的真实写照，如今，这一切都已化作历史的尘埃。"潍水到田间，农民笑开颜"成为新时代的主旋律，灌溉难题的解决，不仅让农作物茁壮成长，也让农民的生活水平有了质的飞跃。1986年，当人均小麦占有量从过去的不足百斤跃升至800斤时，这份沉甸甸的收获，是对红旗扬水站巨大贡献的最好证明。它不仅是一项物质工程，更是一份精神遗产，它激励着后人继续发扬这种自力更生、艰苦奋斗的精神，不断探索和实践可持续发展的道路。

在时光的长河里，1980年成了一个闪耀的坐标，那一年，高密县的红旗扬水站以其卓越的设计与功能，被评为山东省二级水利建设工程，荣获了县农田水利设计单项奖，这是对无数建设者辛勤付出的肯定，也是对科技与自然和谐共融的美好诠释。

（作者单位：山东省高密市水利局）

灌溉工程的传承与赞歌

李澳旗

金色田野上，水脉悠悠流淌

灌溉着希望，滋养着丰收的梦想

灌溉工程的变迁，亦是时代的见证

悠悠古渠水，流淌千年史

灌溉文明，润泽大地，滋养生息

都江堰下，岷江水悠悠

李冰父子，巧夺天工，造福千秋

无坝引水，分洪减灾，智慧的体现

灌溉万亩，成就了"天府之国"的美名

灵渠古道，连接湘漓

秦朝开凿，南北水路，一脉相承

舟楫往来，商旅不绝，繁荣了一方

灌溉良田，也滋养了文化的交融

十八大的春风，吹遍美丽的田野

灌区现代化，扬帆启航新征程

党的智慧，引领着灌区的春秋

水，生命之源，农业之魂

在党的光辉照耀下，更显珍贵无比

灌区现代化，绿意盎然，生机勃勃

节水优先，新思路引领方向

灌溉技术，高效而精准，节水成章

每一滴清水，都是对大地的深情

每一寸土地，都承载着丰收的希望

大禹渡旁，黄河水悠悠流淌，滋养着幸福的种子

智慧灌溉，每一滴水，都珍贵无比

管道输水，喷灌滴灌，精准灌溉

用水者协会，一把尺子量到底

农民用上"明白水"，心更踏实

农业水价综合改革，撬动节水

告别"大锅水"，农业节水技术落入田间

粮食安全，生态和谐，两翼齐飞

灌溉之心，与农民心，紧紧相连

灌溉之梦，与中国梦，交相辉映

水利的底气，支撑着丰收的梦

在新时代新征程上，我们继续书写辉煌

（作者单位：海河水利委员会）

润泽万顷，砥砺前行

王禹博

在华北平原的怀抱中，王快水库宛如一颗璀璨的明珠，静静地镶嵌于群山与沃野之间，以其浩渺的水面和深邃的历史，滋养着一方土地，而沙河灌区就像连接璀璨明珠的飘逸丝带，她们共同孕育出了一种独特而坚韧的灌区精神。这种精神，不仅体现在水库的建设与管理之中，更深深植根于灌区人民的心中，成为他们砥砺前行、不懈奋斗的力量源泉。

历史的见证：沙河灌区的兴建与成长

王快水库及沙河灌区的兴建，是新中国成立后水利建设史上的一个重要里程碑。在那个百废待兴的年代，面对频繁的自然灾害和农业生产的迫切需求，党和政府毅然决定修建这一重大水利工程。无数建设者响应号召，从四面八方汇聚而来，他们肩挑手扛，风餐露宿，用汗水和智慧在崇山峻岭间筑起了一道坚固的屏障。

水库的建设过程充满了艰辛与挑战，但灌区人民凭借着坚定的信念和顽强的毅力，克服了重重困难，最终建成了这座集防洪、灌溉、供水、发电等多种功能于一体的大型水利工程。沙河灌区的建成，不仅极大地改善了当地的水资源条件，也为农业生产的稳定发展提供了有力保障，成为灌区人民心中的骄傲和自豪。

灌区精神的内涵：坚韧不拔，勇于担当

在王快水库的沙河灌区，流传着一种深入人心的精神——灌区精神。这种精神，是灌区人民在长期的实践中形成的宝贵财富，它蕴含着坚韧不拔的毅力、勇于担当的责任感和无私奉献的情怀。

在习近平总书记"节水优先、空间均衡、系统治理、两手发力"的治水思路指引下，沙河灌区建设取得了非常显著的成效，沙河灌区地处保定市南部、太行山东麓，属海河流域大清河系。灌溉水源为上游的王快水库，灌区范围西起王快水库，东临白洋淀，南至沙河、潴龙河，北界沙河，地处半干旱地区，属大陆性季风气候。

是以农业灌溉为主，兼城市供水及生态补水的大型灌区。灌溉范围主要涉及保定市曲阳、安国、博野、蠡县、定州市和沧州地区肃宁、河间及石家庄行唐、新乐等县。灌区主要功能就是为受益范围农田灌溉提供农业用水水源。灌区控制灌溉范围内田间灌溉方式现状多为畦灌，输水方式以渠道输水为主。灌区渠系分为总干、干、支、斗、农五级渠道，根据 2020 年沙河灌区农业种植统计资料，灌区有效灌溉面积达 69 万亩，总人口 182.62 万人，其中农业人口 170.88 万人。灌区农业总产值 79.6 亿元。灌溉水主要来自王快水库，沙河灌区总干渠渠首位于王快水库下游 9km 卧羊沟村西，为有坝取水枢纽工程，由挡水坝、进水闸、引水渠、退水闸四项工程组成，灌区骨干工程多建于二十世纪六七十年代，灌区的灌溉渠系包括总干渠、干渠、支渠、斗渠、农渠 5 级固定渠道。

为发展节水灌溉，提高灌溉水的利用率，实现水资源的可持续利用，2000 年 4 月河北省水利水电第二勘测设计研究院、河北省调水工程技术咨询研究中心、河北省沙河灌区管理处联合编制了《河北省沙河灌区续建配套与节水改造规划报告》并上报，2001 年水利部以水规计〔2001〕514 号文又给予了批复。规划报告列入了国家项目库。灌区经过 13 个年度的续建配套项目建设，完成投资 50175.65 万元，共完成干渠长度 137.37km，渠系建筑物改造 167 座。在增产增收效益上，项目工程实施后，骨干渠道引输水能力得到明显提高，有效缩短了灌溉周期，提高了农田灌排保障能力，促进了农业综合生产能力的提高。通过各年度项目的实施，改善灌溉面积 43.2 万亩，年粮食产量由改造前的 19.3 万吨提高到改造后的 94.7 万吨。

其他效益方面，经过改造，工程投资效益十分显著，改善灌溉面积 43.2 万亩，新增粮食生产能力 75.4 万吨。渠系水利用系数由改造前的 0.4 提高到改造后的 0.54，灌溉水利用系数由改造前的 0.34 提高到改造后的 0.46，灌水周期由改造前的 13 天缩短为改造后的 10 天。渠道安全输水能力大幅度提高，此外灌区工程面貌也有所改观。这些对促进灌区效益的发挥起到了关键性的作用。

续建配套节水改造工程的实施，使灌区在水源保障程度、工程完好程度等方面都有了明显提高，极大地改善了灌区内自然生态环境，提高了灌区灌排保障能力，保障了农业的生产，提高了农业的综合生产能力，提升了灌区在农业生产中的基础保障作用。

灌区精神，是灌区人民在长期的水利建设和管理实践中，共同铸就的一种宝贵精神财富。它不仅仅是一种精神风貌的展现，更是灌区人民对美好生活的向往和追求。具体来说，灌区精神体现在以下几个方面：

一是艰苦奋斗，勇于开拓。在沙河灌区的建设过程中，无数建设者面对恶劣的自然环境和艰苦的生活条件，没有退缩，没有畏惧。他们凭借着坚定的信念和顽强的毅力，用双手和智慧在崇山峻岭间开辟出了一条条灌溉渠道，将生命之水引入干涸的土地。这种艰苦奋斗、勇于开拓的精神，是灌区精神的核心所在。

二是无私奉献，心系民生。灌区人民深知水利事业的重要性，他们将自己的利益置之度外，全心全意地投入水利建设和管理中。无论是烈日炎炎下的田间劳作，还是寒风凛冽中的渠道维护，都能看到灌区人民忙碌的身影。他们用自己的辛勤付出，换来了灌区的丰收和人民的幸福。这种无私奉献、心系民生的精神，是灌区精神的灵魂所在。

三是团结协作，共克时艰。灌区建设和管理是一项复杂的系统工程，需要多个部门和单位的紧密配合和协作。在王快水库灌区，无论是政府部门、水利单位还是广大农民群众，都能够心往一处想、劲往一处使，共同面对挑战和困难。他们相互支持、相互帮助，形成了强大的凝聚力和战斗力。这种团结协作、共克时艰的精神，是灌区精神的重要体现。

四是勇于创新，追求卓越。随着时代的发展和科技的进步，灌区建设和管理也面临着新的挑战和机遇。王快水库灌区人民在继承传统水利技术和管理经验的基础上，积极引进新技术、新方法，推动水利事业的持续发展。他们敢于尝试、敢于创新，不断追求卓越和完美。这种勇于创新、追求卓越的精神，为灌区的发展注入了新的活力和动力。

灌区精神的传承与发扬

随着时间的推移和社会的进步，沙河灌区精神也在不断传承与发扬。新时代的灌区人民在继承传统精神的基础上，不断注入新的时代内涵和活力。他们注重科技创新和管理创新，努力提高灌区的运行效率和管理水平；他们关注生态环境保护和水资源可持续利用，努力实现人与自然的和谐共生；他们积极参与社会公益事业和志愿服务活动，用实际行动践行社会主义核心价值观。

在广袤无垠的华夏大地上，水资源如同生命的血脉，滋养着万物生长，孕育着丰收的希望。在这片充满希望的土地上，有这样一群默默无闻的守护者，他们分布在七个灌溉所中，用汗水与智慧编织着灌溉的网络，用实际行动践行着灌区精神——那是一种不畏艰难、勇于担当、甘于奉献、创新进取的精神风貌，它如同一股清泉，流淌在每一位灌区工作者的心间，滋养着这片土地，也激励着后来者不断前行。

灌溉所风采：见人见事见精神

故事始于那片曾经干旱贫瘠的土地，岁月悠悠，见证了从荒芜到丰饶的奇迹。我们的七个灌溉所，不仅是水资源的调度中心，更是灌区精神的发源地。每一个灌溉所背后，都有着一段段感人至深的故事，每一个故事里，都闪耀着灌区人无私奉献、坚韧不拔的光辉。

在广袤的农业大地上，我们的灌溉系统如同生命的血脉，精心布局，滋养着每一寸土地，共同编织着丰收与希望的图景。

曲阳第一灌溉所：县城之心，润泽万家

曲阳第一灌溉所是灌溉系统的中枢。在县城中心的工作人员如同城市的血脉维护者，每日监测着水量的分配与流向，确保县城及周边乡镇的农田得到及时、充足的灌溉。所长高军，是一个对土地充满深情的汉子，经常深入田间地头，与农民面对面交流，了解他们的需求与期望。在他的带领下，曲阳第一灌溉所不仅实现了高效灌溉，还积极推广节水技术，帮助农民降低生产成本，提高作物产量。

曲阳第二灌溉所：责任重于泰山

曲阳第二灌溉所位于整条主灌区河流的上游，是整个灌区的心脏地带。这里的职工们深知自己肩负的重任，每天穿梭于渠道之间，检查、维护、调度，确保每一滴水都能精准送达农田。所长苟玉良，一个皮肤被阳光晒得黝黑的中年汉子，总是冲在最前线。记得那年夏天，连续多日的暴雨导致上游水库水位猛涨，严重威胁到下游农田的安全。二所全所人员，日夜坚守在堤坝上，用沙袋筑起一道道防线，最终成功抵御了洪峰的侵袭，保护了数万亩良田。他说："我们的责任，就是守护这片土地，让每一粒种子都能喝上放心水。"

曲阳第三灌溉所：教育宣传，深入人心

曲阳第三灌溉所位于县城边缘，这里的工作人员不仅负责灌溉工作，还承担着向农民和社会公众普及水利知识的重要任务。他们定期向农民举办灌溉技术培训和节水宣传活动，让更多人了解灌溉的重要性及节水措施。所长胡亚勋，一个善于沟通与教育的人，他总能用生动的例子和易懂的语言，将复杂的水利知识讲解得妙趣横生，深受大家喜爱。

定州灌溉所：邻县之光，跨域合作

定州灌溉所位于相邻的一个县级市。这里的灌溉任务繁重而艰巨，但工作人员始终保持着高昂的斗志和坚定的信念。他们与当地政府和农民紧密合作，共同解决灌溉难题。所长李立志，一个有着丰富实战经验的领导者，他深知跨域合作的重要性，经常与周边灌溉所交流经验、共享资源，形成了良好的合作机制。

安国灌溉所：生态优先，绿色发展

安国灌溉所坐落在药材之都的安国市。这里的水资源尤为珍贵。因此，该所将生态保护放在首位，积极推广生态灌溉技术，努力实现水资源的可持续利用。所长许树安，一位热爱大自然的领导者，他带领团队在灌溉的同时注重保护生态环境，减少水土流失和污染排放。在他的努力下，安国灌溉所不仅完成了灌溉任务，还为当地生态环境的保护做出了积极贡献。

博野灌溉所：服务三农，助力振兴

博野灌溉所位于博野县的中心地带。这里的灌溉工作直接关系到当地农村经济的发展和农民的生计。因此，该所始终将服务"三农"作为首要任务，积极为农民提供灌溉技术指导和咨询服务。所长李全掌，一个对农民充满深厚感情的人，他经常深入田间地头为农民排忧解难，帮助他们解决灌溉中的实际问题。在他的带领下，灌溉所成员成了当地农民信赖的"灌溉专家"。

蠡县灌溉所：文化传承，精神家园

蠡县灌溉所位于一个历史悠久的农业县。这里有着丰富的农业文化遗产和深厚的农耕文化底蕴。该所不仅承担着灌溉任务，还致力于传承和弘扬当地的农耕文化。所长高立辉，一位热爱文化的领导者，常鼓励员工们学习和了解当地的农耕历史和文化传统，并将其融入灌溉工作中。在他的倡导下，蠡县灌溉所成为传承农耕文化、弘扬灌区精神的重要阵地。

灌溉所如同七颗璀璨的明珠镶嵌在广袤的农业大地上，它们各自承担着不同的使命与责任，共同书写着灌区精神的辉煌篇章。在未来的日子里，灌溉所将继续发扬优良传统和作风，为农业的发展和农民的幸福贡献更多的力量。

展望未来，王快水库的灌区精神将继续激励着灌区人民不断前行、不懈奋斗。他们将以更加饱满的热情、更加坚定的信念、更加务实的作风，为推动水利事业的发展、促进农业生产的繁荣、实现乡村振兴的伟大目标贡献自己的力量。岁月悠悠，灌区精神如同一条不息的河流，流淌在每一位灌区人的心间。它见证了灌区从贫瘠到丰饶的变迁，也激励着后来者不断前行。我们相信，只要灌区人继续发扬这种精神，就一定能够战胜一切困难，让这片土地更加肥沃、更加充满希望。灌区精神，将永远闪耀在华夏大地上，成为我们共同的骄傲和力量源泉。

（作者单位：河北省保定市王快水库事务中心）

滦河下游灌区　稻花香里说丰年

李一彤

金秋稻花香，是秋天在滦河下游灌区写下的散文诗。

人们提到水利建筑物，可能首先想到的是三峡大坝；说到水利灌区，都江堰这样的工程可能更为人所熟知。而对于滦河流域，尤其是下游地区的百姓们，可能对滦河下游灌区的印象更为深刻。

濡水蜿蜒，自承德市丰宁县坝上骆驼沟乡小梁山南坡大古道沟流出，经内蒙古高原、坝上草原、燕山山区，于滦县入平原，一路奔向渤海。这便是如今的滦河。

作为一个河北中部出生的孩子，工作以前对滦河知之甚少，甚至未曾听过，而如今踏足于此，得知这是条独流入渤海的河流。汉代《汉书》、隋代《水经》、北魏《水经注》等古籍均有记载，因发源处众多温泉得名濡水，濡演化为濡、唐朝演化为滦。

20世纪50年代，滦河下游，一个灌区，热火朝天地开工建设，历经三年时间建成。它，就是华北地区最大的水稻灌区，昔日盐碱荒地，如今肥田保地。它，就是滦河下游灌区，位于滦河的下游，唐山南部滨海之畔。

未了解滦河下游灌区前，觉着不过就是个农田水利工程罢了，和其他灌区能有什么区别，不过就是普普通通的一个灌溉工程。当我翻看它的建设到如今的历史记载，才发现它的不同。

国营柏各庄农场是典型的盐碱土地，灌区建设者们排盐抑碱，开垦盐碱荒地，1958年灌区终于建成运行。后又经1976年唐山大地震，震后重建把原始的土渠木闸、人工量水建造成现代化灌区；原本流水不畅的输水干渠变成输水畅通的渠道；水质恶劣的水源变成清澈的甘泉。

当你俯瞰滦河下游灌区，你会发现涓涓滦河水自岩山渠首顺流而下，110千米的干渠蜿蜒分布，滋养着唐山南部的两县两区，造福着沿渠的百姓们。

标准化、生态化的灌区是实实在在的见证者。第一批通过水利部标准化管理评价的大中型灌区有21处，滦河下游灌区就占有一席之地。滦河下游灌区续建配套与节水改造工程和"十四五"续建配套与现代化改造工程相继完成，现在的灌区设施完好率和配套率得到明显提升，输水效率明显提高。

信息化、数字化时代飞速发展，农田灌区不甘落后，滦河下游灌区斗渠以上星星点点的"小眼睛"自动监控着渠道和农田里的一举一动，节水泵站、闸门、取用水户等信息都远程传送到电脑端，实现了水源配置信息化、计量标准化、灌区智慧化。

若是古人穿越至此，定会惊叹，泱泱中华，还有如此景象，科技竟会如此先进，足不出户便能知晓这偌大的灌区信息！

水稻插秧季节，万物繁茂，郁郁葱葱，滦河下游灌区一派繁忙景象，引水灌溉正在进行，同时，为周边地区生态平衡提供保障，渠道两侧生态环境秀美。这正是贯彻落实习近平生态文明思想，输水渠道变生态廊道，沿线生态林带建设，汛期上游水库腾库容弃水摇身一变，为灌区下游 8 条河流及湿地水域生态补水，实现了水资源的高效利用。

一滴水，从水库引水至灌区，再到用水农户。看似容易，却也不易。灌区通过实行冬灌蓄水、错峰引水、分区供水、以河代库储水等一系列措施，实现了科学高效供水。为了更好地利用宝贵的水资源，灌区的节水控灌、稻田整地等节水技术纷纷登场，水稻生长期与灌溉期相对集中、相应调整，一年可以节约 5000 万立方米以上的水，不仅如此，还缩短了灌溉周期，一滴水得以妙用。

昔日"春季多碱白如霜，夏秋一片水汪汪"的景象已不复存在。曾经盐碱地流传的"盐碱地白花花，一年种几茬。小苗没多少，秋后不收啥"的小调也不再传唱。如今河渠管线到农田，百亩稻田靠水利，夏日绿油油，秋日金灿灿。

盐碱地里飘出稻花香，正是有一批批的建设者，一个个默默奉献的灌区人。年关将至，大家纷纷赶回家中，而灌区人为了保证冬灌顺利进行，仍坚守一线岗位。提前引水到需要冬灌的稻田，土壤蓄水的同时还压盐沥碱，补充了水源缺口，让稻田"喝饱"冬灌水。有人用脚步丈量世界，有人用脚步丈量渠道。

正是奔波在田间地头的这些灌区人，默默守护万千百姓的口中粮。他们虽没有耕作在稻田，却胜似工作在稻田，没有他们的付出，绿意盎然的稻田难以呈现，铺满金黄的丰收景象更无从谈起！

正是灌区人不畏严寒酷暑，不怕风吹日晒，游走在渠边、田间，虽没有大禹治水、李冰修堰为世人铭记，但也造福着一方水土、一方百姓。一渠渠碧水、一担担稻穗，那便是灌区人心中的期盼！

（作者单位：河北省滦河河务事务中心）

引岗渠，你引来了多少民生福祉

——纪念石家庄市引岗渠通水 50 周年

李永振

> 伟大的壮举是因为担负着三县百姓的历史使命，
> 壮丽的先行是因为承载着三县百姓的幸福梦想。

唤醒引岗红色历史，读懂三县百姓故事，能让我们知所来、识所在、明所往，从而与更深远的时空相连，延续那些岁月长河里的希望与憧憬、艰辛与苦难、勇气与坚强、团结与力量。更好地启示我们传承引岗精神，激励我们继续新的书写。

站在全新的时间起点回溯，引岗渠自 1974 年始建，已走过五十个春夏秋冬。当年，获鹿、平山、元氏三县人民凭着"一锤一钎一双手"，叩石垦壤、挖山不止，以五年之功在巍巍太行的崇山峻岭中开辟出一条"人工天河"——引岗渠。在那些峥嵘的岁月里，三县人民为解决山区农田干旱及饮水问题在太行东麓全面动工，经过千辛万苦，终于建成了引岗渠。历史长河，接续传承，引岗渠历经五十年的岁月洗礼，依旧傲然屹立，始终焕发着蓬勃生机，长年累月地润泽着太行山脉及沿线百姓。她犹如一条太行长龙，担负着引岗使命，赓续着引岗文脉。而呵护引岗渠的水利人穿越风雨，历尽沧桑，始终秉持着砸锅卖铁战引岗的精神，在太行山下书写着一脉相承的使命和梦想，洋溢着奋斗拼搏的气息，传承着生生不息的"引岗精神"。也不难发现，那些伟大的壮举伴随着岁月的揉搓，总是清晰地铭刻着水利人浓墨重彩的印记，历史前进的风景永远属于那些置身风雨中的水利人。

追求幸福的迫切渴望，引来了三县百姓修建灌渠的引岗初心

干燥天地间，缺水万物愁。据史书记载，获鹿县（今鹿泉区）地处太行山东麓，南北狭长，平原、丘陵和山区各占三分之一，干旱缺水一直是困扰获鹿县人民特别是山区和丘陵人民的最大难题。汉朝大将韩信镇守土门关时，就因缺水而发愁。

千百年来，获鹿人民为了解决水的困扰，进行了顽强的斗争。早在汉代时就从平山境内引过冶河的水，修过太白渠。新中国成立前夕引过井陉绵河水，修建了源泉渠。新中国成立后又引滹沱河水，修建了计三渠，还与井陉县联合修建了人民渠。这些工程在当时都曾起到了一定作用，但终因水源不足或河流改道，而不能适应农田灌溉的需要，缺水问题仍没有得到根本解决。

思想是行动的先导，行动是思想的体现。为了解决千百年来一直影响太行山父老乡亲生存与发展的干旱缺水问题，1969年初，刚刚成立不久的获鹿县革命委员会，一致认为全县当务之急，是排除"文化大革命"中的干扰，把经济搞上去，从群众最关心最迫切的水利入手，发展生产，改善生活。大家经过多次调查研究，反复地征求群众意见，请各方面专家帮助勘察设计、制定方案，经过充分的酝酿和商讨论证，计划把岗南水库的水引到获鹿。于是，获鹿县革委会向石家庄地区革委会提出准予使用岗南水库之水的申请，得到批准后遂联系了平山、元氏两县共同修建引岗渠。在石家庄地区水利部门的主持、倡议、协调下，三县正式达成共同修建引岗渠的协议，制订了平山、获鹿、元氏三县从岗南水库中引水联合兴建"引岗渠"的计划。

前所未有的严峻挑战，引来了三县百姓共谋未来的引岗决心

人们常说："赢得时间，就是赢得一切。"时间的紧迫带来的挑战尤其严峻，必须坚定引岗决心拼命奔跑。1969年4月，石家庄地区革命委员会水利部门魏长运和华北地球物理研究所杨旺锁迅速组建了一支由平山、获鹿、元氏三县三十名水利技术人员组成的勘测设计队伍。经过大家的齐心努力，勘测设计队历时七个月，完成引岗干渠定线、纵横断面、部分建筑物的地形测量、骨干工程的初步设计、概算和施工设计预算等勘测设计工作。为尽量减少落差不降低水位，沿途一律不设跌水，一是多浇地，二是在停水时作战备路。

根据设计，引岗干渠工程总体布置为："引岗渠"上引平山岗南水库之水，经获鹿下输到元氏县"八一"水库，逶迤太行山前，干渠总长102千米，在冶河修建配水枢纽工程，以此将干渠分为东西段，西段22千米，为一期工程。冶河枢纽以东至元氏县八一水库为二期工程，长80千米。引水22个流量，涵盖3县27个乡镇145个村庄，61万人口，灌溉56万亩土地，是河北乃至国家的大型灌渠之一。沿途共设有大小建筑物432座，其中渡槽20座，隧洞7处。

难度高决定了干劲足，挑战大意味着决心大。当时修建"引岗渠"面临诸多困难，一是受到"文化大革命"的干扰；二是财力物资的短缺；三是施工中遭遇工程难度最大、技术性最高的两大难关：一是攻下常峪岭，二是拿下冶河滩。

面对如此的困境，三县百姓越是艰难险阻越鼓足劲头奋勇搏击；越是严峻挑战越拼尽全力迎难而上；越是在那样特定的年代，越能映射出人性的光辉。时值"文化大革命"动乱岁月，首要的工作是讲大局，消除派性，联合起来修建"引岗渠"。饱受缺水之苦的三县人民很快统一了思想，表示拥护修建"引岗渠"，要人有人，要物给物。从最初的勘测，到设计、施工，处处涉及资金与物资问题。于是获鹿、平山、元氏三县人民一直把立足点扎在"自力更生"基础之上，钢材、木材、水泥、石材等均由各县自备，筹建了众多的建材工厂。民工们使用的挖掘工具、小型运输工具等均由民工自带或社、队筹备。民工们的后勤供给也十分艰难，除自带工具外，日常生活所需均由各社、队自筹，各县给民工们的补助标准是每天0.35元的伙食补贴。当时在民工中有一句顺口溜"自带行李自带粮，自带工具战引岗"，真情地流露出那个年代修建引岗渠的不易。

引岗渠的每一段艰难历程，都面临着严峻的挑战；引岗渠的每一处辉煌成就，都映照着引岗人的决心。那工地上数以万人大汗淋淋的场面，只有经历过的人，才更懂得背后的力量。他们每一个人，都在不为人知的地方默默战斗。

以身誓死的拼命干劲，引来了三县百姓勇往直前的引岗旗帜

历史存在于时间的流动中，就像一面镜子，映照出当年三县百姓舍生忘死的拼命干劲，更是蕴含了无数引岗先辈的智慧和哲理，如同明灯和旗帜一样，指引着我们前行的道路，给予我们力量和信念。正如鲁迅所说，"我们自古以来就有埋头苦干的人，有拼命硬干的人。"酌古御今，那些埋头苦干的人和拼命硬干的人都是英雄，他们都是自己那个年代中最明亮的那座巍巍灯塔和飘扬旗帜。

攻下常峪岭，拿下冶河滩，虽困难重重，但当时的主旋律，就是艰苦奋斗。常峪隧洞位于平山县王常峪和北西村之间的常峪岭上，隧洞从60米深处腹地穿越，其特点是隧洞长、塌方严重。凿这样的隧洞是史无前例的，从技术人员到领导指挥者都没有经验，只好边干边学。缺少机械设备，就群策群力自制机械，并通过购买、求援、借用等办法，筹集到了手摇式、电动式及柴油式等各种各样的空压机，加快了打洞的步伐，并创造了"短进快砌"等安全施工方法，战胜了一次又一次的塌方。

人生最清晰的脚印，往往印在最泥泞的路上。冶河枢纽工程是重中之重的咽喉工程，冶河流域面积6400多平方千米，河道宽阔，洪峰巨大，引岗渠要横跨冶河，工程之难可想而知。但这项工程又是多功能、技术性高、全线最大的建筑群体，由高低两条线组成。高线是一座大型的石拱渡槽，这就是著名的群英渡槽。低线是双排直径1.8米的大型钢筋水泥管倒虹吸。那时候，整个工地上没有一台挖掘机、起重

机，全凭建设者们用铁锹、镐头、拉车、箩筐施工，一锹一锹地铲，一镐一镐地刨，一筐一筐地背，一车一车地拉。在券顶上垒槽墙，十分艰难。没有脚手架，没有卷扬机，最初用人力抬运，一块巨石需六人抬六人架，六人前后推和拉。后来人们想办法，用独杆摇臂土吊车将近 500 公斤重的料石送上券顶，提高了工作效率，解决了高空作业的重大难题，为以后的高大渡槽建筑积累了经验。

人民创造奇迹，奋斗开创未来。实践告诉我们，伟大的事业都是始于梦想，基于创新，成于实干。艰辛历程已经挺过，荣光刻进历史。引岗渠诞生于三县百姓生产生活危难之时，从一出生就铭刻着以身誓死，奋发图强的烙印，必须发扬"艰苦奋斗"的优良传统，更好地回应百姓的期待。虽然没有先进的技术设备做施工依托，没有雄厚的物质基础做后盾，工程技术人员和三县百姓却坚定地选择了因陋就简，土法上马，艰苦奋斗，自强不息的路子。工具自己造，物资自己找，资金自己筹。建设者们攻克了一个个技术难题，创造了一个个建设奇迹。

历史如镜，鉴照引岗峥嵘岁月；初心如炬，辉映引岗旗帜之路。冶河工程建成后，冶河之上出现了一道人造长虹，形成了水上有水，渠上有渠的美丽画卷。她不仅承担着平山县南跃渠、兴民渠、大同渠和西冶大型水轮泵站的输水，而且为源泉渠和冶河灌渠本身增加了输水、配水、分洪、泄洪诸多功能。建设者们的壮举也给我们提供了宝贵的智慧和启示，更激发了我们追求卓越，不断前行的勇气和动力。

自立自强的坚定信念，引来了三县百姓大公无私的引岗胸怀

不惧艰难险阻的弄潮儿，以引岗渠回报山川大地以最奇绝的秀色；不畏工程浩大的建设者，以引岗渠回馈劳苦大众以最朴实的胸怀。许多人站在冶河渡槽旁都在感叹："没想到三个县拉来了满河滩石头就修成了这碧水长流的大渡槽，真是群众力量大如山。"引岗渠的现实壮举告诉我们，只有不断地深入群众，牢固树立"依靠群众"的思想，才能够得到源源不断的实践力量和理论智慧。

常峪岭、冶河滩两大主体工程的竣工，加快了整体工程的速度。历经了五个酷暑寒冬，引岗渠在 1969 年 11 月 23 日动工建设，至 1974 年 11 月 15 日全线建成开闸放水，碧绿的引岗渠水顺渠而下，滋润着太行大地。渠水从岗南水库主坝右侧的输水闸流出，流经平山、鹿泉、元氏，沿太行山腰曲曲盘绕，穿过无名山、常峪岭、光禄山、九里山、狸虎山等二十多个山头，跨过温塘河、马冢河、冶河、太平河、洨河、北沙河等五十多条河流，经过七条隧洞、两条倒虹吸，386 座各种桥涵，342 座建筑物，流程 102 千米。引岗渠的建成是毛泽东思想的伟大胜利，是毛主席关于人民战争、自力更生、艰苦奋斗的具体体现。

习近平总书记曾经说过："冲出迷雾走向光明，最强大的力量是同心合力，最有效的方法是和衷共济。"在发展的故事里，最难忘、最动人的就是军民团结，也印证了那种"团结治水"的军民情怀。当时驻获部队和外地有关部队领导在修建隧洞和冶河枢纽工程中，也都给予了大力支持，真正体现了军民鱼水之情。为了感谢他们对修建引岗渠的大力支持，为了纪念军民并肩战斗的壮举，并将此永远铭刻于人民的心中，载入史册，获鹿县委在施工现场召开大会，正式将王常峪隧洞命名为"军民团结隧洞"，为军民共建谱写了一曲军民团结战引岗的不朽凯歌。

俗话说，正在想的事，最贴近责任；正在走的路，最接近目标；正在干的活，最容易成功。再黑暗的夜晚，也会有璀璨的星河；再艰难的任务，也会有完成的路径。勤劳的获鹿、平山、元氏三县人民，自力更生，艰苦创业，经过五年苦战，修建了102千米长的引岗渠，引水22立方米每秒，灌溉三县56万亩土地，使山川披绿，大地换装。

太行沿线的繁荣，千家万户的美好，都镌刻着劳动的印记。引岗渠建成后，人们没有松劲，为了发挥渠道更好效益，马不停蹄地展开了全面的成龙配套工作。获鹿境内渠道全部用料石浆砌过，做到不渗水、不漏水。平山、元氏境内也完成了浆砌，修建了支渠30条，干斗渠118条，扬水站100处。还修建了一批小水汪、小塘坝，使引岗渠形成了旱能灌、涝能防、长藤结瓜的网状工程。

从三县春耕的忙碌到秋收的喜悦，粮食的稳产增收靠的是无数耕耘者挥洒汗水辛勤劳动，靠的是引岗渠的引岗胸怀及润泽普惠。当年，获鹿全县水浇地面积达到35.8万亩，占全县总面积43.9万亩的81.6%，基本上实现了全县的水利化。1974年夏季小麦亩产达440斤，比上年单产增加了165斤。全年粮食亩产也由动工前1969年的430斤，跃上了亩产802斤。

历史的长河中，有无数次的挑战和困难，正是因为有引岗旗帜的引领和人们的齐心协力、共同应对，才最终战胜困难，干成这项民心工程。引岗旗帜的引领不仅是我们应对困难的有效武器，更是我们实现共同目标的力量源泉。

无数先辈的不辱使命，引来了三县百姓众志成城的引岗文化

我们用奋斗定义时间，刻写下浓墨重彩的共同记忆。在修建引岗渠的五年艰苦奋战中，涌现出许多顽强奋战、可歌可泣的英雄人物和能工巧匠，他们为引岗渠的修建立下了汗马功劳，创造了不朽的业绩，甚至献出自己宝贵的年轻生命，在三县大地广为传颂，并被载入史册。

再微小的光也是光，再平凡的人也有他人生当中的闪光时刻。获鹿县新任县委

书记缑增福、副书记赵玉洲率领县委常委及全体委员 27 人和各公社主要负责人、县直各部门主要领导到引岗工地参加劳动；王常峪隧洞施工分团副团长史永计，泥水里滚，石头上爬，不顾个人安危，多次进入隧洞排险，被民工们誉为"铁汉子团长"，1971 年 9 月 10 日在进入隧洞抢险战斗中，史永计被塌方中的乱石掩埋，牺牲于王常峪隧洞，时年 36 岁；引岗渠施工团施工员、抢险英雄李大会，他是一位传奇式的英雄人物，哪里有危险哪里上，引岗渠七条隧洞都留下了他与死神决战的英雄足迹，其浑身鳞伤，疤痕累累，被民工们称作是"在隧洞里与死神打交道的人"；红军老战士吴占洲，在带领民工挖掘隧洞中，两根肋骨被砸伤，仍坚持工作 12 小时；妇女队长王贵凤，带领妇女苦干实干，半天推土一百多车，赢得"铁姑娘队长"的称号；下乡知识青年胡全荣，通过劳动锻炼，学会了打眼放炮；土工程师张文庆，只有小学文化程度，以他为主设计了引岗渠各项工程，如王常峪隧洞、在险峰隧洞、冶河大渡槽等；土专家、革新能手宗清俊，刻苦钻研，大搞技术革新，创造性地制成了"独杆摇臂小吊车"，改革槽孔支撑等，在冶河渡槽等工程施工中，劳动效率提高了几十倍，等等。这样的英雄人物和能工巧匠数不胜数。

英雄者，国之干，民之骨。英雄慷慨激昂、正气凛然，英雄自告奋勇，主动请缨。之所以称之为英雄，就在于引岗先辈们挺身而出，肩鸿任钜，勇担重任。就在于他们知道自己身上的担子，明白自己被给予的使命。一直以来，我们都不缺乏英雄，为什么总有英雄不惧危险、勇毅前行？为什么总有猛士直面考验，迎难而上？支撑英雄壮举的是为民担当，为国奉献的家国情怀，是心中那份割不断，扯不开的责任牵挂。英雄在前，激励着我们每个人筑牢责任的堤坝，把严峻的困难踩在脚下，在经过英雄的熏陶中，感受那种文化的力量，使我们收获希望，让追梦的步履更加坚实。

视死如归的坚强斗志，孕育了三县百姓奋发图强的引岗精神

引岗渠一个个鲜活的生命故事经过历史的沉淀，逐步形成了引岗文化的母体，在岁月的长河里，不断升华凝结为引岗精神的基因。我们要不断地扎根于这种文化母体里，深深地熔铸于引岗精神的沃土，丰富我们的精神追求，滋养我们的内心世界。

每当清明时节，我们水利人都会与那座碑亭相逢，那里是中国共产党获鹿县县委、县政府早在 1984 年 5 月修建的一座引岗渠纪念碑。

碑亭古朴典雅，六柱高耸，碑身和厚重的浮雕底座矗立在精雕细刻的青石台阶之上，整个亭碑气势壮观，令人肃然起敬。碑文道：水利乃农业之命脉，渠道为灌溉之经络。鹿泉大地，十年九旱，农桑无保，粮棉屡歉。岁至己酉，获倡平、元两县，集万众，战五载，制天命而用；投巨款，巧设计，饰地貌成渠。银龙入沃野，水随

人意流。昔日荒坡秃岭，今朝林茂粮丰。众念库留引水洞预见深远，齐赞渠越丛山洞业绩非凡。

此举造福人间，堪称党的英明，制度优越，群策群力之大成。为缅怀献身英雄，纪念贡献卓著者，特于通水十周年之际，撰文树碑，使引岗精神永存。碑身的另一面是获鹿县二十四位为修建引岗渠英勇献身的烈士名单，他们的平均年龄在二十五岁左右，其中两名女同志的名字尤为引人注目。她们是：张纪英，女，获鹿县韩庄乡钟家庄村人，1975 年 12 月在韩庄明渠工地光荣牺牲，时年十九岁；高素花，女，获鹿县寺家庄乡南龙贵村人，1976 年 1 月 21 日在井陉县洛阳土洞工地光荣牺牲，时年十八岁，她是年龄最小的一位烈士。每当走到碑前，我都会逗留很久，也不免感叹，他们是英雄，是功臣，当年虽然没有烧杀抢掠的敌人，却困难重重；虽没有炮火硝烟，却征途险恶……

记得《苦难辉煌》的序言中有这样一句话："物质不灭，宇宙不灭，唯一能与苍穹比阔的是精神。"也正是因为那种劳苦大众的迫切渴望、前所未有的严峻挑战、舍生忘死的拼命干劲、自立自强的坚定信念、无数先辈的不辱使命、视死如归的坚强斗志，吸引了许多人慕名前来，考察、参观、学习她的文化底蕴、精神追求和历史智慧。实干孕育文化，历史创造精神。在文化的长卷里，其实她早已形成了一种伟大的、独特的精神，这种精神就是"自力更生、艰苦奋斗、依靠群众、团结治水"的引岗精神！在这种精神的鼓舞激励下，激发出积极向上的精神力量，激扬起奋进新时代的精神动力，形成全新的精神活水，为太行大地生生不息地发展壮大提供丰富的滋养。

矢志不渝的精神根系，延续着三县百姓先进文化的引岗传承

感人的故事里，精彩的情节后面是辽阔的心灵世界；文化的培育中，学习的延续后面是引岗精神的传承。文化和精神看上去无形无色，却决定着我们从何处来，往哪里去。在习近平新时代中国特色社会主义思想指引下，如何让文化更好地延续，让精神在新时代焕发生机，以更加合适的方式融入现代生活，这是我们每一位水利人需要思考的问题。历史的进程告诉我们，最好的传承方式应是巧借渠中活水，为文化赋能，为精神添色，使我们都能感受到这种文化认同和精神认同。拂去文化的历史尘埃，消去精神上的疲惫，让文化和精神重新"活"起来。

五十年征途漫漫，我们曾穿过崇山峻岭，跨过冶河滩，曾穿过倒虹吸，也曾越过无数隧洞。每当我们漫步在引岗渠的某个角落，静静地看着她；站在冶河枢纽"群英渡槽"上，仰望着她，不免发出"引岗太行立，润泽万家田"的感慨，心中就会

涌现出许多引岗渠往昔的回忆。追忆历史，我们仿佛回到了那个拉开上百千米战线，热火朝天的引岗年代。在党的领导下，一群普通人，怀揣着为民的初心，挥洒着青春生命，用平凡的举动，孕育着感天动地的精神。当年似水年华的情境再现，具有很丰富的情感记忆和现实生活意义，因为她指引我们的人生航向，慰藉我们的心灵世界，照亮我们的梦想微光。

巍巍太行，浩浩引岗，通水至今，岁月峥嵘。我们水利人对这座太行巨龙——引岗渠，始终没有停下追寻的脚步。五十年的风风雨雨，其一脉相承的是我们的引岗文化与引岗精神。虽然无法改变春灌秋收、防洪度汛的一般规律，却可以通过引岗渠的运行实践及引岗精神的延续，来锻造我们政治认同、思想认同的品格和追求。

记得习近平总书记说："历史，总是在一些特殊年份给人们以汲取智慧、继续前行的力量。"回顾历史，骨子里的那种精神才有生命力；追寻足迹，勇抗重担的那个脊梁才更加厚实。如今，传承引岗精神的接力棒已经紧紧地握在我们手中，英雄先辈的后代，身上流淌着父辈的热血与荣耀，峥嵘的过去已经彪炳史册，璀璨当下正在不断延伸，光明的未来需要踏实开拓。引岗渠巍巍矗立，始终如初；引岗渠沿线周边绿荫环绕、生机勃勃；百姓笑脸相迎，喜悦依旧。日出日落，年轮更换，不变的是引岗渠原有的模样。渠水潺潺，情怀依旧，不变的是引岗渠润泽百姓的执着追求。

红日初升，其道大光。回顾当年波澜壮阔的引岗奋斗历程，我们所取得的一系列的拼搏成果，都是来源于我们党不惧风雨，直面困难的伟大实践，蕴含着带领人民群众发扬不辱使命、众志成城的深刻启示。生逢其时，与之共长，新时代的我们，新时代的引岗蓬勃奔流。我们置身其中，虽为滴水，仍怀抱着投入其中的执着理想，把引岗长龙文化根植于广袤大地，把引岗精神根系深扎在百姓的心中。

日月新开元，天地又一春。中国式现代化，民生为大。身处新时代的我们，不仅要了解历史，更要清楚地知道在历史的过程中所孕育的那种文化和精神。踔厉奋发，踵事增华。迎来更多民生福祉最好的方式、最真情的表达、最深情的流露就是一以贯之薪火相传，就是传承和弘扬我们的引岗精神和文化，就是把先辈们开创的事业不断地推向未来，蘸满历史的笔墨，继续新的书写……

（作者单位：河北省石家庄市冶河灌区引岗服务中心）

灌区助农幸福在，两山走实丰收来

徐　录

　　"务农重本，国之大纲。"历史和现实都告诉我们，农为邦本，本固邦宁，粮食是"国之大者"，农业是国之根本。"山雄有脊，房固赖梁"，在中国农业飞速发展的背景下，中国水利事业一直是农业发展保障的坚强后盾，是农民致富、农业发展、乡村振兴背后的"无名英雄"。安徽作为农业大省、水利大省，从古至今便占据左右粮食产量的重要位置，在安徽中部地区便有一处默默奉献的"山水福地"——淠史杭灌区。淠史杭灌区作为全国三个特大型灌区之一，是新中国成立后兴建的全国最大灌区，从"靠山吃山，靠水吃水"到"金山银山不如绿水青山"，她既见证了新中国灌区发展的心路历程，也成为中国水利和农业发展的缩影。

聚合治水民心，挽救乡村农民

　　农民急需新生计，灌区进入创世纪。历史的扉页浸满了"赤地千里，饿殍遍野"和"嚣市昼静、巷无人行"的无声岁月，但新中国的章节交由党和人民执笔书写。1958年，内忧外患的新中国积极探索着"民之根本"的出路，坚决优先解决粮食问题，而粮食的问题核心便是水的问题。为解决全国为水所困、用水困难、缺粮少水的问题，党和国家坚持以人民群众为中心的立场毫不动摇，在大别山下精心布局，在皖中之地谨慎落子，聚合淠河、史河、杭埠河三个毗邻相连的水脉，使其肩负起成为特大型灌区的历史使命，淠史杭灌区迎来了它战天斗地的创世纪。

　　如何打破新中国粮食紧缺用水难的困局，如何实现水润山河平波安澜的夙愿，人民群众对淠史杭通水的渴望既是民心所向，又迫在眉睫。1958年安徽省委书记曾希圣抽调干部、动员群众，高瞻远瞩地规划，力争项目上马。缺乏现代化施工机械，便动员群众采用"人海战术"；缺乏建筑材料支援、供给，两岸人民群众主动献料、捐赠；缺乏技术干部，便从基层选拔优秀青年、实干农民，短期培训，边学边干。翻看尘封的历史，感受逝去的伟岸，曾希圣力排众议坚持哪怕没有外援帮助，我们安徽人自己的河我们自己干，在党的号召下 70 万干部群众为实现早日通水、农业得以复苏，开始了忘我、夜以继日的奋战。总指挥赵子厚，龙河口水库大坝告急，他当机立断，下令水高一尺，坝升一丈，保下了建设成果。总设计师黄昌栋，在五里墩大桥两点画线，画出了中国桥梁史上新旧工艺过渡的非凡杰作。樊通桥切岭的"马肝土"，黏性土层黑黄相间，坚硬如石，开凿困难，甚至被称为"十辈河"，转业军人刘美三牢记使命不断尝试，最后用"劈土法"攻克了这十辈子都挖不下来的河。史河干渠平岗山岭，砾质为砂岩，石质软、风化重、变层多，打眼易干钻，放炮易漏气，城关水利团冯克山不畏困难深入研究，以"洞室爆破法"先打竖井，两侧钻洞，再装炸药爆破，直把岭切山刻。在淠史杭灌区建设期间，有运筹帷幄的指挥家，有攻坚克难的实干家，更有许许多多如同黄继光突击队、刘胡兰突击队顽强拼搏、牺牲奉献、救国救民的广大群众。

"从来水往低处流，哪见流水上岗头"，为了少挖农田、多灌土地，淠史杭灌区采取"走高线"，创造了"渠走丘陵、引水上岗"的奇迹，抬高渠首 30 米，把灌溉面积从 200 万亩以下扩大到 1600 万亩以上，更是使得自流灌溉面积提高到 80%。"汽艇航行风浩荡，人民力量不寻常"，淠河渠首横排头建筑在沙滩上采取爆破振动法把沙石震实，淠史杭工程建设者顽强拼搏，不到一年时间就抢工完成，1959 年进水闸顺利供水，引水抗旱抢种，抗旱保苗。

"往上看抬头掉帽，空手爬上坡碰鼻"史河多是高填方深切岭的复杂地势，往上运土斜着爬，费时费力，淠史杭工程建设者自力更生，发挥智慧，改良出"倒拉器"，"拉坡机""牛拉转盘"等运转工具，大大缩减了人力成本。"淠史杭工程了不起，不用钢筋和水泥"，杭埠河龙河口水库建筑材料严重匮乏，人民群众抗洪迫切，淠史杭工程科学求实，创造性地采用"黏土心墙沙壳坝"，在保证强度的同时，节省了大量稀缺材料，被盛赞为世界第一人工土石大坝。

淠史杭灌区的创业史，在党和国家的指导下，在人民群众的拥护下，聚合治水民心，下大力气解决农民生计问题，为安徽地区的"丰粮兴农、治水利民"做出了重大贡献。

聚力供水赋能，致富小康农村

农村渴望幸福河，灌区迎来大变革。1964 年，淠史杭工程全面建设完成，同年成立了安徽省六安地区淠史杭工程管理总局（淠史杭灌区管理总局的前身）。从横排头通渠到采用黏土心墙沙壳坝，从挖掘石集倒虹吸到架设将军山渡槽，从强攻平岗切岭到巧破白龙井流沙，从六大水库到6万多渠系建筑，淠史杭工程以"战天斗地"的精神，攻克了建设淠河、史河、杭埠河期间遭遇的一个又一个难题，建成了蓄、引、提相结合的"长藤结瓜"式的灌溉系统，成为以防洪、灌溉为主，兼有水力发电、城市供水、航运和水产养殖功能的综合性灌区，开启了淠史杭灌区水利工程管理的新纪元。

1978年，安徽省凤阳小岗村唱响"分产到户"新歌声，农村经济改革的幸福故事在改革开放的背景下一路高歌猛进。随着农村对致富河的渴望，灌区发展也迎来一波大变革。1975年安徽省淠史杭灌区管理总局正式挂牌，1981年，省政府成立了安徽省淠史杭灌区管理委员会。次年，省政府批准颁发的《安徽省淠史杭灌区管理暂行办法》，确定了"统一管理，条块结合，分级负责"的原则。淠史杭灌区紧紧围绕农村经济改革方向，秉持全面实现小康的理念，深化体制改革，按照总局、管理局、管理所、管理段等管理层次实行分级管理，精准化做好农业水利的各项相关工作。灌区内淠河、史河、杭埠河各干渠设管理分局，分干渠设有管理所，每5～10千米设有管理段。淠史杭灌区管理面积达1.4万平方千米，其中在安徽省内覆盖面积1.3万平方千米，占全省面积1/10；耕地面积1160万亩，占全省1/6；有效灌溉面积1000万亩，占全省1/4；粮食产量占全省1/4；水稻产量占全省1/3，受益范围涉及安徽、河南2省4市17个县区，设计灌溉面积1198万亩，实灌面积超1000万亩，区域人口超1330万人，奠定了安徽粮食主产省的重要地位，促进了全省的粮食安全。

经过数十年基层扎根，淠史杭灌区早已摸清了大别山区旱涝转换的脾性，能够实实在在打赢每年度防洪抗旱的攻坚战；淠史杭灌区早已成为水利调度运行至关重要的一环，能够在多年来农业供水、生活用水、生态补水及调蓄保障工作中，打赢持久战；淠史杭灌区早已走在了安徽水利发展和农业改革的最前沿，形成了一套适配当地管理生态的发展模式，能够与时俱进应对大变革中纷繁复杂的新挑战。淠史杭灌区不断开拓改革新路，提升"三农"致富动能，以水力发电、水产养殖、水资源开发等，聚力为环绕农村的多维度致富水路，成为集聚改革开放时期不同视角下的致富画面。从创业维艰的淠史杭工程到中流击水的淠史杭灌区，在党和国家的坚强领导下，安徽人民始终以"自力更生，顽强拼搏，牺牲奉献，科学求实"的淠史杭精神，践行着"一定要把淮河修好"的不朽誓言。

在淠史杭灌区的大变革中，始终紧跟时代的步伐，走在改革的前列，以科学的管理方式、专业的水利队伍和先进的治水模式，坚定不移地守护"国之大者"、保障民生之本，以水利强化产业赋能，为农业粮食增产提供了强大保障。

聚焦节水症结，振兴生态农业

农业趋向新生态，灌区步入新时代。党的十八大以来，技术追"新"，发展逐"绿"，"绿水青山就是金山银山"成为乡村振兴的新基调。如何擦亮生态底色，如何收获改革果实，如何深耕发展动能，成为灌区新征程道路上无法回避的新课题。在一筹莫展之际，以习近平总书记为核心的党中央提出"节水优先，空间均衡，系统治理，两手发力"的治水思路，在以往"如何更有效地提高水利生产力"的基础上，创造性地诠释了"如何更可持续地发挥水利生产力"的水利发展新思维，成为淠史杭灌区发展的重要底气。

淠史杭灌区在"丰粮兴农、治水利民"的目标下，努力贯彻新时代治水思路。

"节水优先"，要实现大力治水，关键在于节水，要在观念、意识、措施等方面把节水放在优先位置。淠史杭灌区长年梳理"供水定额""总量控制"总结经验，始终围绕"科学蓄水""精准输水"开展工作，积累成为跨越灌区数十年的供水编年史，并作为参考进行研判分析，制定"用水定额""计划用水""节水评价"等相关标准。除了将"节水优先"落实在取水、供水、用水、排水的各个环节，淠史杭灌区还发挥着节水宣传第一责任人的使命，每年定期开展节水宣传，组织专业技术人员进行节水进田间、进社区、进企业等活动，精心制作、发放节水宣传资料，耐心讲解、分析节水利弊，科学指导、交流节水妙招，为整个灌区的节水事业奠定了扎实基础。以节水发展为核心的"稻虾养殖基地""复合型农田""生态节水果园"等新农业态逐渐普及。如今的淠史杭灌区在全面打造节水型灌区的背景下，以促进农业节水增效、工业节水减排、城镇节水降损为重点，推进水资源节约集约利用，致力于以生态农业、循环农业和新质农业为依托，保障水利高质量发展。

"空间均衡"要以新角度树立人口经济与资源环境相均衡的原则。因其得天独厚的地理位置和科学谋划的水流分布，以淠河、史河、杭埠河为主水系的淠史杭灌区持续贯彻着"空间均衡"的思维模式。近十年来，灌区围绕"空间均衡"思路，拓宽战略视野，在新的角度审视灌区发展，平衡供水需求，扎实推进"十四五"规划水利建设项目落地，切实推动集约节约发展道路稳步向前。坚持做好重点水利工程的重建、扩建项目，坚持"从严下功夫、从细作文章"的工作要求，严守水资源开发红线，细算水资源利用效率，提升水资源利用水平，使安徽、河南2省4市17个县区受益逐年提升。如今的淠史杭灌区在以新角度贯彻空间均衡目标的过程中，实现了数字化全覆盖，利用灌区独创的数字孪生平台，打造了可视化、数控化、精准化的供用水网络，灌溉耕地面积超1270万亩占全省六分之一，正常年份粮食产量占全省五分之一，全国百分之一。全面建设数字化灌区的同时，淠史杭灌区早已经成为江淮地区不可或缺的"生命之源""丰收之源""发展之源"。

"系统治理"要从多维度用系统论的思想方法看待治水问题。淠史杭灌区牢固树立"一盘棋"思想，长期主动牵头策划巡河方案，定期组织针对灌区问题的研讨，发挥河长制平台作用，凝聚流域内各部门力量，针对灌区内农业分布情况和发展方式提出指导性意见。每年组织水旱灾害防御演练，做好防汛抗旱历年常规动作的同时，"时时放心不下"，做最坏打算、做顶格防御、做保产准备，争取将群众的受灾风险降到最低。在抗旱期，干部职工长期蹲伏田间地头，与农民群众交流作物生长情况，科学轮灌，解决农民群众急难愁盼的供水问题。如今的淠史杭灌区，在多维度落实系统治理的原则下，不再仅仅局限于常规意义上的水利工程建设和管理，而是更进一步构建绿色河湖、美丽河湖、幸福河湖的综合性灌区，设立了许多专家认可的濒临灭绝生物的栖息地，打造了诸多群众赞赏的花园式水利管理单位，维持了品类繁多的农业标准化示范基地，与众多知名水利高校接洽建立了涵盖丰富的大学生实习基地，为全国水利事业和农业事业培养了无数优质人才。

"两手发力"要用更大力度发挥市场在资源配置中的决定性作用，更好发挥政府作用。淠史杭灌区在推进"两手发力"的过程中，始终坚持"水治理是政府的主要职责"，充分考虑水的公共产品属性，发挥中国特色社会主义制度优越性，通过编制规划、制定标准、强化监管检查等手段，调整人的行为，纠正人的错误观念，不断推进水治理体系和治理能力的现代化。在深化体制改革的同时，积极探索社会化道路，持续推进管养分离的现代化治水方式，完善市场化多元化生态补偿机制，鼓励各类社会资本参与生态保护修复，建立生态产品价值实现机制，提升水利事业服务品质。党的十八大以来，灌区在深化"简政放权、放管结合、优化服务"改革的同时，着力加强事前事中事后全过程监管，使涉水问题管理透明化，让用水申请服务流程化，成为对接"三农"发展和供水服务的重要桥梁。如今的淠史杭灌区，在高强度发挥两手发力作用的前提下，运用丰富多彩的艺术形式进行当代诠释，创作出一批水利文艺精品力作，鼓励干部职工研习交流，多名职工前后荣获"最美护河员""水利技术能手"等荣誉称号，以多元的传播方式弘扬淠史杭灌区品牌，以多样的宣传途径提升水文化社会影响力。

在淠史杭灌区的新时代，贯彻新时代治水思路，践行"两山"理念，把牢供水第一关，坚持做好水资源保护，从源头上做好节水管理和节水宣传。淠史杭灌区坚持以水安农、以水促农、以水利农，把安徽粮食的水安全视作泰山，把绿色生态还给果园良田，把美好未来传给子孙后代。

"为了人民而改革,改革才有意义;依靠人民而改革,改革才有动力。"灌区助农幸福在,两山走实丰收来,六十年淠史杭灌区的进步重山已过,十年间新思路治水的飞跃恍然如昨,肩上担着的是先人们前赴后继的成果,身后坚守的是十四亿人饭碗里的重托。淡淡春山,藏粮千万,渺渺云岚,烟火相传。只有始终从人民群众最真实的水利益出发,更深层次关注民生福祉、关注改革带来的变化影响,使水利改革更好对接中国式现代化的发展所需、基层所盼和民心所向,坚持做好"丰粮兴农、治水利民"的灌区管理目标,才能拥有最坚实的依托、最强大的底气和最澎湃的动力,才能真正成为促进新时代水利高质量发展的中坚力量。

(作者单位:安徽省淠史杭灌区管理总局)

SHUILILIANGFENG GUANQUJINGSHEN

走进梅山水库

黄志凌

梅山水库是在 1954 年响应毛主席"一定要把淮河修好！"的伟大号召下破土动工的。面对种种难以想象的困难，经过两年的不懈奋斗后完成。梅山水库位于鄂、豫、皖三省交界处的大别山腹地、淮河支流史河的上游，其建设旨在防洪、灌溉，并兼顾发电等综合利用，为史河流域的经济社会发展提供了重要的支持和保障。建库近70 年来，梅山水库在防洪、灌溉、城市供水、生态补水、发电等方面发挥了巨大的效益，为淮河安澜和地方经济社会高质量发展提供了有力保障。2023 年初，梅山水库光荣入选水利部公布的 117 项"人民治水·百年功绩"治水工程项目名单，体现了其在人民治水历史中的重要地位和贡献。

心灵的净土，静谧中的力量

在这片被历史与自然共同雕琢的广袤大地上，梅山水库静静地躺在群山的怀抱中，如同忠诚的卫士，守护着这一方山水。它不仅是山川的一部分，更是这片土地上生命之源、希望之泉。它不仅是一座水库，也是岁月的见证者、文明的传承者，更是人与自然和谐共生的生动写照。

旭日东升，从远处眺望，它宛如一块巨大的翡翠镶嵌在青山绿水之间，平静而深邃，山影树影倒映在水中，随着微风轻拂，水面泛起层层细腻的涟漪，山与水在这一刻融为一体，留下一片令人心旷神怡的宁静与和谐。偶尔，几声鸟鸣划破清晨的宁静，为这宁静的水库增添了几分生机与活力。

斜阳西下，倚靠在库下桥头，便能感受到那份从水面上升腾而起的清凉与湿润，夕阳将天际染成了绚烂的橙色，余晖洒在水面上，水面便成了一块巨大的调色板，金色、红色、蓝色交织在一起，随着水波的起伏而变幻莫测，美得让人心醉。归巢的鸟儿掠过水面，留下一串串清脆的鸣叫声。

夜幕降临，星辰点缀苍穹，水库的水面如镜般平静，倒映着满天繁星，仿佛将宇宙的奥秘也一同揽入怀中。若此时漫步于水库大坝，便能感受到一种超脱世俗的宁静与祥和，心灵得到前所未有的洗涤与升华。

然而，水库的静谧之下，隐藏着巨大的力量。它像是一位沉默的巨人，默默地积蓄着雨水、山泉汇聚而来的力量，等待着合适的时机，将这份力量化作涓涓细流，滋养万物。这份力量，是自然的馈赠，也是人类智慧的结晶。

灌溉的力量，生命的赞歌

梅山水库建成以来，承担着为下游的河南固始县，六安市的霍邱县、金寨县、裕安区、叶集区等 383 万亩农田的灌溉任务，是淠史杭灌区重要的水源地之一。据测算，建库以来，水库累计为灌区供水近 700 亿立方米，使下游灌区农田旱涝保收。四季如约更替，梅山水库便开始展现它最为壮观的一幕——灌溉。

春天，是万物复苏的季节，大地急需甘霖，水库清澈的水流如丝如缕，缓缓流入田间地头。那些原本干涸的土地，在水的滋润下，迅速焕发出勃勃生机。嫩绿的麦苗、金黄的油菜花、五彩斑斓的野花……它们竞相绽放，仿佛在向水库致以最诚挚的感谢。

夏天，是焦金流石的季节，水库的灌溉更加频繁而重要。烈日炎炎下，庄稼们焦渴难耐，急需大量的水分来维持生长。此时，水库便成了它们的救星。水流通过精心设计的灌溉系统，精准地输送到每一块田地，为庄稼们送去清凉的慰藉。稻田里，水稻们挺直了腰杆，随风摇曳，仿佛在进行着一场盛大的舞蹈，庆祝着生命的蓬勃与繁荣。

秋天，是花果飘香的季节，在水库的精心灌溉下，田野间一片金黄。沉甸甸的稻穗、饱满的玉米、香甜的瓜果……它们都是水库灌溉之功的见证。农民们脸上洋溢着幸福的笑容，他们知道，这一切的丰收都离不开梅山水库的默默付出。

冬天，是休养生息的季节，大地归于沉寂，但水库的灌溉并未停歇，它继续积蓄着力量，为来年的春灌做准备。同时，它也成了许多野生动物的栖息地，为它们提供了宝贵的水源和庇护所。

在这片被水库灌溉的田野上漫步时，你会不由自主地放慢脚步、静下心来去感受那份来自大自然的恩赐；你会看到那些绿油油的庄稼在阳光下茁壮成长；你会听到那些欢快的鸟鸣声在耳边回荡；你会感受到那份来自心底的宁静与满足；你会听到那潺潺的水声，聆听来自生命的优美赞歌。

水库的故事，永恒的传奇

随着岁月的流逝，梅山水库已经成为金寨县这片土地上不可或缺的一部分。它见证了无数农人的辛勤耕耘和丰收喜悦，也承载了无数人的记忆和情感。在这里，每一滴水都蕴含着故事，每一寸土地都记录着历史。它用那源源不断的清流，滋养着这片土地上的每一个生命，它用那无尽的智慧与力量，书写着人与自然和谐共生的传奇。

回首往昔，梅山水库工程建设是一场艰苦卓绝的兴水战役，更是一场规模宏大的人民战争，数万劳动人民肩挑手扛、日夜奋战，完成了50万立方米土方的工程奇迹，换来了下游70年的安澜。

且看今朝，梅山水库是一首滋养大地的生命之歌，它以其无尽的水流和无私的奉献滋养着下游万物生长，以科技的力量和智慧的光芒引领着农业生产的未来，以社会的关怀和生态的守护谱写着人类文明的新篇章，谱写了一曲属于人类与自然和谐共生的壮丽乐章。

展望未来，随着科技的进步和社会的发展，水库的管理与利用也在不断创新与提升。数字孪生、水库现代化运行管理矩阵建设、智慧水利等一系列高科技手段的应用，使得水库的灌溉效率更高、生态环境更优、可持续发展能力更强。这些变化不仅提升了农业生产效益，也为保护生态环境、促进绿色发展做出了积极贡献。梅山水库也将继续以它那博大的胸怀和无尽的智慧，为这片土地上的生命提供源源不断的滋养与庇护。同时，它也将成为人与自然和谐共生的典范与象征，激励着更多的人去关注自然、保护环境、追求可持续发展。

在这片土地上，梅山水库将继续书写着属于人与自然和谐共生的美丽篇章。

（作者单位：安徽省梅山水库管理处）

梅山筑梦

郭慧敏

在翠岭之间，碧波荡漾，
梅山水库，静卧山谷中央。
昔日荒野，今朝碧玉镶嵌，
凝聚自然之美，尽显人工之光。

坝身高耸，锁住云水之间，
蓄积的不仅是清流，更是希望的源泉。
波光粼粼，倒映着蓝天，
微风吹过，泛起层层涟漪，如梦如幻。

绿水青山，环绕四周，
草木葱茏，鸟语花香醉人。
白鲢红鲤，悠游水中，
野兔松鼠，穿梭林间，生机勃勃。

土鸡汤浓，烤土鸭香，
焖鹅肉嫩，水库鱼鲜美无比。
野菜清甜，清新自然，
人间美味，尽在山水之间。

波平如镜，山影倒映，
晨雾缭绕，如诗如画如仙境。
日暮时分，夕阳余晖，
金光洒满水面，如梦如幻如诗篇。

清流奔涌，滋养着万亩良田，
绿意盎然，五谷丰登笑开颜。
水利灌区，生命之源，
梅山水库，你是大地的瑰宝。

你是自然的画卷，你是生活的诗篇，
你是希望的灯塔，你是幸福的源泉。
梅山水库，你的美无法言说，
你的恩情，我们永记心间。

（作者单位：安徽省梅山水库管理处）

田野里的新希望

林红梅

作为一名水利工作者兼摄影爱好者，工作之余，我时常奔走在广西百色这块红土地上，用镜头去捕捉那与水有关的故事，寻找那些曾为水而干得热火朝天的水利建设场景，塑造水利建设者的光辉形象，谱写水给人民带来甜美的乐章，是我毕生的追求和爱好。转眼间就过去了几十年，可与水有关的故事一个又一个展现在我眼前。

今年"五一"假期，风轻云淡，正是采风的好时机。我带上"大炮筒"、无人机等摄影设备，开启以"水利粮丰"为主题的采风拍摄活动，很想看一看在百色右江这片古老的土地上，水，又有哪些新的故事。

驱车一个多小时，来到被农业农村部命名为"中国芒果之乡"和"全国创建无公害农产品生产示范基地县"的广西田东县林逢镇。只见山上连片的芒果林一望无际，沉甸甸的果实压弯了枝头，远远就闻到空气中弥漫着芒果的香气。田野里一块块碧绿的稻田映入眼帘，清风吹拂，泛起一层层绿浪。走进田东县林逢镇林逢村的高标准农田，放眼望去，田成方，路相通，渠相连，绿水汪汪，旷野稻田翻起一层层稻浪，展现在我眼前的又是一个丰收年。村后灌溉渠里流水淙淙，白鹅在渠中漫游，小鸭在沟里戏水，村前的大水塘，一大片墨绿色荷叶浮在上面，朵朵洁白如雪的荷花盛开其间，好一个土沃水足粮丰的壮美乡村。

面对此情此景，谁能想到，这里曾是一个缺水缺粮靠天下吃饭的贫困乡。在林逢村东往屯，我遇到了种粮能手、产粮大户韦金道骑着"小电驴"优哉游哉地巡视着她种的田。韦金道一眼认出了背着"长枪短炮"的我，停下车来用当地的蔗园话跟我打招呼，她兴致勃勃地说："右江灌区没建好前，田东县林逢镇种稻谷只能靠天吃饭，遇到大旱，粮食颗粒无收。近年来田东县右江岸边的保群泵站、林逢泵站建成后，渠到村，水到田，解决了当地农民的缺水问题。"今年我家的粮食种植面积达到 600 多亩。近十多年来，通过土地流转种植水稻，采取"早稻—秋冬菜"的水旱轮作模式，经济效益可观，全年"稻—菜"亩产值达万元以上。有了工程抗大旱，没有工程瞪眼看。望着长势良好的禾苗，韦金道信心满满地说："今年又是一个丰收年。"

　　据地方水利志记载，新中国成立前，百色农田灌溉主要依赖拦河垒坝和竹筒水车引水施灌。20 世纪 60 年代，当地农业、水利部门曾先后组织推广水稻"薄、浅、湿、晒"的科学灌溉方法，收到较好的节水增产效果。70 年代，百色大规模兴建水利灌溉工程，百东河水库灌片、磺桑江灌片、龙须河灌片等为当地农民粮食增收发挥了很大的作用。80 年代，田间用水管理进一步科学化，调配水实行"统、灌、算、配、定、量"方法。90 年代，继续推行"薄、浅、湿、晒"科学灌溉方法，保证灌区用水，实现节水增产的目标。右江灌区位于百色市东南部的右江盆地，是百色市境内两个大型灌区之一。灌区内有田阳县、田东县 2 个县的 6 个镇 60 个村，总人口 26.74 万人。2000 年 2 月，右江灌区被纳入全国 402 个大型灌区（广西 11 个）续建配套与节水改造范围。2011 年中央一号文件明确将土地出让收益 10% 用于农田水利建设。2017 年 2 月，水利部批复项目——广西桂西北治旱百色水库灌区工程项目正式启动，百色水库灌区工程的建设，将给右江区、田阳区、田东县 12 个乡镇（街道）135 个村的群众带来工程红利，59.2 万亩的良田将因引来的"源头活水"焕发出新的生机。

　　"人靠饭养，苗靠水长"。百色水资源丰富，水利工程多，但由于灌溉渠道年久失修，水流堵塞、渗透问题较多。"水库有水、田地没水，看得见水、用不上水"现象比较普遍。右江灌区节水改造后已运行 20 多年，出现了不同程度的老化损坏等问题，灌溉效益有所降低。近年来，管理单位抓住秋冬菜灌溉停歇、水稻春灌尚未开始的"空窗期"，对灌区干渠进行全面"理疗"，同时调整供水应急预案，精准做好开源准备及优化供水调度方案，为满足当地农田春灌用水提供了坚强的水利保障。

　　粮丰天下安。改革开放后，右江灌区、百色水库灌区等一个个灌区从时光中走来，为助力脱贫攻坚和乡村振兴奠定坚实基础。近年来，广西百色市围绕"稳粮、优供、增效"目标，把灌区建设作为粮食安全的主阵地，配套改造了渠道、灌排泵站、渡槽等骨干工程，疏通了水利工程的"毛细血管"，打通了农田灌溉的"最后一千米"。同时，各县水利部门紧盯墒情、雨情、农情，优化灌溉水源工程管理，因地制宜加强大中型灌区供用水调度，着力改善农田灌溉条件，集中连片推进，确保旱涝保收。灌溉工程建设打破了水资源的"瓶颈"，让原本大片荒芜的土地变成了粮仓，同时也让农业根基更稳，让美好生活"成色"更足。如今，走进田间地头，沃野上一片片田成方、渠相通、路相连的高标准农田映入眼帘。截至 2023 年底，仅田东县路、渠、管的通达率就达到 99%，灌溉率达到 96%。正是由于水的滋润，激发了农民种粮的积极性，许多在外务工的农民纷纷返乡，重新吃了"种田饭"。田东县林逢镇形成"鱼米之乡"品牌效应，乡村振兴之路越走越宽。

2024年中央一号文件提出，实施粮食单产提升工程，集成推广良田良种良机良法。良机已成为各地农户不可或缺的种田"好搭档"。小满将至，田东县的早稻陆续进入分蘖期，我在田东县林逢镇地头拍摄农田时发现，当地推广生态循环农业、绿色有机种植，"绿意"正在田间涌动。农田灌溉用了新方式，在林逢镇林逢村，连片的高标准农田地块平整，但远看农田旁边不见灌溉管道，农田里却不缺灌溉用水。经询问在田间指导的田东县高级农艺师才知，"灌溉用的管道都埋在地下，沟渠只用来排涝。随着技术的完善，以后还能实现水肥一体化，施肥更省心。"新农人植保补肥也有"新招式"，精准"喂饱"农田，无人机"赶走"虫害，智能操控灌溉……

近年来，广西百色各大灌区围绕"生产、生活、生态"一体化，以绿色发展引领生态建设，以数字智能提升服务水平，以高效节水助力农业生产，持续完善水利综合设施，打造了一批"科技先进、高产高效、绿色生态"的高标准农田。这些农田采用管道输水、自动化灌排等新技术，水资源利用率提高20%～30%，灌区在粮食和重要农产品生产中的"主力军""压舱石"作用越来越明显，鼓足了水利人追赶超越的劲头，接力护航"一渠清水"源源永续，努力让老百姓用上"安全水""小康水"。

有了现代水利工程，农业旱涝保丰收，农民"靠天收"的日子一去不返，因旱涝灾害闹饥荒导致流离失所的场景也已成为历史。而今这里水足粮丰人富，人民的日子越过越红火，作为一名水利人，我引以为豪！

（作者单位：广西百色水文中心）

水利人的初心与使命——平凡中的不平凡

于佐泉　王　磊

麦收以后，勤劳的人民种上了玉米，但入夏的滨州干旱少雨，让干旱土地里的玉米种喝上一遍"蒙头水"，保证出苗率，最大程度降低旱情造成的损失，助力农民丰收，这是摆在张肖堂灌区运行管理单位——滨州中海供水公司面前的头等大事。

面对严重干旱，面对张肖堂引黄涵闸改建，面对渠道淤堵，面对人民所盼，中海供水公司提前谋划，积极主动对接黄河河务局，实地调研灌区良田，科学调配水量，实时调度引水，加强渠道巡查保畅，让甘洌的清水汩汩流进农田，解人民燃眉之急。从6月初到6月底，共计调水1300万立方米黄河水，灌溉灌区良田15万亩，圆满完成了应急抗旱保夏种任务。

克服重重困难，咬牙坚持奋战一个月，夺取抗旱胜利，这是中海供水全体干部职工团结一心努力拼搏的结果。在一个月的抗旱期间发生了两件感人肺腑的事，展现了国企职工的责任担当，下面与大家分享。

腿骨折了，不顾疼痛，毅然坚定干好工作

"小樊，你走路咋一瘸一拐的，是不是腿受伤了？"中海供水公司负责人于佐泉说，"噢，前几天渠道被杂草和垃圾淤堵，我着急疏通打捞，不小心摔伤了，没事于经理！我贴着膏药了，过两天就好了！"

其实事情是这样的，为确保灌区渠道行水安全通畅，樊玉晨与张俊杰、李磊在晚上的例行渠道巡查时，突然发现上游河道水位极高，下游河水流速较慢。发现问题后，三人顺着河道快速查找原因，老职工李磊说："肯定是李口闸那里被干草淤堵了，咱们快点跑，先去李口闸！"三人到达李口闸后，发现上游漂下来的杂草已把闸口前面的铁箅子糊死。

三人不由分说，立马投入清除工作中，每个人手里挥舞着四翅子（专门为捞草购买的专用工具），一次次重复着下捞上倒的动作。"磊哥、俊杰哥你俩休息下，我年轻有使不完的劲，我多捞会！"由于作业面窄，作业面又重复被带有水的草打湿，

水泥作业面已经非常滑了。老职工李磊刚嘱咐完让小樊注意脚下易滑，注意安全，突然小樊脚下一滑，"啊！磊哥救我！"只见小樊膝盖磕在护栏上又摔倒在水泥作业面上后掉入水中，幸亏穿着救生衣，李磊和俊杰两人用四翅子将其拖上岸。上岸后，老职工李磊说："小樊你没事吧，受伤了吗？"小樊说："磊哥，我没事，就是膝盖磕了一下，等回去我贴点膏药就行了。"

由于中海供水目前只有 11 个人，又是在抗旱的关键时期，摔伤后，小樊一直不好意思请假，一直坚守在工作岗位。但是细心的于经理发现了问题，出现了开头的一幕，得知小樊因打捞杂草磕伤膝盖后，于经理立即安排李磊陪其去医院检查。一查吓一跳，就医后才知道小樊左腿髌骨骨裂，韧带断裂，并因治疗不及时膝盖里面出现部分积液，必须住院手术治疗了，大夫说就算治疗顺利，今后他的左腿也不能再做剧烈运动了。这个小伙子才 25 岁，是全公司年纪最小的同志，从小父母离异，父亲独自把他拉扯大。当家人从沾化老家赶到医院时，他的姑姑眼里含着热泪心疼地说："唉，俺孩子还没个对象呢！以后咋办呢！"

经过医生的精心治疗，现在小樊已回到工作岗位，当问到他，手术疼不疼，受伤后不后悔时，他坚定地说："男人不怕疼不怕苦，我是最年轻的我就应该多干！"现在的他始终如一，说到做到。

火灾面前，勇敢面对，保护好人民财产不受损失

持续干旱高温，中海供水职工张远德、崔志强依然坚守在巡渠路上。突然，崔志强发现渠道南侧张肖堂村后面的树林地在冒黑烟。"不好，着火啦！我们赶紧去救火！"说罢俩人跑向着火点，由于干旱高温，树林里杂草瞬间成片起火，连树都烧着了，他俩也顾不了那么多，拿起手中的四翅子一边开始扑火，一边大声呼喊救火，眼看已控制不住火势，崔志强赶紧拨打了 119 及时报了火警。

这时离林地较近的几位村民闻声也赶来参与到灭火中来，崔志强、张远德与村民一起继续灭火，听到消防车的声音后，张远德赶忙跑去公路边给消防车引路，终于在消防员的帮助下，大火被扑灭。

起火点离民房和柴火堆很近，幸好发现扑救及时，村民们连声道谢，非要拉他们去家里坐坐，他们婉言谢绝，继续投入紧张渠道巡查工作中。这时才发现，俩人的衣服、裤子和鞋都已被烧上窟窿，脸上手上也都黑乎乎的，俩人相视一笑。当事故发生时，我们水利人从不退缩，而是勇往直前，始终把人民生命财产安全放在首位。

在滨州这片希望的土地上，水利人以他们坚韧和勇敢的行动，展现了深深的责任和担当。无论是面对干旱的挑战，还是火场的考验，他们始终坚守在自己的岗位上，

用自己的行动诠释着什么是真正的国企精神和劳动的光荣。

他们的故事，或许并不惊天动地，但他们所传递的力量和温暖，却能激励着每一个人。他们用平凡的工作，书写了不平凡的篇章，让我们深深感受到，每一个为人民的利益而默默付出的人，都是这个时代最可敬的英雄。

致敬所有在张肖堂灌区无私奉献的水利人，他们用辛勤和汗水，为这片土地带来了生命的源泉，为农民带来了丰收的希望。他们的信念和行动，让我们坚信：只要团结一心，没有什么困难是不可克服的。他们的精神，将永远激励着我们前行。

（作者单位：中国水务投资集团有限公司山东区域总部滨州水务集团有限公司）

润物无声——广东灌区：守护粮食安全的绿色动脉

陈梦婷　欧正蜂　王小军

引言

在南粤大地上，一条条重要的、宛如绿色动脉般的水利脉络，正静静地履行着守护粮食安全的神圣使命，它们便是广东的灌区——润物无声的绿色生命线。作为中国改革开放的先行者，广东不仅在经济领域创造了无数令人瞩目的奇迹，更在农业现代化和水资源管理上走出了一条独具特色的道路，书写了绿色发展的新篇章。习近平总书记在广东省湛江市考察时提出：推进中国式现代化，要把水资源问题考虑进去，以水定城、以水定地、以水定人、以水定产，发展节水产业。在水资源日益紧张的背景下，广东的灌区不仅承担着保障国家粮食安全的重任，更成为高效节水灌溉技术的主要载体，彰显了"水利粮丰"的深刻内涵，是灌区精神的生动实践。

广东灌区的建设历程与使命

广东，自古以来便是稻作文化的摇篮，岭南大地的先民们在与自然的抗争中，孕育了独特的水利智慧。从古代的陂塘系统到现代的大型灌溉工程，广东人民在与水的博弈中，逐渐摸索出一套适合本土条件的水利管理模式。

广东省虽然雨量丰沛，但时空分配不均，特别是又以需水量大的水稻为大宗农作物。随着经济的高速发展和人口的增长，水资源的合理利用与粮食安全之间的平衡变得日益重要。广东灌区的形成和发展，正是为了应对这一挑战。新中国成立后，面对日益严峻的水旱灾害，广东人民在党和政府的领导下，发扬自力更生、艰苦奋斗的精神，积极谋划推进大中型灌区建设。广东省大中型灌区工程建设经历了从无到有、从简陋到完备的转型，灌溉工程的规模与功能逐渐升级，涵盖了引水、蓄水和引蓄提水的综合运用，并建成许多长藤结瓜式灌溉网格局。为了进一步推动灌溉设施的现代化进程，广东省建立了"广东省中型灌区续建配套与节水改造项目储备库"。截至 2024 年，已计划实施 41 宗灌区续建配套与现代化建设项目，落实省级及以上财政投入资金达 19.88 亿元，创历史新高。

在管理层面，广东省更是走在全国前列，率先制定印发《广东省大中型灌区名录管理办法（试行）》《广东省大中型灌区管护工作情况评估办法（试行）》，实行灌区动态管理，完善灌区管理体制机制，大中型灌区实现"一张图"管理全覆盖，累计创建标准化大中型灌区（灌排泵站）232 宗、节水型灌区 31 宗、国家级节水型灌区 2 宗，极大提升了灌区管理的效能。同时，广东省谋划新（创）建大中型灌区 28 宗、改造大中型灌区 242 宗，预计将新增灌溉面积 427.16 万亩，使得耕地灌溉覆盖率有望从当前的 80% 跃升至 94%，广东省农田灌溉事业迈向了一个新的高度，为农业增产和水资源的合理利用奠定了坚实的基础。

其中高州水库灌区工程的建设与改造成为典范。高州水库灌区位于粤西沿海鉴江流域中下游平原，灌区范围涉及茂名市的高州、化州、茂南、电白和湛江市的吴川等县（市、区），是广东省三大灌区之一。灌区工程由良德灌区和石骨灌区组成，是以高州水库为主要供水水源的多首制灌溉、供水工程。水库于 1960 年建成，2006 年对高州水库进行除险加固，工程任务调整为以灌溉、防洪、供水为主，结合发电等综合利用。20 世纪 90 年代以来，高州水库灌区陆续开展节水续建配套工程建设，累计完成渠道改造 297.26 千米，完成建筑物改造 2369 座，完成砌石 28.6 万立方米，混凝土浇筑 59.62 万立方米。项目实施后渠系水利用系数从 0.5 提高到 0.53，农田灌溉水有效利用系数从 0.4 提高到 0.48，恢复灌溉面积 14.3 万亩，改善灌溉面积 6 万亩。有效保障了茂湛两地 118 万亩干旱农田的自流灌溉，促进了鉴江平原两岸农业的发展，进而铸就了广东省关键的粮食、水果及北运蔬菜生产基地。高州水库等大型水利工程的建成，不仅有效抵御了自然灾害，还极大地改善了农田灌溉条件，为广东省粮食生产和农业现代化提供了有力的支撑。

高效节水灌溉技术的应用

广东省在高效节水灌溉方面进行了大量的投资和建设，旨在提高水资源的利用效率。全省坚持以习近平总书记关于"节水优先、空间均衡、系统管理、两手发力"的新时期治水思路为指导，以区域化高效节水灌溉工程为重点，创新管理机制和运行机制，促进粮食增产、农业增效、农民增收，结合农业种植结构调整，综合工程、农业、管理措施，连片规划、规模发展、整体推进，以水资源的可持续利用支撑经济社会的可持续发展。"十三五"完成新增高效节水灌溉面积50万亩。"十四五"阶段,《广东省节水型社会建设"十四五"规划》提出要推动农业节水增效,挖掘农业节水潜力,推进灌区节水改造。加快推进韩江粤东、茂名高州水库、雷州青年运河等大型灌区续建配套与现代化改造及中型灌区续建配套与节水改造,建成35个节水型灌区、5个水效领跑者灌区;推广喷灌、微灌、滴灌、低压管道输水灌溉、水肥一体化、覆盖保墒等技术。另外,广东省组织编制《广东省高标准农田建设规划(2021—2030年)》,规划提出,把高效节水灌溉与高标准农田建设统筹规划、同步实施,规划期内目标新增高效节水灌溉面积56万亩。支持高效节水灌溉科技研究与推广,大力推广高效节水灌溉技术。以问题和需求为导向,科学确定高效节水灌溉工程发展目标,因地制宜推行管道输水灌溉、喷微灌等高效节水灌溉技术。

雷州半岛的高效节水灌溉工程是广东省农业现代化的一个成功案例。雷州半岛位于我国广东省的最南端,靠近南海,地理位置独特,但受季风气候影响,降雨时空分布不均,旱季缺水严重。这一地理特点使得雷州半岛的农业生产面临着水资源短缺的巨大挑战。因此,高效节水灌溉工程的建设成为解决水资源供需矛盾、提高农业生产效率的关键举措。"菠萝水肥一体化"是近年来在雷州半岛推广的一种先进技术,它将可溶性固体或液体肥料,按土壤养分含量和菠萝需肥规律,结合智能滴灌控制系统进行控制,管理者通过手机,就可以看到土壤的湿度,进行远程控制。在徐闻县的菠萝种植基地,"菠萝水肥一体化"技术比传统方法种植菠萝增产19%以上,且成品果率有效提高,而且能有效节约人工和减少投入。

各科研院校在全省范围内掀起了高效节水灌溉技术的研究热潮,加速了节水技术的革新,更为农业可持续发展注入了强劲动力。如广东省水利水电科学研究院的科研团队,在清远飞来峡水利试验基地建设了高效节水智慧灌溉试验基地,致力于探索并优化适应于南粤地区气候与土壤条件的先进灌溉技术。2021—2024年,开展了高效节水灌溉试验,聚焦滴灌、喷灌等高效节水灌溉技术对作物生长的影响,研究结果显示,相较于传统的沟灌方法,高效节水灌溉技术可显著降低灌溉用水量,喷灌可节水50%,滴灌节水率达80%,这些研究成果不仅证明了高效节水灌溉技术的可行性和有效性,更为当地农户提供了一套切实可行的农业节水方案。通过精准灌溉,不仅节约了宝贵的水资源,还有效提升了品质与产量,实现了经济效益与生态效益的双重提升。

灌区精神的体现与传承

在广东这片充满传奇色彩的土地上，流淌着一条条由汗水和智慧浇筑而成的"生命之河"。它们不仅滋养了万顷良田，更孕育了世代相传的灌区精神——那就是广东人民在面对自然挑战时所展现的坚韧不拔、开拓创新和团结协作的精神。

长岗坡精神，敢为人先的担当与奉献。长岗坡渡槽位于广东罗定市罗平镇长岗坡上，有"广东红旗渠"之称，是国家重点文物之一、曾经是世界最长的渡槽，建成后一直发挥着巨大的社会效益和经济效益。历史上的罗定，十年九旱，地瘠民贫。为了改变罗定面貌，决策者凭借敢为人先、为民服务的担当，罗定群众秉持无私奉献的精神，在缺少现代化大型工程机械的情况下，用肩挑人扛、钢钎铁锤、人力车等土办法，仅用了4年2个月建设长岗坡渡槽。1981年1月竣工通水，长岗坡渡槽工程发挥了重大的工程效益，年平均输水4.0亿立方米入金银河水库，滋润着下游数万亩农田。

灌渠精神，脚踏实地的革新与实践。新中国成立前，从化水利设施相对薄弱，水旱灾害频发。20世纪70年代，为了进一步解决农田灌溉问题，当地政府急人民之所急，决定"北水南调""水旱兼治"，在北部建水库蓄水、开凿灌渠，把水引到中部和南部，规划兴建七大灌渠。从化人民脚踏实地，用"铁肩膀"担起建设七大灌渠的重任，最终长达174.1千米、灌溉面积达22.4万亩的"七大灌渠"在1998年建成，为粮食生产提供了坚实保障。

雷州青年运河精神，青春热血的奋斗与创新。雷州半岛由于地理位置、气候条件和地形地貌等原因，自古以来就是全国闻名的苦旱之地。为了改善雷州半岛的灌溉条件，解决长期以来困扰当地农业生产的干旱问题，中央和广东省委在20世纪50年代规划拦截九洲江，建库修河，引水灌溉雷州半岛。雷州青年运河工程包括鹤地水库和运河工程两部分，任务艰巨。库区位于两山之间，面积110平方千米，跨广东廉江、化州和广西博白、陆川四县，要淹没7个乡。运河工程包括总、主渠6条，长277千米；干渠以下各级渠道4039条，总长5000多千米，各类建筑物3200余座。面对恶劣的自然环境和缺乏现代化施工设备的挑战，30余万青年和干部群众以高昂的热情和坚定的信念，仅用了不到两年的时间，完成了这项艰巨的工程，创造了水利史上的奇迹。1959年8月，鹤地水库建成，1960年5月，运河主河建成通水，建成后雷州青年运河灌区成为广东第一大灌区，解决了250万亩耕地的灌溉用水问题。

这些伟大的工程，不仅是物质上的丰碑，更是精神上的灯塔，照亮了广东人民前进的道路。长岗坡精神、灌渠精神、雷州青年运河精神，它们穿越时空，历久弥新，激励着每一代广东儿女，在新时代的征途中，继续弘扬和传承这些宝贵的精神财富，以更加昂扬的姿态，书写广东乃至中国更加辉煌灿烂的明天。

乡村振兴与粮食安全

广东灌区的建设，不仅是对水资源管理与利用的科学实践，更深层次方面，它是乡村振兴战略的重要支撑点，为农村的全面发展注入了强劲动力。在广东这片充满活力的土地上，灌区建设与乡村振兴战略紧密结合，通过一系列综合施策，不仅显著提升了农田基础设施的现代化水平，还极大地改善了农村的生产生活条件，夯实了乡村振兴发展的水利基础。

阳江市海陵试验区以实施"百县千镇高质量发展工程"为核心策略，通过高标准农田建设和灌区改造，将依赖自然的传统农耕方式转型为现代农业典范。通过建立特色现代化农业产业园，如海陵岛珍珠马蹄市级现代产业园，实现了珍珠马蹄从分散种植到全链条标准化作业的转变，包括种植、采收、机械加工及物流运输、推动产业模式升级。目前，海陵岛珍珠马蹄的栽培面积已突破 6000 亩。同时，海陵岛推进"一村一品"战略，结合休闲农业与乡村旅游，孕育出知名乡村旅游品牌和特色旅游村落。例如，那拿村围绕特色产业与文化主题，引入农业文旅融合项目，成功复耕 900 亩闲置土地，建设油菜花基地，形成观光旅游产业链，增强了农产品价值，吸引了众多游客，进而刺激了当地餐饮、住宿等服务业的兴盛。今日的海陵岛，已成为广受赞誉的农业旅游胜地，显著提升了农民收入，为乡村经济的振兴注入了活力。

桑园围，千年水利遗产的生态智慧与人文辉煌。桑园围始建于北宋时期，包括堤防、灌排渠道、水闸等关键组成部分，具有灌溉、防洪排涝、水运等功能。2020 年，桑园围被国际灌溉排水委员会列入第七批世界灌溉工程遗产名录；2022 年，桑园围水利设施被广东省人民政府列入第十批广东省文物保护单位。桑园围体现了古人的智慧与自然和谐共生，巧妙地利用了两江之间的水位差，通过桑基鱼塘系统实现了防洪与灌溉的双重功能。当水量充沛时，人们借助水车从河涌中引水养殖，同时蓄积雨水，减轻了排涝压力；河水与鱼塘水又能用于灌溉桑树，形成了一个自给自足的生态系统。桑园围作为世界灌溉工程遗产，拥有丰富的历史文化和自然景观资源。其独特的桑基鱼塘系统、古老的堤围，以及与之相关的历史人物和故事，吸引了大量游客前来参观学习，体验传统的农耕文化。乡村旅游的发展增加了当地农民的收入，同时提升了乡村的知名度和吸引力，促进当地经济的多元化发展。

2023 年 4 月 11 日，习近平总书记在广东省茂名市高州市根子镇柏桥村考察荔枝种植园、龙眼荔枝专业合作社，了解当地发展荔枝等特色种植业、推进乡村振兴等情况。水利是农业发展的命脉，对于荔枝和龙眼这类热带水果的种植十分重要。在根子镇，政府和当地农民通过建设灌溉系统、水库和引水工程，有效解决了干旱问题，确保了作物的稳定生长。这些水利设施不仅提高了农作物的产量和品质，还增强了农业的抗灾能力，为粮食安全提供了坚实的基础。

广东灌区的建设和管理对于确保粮食安全起着至关重要的作用。作为中国南方的重要粮仓，广东的农田水利建设不仅是农业生产的命脉，更是社会稳定和经济发展的基石。民以食为天，粮食是人类赖以生存的根本，而农田水利建设则是保障粮食安全生产的基础。据统计，广东现有灌溉面积约 2300 万亩，占全省耕地总面积约 80%。这些灌溉面积的稳定供水，直接关系到粮食产量的稳定和增长。近年来，广东省通过大力推进农田水利基础设施建设，实施大中型灌区加固改造工程、节水灌溉、标准化创建等项目建设，配套完善了一大批农田水利排灌设施，优化了农田排灌渠系，为粮食生产提供水利保障，切实保护和提升粮食生产能力。在面对全球气候变化的背景下，广东灌区的建设更加注重提高农业生产的适应性和韧性，建立了较为完善的抗旱减灾体系，包括应急水源储备、抗旱灌溉设施和旱情监测预警系统，确保粮食生产不受极端天气的影响。在 2020 年遭遇严重干旱时，由于灌区的强力保障，广东粮食产量仍保持稳步增长，显示出较强的抵御自然灾害的能力。

结束语

展望未来，广东灌区的明天必将更加美好，广东灌区将在智能化灌溉、生态友好型农业、水资源高效利用等方面迈出更大的步伐，不仅保障粮食安全，还将促进农业高质量发展，推动乡村振兴战略的深入实施。在"灌区精神"的引领下，广东水利人将以更加饱满的热情，更加扎实的行动，续写新的辉煌篇章，让这片滋养生命的绿洲，永远绽放着生机与活力，成为中华民族伟大复兴道路上一道亮丽的风景线。我们共同期待广东灌区的明天，将是绿色生态与科技智慧交织的美好图景，是人与自然和谐共生的生动实践，是乡村振兴与粮食安全同频共振的精彩篇章。

（作者单位：广东省水利水电科学研究院）

大河之上

汤 喆 全昕蕾

华夏五千载，黄河万古流。

黄河，孕育了灿烂的中华文明，也塑造了中国人的心灵和精神世界。

这条大河，有"大漠孤烟直，长河落日圆"的雄浑苍凉；也有"九曲黄河万里沙，浪淘风簸自天涯"的一往无前；还有"黄河落天走东海，万里写入胸怀间"的坦荡气概；更有"欲穷千里目，更上一层楼"的襟怀抱负……

携黄河之精魂，华夏儿女一次次经历苦难，又一次次倔强站起，一次次涅槃重生。

一

位于陕西省渭北旱塬的渭南市东雷二期抽黄工程，不仅是黄河精神魂魄的历史见证，更是黄河精神魂魄的淋漓展现。

大河滔滔，万古奔流，磨砺出无畏无惧、奋勇向前的胆识和勇气，锤炼出不屈不挠、锲而不舍的坚毅和执着。

八百里秦川最壮阔的图景莫过于农事繁盛，粮果大丰。这是关中平原作为"中国历史上农业最富庶地区之一"引以为傲的底气。然而处于关中平原腹地的渭南，虽然自古就是粮棉种植基地，却并非占尽天时地利。复杂多变的台塬山地，干旱少雨的气候特征，使得渭河以北大部区域土地干涸，粮棉歉收，农业滞缓，发展受限。

20 世纪 70 年代，陕西提出关中东部抽黄灌溉工程的整体格局后，东雷二期抽黄作为东雷抽黄的续建工程，攻坚克难，强韧发力！

从 1987 年陕西省人民政府提交世行贷款申请到 1997 年 6 月 30 日主体工程试通水成功，东雷二期抽黄工程在十年建设中创造了多个全省"第一"，第一个利用世界银行贷款修建的大型水利工程；第一个进行招投标的国家水利项目；第一个在省内实行建设监理的水利项目；北干二级站以 4.26 万千瓦的装机容量被誉为农灌"亚洲第一泵站"。

骨干工程修起来了，但部分田间配套设施缺失，灌区不能正常运转，老百姓只能望水兴叹，等了又等，盼了又盼。

"灌区最开始很艰难，我们第一批进单位的人真是下了苦力，和单位共同成长，看着单位一步步建设起来，走向成熟。"回忆往事，老一辈的二黄人深有感触。

技术科的同志们沿渠线一步步勘察设计，上高坡、跨沟道、翻围墙、穿果园、早出晚归、夜以继日，每天两三条渠，行程二三十千米，练就了能跑路、抗饥饿的"本领"。

工程科的同志们窝在野外工地风吹雨淋，一待就是十天半月，沾满尘土泥浆的衣裤，粗糙黝黑的肌肤，还有手掌和指缝的泥垢，与施工的民工无异。

灌溉科的同志顶风冒雪、走村串户，骑着自行车来回奔波，吃住在农户家里调配水量，哪段工程有问题了，哪个村组因为争水抢水打架了，哪里又发生偷水抢水、损坏设施事件了，都得磨破嘴皮平心静气地处理和调解。

经过干部职工们多年不懈努力，东雷二黄逐步建成泵站 37 座、安装机组 170 台套；修建干支渠 73 条 572 千米。多年累计从黄河取水 45 亿立方米，灌溉农田 4300 万亩次，创造经济效益 100 多亿元。灌区粮食年平均亩产量由灌前的 200 多公斤提高到目前 1200 公斤以上，农民人均年收入由灌前的 200 元上升为现在的 1.3 万元。

"多亏了这个二黄水，要不然，咱塬上的人都拉了枣木棍棍咧（要饭）！"段家村原村主任王天喜一家，祖辈生活在旱塬，那些没水的枯焦日子，食不果腹、衣衫褴褛，让他不忍回望。

二黄水上塬后，农业春秋两料稳产高产，复种指数提高了，粮食产量翻番了，农民解决了吃饭问题，渭北旱塬蜕变为绿色田园，小伙子娶到了媳妇，女子也不愿外嫁。昔日的贫困村，家家都盖起了新房，拥有了以前做梦都不敢想的私家车。

曾经的渭北旱塬，因这黄河水，山川变绿、粮丰果香，从此，摆脱贫困落后，换了人间！

大河奔涌，积聚万壑归流的洪荒伟力，奏响新时代的澎湃乐章。

盛夏时节，在大荔县段家镇打虎村，73 岁的王文鹏正在地头向村委会主任姚百昌晒幸福，"我这 3 亩柿子，每年收入 3 万元，足够我老两口花销，不给咱儿女增加负担，日子舒坦。"说完，顺手扶起压弯腰的柿子枝条哈哈大笑。姚百昌接过话，"咱全村人都一样，312 户 4000 亩地，每亩地每年收入上万元。我家今年收入 23 万元。"

"不敢想以前没有二黄水的年代，那时候靠天吃饭，小麦到收获季节，才长到一尺高，真正是颗粒无收。"回忆起以前，姚百昌神情凝固，抬头望着满眼的水果树，喜悦之情涌上心头，"多亏二黄水，让我们结束了祖祖辈辈靠天吃饭的现状，救了我们全村人。"

"通水之后，在外做瓦工的农民回村了，开始种植小麦、玉米。十年前我家进行了产业结构调整，开始种植柿子、酥梨、梅子等果树。"王文鹏说。

打虎村四面临沟，垂直高度百米以上，1993年二黄人将黄河水从百千米外引来，缓解了旱情。2012年农民开始调整产业结构，向土地要效益，种植果树，增加收入。

多年来，受黄河水的润泽，打虎村贫瘠的土地，脱去了"黄袍"，穿上"绿装"，满眼翠绿，望不到边际的果树让农民鼓起了腰包。

二

时光如水消逝，二黄灌区的管理也日趋规范完善。

2019年6月28日，全国农业水价综合改革现场会在二黄灌区召开。二黄推行的"引水必记载、用水必公示、收费必开票、灌后必公布"的用水管理制度，把改革服务场所延伸到田间地头，有力地强化了群众监督，为灌区群众提供了贴心服务，确保群众用放心水、缴明白钱。

全面推行农业水价综合改革是二黄灌区创建高标准现代化灌区的一个重要抓手。

实施中，二黄灌区根据灌区农作物种类实行分类水价，经济作物的水价由原来的0.35元每立方米提高到0.448元每立方米。为了让老百姓认可，工作人员进地头、入村巷，一遍又一遍地宣传、介绍，引导群众节水灌溉，既达到水价改革的成效，又降低亩均水费。

段家镇段家村四组村民张文升有3亩梨树地，当知道实行分类水价，自己家的地灌溉要从每方水三毛多涨到四毛时，他第一个跳出来反对，甚至不听工作人员劝解。一次两次三次，水管员不厌其烦地找他，他不接电话，就直接登门拜访。当他听懂政策，怀揣着不信服的心情灌溉时，把原来的大田漫灌，改成小畦快灌，亩均水费竟然由原来的45元降到40元。他连连叹服："咱二黄，就是为群众好哩！"

段家镇坊镇村2组村民郭同才种植10亩红薯地，由原来的大水漫灌改为渗灌带灌溉，亩均水费由原来的30元每亩降到20元每亩。他说："过去用水计量不到地头，用了多少水也不知道。现在量水标尺建到了地头，推行斗口计量，我们用水都得精打细算了，水用得越少，缴的水费就越少。"

通过一轮又一轮灌溉，群众充分认识到了节水的意义，享受到了农业水价综合改革的红利，大家从最初的抵触变成了欣然称赞。

60多岁的张文升当斗管员已经十多年了，看着渠里的黄河水欢快地流进一块块干涸的农田，他感慨地说："这十几年，引黄渠道越建越多，越修越好，家家地头都有引水口，特别方便。实行了农业水价综合改革后，大家的节水意识也更强了，地块宽畦变窄畦，长畦变短畦，不仅省水省时还省钱。"

借助农业水价综合改革，东雷二黄灌区强化末级渠系管理，健全基层用水组织，推进农灌用水管理科学化规范化进程；完善水量监测设施，加强总干渠、北干渠上所有取退水口的精准计量；大力推广应用二维码收缴水费，减少水费收取的中间环节；推行"一线工作法"，主动到村组农户家去听意见，到田间地头去补短板，用心用力用情解决好灌区群众关心和社会关注的涉水问题。

灌溉中实行"双标尺，同计量"，渠道斗口有一个标尺，分渠引水口也有一个，斗口为计量标尺，分渠引水口为监督标尺。

水顺着渠道缓缓流淌，在渠道靠近田地的一侧，每家地头都安装了一个简易分水门。正在浇灌的田地里，一面小红旗迎风飘扬，很是显眼。上面醒目地写着水价公示政策，水流到什么地方，红旗就插到什么地方。

灌溉中还实行"水账双公示"，在基层管理站内公示各支渠用水量及收费情况；在村组水账公布栏公布用水户水费情况，严格执行"统一票据、明码标价、开票到组、公布到户"制度，建立末级渠系水费台账，杜绝乱加价、乱收费现象。

2021年，二黄灌区全面完成农业水价综合改革任务，先后顺利通过市级验收、省级验收。灌区年节水约1200万立方米，亩均灌溉定额下降了8%，亩均水费较改革前下降了4～9元。"水价明、水量足、水费低、服务优、监督畅、效益好"的目标基本实现。二黄灌区农业水价综合改革成功经验被国家四部委作为典型案例在全国范围内推广，并在国家发展改革委农业水价综合改革视频会上交流发言。2019年水利部农业水价综合改革现场会在二黄灌区召开，2023年全国农业水价改革座谈会来二黄灌区调研。

三

大河奔流，长歌未央。

对生活在渭北旱塬的群众来说，二黄灌溉让曾经遥不可及的高产量不再是梦想。当汩汩的黄河水从太里湾倾闸而出，沿着135千米长的干渠，一路俯仰蜿蜒，折转奔流，上北干二级泵站，穿汉村隧洞，过洛河渡槽，越下寨三级站出口，直至引水入田，滋润苗青麦丰。向"吨半田"迈进成为农人新的良愿、也成为二黄人再次奋进的号令！

2020年，二黄灌溉紧紧围绕习近平总书记关于黄河流域生态保护和高质量发展的重要讲话精神，在富平县流曲灌溉系统先后流转1000亩耕地，建设高效节水示范田，开展大田作物规模化经营与高产、高效、节水试验，探索农水结合的新模式，服务现代农业高质量发展。

2022年，二黄灌区在蒲城县孙镇、椿林2镇16个行政村5万亩耕地上实施高标准农田示范建设项目，通过土壤改良、土地平整、渠道改造、道路硬化、农田监测、智慧互联等综合治理，实现集中连片、旱涝保收、稳产高产、生态友好等目标。

项目实施中，二黄灌区积极探索农水结合新途径，通过末级渠系建设，解决了"最后一公里"问题；采用从渠首用水调配到末级渠系管护"一竿子插到底"的管护模式，减少中间环节，降低运行成本，实现了渠系工程有人管、有钱管、管得好；探索土地"托管＋流转"方式，既提高农业生产效益，又解决农田无人耕种、大片撂荒的问题，夯实了灌区可持续发展基础；在"三改两全""土地微平整"的基础上，尝试"喷灌保苗、渠灌增产"灌溉新模式，提高了田间节水效果。据统计，二黄灌区年节水量1850万立方米；采取良田、良种、良法、良机、良制"五良协同"，发挥水源保障优势，达到高产、高效。

"2023年，我们示范区'金麦1号'小麦实测亩产725公斤，'陕单650'玉米实测亩产746公斤，基本实现'吨半田'建设目标。"看着示范田里绿浪翻滚，一棵棵玉米苗挺着粗壮的腰杆，传递着丰收的希望，示范区的工作人员脸上是掩不住的笑意。

经过几年实践，项目区已取得"两升两降"的良好效果，灌溉水利用系数提高5.7%，粮食单产水平提高10%以上，亩均灌水量较之前下降8%，亩均水费降低10元左右。

2021年8月，二黄灌区续建配套与现代化改造规划成功列入国家"十四五"重大农业节水供水工程实施方案，项目投资4.02亿元。二黄灌区抢抓时机、迅速推进，目前董家、万家、督福杨等8座泵站已改造完成，汉村隧洞、孙镇分干渠、兴镇分干渠利用停水间歇，克服重重困难，在多方协调和不懈努力下，于2024年夏灌前全部改造完成，在大旱之年为灌区农作物增产增收送去了及时水、救命水。

历史的车轮碾过岁月的长河，昔日的辉煌不断被新的荣光覆盖。

合阳太里一级泵站是二黄灌区的龙头，在这里一键启动开机提水，黄河水在一片震天的涛声中冲闸而出，奔腾向前。上高塬、穿隧洞、跨洛河，八级提水，级级高攀，以272.2米的总扬程，将黄河之水引上渭北旱塬。

"在我们的信息平台，可以实时查看运行数据、故障事件、变位信息、保护动作、操作记录等省时省力又方便快捷。"在临河而建的机房里，职工们熟练地操作着。

数字化、智能化、自动化技术在灌区全面应用，新质生产力发展成为二黄灌区高质量发展的强劲动力和有效支撑。从灌区泵站抽水自动化到渠道输水、控水、测水智能化，再到农田用水科学化，信息化建设为二黄灌区的科学决策与管理开辟出崭新局面。

在洛河渡槽，工作人员只需轻点鼠标，远程控制，就可解决闸门启闭频繁和多闸联动的难题；在蒲城贾曲支渠，进水闸加装的测控一体化设备和量水测水设备，只需通过手机，便可实时查询水闸数据，并进行监控、分析及操作；荆姚系统的支渠与十一斗安装的箱式超声波明渠流量计，与调度中心联动，实现流速的全面监测和精准计量，保障高效供水。在孙镇系统高标准农田旁的环境监测站，风向、风速、温湿度、照度等环境气象及虫情、土壤墒情等数据经过实时采集，传输至智慧农业大数据平台，经过汇总分析，为农田灌溉、施肥、用药等提供智能化、精准化支撑，打造"天空地一体化监测监管系统"，实现监管预警、智能识别检测、精准监测反演，指导服务群众灌溉用水。安装于渠首的智能化测控闸门，自动监测灌溉水流量，并可通过手机 APP，远程控制闸门开合，做到节水高效，省时省力。

日月轮转，二黄敬业、务实、自律、进取的精神在传承中创新，灌区发展也在转型中提质。

如今的二黄，已告别过去的单一农灌，构建起工程沿线城市供水、工业用水、生态补水的多元化供水新格局。

长河激浪起，潮涌日日新。东雷二期抽黄正被赋予新的生命力，以无数涓滴汇成千顷澄碧，奏响新时代的奋进强音！

（作者单位：陕西省渭南市东雷二期抽黄工程管理中心）

节水技术强　供水有保障
都江堰灌区书写水利粮丰新篇章

李　鹏

水之为利，膏腴千里，泽被万世。拥有两千多年历史的都江堰水利工程作为全国第一大灌区，承担着成都、绵阳、乐山、德阳、遂宁、眉山、资阳 7 市 40 县（市、区）1154.8 万亩农田灌溉，2800 多万城乡人民生活、生产及生态环境用水任务，灌区以占全省约 1/20 的土地，提供了全省 1/4 的有效灌溉和粮食产能，养育了全省近 1/3 的人口，贡献了全省近一半的地区生产总值。新的时期，在满足都江堰灌区不断增长的新的供水需求下，加快推动都江堰灌区新阶段水利高质量发展也刻不容缓。2021 年 11 月 26 日，都江堰管理局正式更名为四川省都江堰水利发展中心，结束了长达 43 年的分散管理体制，实现从"九龙治水"向"一龙管水"的历史性转变，为成都平原经济圈建设和打造更高水平的"天府粮仓"发挥统筹管理和科学调控的作用。

不负春光，不误农时。正值三月农时，都江堰灌区一片春耕备耕的繁忙景象，用水工作正如火如荼地开展。根据用水计划，2024 年度春灌分两个轮次进行：第一轮是充蓄育秧期，用水时间为 3 月 5 日至 4 月 7 日；第二轮是泡田育秧期，用水时间为 4 月 26 日至 6 月 3 日。四川省都江堰水利发展中心全面贯彻落实"保春灌就是保粮食安全"总体要求，深入实施"深度服务、造福灌区"行动，周密部署春灌供水工作，全力以赴保障"天府粮仓"建设和民生"米袋子""菜篮子"的粮食生产安全。

通水：畅通"高速水道"，助力下好灌区"先手棋"

2024 年 3 月 8 日，都江堰灌区"十四五"续建配套与现代化改造工程施工第六标段项目涉及黑龙滩 5 条干支渠整治，花房支渠整治渠道长度 17.62 千米的水下部分施工完工，重点对明渠及建筑物进行了整治，整治后该渠道水利用系数提高到了 0.96。与此同时，灌区内的仁寿县也大力开展现代水网建设，对斗渠和中型灌区渠系进行配套整治，有效畅通灌溉输水渠系。随着渠道更加畅通、输水速度明显提升，预计灌区花房支渠受水区用水时间将较去年提前 3 ～ 5 天，灌区第一轮春灌有望提前 5 天结束。

4 月，人民渠干渠鸭子河段、红岩分干渠、人民渠一期至三期干渠整治项目水下施工也进入收尾阶段，并于 4 月 3 日上午 8 时逐步恢复通水，结束了人民渠干渠进口为期 45 天水量只有每秒 12 立方米的限流期，拉开了春灌期间向丘陵灌区稳定输水的序幕，对 10.89 千米人民渠干渠及 184 处渠系建筑物进行整治，对 116 千米干渠进行清淤，对 31 处总长 1.99 千米水毁渠道进行修复。通过维修养护等工程措施，疏通输水渠道"大动脉"，同时积极沟通对接各区水务局及地方政府，对支、斗、农、毛渠等"毛细血管"进行疏通清淘，河道、沟渠清淤 33 千米，拆除行洪阻碍 2 处，使骨干工程节水与田间工程节水同步推进，灌区用水"一步到位"。

"往年渠道水流 1 小时能跑大概 2 千米，现在 1 小时能跑 3 千米左右。"这是南总干渠花房支渠上的一线巡渠职工对今年春灌输水最直观的感受。输水更快，得益于干支斗农毛渠全面系统的现代化改造与整治，扎实做好渠道的隐患排查整治和清淤疏浚，确保了水到渠畅。都江堰灌区"十四五"续建配套与现代化改造，以及对渠道的维修养护和水毁工程的修复，灌区输水更加畅通，输水速度明显提升，干渠输水损失有效减少，为向灌区优质、高效、安全输水打下坚实基础。

节水：坚持"开源"与"节流"，让每一立方米水用到实处

如何实现节水增效，是都江堰灌区春灌工作的重点。在"开源"方面，都江堰灌区在坚持一体化调水管水机制的基础上，根据用水户需求"一河（渠）一策"细化供水保障方案。鉴于当前社会的用水需求发生的结构性变化，都江堰灌区通过调研认真分析了灌区气候特征、土壤墒情、作物种植结构等形势，并对用水户的烦心事、揪心事和用水需求开展深入摸排，制定《灌区春灌需水清单》，通过错峰错时、大流量突灌等措施优化配置农业生产用水，使全灌区均衡受益、农作物都能"喝饱水"。

在"节流"方面，都江堰灌区在去年实现水权交易和景观用水协商定价零突破的基础上，按照都江堰水利发展中心统一部署，都江堰灌区正全覆盖推进农业用水计量，由原来按"亩"收费改为按"方"精准计量收费。与此同时，随着我国首部节约用水行政法规《节约用水条例》出台，春灌服务队深入灌区大力宣传种植新技术、托管农业新模式，持续推动农业用水习惯由"大水漫灌"向"精准滴灌"转变。

都江堰水利发展中心坚持抓好供水调度"一盘棋"，落实习近平总书记"节水优先、空间均衡、系统治理、两手发力"的治水思路，做好引水、调水、蓄水、供水的文

章，从组织、工程、供水、宣传四个方面全力备战春灌供水工作，广大水利工作者下灌区，走基层，广泛开展节水、爱水、惜水、护水宣传，全力护航"粮食安全"。以数字孪生灌区建设为契机，都江堰灌区在全国首创了灌区标准化"量水秤"体系，完成了渠首枢纽数字孪生试点，灌区正逐步迈入智慧化管水调水的高质量发展轨道。2023 年 11 月都江堰灌区被国家授予"节水型示范灌区"称号。

量测控一体化闸门"量水秤"的使用，是都江堰灌区在用水计量信息化、自动化方面的一个缩影。"哗哗哗"在都江堰灌区东干渠旁一个量测控一体化闸门"量水秤"旁，东干渠管理员张建国在手机上打开智慧灌区 APP，随后点击"开闸"按键，只听渠底传来哗哗的水声，渠道中的灌溉用水顺着地下铺设的管道流入了田间地头。

"以前到灌区东干渠金堂曾家堰支渠口关闭进水闸，光单程就需要一个半小时，跑一圈下来大半天就没了，现在通过手机，动动手指，几分钟时间就能全部搞定。"张建国一边操作着智慧水利集成阀井系统，一边介绍着将闸控"装进"手机，调水便捷节约了时间也节约了水。通过手机进行远程操控闸门，查看东干渠沿线农户育秧情况，不但缩短了人工奔波开关闸门的时间，而且自然促进了节水。

张建国所在的龙泉水利管理站渠道总长约 90 千米，远控分水洞已建成 69 处，还有 91 处正在加紧建设中。除了有效解决渠系末端分水设施调水的及时性外，该系统最重要的好处是提高了用水统计精度，并根据不同作物、不同用水户在不同时段的用水需求，第一时间精准调配水资源，解决取水困难问题。依靠灌区信息化建设水平的不断提升，2020—2023 年，都江堰灌区东风渠管理处农业用水消耗总量呈逐年下降趋势，农业用水消耗总量已下降 2.51 亿立方米，而节约出来的水，则可用于需求量越来越大的生态用水。与此同时，自 2022 年开展计量用水试点以来，都江堰灌区东风渠管理处先后同龙泉驿区、金堂县达成相关协议，在龙泉灌区实现全域计量用水收费，并在 2023 年促成了都江堰灌区首单水权交易，不断调动用水户节水积极性。

用水：两手齐发力，倡导节水新技术，大力保春灌用水

"去冬今春，干旱少雨天气较多，春灌用水形势较往年更为严峻。为配合'十四五'项目建设，灌区内部分渠段需降（停）水运行，灌区部分低效果林腾退导致用水需求量增大，再加上今年下游有新增用水灌区，春灌保供压力非常大。"都江堰水利发展中心东风渠管理处供水管理科科长周伍光如是说。

随着城市快速发展，都江堰灌区水资源逐渐面临结构性短缺，季节性缺水严重。为保证灌区有序用水，确保春灌保粮食安全，都江堰灌区积极践行"节水优先"的

治水思路，大力推广水稻旱直播栽培技术、工厂化育秧技术等节水新技术。

位于灌区丘陵片区新南干渠尾水灌区的籍田街道自勤农机合作社是水稻旱直播技术推广示范点。旱直播就是将水稻种子直接进行机械直播，省去育秧、插秧环节，以机械化作业代替人工作业，整个合作社 3000 亩地只有 20 多名工人。该技术利用种子生长晚 20 天的优势，错开用水高峰期，先播种再蓄水，每亩田只需要用水约 250 立方米，适合在干旱尾水地区推广，具有抗旱、节水、省工、省力、操作简便等优点，每亩田年均可节约水量 300 立方米，节约人工成本 200 元。

位于平坝片区江安河灌区的温江区万春镇和林稻海是工厂化育秧示范点。相比传统的分散育秧，工厂化集中育秧技术一方面可以减少多通道、长距离供水导致的耗水量和输水损失，提高供水保证率和用水效率；另一方面，机械化育秧只需几人简单操作，能有效地提高育秧效率、降低生产成本，还能解决农村劳动力不足的问题，一亩工厂式育秧的秧苗可栽插 100 亩田。

在灌区重点区域推广机械化育秧、栽秧，在配套齐备、机械最大效率的情况下，育秧速度由传统的每 10 人 1 天可育 2000 盘进化为现在的每 3 人 1 天可育 12000 盘；与传统育秧相比，旱育秧可以节水 60% 以上。同时，推动节水型和抗旱型品种选育推广，减少单位农产品生产的净耗水。通过新技术、新模式，助力灌区高标准农田建设，巩固和提高粮食生产能力，保障国家粮食安全。为此，都江堰灌区还将持续服务春灌用水，推广多种节水新技术，促进灌区农业用水消耗总量持续下降，提升水资源利用效率和效益，助力灌区农业高质量发展。

抓水：深入一线抓服务，创新机制让用水效率再提升

"王站长，我们村群众反映眉彭干渠崇礼支渠的水放过来很小，现在正是育秧的关键时候，麻烦你们协调一下。"近日，都江堰灌区东风渠管理处眉山水利管理站站长王怀斌接到眉山市东坡区水利局工作人员高立彬的求助微信后，随即安排春灌队员前往现场查看供水情况，并协调处供水管理科，加大眉彭干渠输水量，满足育秧用水需求。

"自今年 3 月以来，我们已协调解决春灌'最后一千米'供水问题 20 余件。"都江堰灌区春灌启动后，东风渠管理处赓即派出多支"春灌服务队"，通过"勤走访""现场会""摆问题"等方式，跟踪蹲点到村，尽最大努力解决用水困难和用水矛盾，疏通田间"毛细血管"。同时，对渠道、渡槽、水闸等水利设施进行拉网式排查，清淤疏浚，备足备好抢险物资，为粮食生产安全留足了"底气"。

春灌期间，都江堰水利发展中心各科室党员干部与基层各管理站党员同志创新

开展结对服务春灌，坚持每天徒步巡渠，走进田间地头、农户家中，主动了解农业生产用水需求，坚持总量控制、定额管理，做到应灌尽灌、应配尽配，协调配合解决用水过程中出现的矛盾，确保春灌工作有序开展，密切关注解决难点、热点和尾水地区的用水问题，避免发生水事纠纷，确保用水秩序，为灌区群众提供优质服务。召开用水工作座谈会，共商输水调水事宜，确保用水计划科学顺利实施，为春耕生产保驾护航，确保农民"菜篮子"和"粮袋子"实现双丰收。

历年来，春灌开始后灌区基层管理站的一线干部职工通常会沿着水流从干支渠到斗农毛渠，一直深入田间地头，在掌握末端受水情况的基础上科学精准调度渠系输水量。今年春灌以来，都江堰水利发展中心班子成员多次带头深入灌区一线，了解水资源调度情况，走上渠道末端查看斗农毛渠输水情况，询问农户农田受水情况，实地全过程掌握春灌用水一手数据，与灌区各区县沟通，推进春灌用水不断精细化、节约化，而农业水量的节约有助于用水结构的优化，将为灌区水资源经济效益、社会效益的提升打下坚实基础。截至3月19日，灌区已累计放出灌溉用水3240万立方米，水量调度更加精准、用水效率持续提升。

蓄水：备足春灌用水"一组拳"，灌区蓄水总量达12.4亿立方米

"人的命脉在田，田的命脉在水"。做好春耕备耕，备水保灌是重中之重。去冬今春，都江堰灌区丘陵地区降雨少、土壤墒情差，"冬干连春旱"现象较为明显。灌区水利工作者立足"早"、突出"实"，坚持未雨绸缪抓春灌，下好抗春旱、备春灌、保春耕"先手棋"。

"今年水比往年早到了好几天，可以安心育秧泡田了。"3月21日，金堂县赵镇街道石槽堰社区村民钟国全看着从都江堰灌区东干渠曾家堰支渠流进田地的汩汩清流喜滋滋地说道。

据了解，东干渠上游分水制口的位置普遍较高，在春灌开始前，东风渠管理处就利用夜间闲时把渠道水位降低到制口以下，集中全力提前向下游灌区输送水，白天再抬高水位让上游制口进水，满足春灌用水后，余水再进入万兴垃圾发电厂蓄水池等地作为应急水源，在兼顾工业和农业用水的同时，让上下游余缺互济。

"得益于类似于'先远后近、重点保障、余水存蓄'等模式在春灌保供工作中的应用，当前东风渠灌区春灌进度较常年同期快9天，效益比较明显。"东风渠管理处供水管理科负责人表示。

都江堰灌区东风渠东干渠主要向丘陵灌区输水，沿线种植户分布范围广，输水距离长，而钟国全的田地刚好位于东干渠曾家堰支渠末端，在春灌用水高峰，往往

会遇到来水晚、用水"打挤"等问题。针对此类灌溉难点，今年都江堰灌区东风渠管理处提前谋划，了解灌区种植情况、掌握灌溉进度，并集思广益，创新探索出"先远后近、重点保障、余水存蓄"的输水模式，力争全灌区均衡受益、同步栽秧。

"新时代的都江堰不仅是'治蜀兴川'的重大战略性基础设施，更是打造新时代更高水平'天府粮仓'的主战场。"四川省都江堰水利发展中心党委书记、主任朱泽华表示。冬春蓄水是保障春灌用水工作的关键，自去年冬季以来，都江堰灌区以蓄、引、输相结合的方式积极推动蓄水工作，特别是在人民渠岁修整治期间，通过采取导流、限流等措施实行不断流输水，保障了丘陵灌区蓄水工作。目前灌区蓄水 11.6 亿立方米，较多年同期多蓄水 8907 万立方米，蓄水情况总体较好，能够保障灌区春灌用水需求。同时，鉴于当前黑龙滩和龙泉山还存在一定蓄水缺口问题，都江堰水利发展中心还将坚持上下游联动，积极引入紫坪铺水库调峰水量，抢抓补蓄窗口期，统筹做好平坝灌区向丘陵灌区的输水工作，优化调度减少输水损失，保障水稻满栽满插。

供水：科学把控，扛起年均供水 80 亿立方米的"一面旗"

"交子百业园的油菜花种植面积为 600 亩，成都环城生态区粮油产业带油菜种植面积为 3 万亩左右，目前都已开始结荚，长势喜人！"4 月 4 日，天府绿道农科公司的工作人员正在田间地头忙活，浸润着成都环城生态区十万亩粮油产业带的，正是来自都江堰灌区内毗河、府河、东风渠等多条河（渠）道的涓涓清流。

随着经济社会的发展，都江堰灌区水利工作重点从传统的"农业的命脉"，逐步转变为以农业为基础的经济水利、社会水利、生态水利和要素水利。为保障经济社会发展，灌区农业、工业、生活、生态用水结构正不断优化，灌溉水利用系数已提升至 0.47，用水效率不断提高，生活、工业、生态用水占比从 2014 年的 40% 上升至 2023 年的 51%，供水保障的时间线也从农业生产集中期拉长至全年各时段，"三生"用水得到全面保障。都江堰灌区地处盆地腹部核心区域，在全省经济社会发展中具有极为重要的战略地位。一体化改革后，灌区持续深化水资源一体化调度管理，供水由改革前的区域局部优势效益向灌区整体最优效益转变，供水秩序更优更畅，供水结构持续优化。通过精准调度、科学统筹，2024 年都江堰灌区预测用水需求 86.27 亿立方米，较 2023 年用水需求少 3.21 亿立方米，一体调水管水优势更加凸显。根据《都江堰灌区 2024 年度供水计划》，都江堰灌区将根据天气情况和用水形势有针对性地制定不同用水阶段的水量调度预案，建立动态调整机制，科学指导春灌用水工作，把握供水管理的主动权。

一是齐心协力，统筹调度。今年以来，都江堰水利发展中心人民渠第一管理处克服渠道施工、限流等困难，科学利用 3 ~ 5 立方米每秒水量，向人民渠二处灌区输水 4000 余万立方米。人民渠第二管理处通过继光水库—寸塘口水库—麻子滩水库，精细跨区县用水调度，向遂宁市大英县、安居区等尾水灌区供水 1600 万立方米。二是科学安排，错峰轮灌。优化水资源配置，灵活安排灌区之间和上下游间的错峰轮灌时段，采取先下游、后上游的方式，合理安排供水时间、配水量等，确保上下游均衡受益。同时，指导灌区水利管理部门抢抓时间差，错峰轮灌，做好各类水利设施的蓄水保水工作，为大春保栽备足水源，截至 3 月中旬，灌区蓄水较去年同期多蓄 9073 万立方米。

未来，都江堰灌区还将紧紧围绕强化水资源刚性约束和集约化利用，持续推进构建"省市县乡村联动、干支斗农毛互通"的一体化调水机制，加快构建现代灌区科学水治理供水体系，充分发挥四川存量水生产力载体的引领作用，全力守护一江清水润天府。

智水：数字孪生赋能，解锁智慧春灌"一键式"

"为喜灌坛河润远，恩波德水又更新。"近年来，都江堰灌区深入贯彻落实"需求牵引、应用至上、数字赋能、提升能力"的要求，以数字化场景、智慧化模拟、精准化决策为路径，深入推进数字孪生灌区建设，完成了渠首枢纽的数字孪生建设试点，实现对物理渠首全要素和运行全过程进行数字映射、智能模拟、前瞻预演。

当前，成都平原及周边丘陵地区已进入春耕关键时期，都江堰灌区充分利用数字孪生系统实现对上游来水的精准化监测、渠首六大干渠配水的智能化调度、重要制口闸门的远程化操控、调水配水全流程线上作业，让岷江水从源头到田头"一键直达"。数字孪生都江堰渠首枢纽系统，以感知数据为基础，动态分析来水需水情况，联动鱼嘴分水、六大干渠水流演进等模型，并融合自动控制体系，实现了渠首枢纽及 59 孔闸门联调联控，蒲阳河、柏条河、走马河、江安河、沙沟河、黑石河六大干渠调水实现全流程智能化配水管控。

都江堰灌区以水资源精细化管理需求为导向，推动建设"数字化场景、智慧化模拟、精准化决策"的水网体系，打造"一云、一网、一中台、一平台"的灌区信息化架构，建成了都江堰灌区云计算数据中心，建成集业务专网、工业控制网、感知网、互联网为一体的灌区传输网络，建成都江堰数据中台，打造了集物联网平台、视频监控平台、灌区一张图于一体的智慧水利门户网站。目前，灌区已建成 1264 处关键控制断面的计量设施，实现了对灌区水资源"一盘棋"的精准计量；推动灌区

293处关键制口的闸门自动化改造,灌区调水可在灌区指挥中心远程操控"一键直达"。

今年春灌启动以来，灌区依托数字孪生系统，累计供水量18.1亿立方米，为灌区水稻满栽满插提供了充足的水源保障。截至6月5日，都江堰灌区累计完成水稻栽秧泡田598.4万亩，全灌区顺利"关秧门"，实现自灌区一体化改革以来连续3年较常年提前7~10天完成春灌任务。数字孪生助力春灌成效显著，全力保障1154.8万亩灌面用水安全，开启了从"治水"到"智水"的转变。

结　语

春生大地,水润万物,在成都平原的千里沃野上,一幅幅"春耕收获图"正在铺开。都江堰灌区一体化管理改革以来，通过实施灌区续建配套与现代化改造，改善灌溉面积62.81万亩，新增节水能力7885万立方米，灌区灌溉面积和输水能力得到不断提升。今年都江堰灌区的灌溉面积跃升至1154.8万亩，相比去年增长21.6万亩，稳居全国大型灌区第一。同时，保障水稻栽插面积也增加到598.4万亩，相比去年增加了1.5万亩，进一步筑牢更高水平的"天府粮仓"，不断书写都江堰灌区水利粮丰、创新发展的新篇章。

（作者单位：四川省都江堰水利发展中心）

寿光市：南水北调润田野，农业节水更高效

丁建峰

一渠清水连通南北，宛如一条蜿蜒的巨龙，穿越千山万水，将南方的丰沛水资源引向北方干涸的土地，串联起生机勃勃的发展图景，这就是伟大的南水北调工程。

南水北调工程不仅为城市的发展注入了活力，更为农业的繁荣带来了前所未有的机遇。我生活的小城寿光，位于山东省东部，地处黄河三角洲高效生态经济区，是中国蔬菜之乡，农业发展尤为重要，同样得到了它的润泽滋养。

一

作为世界上覆盖区域最广的调水工程，南水北调工程体现了以人民为中心，不断保障改善民生、增进人民福祉的发展思想。经过多年的发展，南水北调工程所经之地、所到之处，水丰了、河清了、景美了，它已从原来的水源补充，逐步成为沿线城市不可或缺的重要水源……

可以说，南水北调工程的通水，改变了北方许多地区农业缺水的困境。在过去，干旱的土地常常让农民望而兴叹，收成微薄，生计艰难。而今，清澈的南水奔腾而来，滋润着干涸的农田，让希望的种子在肥沃的土地上生根发芽。

寿光水资源人均占有量 292 立方米，不足全国人均占有量的 1/7，属于资源型缺水城市。在寿光，昔日的双王城曾是一片白渍渍滨海盐碱地，自然环境极其恶劣，土壤盐碱化程度高，表层土壤含盐量达 10‰，地下含盐量更高，大多数植物难以生长，曾经几乎寸草不生，树木也很难长高，干旱季节和少雨季节的缺水问题也较为突出，农业生产条件非常差。

"冬春白茫茫、夏天水汪汪、旱了收蚂蚱、涝了收蛤蟆"，这是当时双王城的自然环境的写照，也从侧面展现着当地农业生产的困境，小麦、玉米等主要农作物的产量不稳定，品质也难以保证，根本无法满足农民的耕作需求。

从地理位置上来看，寿光地势自南向北逐渐降低，根据水资源综合规划，由于历史海侵原因，寿光市北部 58% 的国土面积的浅层地下水为咸水，而地下淡水资源

主要集中于南部淡水区，由于过量开发利用，造成采补失衡的状况，导致地下水位持续下降，出现地下水漏斗区。长期过度开采地下水，导致地下水位持续下降，形成了地下水漏斗区，农耕灌溉用水水井深度越来越深。在农业灌溉方面，传统的灌溉方式如漫灌、喷灌等水资源利用率较低，尤其在北部盐碱地区。另外工业、农业和生活污水的排放，使得部分水资源受到污染，可利用的水资源减少。寿光市水资源在时间和空间上分布不均，部分地区水资源较为丰富，而部分地区则严重缺水。

2002 年，国家南水北调工程山东东线调水项目开始建设，通过胶东调水干渠向烟台、威海输送水源，途经寿光北部地区。寿光市着眼未来发展，经规划论证，立项审批，于 2009 年 12 月 28 日正式通过国务院南水北调工程建设委员会批准，在双王城老水库基础上扩建南水北调东线胶东干线工程的重要调蓄水库和配套工程，占地面积 7.79 平方千米，坝高 12.5 米，正常蓄水位 9 米，最大库容 6150 万立方米，2010 年 8 月 6 日，双王城水库工程全面开工建设，2013 年 6 月，主体工程全部完成，并开闸蓄水。南水北调工程的实施，为寿光市提供了宝贵的水资源，为农业发展注入了新的活力。

南水北调工程实施后，充足的水源保障了双王城生态经济发展中心周边农田的灌溉需求，农民们可以根据农作物的生长规律，适时、适量地进行灌溉，农作物生长旺盛，产量大幅提高。据统计，在南水北调工程覆盖的区域，小麦亩产量平均提高了数百斤，玉米的产量也有了显著增长。

南水北调双王城水库建成通水以来，寿光市充分利用引调客水资源优势，不断延伸受水区域，供水范围进一步扩大，目前已覆盖 7 个乡镇街道，5 个工业园区。积极开展大水网建设，注重并积极改善北部生态环境，保障灌溉供水，压减地下水，改善海水倒灌情形，探索农业节水新路径，其中配套工程双王城主泵站 9 台机组累计安全运行 17.67 万小时，供水突破 2.1 亿立方米，促进了灌区土地改善，水源补充，推动了水美、粮丰的农业发展，为我国现代农业节水发展提供了宝贵的经验。

二

昔日的盐碱荒地，如今已建起排排大棚，里面种出的西红柿品质好、产量高、口感佳，或是变为一望无际的林海湿地，村民腰包鼓起来，生活富起来，在家就能实现年收入几十万元，这不是故事，而是真真实实发生在寿光北部的事情。

20 世纪 80 年代，寿光全面推进寿北开发；20 世纪 90 年代，寿光蔬菜大棚起步并发展壮大，寿光也逐渐成为蜚声华夏的"中国蔬菜之乡"、中国最大的"菜篮子"。在南水北调水系引入的过程中，勤劳的寿光人不拘泥于自然环境，勇敢创新发展，根据盐碱地特点大力发展无土栽培。在农技专家的指导下，村民在大棚里挖出种植槽，铺上防渗膜，填上炉渣、沙子等作为基质，安装水肥一体化设备，这样既能阻断地下盐碱卤水入侵到作物生长层，又能节约用水、控制肥料用量，减少作物病害发生，种出的西红柿品质好、产量高，昔日只能种棉花的盐碱地发生了翻天覆地的变化。

无土栽培是寿光在寿北盐碱地开发利用中因地制宜探索出的新路径，为全市改造中低产田、提高盐碱地农业亩产值提供了一条可复制可推广的"寿光模式"，带动了农业产业的发展和农民增收致富。

双王城生态经济发展中心北木桥村多数村民种植棉花，棉花亩产值400元左右，近年来，有的村民种起西红柿大棚，亩产能达到11000斤，一年结2茬，一亩地一年能产22000斤左右，亩产值达到6万元左右，提高了150倍，在使用滴灌设备和电动卷帘机后，劳动强度也大大降低，且有固定销路，村民收入非常可观。

目前，双王城生态经济发展中心已在南木桥、北木桥、卧铺、寇家坞等村庄建成多个高品质园区，无土栽培种植面积达到3500亩，成为带动农民增收致富的支柱产业。

三

在寿光北部这片盐碱地上，让人惊叹的不仅仅是村庄里的产业大棚和瓜菜飘香，更是一片片枝繁叶茂、湿地纵横、到处充满鸟语花香的林海。

作为寿光人，闲暇时光，我们会走进林海生态博览园，漫步其中犹如在江南水乡，头上是虫鸣鸟叫，身边是波光粼粼的湖水，这里不仅有树有水，还有莲藕、大闸蟹、野禽飞鸟等多种生物，美不胜收。

如今的寿光双王城发生了巨大的变化，曾经的盐碱滩涂变成了"生命绿洲"。林海生态博览园，不仅有数千亩的荷塘、鱼池以及多种植被，还成了国家4A级旅游景区，吸引了大批鸟类安家落户，实现了生态效益、社会效益和经济效益的统一。

值得一提的是，如今，林海生态博览园的荷花已经达到160多个品种，而建园之初荷花面积只有几十亩，现在整个园区观赏性和实用性的荷花已经达到几千亩。

盐碱地上开出千亩荷花，这在几十年前是想也不敢想的尝试。如今的万亩林海园区，不仅有2000多亩荷塘、1000亩淡水鱼池，还有各类植被200多种，采取"上林下藕、藕鱼套养"的立体高效种植模式进行生产，融自然风光与人文景观、生态农业与观光旅游于一体，这也是为何我们置身其中仿佛走进"江南水乡"的原因。

多年来，寿光人从未停止发展的步伐，通过各种方法对这片盐碱地进行了改造和利用，取得了显著的成效：通过平整土地、挖台田压碱等措施改良土壤；利用南水北调工程的蓄水枢纽双王城水库，缓解淡水短缺问题，并在干旱和少雨季节用于浇灌土地，以降低土壤盐碱度；发展"上林下藕、藕鱼套养"的立体高效种植模式……

习近平总书记提出了"绿水青山就是金山银山"理念，林海生态博览园一直在践行这个理念，从一开始的不毛之地，一直发展到现在的一片绿洲，鸟类、野生动物种类每年仍在不断增加，同时，他们通过丰富旅游业态，进一步带动了周边老百姓的就业。

<h2 style="text-align:center">四</h2>

水资源是城乡发展的战略性资源，有了活水的加持，能够进一步改善土质和调节小气候。

近年来，寿光市通过积极调引长江黄河水，有效满足工农业生产生活用水需求，进行地下水回灌补源，强化地表水、地下水联调联供，同时，寿光采取节水压减、水源置换、补蓄并举、控采限量等措施，加强地下水超采治理，地下水超采治理取得明显成效。

寿光北部地区正是通过源源不断地引入长江黄河水，使得土地盐碱化程度降低，周边土质得到改善，同时，有效调节了水库周围的小气候。

双王城水库的建成投用为周边地区提供了稳定的水资源，解决了寿北地区人畜吃水、高效农业用水和工业企业用水问题。在干旱天气时，农民可以使用水库里的水灌溉农田，保证农业丰收。另外，双王城水库东南角的水厂建成后，附近村民可以喝上纯净甘甜的长江水。

双王城水库内有万亩水面，而且其四周有大片园林绿化，有效改善了库区周边生态环境，形成了亮丽的风景。双王城水库与寿光市林海博览园、巨淀湖生态湿地、商周盐业遗址、现代制盐基地、清河油田、小清河入海口以及羊口海港等旅游景点连成一片，成为人们休闲、度假的好去处，带动了当地旅游业的发展。

双王城水库通水后，我们曾先后多次组织开展放鱼养水活动，通过投放滤食性、草食性鱼类，预防调蓄水库水质富营养化，优化南水北调水质，实现水库生态良性循环。记得2023年3月22日那次放鱼养水活动，我们共投放白鲢、花鲢、翘嘴鲌、黄尾鲴等鱼苗约35万尾，这样的放鱼形式能对水质净化、减少水体富营养化及生态修复发挥重要作用。

过去，由于水资源的限制，许多地区只能种植耐旱但经济效益较低的作物，有了充足的水源，农民们开始尝试种植蔬菜、水果等高附加值的经济作物，不仅增加了农民的收入，还丰富了市场的供应。可以说，南水北调工程带来的稳定水源，推动了农业产业结构的优化调整。

南水北调工程还有效地改善了农业生态环境。水资源的增加，使得周边的植被逐渐恢复，土壤的肥力得到提升，生态系统的稳定性增强。一些曾经干涸的河流重新流淌，湿地面积逐渐扩大，为野生动植物提供了栖息和繁衍的场所。

在南水北调的润泽下，北方广袤的农田焕发出勃勃生机。农民们的脸上洋溢着丰收的喜悦，乡村经济也在这片希望的田野上蓬勃发展。南水北调工程，无疑是农业发展的强大引擎，为保障国家粮食安全，推动乡村振兴，书写了浓墨重彩的篇章。

相信在未来，随着南水北调工程的不断完善和优化，它将继续为农业的可持续发展注入源源不断的动力，让祖国的大地处处洋溢着丰收的欢歌。

（作者单位：中国水务投资有限公司山东区域总部寿光南水北调供水有限公司）

四水共济惠民生

李建邦

一湖碧水百年期盼

在三秦大地，渭北的地质地貌具有典型黄土高原特征，塬、梁、峁纵横林立，残塬沟壑参差交错，地形支离破碎，水土流失严重，土地肥力瘠薄。石川河上游流域年平均降雨量在 550 ～ 700 毫米，降雨时空分布不均，冬春干旱少雨，夏秋降雨集中，加之特殊的地质地貌，旱涝交替，大大增加了引水灌溉的难度，生活在渭北旱腰带的黎民百姓曾经只能是靠天吃饭。据《耀县志》记载：民国二十一年（1932年）5月，耀县漆沮二河暴涨，水高数丈，泛滥成灾，淹没夏禾二万余亩，溺死541人，牲畜483头，毁房屋窑洞三百余处。1979年9月29日—1980年4月22日，耀县冬春连旱持续207天，小麦亩产仅26公斤，油菜亩产仅4公斤，是共和国成立以来农作物受灾最严重的一年。十年九旱往往导致庄稼颗粒无收，一旦遭遇大暴雨山洪肆虐，灾情严重，民不聊生，老百姓只能望天兴叹，日子苦不堪言。

为解百姓之苦，历朝历代都尝试沿河兴修水利工程，先后建设了烟雾渠、通城渠、强公渠、漆水渠等引水渠道，均因规模较小，兴利除害能力弱，历久湮废。

新中国成立后，百废待兴。在"备战、备荒、为人民"思想的指导下，号召依靠人民群众发扬"自力更生、艰苦奋斗"的延安精神，治理江河、修建水库、开挖沟渠，群众投身水利建设热情高涨。1955—1958年，富平县人民政府组织群众曾先后在民营古堰基础上修建石川河岔口枢纽以及东干、西干、民联三条干渠，以引清、洪水灌溉农田，但由于缺乏水库调蓄，小水难解"大渴"，远不能满足农业灌溉的需求。在上游筑坝蓄水，调节利用，成了地方政府和百姓的殷切期望。

1958年，陕西省水电设计院在1953年、1956年两次查勘的基础上，进行重点复勘，提出了在石川河支流建库蓄水，以自流结合提水和引洪等方式，灌溉耀县、富平、三原等川塬地区40万亩农田的设想，后因种种原因，一度搁置。

1959—1961年的三年严重困难时期，本就贫穷的渭北老百姓更是陷入了极度贫困，大批群众为了养家糊口迁徙流浪、居无定所。人民群众更加祈盼兴修水利、浇灌庄稼，安居生活。

"三边工程"千回百转

桃曲坡水库属于典型的"三边工程"，边勘测、边设计、边施工。"三边工程"是特定历史时期的产物，由于不可预见性、随意性较大，造成工程质量控制难度大，工期难以保证。

1958年之前，陕西省水电设计院就曾先后对石川河流域进行了三次查勘，编制《石川河流域初步规划》，提出在沮水阿姑社与七里坡修建两座水库。之后经石川河流域水利工程委员会协商，决定动工修建七里坡水库，因技术与劳力等问题下马。

1962—1964年，西北水电设计院、陕西省水电设计院先后对石川河流域进行再次查勘，提出《石川河水库灌溉工程初步规划意见》，备选了桐家韦、苏家店与桃曲坡坝址。

1965年，陕西省水电设计院进行方案论证确定桃曲坡坝址。时隔两年于1967年编制了《陕西省石川河沮水桃曲坡水库灌溉工程设计任务书》，并经陕西省水电局审查同意，坝址位置终成定论。

坝址确定，让水库建设迎来曙光。但即将进入主体工程施工设计时，"文化大革命"运动致使工程全面中断。

1969年12月，前期工作再次启动，着手研究拟建桃曲坡水库坝型结构。渭南地区水电局、陕西省水电设计院及富平县桃曲坡水库工程指挥部，对工程设计方案进行比较，初步提出土坝建设方案。然而仅仅不到一年时间，1970年，改为论证兴建砌石重力坝的工程地质条件。是年冬天，组织广大群众高举红旗、顶风冒雪，贮备石料，修建导流渠。后因石坝三材用量大，不易解决，1971年1月15日，刚刚启动的清基工作被迫暂停。

工程一波三折，水利人矢志不渝。1971年1月20日，渭南地区水电局、富、耀两县负责人会同陕西省水电设计院技术人员现场研究坝型方案，决定改变坝型。5月21日，陕西省水电设计院进行土坝设计。9月5日，渭南革委会下发关于《改变桃曲坡水库工程大坝方案的报告》的批复。大坝坝型经过土坝—石坝—土坝的不断比较，最终确定为土坝。

在相继完成《桃曲坡水库溢洪道技施设计》《桃曲坡水库工程技术施工设计说明书》《桃曲坡水库灌溉工程扩大初步设计预算书》《桃曲坡水库高洞技施设计》等编制工作的基础上，1974年，陕西省建委批复《关于桃曲坡水库灌溉工程扩大初步设计预算书》，工程预算投资为 2071 万元。设计标准：总库容 5720 万立方米，兴利库容 4020 万立方米。正常挡水位 788.5 米（实际建设溢洪道溢流堰顶 784 米），按百年一遇洪水标准设计，千年一遇洪水标准校核。枢纽工程由拦河坝、溢洪道、高低放水洞组成。水库拦河坝为 Ⅱ 级建筑物，为碾压式均质土坝。溢洪道位于大坝右侧，为开敞式侧槽溢洪道。高、低放水洞均位于大坝右侧，分别为城门洞形无压隧洞、圆形有压隧洞。

工程建设方案虽然确定，但在实施过程中不断暴露出地质问题。根据工程建设需要，又先后进行了土坝方案补充地质勘察、土坝加固工程地质勘测以及水库漏水处理工程地质勘察，编制了《桃曲坡水库技术补课工程项目及概算报告》，至此，工程勘测、设计、施工方案才得以完善。

唯有艰难，方显勇毅！自 1953 年初次踏勘至 1984 年水库建成完全投入运行，持续 30 余年。这期间，勘测设计时断时续，坝址经历五次变动更改，坝型通过三次论证调整，水利工作者不断汲取教训总结经验，无数次艰辛困厄、迎难而上，三十载心系民生、为民请命。也正是因为"三边工程"这一特殊性，才使得人们克服了新中国建设初期经济凋敝、"文化大革命"十年内乱的影响，克服了当时财力匮乏、技术落后的困难，凭着一股热情和干劲，创造了在并不适合建设水利工程的岩溶发育石灰岩断层上建成水库的人间奇迹。

十载建设万军鏖战

1969 年 7 月，耗时 10 年、被人称为"人工天河"的红旗渠建设全面竣工，工程建设中形成的"自力更生、艰苦创业、团结协作、无私奉献"的红旗渠精神鼓舞着人民群众大干水利的热情。10 月 1 日，富平、耀县两县人民采取人民战争的形式，会师沮水河两岸，桃曲坡水库建设破土清基，拦河大坝正式开工。工程建设分三个阶段：

第一阶段：1971 年 7 月至 11 月下旬，主要任务是打通导流洞，衬砌后进行截流。

第二阶段：1971 年 11 月下旬至 1972 年 5 月底，截流后进行清基、河床结合槽开挖及混凝土浇筑、土坝填筑、低洞闸门井衬砌、溢洪道、高洞开挖等。

第三阶段：1972 年 5 月至 1973 年 5 月。完成土坝填筑任务、高洞开挖、溢洪道砌护、高低洞闸门安装及其他收尾工作。

1972 年 1 月 4 日，陕西省革委会召开桃曲坡水库工程座谈会，省革委会主任李瑞山接见全体与会人员，要求以"最大的决心，最大的干劲，最大的速度，加强领导，提高效益"建设桃曲坡水库，工程建设者受到巨大鼓舞，工程建设进度大大加快。

1973年5月建成拦河大坝，1974年3月下闸蓄水。而主体工程直至1980年方才建成，1984年通过竣工验收，1986年完成尾留工程建设任务。1987年水库正式投入运行，灌区开始全面受益。

修建桃曲坡水库，富平、耀县分工明确，富平县承担水库枢纽工程建设，耀县承担高干渠系工程设计与施工。耀县积极主动，提出以渠促库；富平县要求迫切，号召全县总动员。工地日均上劳万余人，多次掀起大会战高潮，工程总投工1036万个。如今，为民工住宿和办公凿挖的数千孔窑洞还历历在目。施工以人力为主，以机械为辅，人民群众肩挑背扛，施工方法土洋结合，施工场外由卡车、拖拉机及马车运输，场内运输全由人力架子车承担，工地预制了8吨重的混凝土平碾和10吨重的混凝土肋带形碾，用拖拉机推拉组合碾压，一派热火朝天的施工景象。

"犹记当年桃曲坡，万民临阵放豪歌。筑成明镜三千顷，带给人间幸福多。"这是2003年曾任渭南市委书记王志伟所作的《桃曲坡题记》，足可以见当年桃曲坡建设的豪壮情势。

"四水共济" 三地欢颜

桃曲坡水库供水区域主要在铜川、渭南、咸阳三市部分县区，区域人均占有水量分别占全国人均占有水量的11.8%、16.3%和9.7%，为国际标准的极度缺水地区，缺水已成为制约经济社会发展的瓶颈。

多年来，桃曲坡人紧紧围绕破解资源性缺水制约瓶颈，按照"引来水—蓄住水—保护水—节约水—用好水"这一主线，兴水利除水害，勇于迎接一个又一个挑战，经受住了一次又一次考验，取得了一项又一项卓著治水战绩。

渗漏是桃曲坡水库运行中要解决的首要问题。水库渗漏主要以垂直渗漏为主，约占总渗漏的90%。建设初期，发现库区两岸有大量的废弃煤窑，近坝区0.5平方千米范围内探明各种岩溶洞穴149个。1974年3月9日封堵导流洞第一次蓄水运行后112天，日平均渗漏量达4.8万立方米，损失水量占来水量的57.4%。1975年10月7日当库水位达774.63米时，水位每日急骤下降80厘米，15天损失水量3254.7万立方米，最大日漏水达240万立方米。陕西省水电局会同水利部和中国科学院专家现场考察，著名水利专家张光斗曾于1978年应邀前来研究灰岩地区水库漏水治理对策。在专家的指导下，水利技术人员开展科技攻关，经过反复观察、演算和实验，最终确定水库渗漏以垂直渗漏为主，这为水库补漏指明了方向。1974—1982年曾进行五次较大面积补漏处理，累计完成土石方193.02万立方米，投劳力273.36万个工日。1995年、1999年又进行两次集中补漏加固。2002—2005年实施桃曲坡水库除险加固项目。水库补漏采取封堵与铺盖相结合的方案，前七次主要以漏点黄土铺包的方式，在除险加固工程中分别引用了膜袋混凝土铺设、膜土结合、混凝土板膜结合、混凝土护坡防渗、坝体裂缝灌注黏土浆液等方式，经过不断探索及工艺改进，库区渗漏基本得到有效控制。

跨流域调水，马栏河引水工程是为增加桃曲坡水库水源、解决铜川水荒而实施的关键工程，由泾河支流马栏河引水至沮河入桃曲坡水库，该工程是陕西省"八五"期间的 20 项兴陕工程之一。工程由引水枢纽、隧洞、出口明渠三部分组成，主要工程引水隧洞全长 11.49 千米，横穿泾、渭分水岭——老爷岭，为无压城门洞形，设计流量 3 立方米每秒，校核流量 4 立方米每秒。工程总投资 12050 万元。1993 年 5 月开工建设，1998 年 9 月建成通水，每年可引水 1200～1500 万立方米。马栏河引水工程建成后，为增加水库调蓄能力，1998 年 6 月—2000 年 5 月建设桃曲坡水库溢流堰加闸工程，加闸后正常挡水位提高 4.5 米，新增有效库容 1040 万立方米。两项工程建成对缓解渭北地区缺水矛盾发挥了重要作用。

水土保持综合治理让荒山秃岭变成绿海青峰。水库运行伊始，桃曲坡人就在库区两岸的荒山荒坡上开展植树绿化，以库区营造水保林为主，不足 10 年累计栽植刺槐 30 余万株，治理水土流失面积 1000 余亩。进入 20 世纪 90 年代，在库区右岸垦荒造田建设千亩果林基地，兼顾经济和生态效益，有力带动了周边群众造林致富。21 世纪以来，在"再造一个山川秀美的西北地区"重要批示下，依托项目开展水保综合治理暨生态修复，以水清、岸绿、景美为建设目标，实施塬、坡、沟、坎、渠综合治理，山、水、田、林、路全面开发，连年治理、不断完善。库区治理面积达 7.35 公顷，栽植各类苗木花卉 100 万余株，林草覆盖率达 90% 以上。并相继绿化灌区干支渠道 313 千米，绿化率达 80% 以上，建成了一道道绿色长廊。水保工作有效地修复生态环境，控制水土流失，涵养水源，改善水质。单位先后荣获"国家造林绿化先进单位""全国绿化模范单位""国家水利风景区""国家水土保持科技示范园"等称号。从水保治理到果林生产，从综合开发到生态修复，桃曲坡人用实际行动践行了"科学、求实、创新"的水利行业精神，彰显了桃曲坡人与时俱进，开拓创新的品质。

实施灌区续建配套与更新改造着力打造节水型灌区。自 1999 年始，先后利用关中灌区改造工程世行贷款、国家及省级财政专项资金项目对灌区进行更新改造，干支渠衬砌率达 93%，渠系水利用系数由 0.58 提高到 0.65，年均节约水量 800 万立方米，有效缓解了灌区缺水矛盾，对破解灌区缺水矛盾意义重大。2021 年获评陕西省首批"节水型灌区"。

开展产业结构调整，兴产业、惠民生。桃曲坡水库是铜川地区城市生活及工业供水的主要水源地，自 1995 年起，先后承担起向铜川老城区、新区生活供水，以及为铜川美鑫铝业、华能（铜川）电厂、陕焦化工有限公司、耀州惠塬工业园区等提供工业供水的任务。2001 年接管铜川新区城市与居民生活供水业务，先后建设三期共 8 万吨制水生产线，实现水务一体化，开创了灌区管理单位城市供水到户的先例，水库从单一农业灌溉走向服务社会各产业的多元发展格局。

"问渠那得清如许？为有源头活水来。"近年来，桃曲坡人始终围绕水主题、做强水文章，先后接管灌区内红星、尚书、街子三座小型水库，实施河库渠系联通联控联调，开源节流并举并重，城乡供水统配统分，生活、生态、工业、农业"四水"科学调配，惠泽三地百万人口，人民群众美好生活的水需求得到满足。

一张蓝图再续新篇

如今，桃曲坡水库犹如嵌在渭北旱塬上的一颗璀璨明珠，水库碧波荡漾、鹳鹭翔集，库区层峦叠翠，云蒸霞蔚，一幅幅人水和谐的生动画卷，诠释着"绿水青山就是金山银山"。一汪清泓不舍昼夜地滋养着渭北大地、哺育着黎民百姓，凸显出水是生命之源、生产之要、生态之基的重要功能。灌区自运行以来，桃曲坡人克难攻坚，励精图治，以水为本，服务社会，为当地经济社会发展提供有力的水利支撑、注入源源不断的水利动力。农业灌溉累计引水 18 亿立方米，灌溉农田 1330 万亩次，推进农业水价综合改革，灌溉亩均减负 5 ~ 15 元，灌区各类农作物累计增产 15 亿公斤，农民累计综合增收超过 10 亿元。城市及工业供水累计 2.47 亿立方米，水质合格率 100%，供水保证率达 98% 以上。年均为石川河生态补水 1500 余万立方米。中心先后被评为"全国水利管理先进单位""全国水利企事业和谐单位""全国文明单位"。

三千碧波映彩霞，四水共济惠苍生。筑梦新时代，启航新征途，桃曲坡人已绘就一幅水利民生的发展蓝图，将始终坚持以人民为中心，秉持习近平总书记"节水优先、空间均衡、系统治理、两手发力"的治水思路，党建业务深度融合，以德治局与制度理局协同发力，为构建美丽富裕幸福桃曲坡，乘风破浪，勇往直前，在水利高质量发展的征途上再续新篇、再谱华章。

（作者单位：陕西省桃曲坡水库灌溉中心）

我家门前有条河

方　毅

一

老家门前有一条河流过，离院子不足百米，到现在已经流淌了五十多个年头。

那条河——准确地说不能称作河，只是一条渠。河底面并不宽，平时水深只有一米多一点。河内流水潺潺，碧波荡漾，不疾不徐。在我很小的时候父亲就告诉我，那条河叫作栗塘渠，它是南干渠最长的支渠。

但在儿时的记忆里，那就是真真切切的一条河，一条很长很宽很深的河。那条河，承载着家乡所有的生计，养育了我们的生命，是我们的母亲河。几十年来，她用清澈的浪波，默默地浇灌着我的家园，哺育着乡亲们，呵护着我们的成长。家乡数万亩农田春秋两季的灌溉，乡亲们喝水用水，种菜洗衣，禽畜饮水，靠的就是那条河。大家对那条河也有着深厚的感情，每每谈到那条水渠时都说是"河"，也常听到他们这么聊天：河里放高水位了，农田正要补水哒！这几天雨停了，河水返清好快哩！满满的人间烟火味道，淳朴而厚重。

20世纪60年代，青年时代的父亲，和乡亲们一道，用最原始的锄头和箢箕，手提肩挑，用愚公移山、众志成城的壮志豪情，共同完成了栗塘渠的开挖修建并顺利通水。那条河，花费了乡亲们一年多的时间，从韶山灌区南干渠分水涵，穿山越岭，联乡接村，远近绵延近30千米，最后变成涓涓细流，消失在田间地头。

从此，我的家乡再无水旱之患，再无荒瘠之年，粮农物产，四季无忧。

栗塘渠水引自南干渠，是韶山灌区工程庞大水系的一部分。在党中央的号召下，湖南省委书记处书记、副省长华国锋同志担任指挥长，主持修建韶山灌区，动员了十万民工，逢山开路，跨水架槽，仅用了短短10个月的时间，就建成了韶山灌区主体工程，总、南、北、左、右五条干渠长达186千米，干渠连同支渠、斗渠、农渠、毛渠，五大渠系累加起来有一万余千米。更重要的是，灌区工程全面联通了2500平方千米范围内的乡村水系。

　　韶山灌区，这个意义深远、泽被后世的民生工程，体现了党中央的高瞻远瞩，彰显了伟大的时代精神。千千万万的父老乡亲，用他们坚韧不拔、自发自觉的行动，完成了这一人间奇迹。他们所做的一切感天动地，气壮山河，他们的历史功勋，值得我们永远铭记。

二

　　那条河，穿过山麓涵洞，流过广袤原野，也流经了我家的一片自留地。自留地里栽种着密密丛丛的荆竹林，那是我家最重要的经济来源。河水长年滋养，竹林一直长势很好，竿粗叶茂。父亲是竹篾工，为别人家编筐、编席，或做其他日用竹器，乡下叫"百家手艺"，竹子自然就是他最依赖的"老伙计"。母亲闲时在家编厨房用的清刷灶台和铁锅的刷把，用的材料也是竹子，竹刷把送到镇上卖掉，补贴家用。家里没有什么赚大钱的行当，随着姐弟仨先后出生，入学，长大，每一个阶段的花费都是一笔庞大的开支。

　　生活艰难，子女众多，并没有压垮父母亲，反而激起了全家人咬牙坚持的劲头。那条河的下游有一个小水电站，一年四季河水不绝。有了这个便利，父母亲一合计，利用空余时间开荒拓土，先后开垦了三亩左右的菜土。水源是现成的，那条河就在菜土下边，困难的就是要担水上长陡坡。最初是父母亲担水，我们姐弟仨负责淋。后来我们力气稍长，就提出要自己担，压得肩头直耸眉头一皱一皱的，母亲心疼地说："你们少担点、多担几路，莫性急……"

　　春夏秋冬每一季，父母亲总是提前种下时令菜，白菜、萝卜、黄瓜、辣椒、豆角……每天傍晚，母亲把摘回来的菜在河边洗得干干净净，拣去菜里的枯枝烂叶，整整齐齐地码在笤箕里，第二天天还没亮就沿着河堤一路挑到附近的镇上去卖。哗哗的流水声陪伴我们前行，是那么动听和亲切。每遇周末或假期，我就和母亲搭伴，用自己学的加减乘除帮助母亲算账。有时候买菜的大叔大婶饶有兴趣地"刁难"我："咯个菜一角二一斤，买三斤，我出五角该找我多少钱？"我心里盘了一下就得出了答案："要找你一角四呢！"母亲嘚瑟地说："我崽肚子里有'货'，长大肯定有出息！"

　　家里一直清贫，过得很紧张，欢声笑语不多，那条河，成为我们少年时代最快乐的伊甸园。没有玩具，姐弟仨就把荆竹林的竹叶采下来，折叠成小船，几十只一起码在一片宽木板上，搬到河边，一艘一艘地顺流而下，然后叫着追着，看看谁的船没有沉下去，就算全部沉了也不沮丧，继续折，继续随水漂走。

　　暑天照例是男孩子最盼望的时光。住在河边，游泳是必须学会的。每到傍晚，我一双赤脚就出了门，边跑边猴急脱衣服，在岸边一个助跑腾空而起"扑通"跳进河里，溅起的水花足有一米多高。这时候，母亲总是一个劲地嚷："崽呀莫跳，莫跳，留神脚会摔断去！"我一个猛子顺着水流漂出十几米远才露出头来，抹着满脸水珠，朝着岸上追过来的母亲傻笑着。

河床底待着一些大石块，运气好可翻出一只大螃蟹，捉螃蟹要提前准备好，螃蟹贼溜，有响动嗖嗖就不见了。河道冬修时，河底薄薄的泥沼里，有时候可以挖到泥鳅。如果有一个小水洼，有时会有一捧小米虾，我如获至宝地捞起来，回家交给母亲。第二天清早，母亲把小米虾炒得香喷喷的，她尝一尝味道都不舍得，全部塞在我们的饭缸子里带到学校中餐好下饭。

三

我们姐弟仨在当时极其艰苦的条件下，学习都非常勤奋，先后考上了大学，远离了家乡，但是我们的根还扎在那里，我们的心还系在那里。遇到假期，我们就回到家乡，沿着河堤散步，一路走上很远，谈学习，谈人生志向。后来又挨个儿走上工作岗位，相继成家立业。有时候，我们相约一道回家，总是要在河边驻足停留，聊工作，聊家事，也聊到脚底下这条河，叙说浇水种菜的艰辛，说起捉螃蟹打水仗的趣事，扯到小时候的某些糗事，不觉哈哈一笑，回味无穷。

那条河，把我们一家人的心紧紧地拴在一起，那是最温馨的时刻。

2008年，百年不遇的冰灾席卷大江南北，感觉分外地刺骨严寒。我积劳成疾的母亲，还没有真正享受到儿女们答应给她的幸福生活，没能挺过去，在寒冷中永远地离开了我们。父亲把母亲葬在河岸边，让她日日夜夜聆听河水在她身边安静地流过，也让那条河永远地陪伴她。

2017年，组织上调我到韶山灌区工作，这也许就是命运所说的"宿缘"。父亲听了这个消息后，绽出笑脸："这下好了，你要好好地照看这条河，好好地做些实事，家乡人都会支持你……"

一个周末，我又带着妻儿回到家乡。父亲已经老了，岁月如刀，在他的脸上刻满了皱纹，他佝偻着瘦小的身躯，一路小跑迎上来。儿子清脆地叫一声"爷爷好！"父亲说："回来了？回来就好！"

我到河边看看母亲长眠的地方，心里默祷母亲在天国安康无恙。一家人漫步在河堤上，河堤依旧那么平整，河水依旧那么清澈，从未停歇，从未变样，蜿蜒着顽强地伸向远方。我们沿着河堤一路前行，倾听着水声哗哗，感受着河水奔流的激情，聊着许多话题。

儿子把自行车从汽车上卸下来，小家伙早就盘算着在河堤上痛快地骑几圈，只见他熟练地一蹬踏步，扔给我一个顽皮的笑脸，顺着河堤一溜烟跑了。我赶紧追上去："儿子莫急，慢点骑，稳住方向小心掉进河里！"

那一瞬间，我的脑子突然腾出一个画面：今天的我，就像当年的母亲——她在河堤上气喘吁吁，一边追逐着我前进的方向，一边远远地呼唤，她满怀期待的呼唤声里，安放了我童年所有的忧愁与欢乐，艰辛与梦想……

四

那条河，是曾经浸染了父老乡亲勤劳汗水的美丽母亲河，在新的历史时期，正发生着日新月异的变化。乡亲们心中纯朴的梦想，就是山清水秀百业兴旺，就是风调雨顺五谷丰登。看护好母亲河，建设好家乡，是我们的初心与梦想，更是我们事业的一脉传承。

遥远的梦想正在变成现实。放眼望去，当年沿岸栽下的小树已绿树成荫，它们深深地扎根，连同新装配的现代计量设施和高清监控，共同驻扎在岸边，牢牢地守护着这片河堤。大树嫩绿的枝叶迎风招展，恍如招呼远方的客人。河边新开凿的小渠将河水引进田间地头，远远近近的稻田参差交错，郁郁葱葱的庄稼随风起伏，是那么养眼，美不胜收。

我仿佛看到，在明媚的阳光下，乡亲们扛着锄头愉快地走在田埂上，不时地蹲下来抚摸着正在抽穗的水稻。在母亲河的呵护下，灌溉用水非常充沛，稻子长势喜人，风中若有若无地飘荡着稻花的清香，令人深深地陶醉，流连忘返。

那条河，在新时代焕发出更加亮丽的风采，更加呈现出她的勃勃生机。

——那里，有母亲的微笑；那里，有大地的丰收。

（作者单位：湖南省韶山灌区工程管理局）

龙江碧水东流进　润育万顷稻花香

——青龙山灌区保障国家粮食安全，助力乡村全面振兴

王德才　许　君

在黑龙江省东北部的三江平原腹地，有一片充满生机与希望的土地，那里坐落着全国最大的提水灌区——青龙山灌区。

青龙山灌区覆盖了北大荒集团建三江分公司 9 个国有农场，以及同江市和富锦市 5 个乡镇的 32 个行政村。其控制面积达到了惊人的 990.79 万亩，而设计灌溉面积也高达 532.74 万亩，其中一期工程农垦区 284.53 万亩。

这里的渠首站流量达到 381 立方米每秒，总装机 5.6 万千瓦，是全国单体泵站流量最大、装机最大的泵站。如此宏伟的规模，彰显着青龙山灌区在农业灌溉领域的重要地位。

为了建设好、管理好、运营好这片广袤的灌区，2010 年 9 月 15 日，中共黑龙江省农垦总局委员会机构编制委员会批复成立了黑龙江省农垦建三江管理局青龙山灌区管理站。现有 52 名员工的管理站，肩负着组织实施灌区项目建设及灌区运行管理的重任。

多年来，凭借着全体员工的不懈努力和无私奉献，青龙山灌区取得了众多令人瞩目的成就。先后获得了"全省水利建设任务目标完成单位""感动北大荒人物提名奖""垦区三江平原灌区田间配套工程建设先进单位""省工人先锋号""黑龙江省创新职工之家""全国工人先锋号"等一系列荣誉。

灌区负责人姚景辉，因其在水利建设方面的卓越贡献，被黑龙江省人民政府授予黑龙江省水利建设先进个人荣誉称号和黑龙江省总工会颁发的黑龙江省五一劳动奖章。员工朱鸿斌、刘小伟、刘志磊，也因在垦区三江平原灌区田间配套工程建设中的出色表现，荣获由黑龙江北大荒农垦集团总公司颁发的先进个人称号。

而员工姜旺、汤晓波更是在"黑龙江省水利行业（泵站运行工）职业技能竞赛"中大放异彩，分别获得黑龙江省第一名、第三名的优异成绩。姜旺还荣获了中国农

林水利气象工会颁发的"绿色生态工匠"殊荣。

担当尽责，建成功泽后世利及千秋的工程

青龙山灌区是水利部批复的《黑龙江省三江平原干流沿岸灌区规划》中的项目之一，也是国务院批准的《黑龙江省千亿斤粮食生产能力建设规划》中的重点水利工程；2014年《国务院关于近期支持东北若干重大政策举措的意见》将三江平原灌区列为172项重大水利工程的项目。

时光回溯到20世纪80年代，建三江区域农业生产饱受"十年九涝"之苦。为了从根本上扭转这一局面，自1982年起，建三江区域大力调整种植业结构，毅然实施"以稻治涝"战略。历经多年砥砺前行，至2016年全局发展水田达到1000余万亩，"以稻治涝、除害兴利"初步结出丰硕成果。

然而，水稻大面积开发和种植，每年需要开采地下水36亿吨，致使地下水位持续下降，给三江农业生产的可持续发展蒙上了一层阴影。与此同时，建三江辖区内19条河流，每年过境水资源总量2739亿立方米却得不到有效利用。为了做好换水、停水、节水"三水"功课，2015年，建三江管理局紧紧抓住国家加大水利建设投入的难得机遇，喊出"举全局之力、建百年工程"的豪迈誓言，同年7月，青龙山灌区全面建设的大幕正式拉开。

在这场伟大的建设征程中，灌区的干部职工，以舍小家为大家的无私情怀，将构建新发展格局，推动高质量发展，助力区域经济、生态协调发展视为己任，全身心投入灌区建设之中。

他们打赢了千台战车会战百里长渠莲花河、引梁冬季百日突击战等一场场攻坚战，开辟了大型建筑物冬季施工的先河。面对东北有效工期短、连续两年重大汛情和疫情的"三重压力"，他们以啃硬骨头、涉险滩、闯难关的无畏勇气，高标准、高质量完成了"三年工程两年完成"的艰巨任务，用实际行动生动诠释了"自力更生、艰苦创业、勇于开拓、甘于奉献"的北大荒精神。

青龙山灌区对地表水、地下水、雨洪资源进行联合调度使用，对于解决三江平原地下水可持续利用、维护区域生态平衡具有重要意义，为实现区域水资源优化配置、保障粮食增产增收、改善区域生态环境，促进区域内经济、社会和生态协调可持续发展奠定坚实基础，是"功在当代、利在千秋"的民生工程，事关战略全局，事关长远发展，事关人民福祉。

战冰斗雪，铸就寒地施工传奇

2015 年 10 月，上级下达要求，对具备冬季施工条件的项目实行冬季施工，这对于青龙山灌区而言，无疑是一场前所未有的巨大挑战。

在零下 20 多摄氏度的极端低温中，站长姚景辉带领着技术团队，顶着刺骨的寒风，每日往返 160 千米，在冰雪覆盖的工地上穿梭巡查。11 月下旬，气温骤降至零下 30 摄氏度，夜间更是寒风如刀。但质检安全部人员毫不退缩，深入一线，认真检查每一处建筑物工地的值班情况、暖棚保温效果及防止煤气中毒措施，他们用自己的坚守，书写着责任与担当的篇章。

面对 8.31 千米引渠段施工的重重困难，青龙山灌区团队展现出了非凡的智慧和勇气。秋季枯水，挖泥船作业艰难，大型机械难以进入河滩泥沼地带。但他们没有被困难吓倒，而是利用严寒天气，创新施工方法，采取降水、多上车、多开作业面，冻一层挖一层，利用严寒条件全线开工挖冻方的策略组织施工。

到 12 月中旬，气温已降至零下 30 多摄氏度，挂满冻泥浆的车辆在新开挖渠道里往来穿梭，各种声音交织在一起，呈现出一片热火朝天的施工景象。2015 年 11 月 19 日，副省长吕维峰视察时，对他们加快施工进度的做法给予了高度肯定。

安全至上，守护建设成果。2016 年元旦前后，施工运输车辆和地方运输车交织密集。为确保人员和行车安全，灌区对施工单位逐个督促安全检查，指导设置警示标志、爆闪灯、铺设防滑沙料等。特别是引渠 4、5、6 三个标段，在渠底开挖作业时出现大面积沙砾层，地下水不断涌出。为保障施工，每天 60 多台水泵昼夜不停降水，各标段昼夜突击，紧密配合。1000 余人的建设队伍在黑龙江右岸度过了一个难忘的春节。在滴水成冰的严寒中苦战 100 余天，终于抢在化冻前攻克了施工难度最大、条件最差的引渠工程。

科技创新，引领水利建设前沿。值得骄傲的是，青龙山灌区在建设过程中，针对施工现场分散、距离远、运输工具和团队人员不足以及投资计划调整等难题，围绕工程安全、质量和进度，落实各项保障措施，排兵布阵，有效克服了重重困难，创造了全国水利建设的四项纪录。

一是拥有全国单体泵站流量最大、装机最大的泵站，泵站及灌区设计中采用十项数字化模型；二是实施"三水联合调度"，开创了全国特大型灌区三水联合调度的先河；三是"灌排结合"，利用现有排水沟作为灌溉渠道，减少了建设占地；四是灌区实现了数据自动监测、采集和设备控制，成为全国自动化覆盖面积最大、技术难度最高、运行调度最复杂的灌区。

效益凸显，助力区域腾飞。青龙山灌区建成后，形成了完善的灌溉和排水系统，有力推动了农业规模化和专业化经营。通过统一规划调整作物种植结构，实现了集约化生产和农业机械化，大大提高了粮食产出率和劳动生产率，不仅为灌区水田面积的拓展和粮食增产筑牢了根基，还促进了区域经济的蓬勃发展，切实增加了农民收入，减轻了农民负担，对加快脱贫致富步伐，解决"三农"问题起到了关键作用。

圆满收官，辉煌成就背后的力量

团结协作，汇聚强大合力。在灌区建设的历程中，从国家领导人到水利部、国家发展改革委、农业农村部，再到省水利厅等各级领导、专家学者，他们多次亲临灌区视察、调研和指导工作。每逢灌区建设的关键节点，分公司领导都会亲自到现场办公，为解决具体问题出谋划策。

从国家部委到地方政府，从专家学者到一线工人，所有人都心向一处，力聚一方。分公司机关各处室与有关部门紧密携手，为工程提供了坚实的政策保障和技术支撑；各农场领导积极投身其中，有力确保了工程在地方层面的顺利推进；当地人民群众的理解和支持，更是为工程建设营造了良好的氛围。这种上下一心、众志成城的精神，如同强大的引擎，推动着工程一路向前，成为提前完工的关键因素。

勇于担当，直面重重挑战。2019年，对于青龙山灌区而言，是充满挑战的一年。项目战线绵长，工程量巨大，东北地区的酷寒气候大幅压缩了有效施工时间，连续两年的重大汛情如猛兽般威胁着工程进度。更雪上加霜的是，突如其来的疫情让项目管理陷入困境，人员调配受阻，物资供应紧张。

然而，灌区全体成员并未在困难面前低头。他们选择迎难而上，通过优化施工方案，让每一步都走得更加稳健；加强应急管理，在危机中寻得转机；强化疫情防控，为工程建设保驾护航。终于，在2020年末，他们在计划工期内高标准、高质量地完成了省委交办的"三年工程两年完成"的任务，全面竣工田间配套工程建设，为青龙山灌区一期工程画上了完美的句号。

绿色发展，福泽民生万代。青龙山灌区一期工程的圆满落幕，带来的不仅仅是区域农业灌溉能力的提升，更是农业增产增效的希望之光。它为当地经济社会的可持续发展筑牢了基石。

通过改良农田水利条件，土地利用率节节攀升，作物产量日益增长，农民的腰包鼓了起来，农村的面貌焕然一新。同时，工程实施过程中始终将生态环境保护置于重要位置，科学规划、精细管理，有效遏制了水土流失与面源污染，像守护珍宝一样呵护着黑土地这一"耕地中的大熊猫"，为子孙后代留下了珍贵的自然资源。

创新引领，铸就现代化水利辉煌

节水高效，是青龙山灌区创新驱动发展的核心引擎。对于这座提水灌区而言，节水不仅仅是简单的节约，更是关乎成本与效益的关键之举。为了实现节水增效的目标，青龙山灌区大胆创新，推行"三水联合调度"模式科学用水。这一创举，宛如一道划破夜空的璀璨星光，开创了全国特大型灌区三水联合调度的先河。"三水联合调度"，即将地表水、地下水、雨洪资源巧妙联合，占比分别精准控制在60%、30%、10%，年节水高达 2.97 亿立方米，成效斐然。

"三水联合调度"，仅仅是建三江分公司"1332"节水模式的一部分。"1332"节水模式，犹如一部精心谱写的节水乐章，采取一项节水控灌技术，在地表水灌区实现地表水、地下水、雨洪资源的联合调度，在井灌区做到蓄住天降水、回归废弃水、利用地下水的联合使用，同时在水田整地环节推行本田标准化格田改造和旱平免提浆两项技术。其卓越成效，引得省水利厅两次在建三江召开现场会，大力推广建三江经验。2022 年，《中国水利报》以《节水支撑"大粮仓"》为题，对建三江节水工作予以深度报道；2023 年，《人民日报》生态版头条《黑龙江青龙山灌区——三江奔流处万顷稻米香》，更是让其声名远扬。

深化改革，是青龙山灌区为确保节水高效战略顺利实施的坚实保障。一套涵盖水价形成机制、节水奖励机制、工程管护机制、运行管理办法等 29 项管理机制的体系应运而生。通过适当调整地表水水价，使灌区企业化运行拥有了可靠的维修养护资金，让已建工程得以永续利用。尤为突出的是，将"管理区"设定为最小管水单位，通过对农场管理分站、管理区进行绩效考核，对管水单位和用水户实行节水奖励和精准补贴。这一举措，宛如春风拂面，极大地调动了管水单位和用水户的节水积极性，营造出全社会共同参与节水的良好氛围。

破冰前行，是青龙山灌区在面对北方冬季严寒给农业生产带来的严峻挑战时，展现出的无畏勇气和坚韧精神。在那广袤的农田上，冬季的封冻期常常成为灌溉的难题，困扰着无数农户与水利管理者。然而，自 2016 年起，青龙山灌区干部职工毅然踏上了破解封冻期提水灌溉难题的艰难征途。面对泵站进水口那厚厚的冰层，管理团队没有丝毫退缩。他们凭借着坚定的信念和不懈的努力，展开了一场惊心动魄的技术攻关。通过精确控制泵站副层温度和闸门室温度，成功减缓了关键部位的结冰速度，为机组启动创造了有利条件。同时，合理调整水泵叶轮角度，优化水流动力学特性，确保在低温环境下水泵仍能高效运行。特别值得一提的是，在进水流道投放融冰装置这一创新举措，犹如一把神奇的钥匙，直接打开了进水口冰层阻碍的难题之门，为机组一次性成功启动奠定了坚实基础。2019 年 3 月 25 日，那是一个值得铭记的日子，青龙山灌区渠首站机组在泵站进水口冰冻 1 米厚度的极端条件下，成功一次性启动，开始向总干渠蓄水。这一壮举，不仅破解了东北寒地封冻期间泵站不能启动提水灌溉的难题，更为建三江地区封冻期利用地表水泡田开了先河。

智慧水利，是青龙山灌区紧跟时代步伐，拥抱信息化、智能化浪潮的豪迈宣言。在科技的引领下，积极推进智慧水利建设，通过建设"前进农场数字孪生灌区示范区"和"青龙山农场智慧水利示范区"等 4 个水利示范区，实现了从管理中心到各站的基础通信链路、网络基础建设的全面覆盖，以及重要节点水位流量的实时监测与监控。智慧平台的初步建成，恰似一颗璀璨的明珠，标志着青龙山灌区在水利业务领域对大数据、遥感、物联网、云计算等先进技术的深度应用，为精准灌溉、智能管理提供了强大的技术支撑。这无疑极大地提高了灌溉效率和管理水平，为灌区的可持续发展筑牢了坚实的科技基石。2022 年 12 月、2023 年 4 月，经水利部精心遴选，青龙山灌区荣膺国家第一批数字孪生灌区先行先试和深化农业水价综合改革推进现代化灌区建设"双试点"灌区，成为行业的璀璨明星。

严守职责边界，守护三江流域绿水青山

在守护三江流域绿水青山的道路上，严守职责边界成为青龙山灌区坚定不移的信念。

融入生态理念，构建绿色灌溉体系，这是青龙山灌区深植于心的追求。他们深知，灌溉的发展绝不能以牺牲环境为代价。于是，从规划的最初蓝图，到建设的每一寸土地，再到管理的细枝末节，生态优先的原则始终熠熠生辉。在设备选型时，节能环保、高效低耗的现代化灌溉设备成为首选，只为减少能源的消耗和排放，守护那一片蓝天白云。施工过程中，对周边生态环境的呵护宛如对待珍贵的宝物，小心翼翼地避免对自然地貌和水体造成任何伤害。而在运行维护的日常中，绿色理念如影随形，通过精细化管理，让设备在高效运行的同时，对环境的影响降到最低。不仅如此，灌区还勇敢地探索生态灌溉的新模式，那雨水收集利用、中水回用的尝试，都是为了实现水资源的循环利用，追求效益的最大化。

强化履职尽责，保障水源供给，是青龙山灌区不懈努力的方向。在这一征程中，运行维护工作被视为重中之重，"安全第一，预防为主"的理念如灯塔般照亮前行的道路。定期巡查机制得以建立健全，定期巡查、维护保养和及时抢修等措施有条不紊地开展。一旦设备出现故障，犹如吹响战斗的号角，迅速响应，专业力量迅速集结，抢修工作紧张而有序地进行，只为在最短时间内恢复供水，保障那生命之水

的流淌。在设备运行中和结束后，值班人员瞪大双眼，仔细观察机组油、电、水、气的各项状态，任何细微的异常变化都逃不过他们敏锐的目光。通过对这些变化的精准分析，查找故障点和原因并妥善处理，让设备的维修率大幅下降了 17%，为灌区节约直接成本近百万元，为可持续发展筑牢了坚实的根基。

聚焦粮食安全，助力乡村振兴，是青龙山灌区肩负的神圣使命。江水，成为这片土地的福祉。江水水温高、有机质含量高，用其灌溉，水稻产量和品质如凤凰涅槃般跃上了新的台阶。据测算，使用江水带来了多方面的显著效益：其一，粮食增产增效，地表水灌溉水温比地下水高出 7.3~17.6℃，亩结实率提高 3.1 个百分点，千粒重提高 0.7 克，米质优良，价格诱人，新增水稻 2.84 亿公斤，效益增加 4.26 亿元，农民的笑容更加灿烂；其二，实现了区域水资源的优化配置，地表水、地下水和雨洪资源联合调度灌溉，相互补给，涵养了珍贵的水源；其三，改善了区域生态环境，促进区内经济、社会和生态协调可持续发展，让这片土地更加生机勃勃。

未来，青龙山灌区将围绕实施新一轮千亿斤粮食产能提升行动，加快推进现代化灌区、数字孪生灌区建设。他们立志形成具有可复制、可推广的典型经验，不断提高灌排工程运行管护水平和服务能力，夯实粮食安全的根基，为乡村振兴源源不断地注入"源头活水"，继续勇担使命，砥砺前行，在这片广袤的土地上书写更加辉煌的篇章！

（作者单位：黑龙江省青龙山灌区管理站）

水利心悦　粮丰人满

引黄灌溉科研赞

曹起章

黄河岸边，万亩良田，稻黍万千，

一群可爱的人，扎根泥土，夏灌秋浇，孜孜不倦，

数载春秋，谱写引黄灌溉的科研诗篇！

青铜峡、河套、位山……

引黄灌区的每一个角落，足迹踏遍；

粗糙的手掌，风雨磨炼，

坚毅的脸庞，岁月浸染；

灼灼烈日下，测流取样、墒情研判……

起伏的韵律，记录着禾苗成长的笑脸；

每一渠清泉，承载着农民丰收的心愿，

每一个数据，擘画了农业深度节水控水的答案！

寒冬腊月，冷风刺骨，他们不曾退缩，

身体病痛，积劳成疾，仍奔走于田间渠畔；

像那河流，潺潺不息，将责任与梦想绵延，

书写着"节水优先"的答卷！

奔波在外，家人常问归期，

无言以对，却未曾叹息，

只因心中装着水利粮丰的期盼！

无数个夜晚，

三更灯火，伏案凝思，笔耕不辍……

敲击无声的键盘，指尖浸透了汗水与信念，

推动着引黄灌溉事业高质量发展；

在创新的浪潮中耕耘，

用数字力量，留下不灭的印记，

托举黄河农水的美好明天！

沧海桑田，年复一年，

他们传承大禹之志，续写着古老传奇，

将艰苦奋斗、无私奉献铭刻心田；

在这片广袤的土地上，

像那渠中清水，滋润着每一棵幼苗的明天。

愿他们的付出，

在未来的时光里，化作丰收的音符，

在这片沃土上，谱写新时代的粮丰人满！

（作者单位：黄河水利委员会黄河流域农村水利研究中心）

统筹谋划抓好项目建设　巩固提升筑牢发展之基

——景电工程建设改造纪实篇章

彭维恩　周邦春　沈国云

"陇中之苦瘠甲于天下"，乃是以往甘肃黄土旱塬的真实写照。50年前，位于甘肃、内蒙、宁夏三省交界地带，黄河以北，腾格里沙漠以南的"景泰川"实为"陇中之苦"的典型代表。景泰川多年平均降雨量184.7毫米，蒸发量却高达3090毫米，万顷荒漠戈壁干旱少雨，荒旱连年，百姓一贫如洗。黄河水流经这片亘古荒漠，河低地高，景、古两县的百姓只能"望河兴叹"，严重的缺水，使得昔日的景泰川"天上不飞鸟，地上不长草"，水是景泰川发展的"命门"，需水、盼水、求水始终是地方政府和群众最迫切的需求。

景电工程拔地而起　景泰川沧桑巨变

1969年，省委、省政府重民生、察民情、顺民意、解民忧，从甘肃中部地区实际出发，果断决策在这片贫瘠的土地上兴建景泰川电力提灌工程。建设期间党和国家选派一批优秀水利工作者和管理者来到景泰川，和当地民工团一起住地窝、啃干粮、喝凉水奋战在施工前沿的深山沟里。按照"边设计、边施工、边受益"的建设方针，顶着酷暑严寒，夜以继日，劈山开路，遇沟架桥，人拉肩扛，经过艰苦的勘测设计和紧张的施工，于1971年10月工程上水。一期工程设计流量10.6立方米每秒，加大流量12立方米每秒，年提水量1.48亿立方米；有泵站13座，装机容量6.7万千瓦，总扬程472米，国家投资6608万元，设计灌溉面积30.42万亩。景电人在荒芜的戈壁上建成了景电一期工程，实现了"两年上水，三年受益，五年建成"的奋斗目标，开创了我国大型电力提灌工程建设的先河。一期工程的建成使30万亩荒原变成了良田，灌区群众温饱得以解决，生产生活条件得到极大改善。

初见工程效益后，1984年乘着改革开放的春风，省委、省政府决定兴建景电二期工程，景电人开始了二次创业，景、古两县又一次沸腾了。按照投资省、进度快、质量好、效益高的建设方针，实行目标管理、划段承包、招标投标等建设措施，工程于 1987 年 10 月上水。二期工程设计流量 18 立方米每秒，加大流量 21 立方米每秒，年提水量 2.66 亿立方米，建成泵站 30 座，装机容量 19.27 万千瓦，总扬程 713 米，国家投资 4.88 亿元，设计灌溉面积 52.05 万亩。景电人通过艰辛努力，将黄河水引到了古浪，实现了"三年上水、四年受益、十年建成"的奋斗目标。

跨省区、高扬程、多梯级、大流量的景电一、二期工程建成后，景泰川这片亘古荒漠发生了沧桑巨变。景电工程建设运行 50 多年来，累计向灌区供水 166 亿立方米，受益范围覆盖甘肃、内蒙古两省（区），白银、武威、阿拉善盟三市（盟），景泰、古浪、民勤、阿拉善左旗四县（旗），受益人口达 80 万人，创造了显著的社会效益、生态效益和经济效益，被灌区人民誉为"救命工程、翻身工程、致富工程、生态工程"，20 世纪 90 年代以高扬程、大流量被评为"中华之最"。一是社会效益。景电工程辐射区域约 1000 平方千米，灌区安置甘肃、内蒙古两省（区），景泰、古浪、会宁、东乡、天祝、永靖、左旗等 7 县（旗）移民近 30 万人，新建 10 个乡镇、178 所学校和 123 所医院，交通便利，百业兴旺，经济繁荣，人民安居乐业。二是生态效益。百万亩灌区与三北防护林带连成一片，成功阻止了腾格里沙漠与巴丹吉林沙漠合拢。据工程上水前后的气象资料对比，灌区年平均降水量由 185 毫米增加到 241 毫米，相对湿度由 46% 增加到 48%，平均风速由 3.5 米每秒降低到 2.4 米每秒，8 级以上大风天数由 29 天减为 2 天，年蒸发量由 3390 毫米降低到 2361 毫米，灌区小气候得到明显改善。三是经济效益。景电一、二期灌区建成后，从根本上改变了灌区农业生产条件。把曾经干旱少雨的景泰川变成了林丰粮茂的米粮川，截至 2023 年底，景电灌区灌溉面积已发展到 120 万亩，累计生产粮食 125.75 亿公斤，产出经济作物 57 亿公斤，成为黄河上游重要的灌溉农业区。

临危受命 黄河水润泽民勤

20 世纪 60 年代以来，石羊河流域生态环境恶化，沙尘暴频繁发生，土地荒漠化沙化等生态问题日趋严重。石羊河流域如不能得到有效治理，民勤将会变成"第二个罗布泊"，这产生的恶劣影响将威胁到石羊河上游老百姓的生存和发展，危及河西走廊大通道的安全，影响到西北地区的发展和稳定。

1995 年景电人再次受命，开工建设景电二期向民勤调水工程。民勤调水工程大多穿行于沙漠，建设者顶着夏日酷暑和冬季严寒，修建了简易施工道路和临时储水池，采用风基沙及粉土的地基碾压换基处理措施，于 2000 年在沙漠中修建了百千米暗渠，2001 年 3 月开始向民勤调水。工程设计流量 6 立方米每秒，年调水量 6100 万立方米，概算投资 3.0159 亿元，恢复灌溉面积 15.2 万亩。牢记习近平总书记"确保民勤不成为第二个罗布泊"的重要嘱托，深入贯彻"十六字"治水思路，落实最严格水资源管理制度，截至 2023 年底，工程已累计向民勤调水 19 亿立方米，有效缓解了石羊河流域断流、沙尘暴频发、土地沙漠化等生态问题，干涸了半个世纪的民勤青土湖重现生机，地下水位由 2007 年的 4.02 米回升到现在的 2.87 米，水域面积由 2010 年的 3 平方千米增加到现在的 27.65 平方千米，形成 127 平方千米的旱区湿地，为石羊河流域重点治理提供了坚强水资源支撑。

抢抓工程改造机遇　夯实安全发展基础

20 世纪末，景电工程经过近三十年的运行，泵站机电设备老化，渠道破损严重，工程提输水能力逐年下降，各种潜在危险逐年增大，严重影响到工程的上水安全和输水效率。同时灌区灌溉面积不断增加，大幅超过规划设计面积，加之灌区群众节水意识较差，节水措施不到位，灌区供需水矛盾日益突出，已经影响到灌区的正常有序灌溉。这些问题的出现严重制约着灌区工农业生产、社会经济的发展和生态建设。

21 世纪以来，景电工程管理者紧紧抓住中央实施扩大内需和国家加大水利基础设施建设的机遇，持续推进大中型灌区续建配套与节水改造，石羊河流域重点治理景电二期支渠节水改造与干渠、民调干渠改造，大型泵站更新改造等重点项目的实施，灌区"卡脖子"问题得到有效解决，安全发展基础得到进一步夯实，管理能力、管理水平、综合功能和效益明显提升。一是安全发展基础夯实。30 座大中型泵站得到改造，占比 69.77%，改造泵站建筑物和设备完好率达到了 100%，安全运行率达到了 100%；417.24 千米总干、干渠、支渠渠道得到改造，占比 52.19%，改造渠道完好率达到 100%；通过改造重点"卡脖子"、病险工程得到了有效治理，工程险情基本排除。二是供水保障能力提升。一、二期工程设计流量、加大流量由 28.6 立方米每秒和 33 立方米每秒分别增加到 37.4 立方米每秒和 43.89 立方米每秒；灌溉保障率由 80% 提高到 92%，有效保障了灌区农作物适时适量灌溉和民勤生态用水。三是工程效率提高。景电一期工程单方水耗电量由改造前的 1.47 千瓦时每立方米下降至 1.32 千瓦时每立方米，较改造前下降了 9.6%；景电二期工程单方水耗电量由改造前的 2.0337 千瓦时每立方米下降至 1.83 千瓦时每立方米，较改造前下降了 10%；工程年节约电量达 1.1193 亿千瓦时。骨干渠道通过全断面防渗衬砌，灌区斗口量水堰以上骨干渠系水利用系数由 0.85 提高至 0.91，灌溉水利用系数由 0.54 提高至 0.60。四是信息化管理能力增强。中心调度系统、泵站计算机监控系统、视频监控系统、水量管理系统的建成及投运，基本实现了工程管理信息化、自动化、智能化。同时以南干泵站为试点，建设智能化无人值班、少人值守示范泵站，形成了一套可在全灌区推广的泵站远程测控智能化管理平台和相应的标准化管理体系，为整个工程信息管理和减员增效探索新的方法和路径。

聚焦精准扶贫主战场　当好水利扶贫排头兵

为响应党中央号召，景电人秉承"精准扶贫水利先行、精准脱贫水利保障"理念，一马当先，紧紧围绕保障灌区粮食安全和农业水安全，以全面落实精细化管理为抓手，以提高灌区农业用水效率为核心，以引导灌区种植结构调整为基础，全力推进工程更新改造，坚决把精准扶贫精准脱贫作为"一号工程"，充分发挥景电工程支农惠农骨干水利工程的支柱作用，为景电灌区农业增效、农民增收、农村增绿打下坚实基础。

为保障祁连山生态安全，配合古浪县黄花滩生态移民暨扶贫开发"下山入川"工程，积极发挥水利行业优势，全力保障古浪县黄花滩的移民搬迁项目区供水，移民项目区设计灌溉面积 8.62 万亩，共安置移民 8455 户、3.6 万人。自 2013 年以来累计向项目区供水 2.38 亿立方米，确保了项目区工农业生产、生活用水，实现了古浪县黄花滩生态移民暨扶贫开发"下山入川"工程项目区移民搬得出、稳得住、能致富的目标。同时充分发挥水利的基础性、先导性、保障性作用，与景泰县人民政府一道谋划水利扶贫项目，开发景泰县寺滩乡黄崖坝土地 1.7 万亩，并指导建设黄崖坝电力提灌工程，补齐了黄崖坝贫困地区水利短板。截至目前已累计向黄崖坝项目区供水 3507 万立方米，改变了当地农业灌溉条件，破解了联系村耕地、灌溉等脱贫致富难题。

牢记使命再起航　全力推动灌区高质量发展

在景电工程发挥巨大效益的同时，工程设施仍存在突出短板和薄弱环节，供需水矛盾突出、节水灌溉推广发展缓慢、灌区信息化程度低等问题交织显现，工程和灌区高质量发展面临着巨大挑战。

近年来，省景电中心深入贯彻落实习近平总书记"十六字"治水思路，时刻牢记"确保民勤不成为第二个罗布泊"的殷切嘱托，牢固树立"项目为王"理念，坚持把项目建设作为工程和灌区高质量发展的主抓手，在"谋划、推进、验收"上持续发力，全力推动项目建设"大提速"；坚持把推进"渠站长制"作为工程标准化、规范化建设的硬实招，在"决策、部署、落实"上持续发力，着力提升工程管理水平再上"新台阶"。通过加大项目建设和强化计划管理，工程水安全保障能力、水资源节约集约能力、水资源优化配置能力进一步提升，为灌区粮食安全和经济社会生态发展提供了坚实的保障。

一是精心部署抓推进。2021年景电灌区被纳入国家"十四五"重大农业节水供水工程实施方案，启动了景电大型灌区"十四五"续建配套与现代化改造项目，项目批复总投资5.056亿元，将更新改造11座泵站，改造渠道97.388千米、建筑物1186座等；2023年在国家发展改革委、水利部和省委、省政府的高度重视及省直部门的大力支持下，景电二期提质增效工程被纳入国债资金重点水利项目，被列为全省2024年十件为民实事之一，工程批复总投资7.63亿元，将加固改造景电二期总干渠44.10千米，改造修补景电二期延伸向民勤调水工程干渠72.68千米等。景电工程管理者再次开启追梦新征程，灌溉季节保供水，灌溉间歇期抓紧实施工程，开创了西北地区水利工程冬季施工先例，做到工程建设和农业灌溉"两不误"。项目的实施，将进一步补齐基础设施短板，解决工程提输水"卡脖子"问题，提升工程保供水能力，进一步促进水资源节约集约利用，为灌区经济社会生态发展提供坚实的水资源支撑。同时历经十年实施的景电大型泵站更新改造项目于2023年8月完成了项目整体竣工验收，为后续项目立项实施打下了坚实基础。

二是超前谋划增后劲。按照"谋划一批、建设一批、验收一批"的原则，统筹谋划抓好项目谋划储备工作，结合工程和灌区实际，共谋划项目6个，总投资133.90亿元。近期将实施景电支渠改造与配套提升工程和景电数字孪生高扬程灌区建设项目，"十五五"期间将实施景电灌区防洪治理工程、景电一二期泵站迁改复建工程、景电三期工程等一批打基础、利长远的工程，进一步消除工程运行安全隐患，恢复和提高渠道的过流能力，促进水资源节约集约利用，提升灌区信息化水平，逐步推动景电工程和灌区实现高质量发展。

三是强化管理促提升。2020年制定印发了《景电灌区（泵站）标准化规范化管理实施方案》，成立了标准化管理创建工作领导小组，从组织管理、安全管理、工程管理、农业节水与供用水管理、信息化管理、经济管理六个方面着手，以制度修订完善、岗位职责上墙入栏、工程设施设备编码标识、电气设备及危险源安全提示、工程沿线安全防护栏、警示牌及管护责任牌制安、工程设施设备维护台账完善、党建宣传提升、基层单位环境绿化美化等方面为重点开展了标准化规范化创建工作，经过四年创建，逐步形成了职责明确、制度完善、标准健全的现代化灌区管理体系，工程实体形象得到提升，职工作业行为得到规范，工程管理和改造效益初步凸显，标准化规范化管理创建成效显著，2024年顺利通过省级评价验收。同时，2024年印发了《景电灌区全面推行"渠站长制"持续提升标准化管理水平的实施方案》《灌溉管理标准化实施方案》《景电灌区"渠站长制"标准化管理考核办法》，建立了"党委主要领导亲自抓、党委班子成员包片抓、处级干部包段抓、科级及以下干部履职抓"管护责任机制，全面推行"渠站长制"，深入推进工程标准化管理，初步实现了渠畅、堤固、景美、人和的现代化灌区建设目标。

景电工程——沙漠上的希望。50年前，景电一期工程开工的隆隆炮声震醒了这片亘古荒漠，给这里贫苦的人民带来了希望。50年后，这里良田万顷、绿树成荫、鸟语花香，景电工程由最初的救命工程、翻身工程发展为灌区的致富工程、德政工程、生态工程，成为支撑灌区经济社会生态发展的生命线工程。在中国特色社会主义新时代，景电人不忘初心、继续前进、勇于担当、善于作为，积极开创工程标准化管理新局面，依托项目建设不断改造完善工程设施设备，努力提升工程提输水能力，为巩固石羊河流域综合治理成果，筑牢省城兰州北大门的生态屏障，推动灌区经济生态建设高质量发展，助力灌区全面建成小康社会做出新的更大的贡献。

（作者单位：甘肃省景泰川电力提灌水资源利用中心）

以稻为笔　以水为墨　绘就乡村振兴新画卷

——广西"五化"灌区富甲一方

韦蓓蓓　周思宏

仲夏的大龙湖波光粼粼，十四个岛屿点缀其中美不胜收。忽而一抹灵动的绿色沿着山脚流出，蜿蜒至百千米以外的宾阳县和吉镇，如同一条巨龙，造福着生活在两岸的世世代代。

1958 年以前，上林县的大龙湖与宾阳县的古辣镇本是相距百余千米毫无瓜葛的两个地方，只是前者山川秀美、水量充沛，后者土地平整常常干旱少雨。那时的村民，对水的渴望如同对生命的追求，三餐有粥便是好日子，而遇上大旱，连粥都成了奢望。然而，这一切随着"五化"干渠的修建而彻底改变。这条被群众誉为"龙"的干渠，不仅带来了生命之水，更带来了希望与繁荣。

作为"五化"灌区主要水源地，大龙洞水库位于上林县西燕镇大龙洞村，1958 年，南宁市利用大龙洞村石山环抱，地下水活动强的封闭岩溶盆地特征，采用堵塞落水洞和岩溶裂隙等工程，建成了以灌溉为主，结合防洪、发电、旅游等综合利用的大龙洞水库。1958 年，壮乡儿女在荒草丛生的大明山脚下利用地势高差修建了一条长150 千米的自流灌溉的总干渠，从大龙洞水库为起点，将东敢、清平、桃源、六佑等中型水库以及小型水库 86 座，拦河引水工程 15 座，以及环大明山、莲花山、镇龙山等33 条河流串联起来，形成一个大型的水利网。计划建成农田水利化、灌溉自流化、河网化、田园化、电气化综合利用于一体的"五化"灌区。

"五化"灌区总干渠全长 150 千米，西起上林县大龙洞水库，东至宾阳县和吉乡六角村，横跨 18 个乡镇，是广西利用水源最多的总干渠，通过各区域间调节用水，有效灌溉面积达 48.87 万亩，受益人口 123 万余人，对桂中粮食生产安全稳面积稳产量起到重要作用。

回忆起修建总干渠的情形，现年 82 岁的原五化灌区宾阳清平水电网工程管理处副主任甘泰年仍记忆犹新。为在一个月内完成灌区在宾阳段的测量工作，甘泰年和同事们走遍了宾阳县的沟沟坎坎，双手双脚经常被荆棘刺破，但相比起那些直接参与挖掘与运输的五六万名工友们，他们觉得自己所受的苦微不足道。为了更快地运送泥土，很多农民都奉献出自家的砧板，并自制独轮车。这种团结与智慧，让甘泰年联想到了《红旗渠》中的场景，他感慨地说："我们的五化干渠也是这样一步步走过来的。"五化灌区的建成，不仅解决了灌溉问题，更成了广西水利建设中的一颗璀璨明珠。它见证了壮乡儿女用汗水与智慧书写的历史篇章，是广西乃至全国水利发展的一个重要里程碑。

随着时代的变迁，五化灌区也在不断地成长与蜕变。20 世纪 50 年代前，五化灌区水稻灌溉基本采用传统的串灌、漫灌方法，耗水量大且产量低，难以满足农业生产需要。为此，灌区的管理者们在管理上下苦功，自 20 世纪 70 年代，他们即先后在宾阳的两个灌片开展水稻节水科学灌溉实验。经过 10 余年的反复试验，取得了总节水量 1671 万立方米、增产稻谷 1545 万公斤的良好效果，并总结出"薄、浅、湿、晒"优良的水稻增产、节水灌溉制度，这一成果不仅大幅提高了水稻的产量与品质，更为全区乃至全国的节水灌溉技术树立了标杆。

1972 年宾阳大旱，南宁市利用五化灌区总干渠进行"西水东调"，保证了 2 万余亩稻田丰产丰收。干渠建成后，灌区的建设者们又将清平、桃源等水库与河流连接成无缝的水利网，实现了跨区灌溉，灌溉效率显著提升，为粮食安全提供了有力保障。

由于五化灌区的突出成就，2001 年，五化灌区被国家发展改革委、水利部列入了全国大型灌区续建配套与节水改造规划范围，2001—2019 年，灌区历年累计完成渠道防渗配套 228 千米，其中总干渠防渗 109 千米，干渠防渗 11 千米，支渠防渗 109 千米，维修配套附属建筑物 1344 座，维修建设基层管理房 7523 平方米；同时解决了五化灌区内的工业用水、人畜饮水和城镇供水难题。

但由于人力、物力、财力不足等因素，灌区工程仍存在许多短板。为实现现代化灌区的目标，五化灌区续建配套与现代化改造工程列入国家"十四五"重大农业节水供水工程，于 2021 年底开工，将于 2025 年中竣工。工程完工后，灌区的有效灌溉面积将从现状的 44.56 万亩提高到 49.63 万亩，其中恢复灌溉面积 5.07 万亩，改善灌溉面积 16.34 万亩。同时，将实现人饮及工业年均供水量 7827 万立方米，总播种面积增加 12.57 万亩，实现农业年均增产 10.73 万吨，农民年均增收 0.24 亿元。

"旱能灌，涝能排"。得益于灌区的"源头活水"，2012 年，"上林大米"获得国家地理标志产品保护，是广西首个被列入国家地理标志产品保护的大米产品；2017 年，宾阳县的"古辣香米"又成为国家地理标志保护产品。一时间，沿着 150

千米总干渠的流经方向，一个个助力乡村振兴的农产品品牌悄然绽放，助力沿线村屯步入乡村发展的快车道。

2015年，位于"中国炮龙之乡"的宾阳县古辣镇，依托灌区打造宾阳万顷香米产业示范基地。而灌区内的大陆村则从2016年起，依托古辣香米的知名度，通过租赁、置换耕种等方式，集中山地2000多亩，水田、旱地600多亩，全力打造3D稻田艺术文化。

在这片充满希望的土地上，农耕文化也得到了新的传承与发展。以大陆村为例，该村依托五化灌区的优势资源，通过对大陆村凤凰峒稻田进行"小块并大块"平整，打造出了独具特色的3D稻田艺术文化。通过不同颜色的秧苗混插出精美的稻田艺术作品，吸引了大量游客前来观光旅游。截至目前，大陆村已打造20家民宿、2家农家乐，为当地增加了100多个稳定就业岗位。2021年，大陆村村集体收入突破300万元，人均年纯收入达到1.3万元。而大陆村倾力打造的"布谷语"研学基地，不仅新增就业人口80人，还使壮乡的"稻作文化"得以发展和传承。这不仅带动了当地乡村旅游，更为村民增加了稳定的收入来源。

大陆村，只是五化灌区赋能乡村振兴的一个缩影，灌区沿线的村庄都在以稻为笔，以水为墨，绘就了一幅幅乡村振兴的崭新画卷。截至目前，灌区沿线种植25.24万亩优质稻谷，新增稻谷深加工企业53家，为粮食安全打下坚实基础。

灌区，作为粮食生产的中流砥柱，一头连着国家粮仓，一头连着百姓生计。今后，还将进一步挖掘和发挥"五化"灌区综合能力，让灌区的生态效益、社会效益和经济效益得到进一步提升。

（作者单位：广西南宁市灌区管理中心）

打通灌区水脉　润泽万亩良田

——广东清远连州市灌区改造纪实

中水珠江勘测设计有限公司

习近平总书记提出"节水优先、空间均衡、系统治理、两手发力"的治水思路，为新时代水利改革发展指明了前进方向，提供了重要方法，明确了工作重点。

水利是农业的命脉。"以水定产"揭示了水资源对于粮食生产的重要性，要实现粮食稳产增产，首先要保障农业灌溉用水。近年来，连州市水利局紧抓高质量发展契机，紧跟广东省大力推进农田水利建设步伐，通过对中型灌区进行续建配套与节水加固改造、标准化创建等，完善农业基础设施建设，为粮食安全生产提供有力支撑，赋能"百县千镇万村高质量发展工程"。

连州市现有中型灌区基本上修建于20世纪五六十年代，年代久远、运行时间长，据统计，连州市现有潭岭、良塘、兰管水库等中小型灌区92宗，灌溉面积共32.53万亩。其中中型灌区7宗、小型灌区85宗，分布在连州大路边、星子、龙坪等9个镇，在连州农田水利发展中发挥着防灾抗旱、保障连州市粮食安全等巨大作用。但灌区基础设施也存在修建标准较低，渠道剥落、渗水、破损现象较普遍，灌溉面积缩减严重等问题，部分灌区没有进行系统规划和科学调度，加之建设资金短缺，进而导致部分渠道年久失修、灌溉用水分配不均。

中型灌区续建配套与节水改造建设是提高灌溉水平、实现粮食增产增收、推动落实乡村振兴发展战略的重要举措，更在推进水资源节约集约利用、改善生态环境、涵养区域水源等方面发挥着巨大效益。近年来，中水珠江勘测设计公司鼎力支持连州市灌区续建配套与现代化改造，以可靠技术、务实态度和敬业精神助力连州市灌区高质量发展，其中，龙口灌区、兰管水库灌区就是成功的例子。

龙口灌区：断流二十多年的水渠终于通水了

人间四月天，正值春耕春灌关键时节，在龙口灌区（连州段）龙咀村，修葺一新的水渠蜿蜒在广袤田野，汩汩活水沿着渠道蔓延开来，源源不断地滋养着农田。

一条条新修的灌溉渠道，将农田分隔得整整齐齐，汩汩清泉顺着渠道流出，润泽万亩良田，滋养山野镇村，这是今夏连州市连州镇龙口村、沙子岗村，水湴塘村一带农田灌溉的场景。

从 2022 年 8 月开工，不到一年时间，龙口灌区续建配套与节水改造工程（连州段）13 千米支渠建设已全部完成并顺利通水。在连州镇龙口村的农田旁，完成改造的灌溉渠道水量充足，源源不断供应周边农田，保障晚稻秧苗茁壮生长。2023 年 3 月，龙口灌区续建配套与节水改造工程（连州段）支渠建设完成并通水，改善了附近约 1.53 万亩的农田灌溉条件，有力提升了春耕夏种保灌能力。"工程完成通水后，将有效改善村里农田耕作用水，提升村民种植粮食的积极性。"龙口村党支部书记邵振兴说。

龙口灌区建于 1957 年，横跨连南、连州两地。灌区连州段原设计灌溉面积为 1.78 万亩，灌渠长 13.139 千米，惠及连州镇龙口村、沙子岗村、水湴塘村等多个村庄。灌区内土壤肥沃，是连州镇主要的粮食生产基地之一。受修建时经济条件的限制，龙口灌区连州段大部分为土基渠道，由人工开挖及填筑而成。在 20 世纪 50—70 年代，灌区管理较好，干渠可输水至连州境内灌区进行灌溉。后来由于年久失修，灌区渠道淤积、坍塌、漏水严重，部分渠道因城市基础设施建设已拆除，失去水源，灌溉面积锐减。加上 21 世纪初许广高速公路修建时，龙口灌区连州境内部分干渠被埋没后未修复，导致水渠已断流二十多年。尤其是地势高的水圳基本没有水，村里 500 亩的农田因缺水只有 250 亩左右能耕种，当地不少农田过去因缺水改种一季水稻，甚至由水田变为旱地，只能种树、番薯、蒜等旱地农作物。

龙口灌区改造后，显著改善了连州镇龙口村、沙子岗村、水湴塘村等约 1.53 万亩的农田灌溉条件，有效解决近 3000 亩垦造水田用水，为当地农业发展提供强有力的水利支撑。龙口灌区续建配套与节水改造工程全面完成并通水后，改善了该村约 1000 亩农田的灌溉条件，农业耕作不再依靠电力抽水。龙口下村 69 岁的"老村长"邵理论激动地说："有了水之后就能重新整理'旱改水'农田，让'小田'变'大田'，断流二十多年的水渠终于通水了！"

兰管水库灌区：解决"用水难"的农业发展瓶颈

兰管水库灌区位于连州市西岸镇境内，建于 20 世纪 60 年代，涉及石马、石正等 9 个村庄，设计灌溉总面积 1.02 万亩。该灌区曾经由于初始设计标准低、沟渠年久老化、配套设施不齐全等导致灌溉能力严重不足，多年来农田缺水这一难题，是当地农业发展的瓶颈。

为充分发挥灌区灌溉效益，补齐工程设施短板，提高供水效率，连州市水利局通过前期谋划，积极争取，落实项目资金，在 2022 年启动了兰管水库灌区的建设改造。经过加固改造，灌区的灌溉面积得到恢复改善，灌区的水资源利用效率和农业综合生产能力得到大幅度提高。

西岸镇石马村党支部书记袁智勇说，兰管水库灌区建于 20 世纪 60 年代，过去灌区渠道以土渠为主，因为后期维护管理较差，村里的农田灌溉比较困难。"现在灌溉渠道改成了混凝土，我们村的农田灌溉受益很大，支渠改造完善后村里预计有 2000 亩农田受益，从根本上解决了村民耕种用水难的问题，保障了农业生产。"

连州市水利局有关负责人介绍，兰管水库灌区改造项目建成后，将改善灌溉面积 1.02 万亩，进一步提升项目区灌溉能力与输水效率，大幅度提高灌区水资源利用效率和农业综合生产能力，有力支撑现代农业发展，保障粮食生产安全。此外，在灌区改造前，连正农业发展有限公司菜心基地的供水基本靠抽水，而随着渠道改造完工，供水量增加，基地农田用水保证率进一步提高，每年节省抽水电费高达上百万元。

建管并重：多措并举完善灌区管护

连州市水利局通过对中型灌区进行改造，解决部分中型灌区水源引调问题，打通"灌区水源—干渠—田间地头"渠系的"动脉"，形成配套齐全的灌排体系，为粮食安全生产筑牢了基础。

灌区改造项目线长面广，一般涉及多个乡村。项目建设期间，连州市水利局充分征求群众意见，多次联合有关镇（乡）有关单位深入各村开展调研，充分了解村民用水、灌排需求，合理设置出水口、人行桥等配套便民设施，科学优化设计方案，实现灌区为民所用。同时强化部门联动，充分发挥市农田水利建设工作联席会议制度的作用，加强与农业农村局、自然资源局沟通，多次召开碰头会、协调会，注重大中型灌区建设与高标准农田、垦造水田的有效衔接，并通过研讨图纸、深入调研，科学调整设计方案，充分发挥中型灌区水源优势，做好田间地头灌溉"最后一千米"建设，有效解决"肠梗阻""卡脖子"问题。

同时，连州市水利局深化农业水价综合改革，并加快推进灌区标准化规范化信息化建设。近年来先后完成潭岭、小水坪、兰管、龙口、上兰靛、围子7宗灌区农业水价综合改革任务，累计完成中型灌区改革面积14.69万亩，安装自动计量设施60套，为高效节水灌溉和灌区信息化建设打下坚实基础；2023年2月潭岭灌区成功获得"广东省大中型灌区标准化规范化达标灌区"称号。

我想去甘肃

苏杰循

　　我出生在江苏苏北农村，小时候，全村人的饮用水都靠着村里的两口水井，村里的小学也有一口井，夏天课间，井口围满了人，挤都挤不进去，同学们都拿着自制的打水神器：一根绳，端头系着截开一半的矿泉水瓶，在井里荡来荡去打水喝，偶尔干旱，井水见底，还能看到井底的青蛙。稍大一些，每家每户陆陆续续在自家院子里打了井压水吃，美美地在外面玩了一天，渴得要命，急忙回家，在压水泵里先加上水，拉着泵的把柄让活塞不停地上下运动，出水后，再大力往下一拉把柄，然后赶紧用嘴去接汩汩冒出来的井水，甘洌、清凉，舒服。再后来，村子里建了小型的自来水厂，安全卫生的水直接通往卫生间和厨房。

　　小时候，家里种地，抗旱保收的时候，家里人就买大的塑料薄膜做成盛水的容器，然后用绳缆在平板车上，注满水，人力拉车，将水从村子里唯一的水库拉到 2 千米外的高岭地头上，两千米的路，一车水，一个人拉，两个人推，一来一回，快的也要一个多小时。上了高中，去了县城，就很少下地了，2008 年暑假，去地里帮忙种小麦，发现村里田间地头上设置了很多蓄水池，地下埋了很多管道，每户耕地地头前都设置了阀门开关，阀门一开就有源源不断的水流向田间地头。

　　上了大学，从江苏一路向西北，去了兰州，学了农业水利工程。大学期间，由于离家比较远，国庆假期我会跟着甘肃的同学回家帮忙秋收，去过武威市古浪县、白银市平川区。古浪县位于甘肃省中部，河西走廊东端，乌鞘岭北麓，腾格里沙漠南缘，北邻腾格里沙漠，是青藏、蒙新、黄土三大高原交会地带。年降水量 300 毫米左右，蒸发量 2500 毫米以上。白银市平川区是甘肃重要的煤电能源基地，黄河流经平川区境内有 32 千米。两个城市，两个家庭的发展、生活对比，诠释了水、矿产等资源的不对等造成的两个城市、两个家庭生活水平的巨大差异。

　　大学毕业实习去了戈壁滩，看到了景泰川电力提灌系统成为腾格里沙漠南缘的一道绿色屏障；到了丹江口水库，看到了一库碧水穿越黄河、淮河、海河，一路北上流进北京，每年可以为北方送水 130 亿立方米以上；站在三峡大坝，看到了滚滚长江东逝水，青山依旧在，却在几度夕阳后点亮万家灯火。高中地理课本上了解到南水北调工程，以为离自己很远，当真正投入水利行业后，置身这些伟大工程之中，才能体会到人定胜天的伟大壮举！

从小时候到大学，再到毕业后投入水利水电建设的十年间，先后参与了绩溪抽水蓄能电站、开化水库工程建设。从国家建设的"引江济汉""引汉济渭""引黄工程""滇中引水"等系列重大水利工程，到南水北调东、中、西线与长江、黄河、淮河、海河共同构成"四横三纵"的水网主骨架，习近平总书记提出的"节水优先、空间均衡、系统治理、两手发力"的十六字治水思路，再到"双 T"形水网经济格局、黄河"几"字弯水网建设构想，深刻诠释了国家在改善农村用水环境、水旱灾害防控、调控水资源时空分布不均、水生态保护等方面取得的重大成效，我们的青春正逢盛世，水利人的奋斗惠泽当代，利在千秋。

2023 年 11 月 3 日，中国南水北调集团青海有限公司挂牌成立，全力推进西线工程早日开工。听到这个消息，心潮澎湃不已，南水北调西线有我心心念念的甘肃，我想去甘肃，又不仅仅是甘肃，我想沿着南水北调西线，穿越青海的雪山草地，进入宁夏的沙漠绿洲，再踏上陕西的黄土高坡，最后抵达内蒙古的草原，去任何一个缺水的地方，开出一条绿色的渠道，惠泽一草一木。我想在这条线路上播种希望，让每一寸土地都拥有生命的力量。

（作者单位：中国南水北调集团水网水务投资有限公司）

附录

世界灌溉工程遗产名录中国入选名单

2014 年

1. 四川乐山东风堰

东风堰位于四川省乐山市夹江县，长江三级支流青衣江夹江段左岸，是夹江县境内一座以农业灌溉为主、兼有城市防洪、发电及城乡工业、生活供水、城市环保功能的水利工程。东风堰工程始建于清康熙元年（1662 年），距今已延续使用 350余年。总干渠长 12 千米，东、西干渠分别长 4.8 千米、13 千米，分干渠四条，隧洞一处，渡槽 8 处，水闸 19 处。灌区覆盖夹江县 4 个镇 48 个村，农业灌溉面积达 7万余亩。

2. 浙江丽水通济堰

通济堰位于浙江省丽水市莲都区碧湖镇堰头村边，建于南朝萧梁天监四年（505年），是浙江省最古老的大型水利工程。通济堰渠道呈竹枝状分布，由干渠、支渠及毛渠三部分组成，蜿蜒穿越整个碧湖平原。分支渠 48 条，毛渠 321 条，大小概闸72 座，并多处开挖湖塘以储水，形成以引灌为主、兼顾储泄的竹枝状水利灌溉系统。

3. 福建莆田木兰陂

木兰陂位于福建省莆田市区西南 5 千米处的木兰山下，木兰溪与兴化湾海潮汇流处，始建于北宋治平元年（1064 年），是著名的古代大型水利工程，全国五大古陂之一，至今仍保存完整并发挥其水利效用。木兰陂拥有陂首枢纽工程、渠系工程和堤防工程三部分，布局合理，设计完善，施工精密。大小沟渠数百条，纵横交错，迂回曲折，其中南干渠长约 110 千米，北干渠长约 200 千米。

4. 湖南新化紫鹊界梯田

紫鹊界梯田位于湖南省娄底市新化县水车镇，起于秦汉，形成、发展于宋明，成型已有 2000 年历史。是中国首批 19 个重要农业文化遗产之一，南方稻作文化与苗瑶山地渔猎文化融化糅合的历史文化遗存，其独特的耕作方式和利用山泉天然的灌溉系统在稻作文化中亦很独特。梯田遍布于海拔 500 米至 1000 余米的十几个山头上，最大的不过 1 亩，最小的只能插几十兜禾，连绵起伏，辗转盘旋。

2015 年

1. 诸暨桔槔井灌工程

诸暨桔槔（jiégāo）井灌工程位于浙江省诸暨市赵家镇，诸暨赵家镇泉畈村的桔槔井灌工程，最早可追溯至南宋，是以桔槔 – 水井 – 渠道构成的灌溉工程。也是我国最早利用地下水资源的工程形式，在战国时期已经见诸记载。这里的古井分布区，海拔只有 50 米，而周边山地海拔。最高处有 800 多米，因此井水充盈，形成了泉畈村独特的农耕文化和生活方式。目前，明的暗的还有上千口井，保留着最完整的井渠灌溉工程体系，可谓井灌工程的"活化石"。

2. 寿县芍陂

芍陂（quèbēi）位于今安徽省寿县城南，淮河中游南岸，由春秋时楚相孙叔敖主持修建，芍陂引淠入白芍亭东成湖，东汉至唐可灌田万顷。迄今已有 2500 多年，是中国最早的大型蓄水灌溉工程。周长 24.6 千米，面积 34 平方千米，蓄水量最高达 1 亿立方米，灌溉面积约 4.5 万公顷。目前一直发挥着不同程度的灌溉效益。

3. 宁波它山堰

它（tuō）山堰是属于甬江支流鄞江上修建的御咸蓄淡引水灌溉枢纽工程。位于浙江省宁波市海曙区鄞江镇它山旁，樟溪出口处，唐代大和七年（833 年）由县令王元玮修建。工程在鄞江上游出山处的四明山与它山之间，用条石砌筑一座上下各 36 级的拦河溢流坝。坝顶长 42 丈，由众多条石板叠砌而成，坝体中空，用大木梁为支架，全长 134.4 米，高约 3.05 米，宽 4.8 米。可以阻咸、蓄淡、引水、泄洪，供七乡数千顷农田灌溉，并通过南塘河供宁波城使用。

2016 年

1. 陕西泾阳郑国渠

郑国渠是最早在关中建设的大型水利工程，位于陕西省泾阳县西北 25 千米的泾河北岸。它西引泾水东注洛水，长达 300 余里（灌溉面积号称 4 万余顷），是全部自流灌溉系统。采用的是大水漫灌，建有退水渠可以减轻土壤盐碱化。把沿渠小河截断，将其来水导入干渠之中。"横绝"了的小河下游腾出来的原小河河床，变成了可以耕种的良田。另外小河水注入郑国渠，增加了灌溉水源。

2. 江西吉安槎滩陂

槎（chá）滩陂位于江西省泰和县赣江二级支流牛吼江上，距今已有 1000 余年历史。槎滩陂由主坝和副坝两部分，以及筏道、排沙闸，引水渠、防洪堤、总进水闸组成。主坝顶高程 78.8 米，长 105 米，副坝顶高程 78.5 米，长 152 米，筏道宽 7 米。水渠分别称为"南干渠"和"北干渠"，在三派村汇入禾水。建有完善的古代水利工程管理制度，使得这座水利工程虽历经千年风雨，仍灌溉泰和 4 万多亩粮田，被专家称为"江南都江堰"。

3. 浙江湖州溇港

溇（lóu）港位于浙江省湖州市，主要分布在太湖的东、南、西缘，义皋港就是为数不多至今保存相对完好的古溇港之一。溇港将蓄泄吞吐、分水引排的各项功能发挥到了极致，将太湖沿岸的滩涂改造成了"三十六溇，七十二港"，原先的泥沼改变成一片沃土。溇港入湖口朝向东北，溇港所泄的水流就可以从侧面将南下泥沙重新冲入湖中，防止泥沙长驱直入、停淤河道，实现了自动的防淤功能。太湖南岸 400 平方千米的区域，已经变成了繁华的都市和肥沃的良田。

2017 年

1. 宁夏引黄古灌区

宁夏引黄古灌区是我国四大古老灌区之一，位于黄河上游下河沿——石嘴山两水文站之间，沿黄河两岸地形呈"J"形带状分布，迄今已有 2000 多年。灌区历经汉代的移民开发、屯垦凿渠，唐代的筑堤引水、垦荒开田，元代的因旧谋新、建闸设堰，明代的疏浚修治、改立石闸，清代的"地丁合一，奖励开垦"，逐步形成了纵横交错、密如网织的灌溉古渠系，推动了游牧文明向农耕文明的转变和不同文化的融合发展。目前灌溉面积828万亩，享有"塞上江南"之美誉。

2. 陕西汉中三堰

汉中三堰位于陕西省汉中市，包括山河堰、五门堰和杨填堰。是汉中最早的水利灌溉工程，均始建于西汉时期，距今已有2200多年的历史，是中国古代汉中灌溉农田的一项伟大水利工程。经过历代多次改造，将引水枢纽均改建为固定堰坝，加固衬砌干渠11千米，新建或修缮配套建筑物15座，现灌溉面积1.15万亩。至今仍在发挥着巨大的灌溉和防洪效益。

3. 福建黄鞠灌溉工程

黄鞠灌溉工程位于福建省宁德市，是福建省现存最早的水利工程，自隋朝黄鞠入闽屯垦开渠发展以来，已有1400多年的引水灌溉历史。黄氏先人用火烧水浇的原理开凿引水隧道，在霍童溪沿岸谷地上开辟农田、兴建了黄鞠灌溉工程，这是黄氏家族世代维护的乡村水利工程。据说这是中国历史上的第一座隧道水利工程。它是古代南方山丘区水利工程和民间自筹修建、政府指导管理的典范工程，具有较高的科技价值、文化价值、景观审美价值和社会价值。

2018 年

1. 四川都江堰

都江堰坐落在成都平原西部的岷江上，始建于秦昭王末年，公元前256年，是蜀郡太守李冰父子在前人鳖灵开凿的基础上组织修建的大型水利工程。工程由分水鱼嘴、飞沙堰、宝瓶口等部分组成，两千多年来一直发挥着防洪灌溉的作用，使成都平原成为天府之国。是目前世界上唯一留存的以无坝引水为特征的绿色水利枢纽工程。继拥有世界自然、文化双遗产之后，都江堰市一跃成为全球为数不多的拥有三大世界遗产的城市。

2. 广西灵渠

灵渠，古称秦凿渠、零渠、陡河、兴安运河、湘桂运河，位于广西壮族自治区兴安县境内，于公元前214年凿成通航。是一条跨越湖南湘江和广西桂江，连接长江水系和珠江水系的世界上最古老的运河之一。灵渠全长 36.4 千米，是由大小天平石堤、铧嘴、秦堤、陡门、大小泄水天平以及南北两渠构成的水利工程整体，充分体现了古代劳动人民的非凡智慧。

3. 浙江姜席堰

姜席堰位于浙江省龙游县灵山港（旧名灵溪）下游后田铺村。为元代至顺年间（1330—1333 年）察儿可马任期内修建，距今已有 680 余年历史。相传由当地姓姜、姓席的两家人负责承建工程，合称姜席堰。在河道上利用沙洲堰坝组成为一体的大胆构想和高超的筑堰技艺，是姜席堰的一大特色。如今，灌溉渠系有总干渠和四条干渠，总长 18.8 千米，灌区面积 3.5 万亩，不仅灌溉农田，还为灌区居民提供生产生活用水。

4. 湖北长渠

长渠位于湖北省襄阳市南漳县，渠首位于武安镇谢家台村。据历史文献资料记载，公元前 279 年，秦国大将白起领兵进攻楚皇城时，曾以此渠引水而攻之，战后变为灌渠。因此，又有"白起渠"之称。49.3 千米长渠至今仍灌溉着南漳县和宜城市的 30 万余亩良田，开创了"陂渠相连、长藤结瓜"灌溉模式，其先进技术在安徽、湖南、甘肃等地推广并沿用至今。

2019 年

1. 内蒙古河套灌区

河套灌区位于黄河上中游内蒙古段北岸的冲积平原，引黄控制面积 1743 万亩，是亚洲最大的一首制自流引水灌区和全国最古老的三个特大型灌区之一，也是国家和自治区重要的商品粮、油生产基地。该灌区现有七级灌排渠（沟）道 10.36 万条、6.4 万千米，各类建筑物 18.35 万座，形成比较完善的七级灌排配套体系。

2. 江西抚州千金陂

千金陂位于江西省抚州市抚河干流上，始建于公元 868 年，是一条用麻石砌成的陂堰，长约 1100 米，顶宽 10 余米，将抚河水引入中洲围灌区，是中国现存规模最大的重力式干砌石江河制导工程，它的建成保障了中洲围的灌溉引水，同时对抚河防洪、抚州城市水环境修复、水运保障发挥重要作用。是长江中游典型的具有灌溉、水运、排涝、防洪等多方面功能的大型围区水利工程。中洲围灌区现在已成为美丽富饶的鱼米之乡、赣东粮仓。

2020 年

1. 福建福清天宝陂

天宝陂位于福建省福州市福清市龙江街道观音埔村。始建于唐天宝年间（742—756 年），北宋大中祥符间（1008—1016 年）重修，改称"祥符陂"。元符元年（1098 年）再度重修，熔铜汁固其基，又改称"元符陂"。天宝陂选址在河流弯道下游河势较高处，上游有足够的集雨面积及水头，在河上筑坝，可拦蓄淡水，抵御咸潮上溯。同时，利用弯道环流原理，水砂分离，引清水自流灌溉，充分体现了顺应自然的高超智慧，直至今日仍然具有借鉴意义。

2. 陕西龙首渠引洛古灌区

龙首渠引洛古灌区位于陕西省渭南市，其前身是西汉时期开凿的龙首渠。公元前 120 年，汉武帝刘彻下令在洛河下游澄城县老状跌瀑处开渠引水，建成了北洛河流域时间最早、难度最大的自流灌溉工程。渠道经过的商颜山，周围土质疏松，渠岸易于崩毁，无法采用一般的施工方法。因此，以井、渠结合的方式修建地下通道，形成穿越铁镰山 3.5 千米的引水隧洞，被称为"井渠法"。经过多次改造，如今可灌溉 74 万亩农田，惠及 69 万多人口。

3. 浙江金华白沙溪三十六堰

白沙溪三十六堰又称白沙堰，位于浙江省金华市。三十六堰古水利工程自东汉建武三年（27 年）开建，针对白沙溪落差大、深潭多的特点，摸索出"以潭筑堰"的科学方式，百余年间陆续建成了横跨 45 千米、水位落差 168 米的三十六座堰。是堰坝引水灌溉工程，覆盖了白沙溪的全部流域。新中国成立后，白沙溪上修建了沙畈水库和金兰水库，部分古堰被永久留在水底。目前仍有 21 座古堰继续发挥着引水灌溉作用，灌溉面积达 27.8 万亩。

4. 广东佛山桑园围

桑园围始建于北宋徽宗年间，地跨广东省佛山市南海、顺德两区，由北江、西江大堤合围而成的区域性水利工程，历史上因种植大片桑树而得名。灌排工程体系由围堤、古河涌水系、古窦闸控制工程等组成。围堤全长 64.84 千米，围内土地面积 265.4 平方千米。发挥了灌溉、防洪排涝、水运等效益，是中国古代最大的基围水利工程。

2021 年

1. 江苏里运河－高邮灌区

江苏里运河－高邮灌区位于江苏省高邮市境内，通过闸、洞、关、坝等水工设施，连通了高邮湖和高邮灌区，实现了水在"高邮湖—里运河—高邮灌区"之间的调配。"一湖两河三堤"兼顾了灌溉和漕运两大功能，形成了蓄水、调水、漕运、配水、减水，创造性地"河湖分离"，实现旱涝的水位平衡、灌溉与航运的双重动态平衡，最后达到完善的灌溉体系。是我国古代巧妙利用河湖水系、合理调控河流湖泊、水系连通工程的典范。

2. 江西潦河灌区

潦河灌区位于江西省西北部，分布于宜春、南昌二市，奉新、靖安、安义三县境内，最早兴建于唐代，历经明清，依次兴建乌石潭陂（现称洋河闸坝）、香陂（现称解放闸坝）。新中国成立后，又陆续兴建了其他 4 座闸坝，形成现有 7 座闸坝、7 条干渠，152 千米渠道，灌溉 33.6 万亩良田的规模，是一座以防洪、排涝、灌溉为主的大型灌溉工程，也是江西省兴建最早的多坝引水灌区。蕴藏了科学选址、布局设计、用水管理、民情风俗的价值内涵。

3. 西藏萨迦古代蓄水灌溉系统

萨迦古代蓄水灌溉系统位于西藏自治区日喀则市，平均海拔在 4000 米以上，是目前海拔最高的世界灌溉工程遗产。始建于宋末元初，蓄水池大体采用敞口形式，由引水渠、池体和出水管网等组成。蓄水池敞口晒水，使得原本由融雪冰水汇集成的冰凉的池水，温度得到大幅提升，从而有助于青稞在高寒环境下茁壮成长。因为这套完善的蓄水灌溉系统，日喀则已经发展成了"世界青稞之乡"，且据不完全统计，仍然在使用的蓄水池还有 400 多座，惠及人口达 30 多万。

2022 年

1. 江西崇义上堡梯田

上堡梯田位于江西省赣州市崇义县西北部山区，开发历史最早可追溯至先秦时期，兴于秦汉时期，后经唐、宋、元、明、清代的不断扩建和修缮，达到现在宏伟的规模。梯田因地制宜修建了坡地配水系统，由无数灌溉水系网连接，每块梯田既是一个小蓄水池，也是一个保土床，是古代劳动人民创造和完善的灌溉工程典范。梯田最高海拔 1260 米，最低 280 米，垂直落差近千米，最高达 62 梯层，被称为"世界最大客家梯田"。

2. 四川通济堰

四川通济堰位于成都平原中部，始建于公元前 141 年，其渠首位于成都市新津区南河入岷江口以上约 250 米处，设计引水流量 48 立方米每秒，年引水量达 13 亿立方米。它是岷江流域古代少有的有坝引水工程，其拦河坝是我国历史上规模最大、运用时间最长的活动坝。在长期的治水实践中，通济堰运行自成一体，形成了"冬闭春开，平梁分水"的治水原则，创造了"以篓易石""铁壁筒"等工程技术，"堰工局""堰长制"等独具特色的水利管理体制。

3. 江苏兴化垛田灌排工程体系

兴化垛田灌排工程体系核心区位于江苏省兴化市，是国内外唯一、里下河腹地独有的、分布在兴化湖荡区的高地旱田灌排工程体系，总面积 52.88 平方千米，工程体系包括堤防、灌排渠道、水闸等，工程遗产类型丰富多样，发挥了排水、灌溉、防洪、航运、人居、生态、水土保持等复合完备的功能。灌排工程管理（尤其是疏浚、护岸工程）具有自治、协同管理特点，是可持续运营管理的典范，传统的农田水利耕作方式一直保留并沿用至今。

4. 浙江松阳松古灌区

松古灌区自汉代开始，古人在松阴溪流域依势筑堰建渠，分片"开圳引水"，逐步建成以松阴溪主支流为水源，堰堤密布、圳渠交错的灌溉网络，在明清时期臻于完善。其境内有古堰 120 处，古塘、古井百余处。总灌溉面积达 16.6 万亩。此外，松古灌区还是中小流域古代灌溉工程典范，为当地渔业、茶叶、蔗糖、稻米等产业发展提供了水支撑。

2023 年

1. 安徽七门堰调蓄灌溉系统

七门堰位于安徽舒城县境内杭埠河（古称龙舒水、巴洋河）中段的引水灌溉工程，距今约 2223 年。在取水枢纽的规划上，选择在河流由山谷进入平原的"谷口"地段修建，不仅便于因势利导控制水流，又方便施工。"七门三堰"，陂、塘、挡、渠、沟各项工程节点之间的有机配合，具有朴素的系统工程思想。取水口均设置在河流凹岸，成功实现水沙分流，实现了弯道环流理论的运用。

2. 江苏洪泽古灌区

灌区西依洪泽湖大堤，东达白马湖，北临苏北灌溉总渠，南抵淮河入江水道，现状控制灌溉面积 48.13 万亩。历史可追溯到东汉时期。功能从引水灌溉转变为防洪兼灌溉。历史遗存有 67.25 千米的洪泽湖大堤、15 千米的明清石工墙、源自三国至清代的 5 条灌排河道。5 尊镇水铁牛、34 块石碑、300 多块石刻以及滚水坝遗址、决口遗址等，共同构成了蔚为壮观的工程遗存。现已形成完备的灌排工程体系。

3. 山西霍泉灌溉工程

是我国第一个以引泉自流灌溉为特色的世界遗产项目，灌溉面积 10.1 万亩。工程位于洪洞县，属于黄河流域汾河水系，最早记载始于唐贞观年间（627—649 年）。工程建立了以地亩为基础、以水户为单元、各渠相对独立的水利自治管理制度，以及以用水公平为核心的较为稳定的渠册和夫簿制度，创造性地提出了相对公平的原始水权制度，被其他灌区参照使用，誉为"霍例水法"。

4. 湖北崇阳县白霓古堰

包括石枧堰和远陂堰两座古堰。其中，石枧堰位于白霓镇油市村，距今已有1100 余年。石枧堰渠首枢纽在堰体底部，创造性设计了独特的泄洪排沙底孔，孔口设有闸门，方便开启。泄流时底孔能排出坝前淤积的泥沙，使得石枧堰安全稳固运行至今而不淤废。远陂堰位于白霓镇洪泉村的大市河上，该古堰距今已有约 800 年的历史。两座古堰灌溉面积约 3.5 万亩，是我国丘陵山区水利灌溉工程的代表，也是我国古代大规模砌石结构水利工程的典型代表。

2024 年

1. 新疆吐鲁番坎儿井

吐鲁番盆地是天山南北坎儿井最多、最集中的地区，也是新疆坎儿井的起源地。吐鲁番盆地是中国极端干旱地区之一，土质为砂砾石和黏土胶结，质地较坚实，开挖井壁及暗渠不易坍塌。一般来说，一个完整的坎儿井水利系统包含竖井、暗渠（地下渠道）、明渠（地面渠道）和涝坝（小型蓄水池）四个主要组成部分。正因为坎儿井设计巧妙，构思精良，自流取水，不消耗动力，流量稳定，不受季节影响，埋藏于地下，防止水量蒸发等优势，被称为中国古代文明的奇迹之一。目前，全疆有水的坎儿井剩下 614 条，其中吐鲁番市 404 条。

2. 徽州堨坝—婺源石堨（联合申报）

婺源石堨位于婺源境内，徽州堨主体段位于徽州区西溪南镇，由上游二坝水库和南北干渠，中下游昌堨、条垅堨、雷堨、吕堨等水渠组成，时间最长的鲍南堨建成至今已 1700 年，最短的条垅堨距今也有 500 年。其中坝长 5 米以上、水位上下高差 0.8 米以上的石堨，共计 2052 座。石堨以灌溉型为主，还有灌溉兼村落供水型、灌溉兼通航型、灌溉兼水力机械型、灌溉兼水力发电型等。其特点：因地制宜，巧妙利用河床坚固地基，全部使用未经打磨的自然石头或青石块干砌而成；就地取材，石材均来自婺源本地，顺山形水势而建，实现基本的灌溉、供水、生态之需要。

3. 陕西汉阴凤堰梯田

凤堰梯田位于汉阴县漩涡镇，属于灌区型水利风景区，距今逾 250 年，景区面积 38.78 平方千米，是秦巴山区考古发现的面积最大、保存最完整的清代梯田。景区包括凤江梯田和堰坪梯田，位于黄龙、堰坪和茨沟村，梯田依山傍水分布在海拔 500~650 米，连片共 1.2 万余亩；梯田级数均在 300 级左右，梯级层高 0.3~1 米，级宽 3~15 米，最长达 600 余米。梯田依靠黄龙、茨沟、冷水和龙王 4 条沟的溪水自流灌溉，潺潺流水四季不绝。

4. 重庆秀山巨丰堰

秀山巨丰堰，始建于清乾隆三十二年，即公元 1767 年，由秀山县当地居民集资修建，后经历代朝廷扩建与改造，达到了灌溉面积为 1.6 万亩的规模。巨丰堰由巨丰堰、永丰堰、黄桷堰组成。当初设计者通过各种专业的优化措施，在增大安全溢洪能力的同时，减轻回水淹没的影响；还能有效保护进水闸和灌溉渠道不受泥沙危害，实现了"高水高灌、低水低灌"的灌溉方式，"立体化"灌溉工程体系是适应丘陵山区灌溉需求的典型代表，也是秀山古今水利先贤智慧的结晶。巨丰堰保存有两座古碑，分刻于清道光至清咸丰年间，碑文明确了原产权归属及管理制度，具有重要历史价值。

　　至此，中国的世界灌溉工程遗产已达38项，是灌溉工程遗产类型最丰富、分布最广泛、灌溉效益最突出的国家。

图书在版编目（CIP）数据

"水利粮丰　灌区精神"优秀作品集 / 中国水利文学艺术协会编 .

武汉：长江出版社，2024. 11.-- ISBN 978-7-5492-9901-0

Ⅰ．I217.1

中国国家版本馆 CIP 数据核字第 20243LN539 号

"水利粮丰　灌区精神"优秀作品集

"SHUILILIANGFENG　GUANQUJINGSHEN" YOUXIUZUOPINJI

中国水利文学艺术协会　编

责任编辑：闫彬

装帧设计：蔡丹

出版发行：长江出版社

地　　址：武汉市江岸区解放大道 1863 号

邮　　编：430010

网　　址：https://www.cjpress.cn

电　　话：027-82926557（总编室）

　　　　　027-82926806（市场营销部）

经　　销：各地新华书店

印　　刷：武汉市首壹印务有限公司

规　　格：787mm×1092mm

开　　本：16

印　　张：20.25

彩　　页：12

字　　数：420 千字

版　　次：2024 年 11 月第 1 版

印　　次：2025 年 3 月第 1 次

书　　号：ISBN 978-7-5492-9901-0

定　　价：128.00 元